초인종을 누르다

§ 초인종을 누르다 §

2013년 3월 26일 초판 1쇄 인쇄
2012년 3월 28일 초판 1쇄 발행

지은이 § 정유하
발행인 § 곽중열
기획&편집디자인 § 신연제, 이윤아
발행처 § (주)조은세상

등록 § 2002-23호.(1998년 01월 20일)
주소 § 경기도 고양시 일산동구 장항동 558번지 6호
Tel § 편집부(02)587-2977
영업부(031)906-0890
e-mail romance@comics21c.co.kr
값 9,000원

ISBN 979-11-5512-000-2

정유하 장편소설　초인종을 누르다

GOOD WORLD ROMANCE NOVEL

(주)조은세상

contents

프롤로그

　퇴근길의 러시아워를 사무실에서 내려다보는 것이 어느새 일상이 되었다.
　혼자임은 유학시절부터 익숙했고, 늦은 퇴근도 지난 4년간 면역이 되었다. 그런데 가끔 못 견디게 갑갑해지는 이유는 뭔지. 정민은 모든 것이 목을 졸라맨 넥타이 때문인 양 그것을 거칠게 풀어내며 의자에 지친 몸을 의탁했다.
　미국 유학 당시 외롭긴 했으나 좋은 점이 하나 있다면 그건 바로 배낭을 메고 어디든 자유롭게 떠날 수 있다는 것이었다. 지금은 챙겨주는 가족들이 곁에 있지만 무거운 책임과 기대가 그를 짓누르고 있었다. '한얼그룹 상무' 라는 직위는 남들 눈엔 화려해 보이지만, 그만큼 노력하고 또 노력해야 하는 자리였다. 마치 물 아래 쉴 새 없이 발을 내젓고 있는 백조처럼. 거기다 호시탐탐 그를 잡아먹으려 드는 천적들까지 도처에 널렸으니, 잠시도 긴장을 늦출 수 없었다. 잠을 제대로 자본 적이 언제인지 기억조차 나지 않았다.

"후."

구겨진 미간을 두 손가락으로 주무르고 있던 정민은 문밖에서 느껴지는 인기척에 의자를 돌렸다. 곧 문이 벌컥 열리고 사무실로 들어선 이는 그의 아버지이자 한얼그룹의 총수 한대웅 회장이었다. 그는 즉각 자리에서 일어났다.

딱. 딱. 딱.

한 회장이 걸음을 옮길 때마다, 관절염으로 시원찮은 당신의 무릎을 보좌해 주는 지팡이가 사무실 바닥을 요란하게 울려댔다.

늦은 시간, 갑자기 어쩐 일이실까. 집으로 부르셔도 될 텐데.

아버지의 등장에 촉각이 곤두서면서도 정민은 이렇다 할 내색 없이 아버지와 아버지 곁을 그림자처럼 지키는 조 비서에게 목례를 해보였다. 소파의 상석에 자리한 한 회장이 턱짓으로 자신의 옆자리를 가리켰다. 정민은 군말 없이 아버지의 명령에 따랐다. 며칠 전 크게 터뜨린 것이 있기 때문에 당분간은 몸을 사릴 필요가 있었다.

"니 지금도 그 생각에 변함이 없나?"

아버지는 앞뒤 자르고 물었으나, 그는 그것이 무슨 의미인지 너무 잘 알고 있었다. 계속되는 결혼 재촉에 손주에 대한 열망까지 드러내시는 통에, 견디지 못한 그가 내뱉고만 '독신 선언'. 그것에 어지간히 충격을 받으신 모양이다. 사무실까지 이렇게 찾아오신 걸 보면.

"네."

굳건한 그의 대답에 숱 많고 하얀 한 회장의 눈썹이 애벌레마냥 꿈틀거렸다. 꾹 다문 입술 사이로 '으흠' 이라는 고통의 신음이 비집고 나왔다. 일흔이 넘은 노인네로서는 하나뿐인 아들이 가정을 이루길 바라는 것이 당연한 일인데, 너무 했나 잠깐 자책감이 밀려들었다. 하지만 이 중요한 시기에 결혼은 절대 안 될 일이었다. 그로 하여금 결혼을 생각하게 만드는 여자도 없을뿐더러.

"제멋대로인 거는 아들이나 엄마나 똑같다."

8년 전 아버지를 버리고 미국으로 떠나버린 그의 어머니 이야기였다. 정민은 그런 어머니의 결정을 지지하지도 비난하지도 않았다. 어쨌든 어머니도 행복할 권리는 있는 거니까.

"좋다. 결혼을 하든 홀아비로 늙어 죽든 니 하고 싶은 대로 해봐라. 그런데……."

기뻤던 것도 잠시, 아버지의 입에서 무슨 말이 떨어질지 불안했다. 그것이 기우가 아닌 예리한 직감이었다는 것을 이어진 말을 통해 확인할 수 있었다.

"올해 내로 한얼그룹 후계자를 정할 끼다. 니 말고 내가 또 누구를 염두에 두고 있는지는 잘 알제? 외손주든 친손주든 둘 다 내한테 안겨주지는 못할 끼고. 다른 면면을 봤을 때, 니보다 송 서방이 쪼매 나은 거 같다. 니는 인자 4년째지만 송 서방은 결혼해서 15년 동안 내를 도왔다. 또 산전수전 다 겪은 자수성가형 아이가. 유리온실 안에서 자란 장미하고, 들판에서 자란 들꽃하고 어느 기 비바람에 강할 거 같노?"

아버지의 말 하나하나가 그의 신경을 건드렸다. 정민은 불쾌한 기색을 숨기지 않으며 되물었다.

"제가 유리온실 속의 장미라서 비바람에 쓰러질 것 같다. 이 말씀입니까?"

"니 그 흔한 아르바이트라도 한번 해봤나? 나는 17살부터 용접하고, 연탄배달하고…… 하루에 2, 3시간 자면서 악착같이 돈 벌었다. 느거 엄마는 내보고 자린고비다 뭐다 해도 나는 다시 살아도 그래 살 끼다. 그때 흘린 내 땀과 눈물이 지금의 한얼그룹을 만든 거 아니가."

"어떻게 해야 저를 믿어주실 겁니까?"

아들의 단도직입적인 물음에 한 회장은 잠시 뜸을 들였다. 하지만 곧 상대는 준비한 최후의 패를 꺼내 들었다.

"우리 그룹 주력 사업이 뭐고? 중공업하고 운송업이제? 니는 배가 어떻게 만들어지는지 아나? 버스 운전이나 택배 배달에 대해서 아는 거는 있나?"

"아버지, 전 전문 경영 공부를 한 경영인입니다."

쾅.

그의 대답이 떨어지기 무섭게 소파의 팔걸이를 내려치는 한 회장이었다.

"니가 그러니까 송 서방보다 못 하다는 기다. 호랑이를 잡을라믄 호랑이 굴에 들어가야 된다는 옛말도 모르나."

"그래서 제가 뭐 조선소 가서 용접이라도 배우고, 택배 배달이라도 해야 합니까?"

"와. 못하겠나."

정민의 입이 저도 모르게 벌어졌다. 그의 '독신 선언'에 화가 나 심술을 부리시는 거라고, 그냥 해보는 말씀이라고 굳게 믿고 싶었다. 그는 간절한 SOS의 뜻을 담아 조 비서를 바라보았다. 하지만 '쯧쯧, 안 됐다'는 눈빛만 돌아올 뿐. 정민은 그제야 이것이 그가 직면한 현실이라는 것을 깨달았다.

"아, 아버지!"

다급한 나머지 아버지의 바짓가랑이라도 붙잡고 늘어지려는데, 한 회장은 매몰차게도 자리에서 일어나 버렸다. 무릎 아픈 사람이라기엔 지나치게 빠른 동작이었다. 아버지는 철저히 준비를 하고 예까지 온 듯했다. 명령을 내리는데 있어 전혀 망설임이 없었다.

"용접 3개월, 버스 운전 3개월, 택배 배달 3개월. 됐나?"

9개월이나? 말도 안 된다. 지금 얼마나 바쁜데. 그동안 회사일은 어떻게 하라고.

"걱정 마라. 니 없는 동안 송 서방 아니 송 전무가 회사는 잘 꾸리갈 끼다."

그의 속내를 읽은 듯 말을 하는 아버지는 '친아버지가 맞나' 싶도록 냉정했다. 그리고 뒤도 돌아보지 않고 인사도 없이 사무실을 나가 버렸다. 벌떡 일어나 뒤를 따르려 했으나 자신을 막아서는 조 비서로 인해 그도 여의치 않았다. 짜증이 마구 솟구쳤다.

"나한테 왜 이래요?"

"저는 다만 회장님 지시를 따를 뿐입니다. 여기 앞으로 9개월

동안 상무님이 소화하셔야 할 일정표입니다. 상세 일정에 대해서는 제가 차후 안내드리겠습니다. 그리고 죄송하지만 상무님의 근황을 제가 수시로 살피고 회장님께 보고를 드려야 합니다. 최대한 성실하게 임하시는 것이⋯⋯."

"됐습니다!"

징그럽다. 그 상사에 그 부하다.

정민은 조 비서가 내미는 일정표를 내던지며 돌아섰다. 그리고 잠깐의 침묵이 흐른 뒤였다.

"저는 상무님이 반드시 회장님의 뒤를 이으실 거라 믿습니다."

나지막한 한 마디를 뒤로 한 채 사무실 문이 닫히는 소리가 들렸다. 조 비서의 마지막 말이 자꾸만 귓가를 맴돌았다.

"젠장."

아무리 그래도 그렇지 하나밖에 없는, 거기다 늦둥이로 귀하게 본 아들한테 이건 좀 많이 너무하다. 진정 한대웅 회장님께 관대함이라는 건 없는 걸까.

"휴~."

한숨이 절로 났다. 앞으로 자신이 헤쳐나가야 할 현실을 생각하니 참으로 암담하기 짝이 없었다. 더 나아갈 곳 없는 절벽 끝에 서 있는 기분이었다. 그는 믿지도 않는 조물주를 향해 도와 달라 간청을 하였으나, 해와 달이 된 오누이에게 그랬듯 하늘에서 튼튼한 동아줄 따윈 내려오지 않을 것이다. 울며 겨자 먹기로 그는 마음의 결정을 내렸다. 풍랑이 이는 바다로 뛰어내리기로. 죽을 힘을 다해 살아남기로.

내 반드시 돌아온다. 그땐 한얼그룹도, 내 인생도 모두 내가 지배한다.

4년간 자신이 몸담았던 공간을 꼼꼼히 둘러보던 그는 '상무이사 한정민'이라는 글자가 새겨진 명패를 한 번 쓰다듬은 후 사무실을 나섰다. 뒤도 돌아보지 않고.

1. 나름 괜찮은 조우

7개월 후.

띠리리리리. 띠리리리리.

처음엔 꿈인가 싶어 무시했다가, 다음엔 알람인가 싶어 휴대폰을 찾아 침대 맡을 더듬다가, 맨 나중에야 그것이 초인종 소리임을 자각한 현수는 붙은 듯 떨어지지 않는 눈꺼풀을 겨우 들어 올려 벽시계를 확인했다. 작은 바늘이 겨우, 10을 가리키고 있을 뿐이었다.

"우이씨! 꼭두새벽부터 도대체 누구야!"

욕이 절로 나왔다. 그도 그럴 것이 그녀는 어제 모처럼 회식 자리에서 폭탄주로 달렸고, 오늘은 일주일에 단 하루 쉬는 금요일인 것이다. 그래서 반드시 늦잠을 자 줘야 하는 의무가 있는 날이거늘!

딩동. 딩동.

또다시 초인종이 울렸다. 화가 나 머리를 벅벅 긁으며 침대를 박차고 나온 현수는 곧장 거실 인터폰을 집어 들었다. 그녀가 뭐라 말하기도 전에 사무적인 목소리가 들렸다.

〈한얼택배입니다. 우…… 현수 씨?〉

뭐? 택배? 헐. 무슨 택배가 아침부터 들이닥쳐. 들이닥치길.

'한얼택배'라는 글자가 찍힌 택배기사의 모자를 노려보던 현수는, 자신이 배달시킨 물건이 번뜩 떠올라 비척비척 현관으로 걸어 나갔다. 얼마 전 찜질방 탈의실에서 안나가 한 말에 충격 받고, 홈쇼핑에서 지른 아프로디테 속옷 세트!

〈여자는 자고로 겉옷보다 속옷을 차려입어야 하는 거야. 네가 그런 초딩스런 브래지어를 하고 다니니까 애인이 없는 거라고. 제발 자신을 좀 가꿔.〉

칫. 무지개색 땡땡이가 뭐가 어때서. 귀엽기만 한데.

그렇게 중얼거리며 현수는 문을 벌컥 열었다. 갑작스레 열린 문에 놀란 택배기사가 뒤로 한 걸음 물러나는 것이 보였다. 그녀는 택배를 받을 때면 늘 그렇듯 상대의 시선을 외면한 채 박스를 집어 들었다. 그때 갑자기 코끝이 간질거렸다. 이어 재채기가 터져 나왔다. 손으로 막아본들 이미 늦은 후였다.

"킥."

어젯밤에 좀 쌀쌀하더니 감기에 걸린 건가.

그녀는 손가락으로 코 아래를 문지르며 다른 손으로 택배 박스를 안고 집 안으로 들어가려 했다. 그 와중 또 재채기가 나왔다. 그녀는 얼른 입을 가렸다.

"키익. 킥."

그녀의 재채기 소리가 워낙 특이해서 처음 듣는 사람들은 웃기 일쑤였다. 이런 재채기 소리 때문에, 귀여운 척하지 말라고 친구들에게 타박을 들은 적도 많았다. 그래서일까. 택배기사가 뚫어질 듯 자신을 바라보는 것이 느껴졌다. 민망함에 얼른 그 자리를 벗어나고 싶었다.

"감사합니다."

의례적인 인사말을 남기고 현관문을 닫으려던 현수는 갑자기 닫히는 문 사이로 디밀어지는 발 하나에 가슴이 쿵 내려앉았다.

뭐야, 이 사람? 요즘 택배기사를 가장한 성폭행범이 많다던데. 설마? 아, 안 돼!

경계심이 발동한 그녀는 저도 모르게 문으로 남자의 발을 마구 짓누르며 물었다.

"왜, 왜 이러세요?"

그런데 그에게서 들려온 말은 전혀 뜻밖이었다.

"우현수?"

그녀의 이름을 부르는 듣기 좋은 중저음의 목소리가 이상하게도 귀에 익었다. 다 잊은 줄 알았는데 잊지 못했던 걸까. 그가 눈앞에 있을 리가 없다고 확신하면서도 현수는 호기심을 참지 못하고 고개를 들었다. 그리고 모자 아래 드러난 남자의 얼굴을 바라본 순간 그녀의 입이 헤벌어졌다.

한정민. 그였다. 그는 8년 전과 똑같았다. 깊은 눈매와 남자답게 잘생긴 코, 꾹 다문 입술. 한눈에 알아볼 수 있었다. 와락 반가움이 밀려들었다. 그와 어떻게 헤어졌는지, 그 후 자신이 얼마나 아팠는지도 잠시 잊은 채.

오빠.

입모양으로 예전 그를 부르던 호칭을 만들어보이던 현수는 그의 눈동자에 비친 자신의 모습을 발견하고 현실을 직시했다. 철수세미처럼 뒤엉킨 머리칼, 화장기 없는 얼굴, 술이 덜 깬 몽롱한 눈빛.

오~ 노! 이건 아니지! 정말 이건 아니잖아?

그녀는 더 생각할 겨를도 없이 정민을 퍽 하고 밀어냈다. 그의 면전에서 문을 닫아버린 현수는 잠금장치까지 단단히 돌렸다. 그러자 긴장이 풀린 나머지 그녀는 현관문에 털썩 기대섰다.

"현수야!"

등을 통해 문을 두드리는 그의 손길, 그의 간절한 부름이 전해졌지만 현수는 문을 열 수 없었다.

정민을 우연히 만나는 걸 가끔 상상하긴 했지만 그것은 대부분 로맨틱하거나 또는 극적인, 지극히 아름답고 또 아름다운 장면들이었다. 낙엽이 흩날리는 가을날, 공원 벤치에 앉아 음악을 듣고 있는 그녀의 어깨를 누군가 두드려 고개를 들면 그가 서 있다라던지 또는 크리스마스 분위기가 물씬 풍기는 거리를 혼자 걸을 때 누군가와 어깨를 부딪쳐 돌아보면 그와 눈이 마주친다던지…….

지금처럼 자다 깬 부스스한 얼굴로 내 집 앞 현관에서 그와 조우하는 것은 절대 생각해 본 적도 없고, 생각하기도 끔찍한……

진정한 비극이다. 입술 사이에서 비명이 새어나오려는 것을 겨우
틀어막고서 현수는 방으로 뛰어 들어갔다. 이불을 푹 뒤집어쓰고
서야 그녀는 고통의 단말마를 내뱉었다.

"아아악~ 내가 정말 미쳐!"

현관에서 뭐라고 얘길 하는 정민의 목소리가 어렴풋이 들렸으
나 현수는 끝내 침대 밖으로 나오지 않았다.

더운 여름날 땀을 뚝뚝 흘리며 용접을 하는 것도, 하루 종일
버스를 모는 것도, 이만큼 힘들지는 않았다. 하필 한파가 몰아닥
친 1월부터 시작된 택배 배달은 더위보다 추위에 약한 그로서는
참으로 고통스러운 작업이었다. 거기다 '택배입니다' 라고 초인
종을 누르면 3분의 1 정도의 사람들은 혹시라도 치한이지 않을까
의심하여 문도 제대로 열어주지 않을 때가 많았다. 이 추운 날 사
람을 밖에 세워놓고 취조를 하듯 할 때면 어찌나 서러운지!

이도 모자라 악랄하기 짝이 없는 지점장 조찬택!

대부분 그가 그룹 회장의 아들이라는 것을 알고서 잘 보이려
고 용을 쓰기 마련인데, 그 인간은 어찌 된 것인지 출근 첫날부터
못 잡아먹어서 안달이었다. 아직 지리도 잘 모르는 그에게 다른
택배기사들보다 2, 3배는 넓은 지역을 커버하라고 하질 않나, 조
금이라도 배달 속도가 느리다 싶으면 수시로 전화로 호통을 치질
않나.

"빵."

클랙슨이 조 지점장의 머리라도 되는 듯 내려치며 운전을 하

다 보니 어느새 익숙한 동네에 접어들어 있었다. 바로 한대웅 회장의 자택이 있는 성북동! 예전엔 일주일에 1번 이상은 꼭꼭 찾곤 했던 그곳을 그는 벌써 7개월째 등한시하고 있었다. 자신을 이런 고난 속으로 밀어 넣은 아버지의 얼굴을 웃으며 마주할 자신이 없었다.

다행히 목적지는 성북동 부촌이 아닌, 그 아래 자리한 5층짜리 서민아파트였다. 정민은 주차장에 차를 세우고, '목련아파트'에 배송할 상자들을 꺼내었다. 엘리베이터 없는 이런 아파트는 배달을 하는데 정말 쥐약이다. 내키지 않았지만 어쩔 수 없이 기계적으로 움직이던 그의 시선이 한 곳에 못 박힌 듯 머물렀다. 작은 상자에 너무도 작게 적힌 이름 하나.

우. 현. 수.

대학교 1학년, 풋풋한 단발머리 소녀의 모습이 떠올랐다. 비록 잠깐의 만남 후 헤어졌지만, 지금도 가끔 생각나는 그녀. 정말 그녀일까.

목련아파트 A동 201호.

빠른 눈길로 주소를 확인한 그는 즉각 그 상자 하나만을 챙겨 2층으로 가는 계단을 올랐다. '한얼택배'라는 글자가 수놓인 모자와 점퍼를 입은 자신의 지금 현실이 가슴 시리게 인식되면서도, 우현수라는 이름이 주는 반가움과 호기심이 너무 커서 정민은 초인종을 누를 수밖에 없었다.

한참을 눌러도 안에서는 대답이 없었다. 그가 거의 포기하고 돌아서려던 무렵 초인종에서 '딸깍' 인터폰을 드는 소리가 들렸다.

〈한얼택배입니다. 우…… 현수 씨?〉

두근거리는 심정으로 곧 현관문이 열리길 기대하던 정민은, 술냄새를 풍기며 부스스한 모습의 여자가 나타나자 실망하여 고개를 숙였다. 택배 상자만 묵묵히 내밀 뿐이었다. 하지만 이내 들려온 잊을 수 없는 재채기 소리.

"키익. 킥."

〈웃는 건지, 재채기를 하는 건지 모르겠다.〉

현수가 가끔 재채기를 할 때면 어김없이 자신이 놀렸기에 기억하고 있었다. 그녀였다! 그녀가 분명했다! 8년 전 그의 연인, 현수!

"우현수?"

그의 부름에 그녀는 시선을 들었다. 좀 붓고 창백해서 그렇지, 동그랗고 쌍꺼풀진 눈에 동그란 얼굴형, 작고 도톰한 입술. 현수가 분명했다. 그녀의 눈동자에 그를 보고 놀라는 빛이 역력히 드러났다. 그녀 역시 그를 알아본 것이다.

미소가 지어지려던 것도 잠시, 그녀는 곧 이렇다 할 말없이 그를 밀어내고 문을 닫아버렸다.

"나야, 한정민. 잠깐 얘기 좀 해."

애타게 두드려 보았지만 잠긴 문은 열리지 않았다. 좀 사는 집 자식인 줄 알았더니, 지금 보니 전혀 아니다 싶어서 그러나? 아님 설마 결혼을 한 건가? 벌써? 어떤 자식이랑!

좀 더 이어지려던 정민의 상상은 바지 주머니에서 격하게 느껴지는 휴대폰의 진동음으로 끝이 났다. 안 봐도 비디오. 지점장이 분명했다.

"젠장."

욕설을 중얼거리며 정민은 돌아설 수밖에 없었다. 다시 만났다는 기쁨도 잠시, 팍팍한 현실에 쫓겨 다음을 기약할 수밖에 없었다.

그 후 매일 그녀의 휴대폰으로 '오늘 오후 2-3시 택배 배송 예정 -한얼택배'라는 메시지가 날아들었다. 물건을 주문한 적도 없는데…… 메시지의 발신인이 누구인지는 충분히 짐작이 되었다. 하지만 현수는 쉽사리 정민의 메시지에 응답할 수 없었다.

그가 보고 싶으면서도, 또 한편으로는 보고 싶지 않았다. 8년 전 그렇게 자신을 떠나버린데 대한 원망의 찌꺼기가 아직 남아있었나 보다. 그러나 날이 갈수록 보란 듯이 메시지를 받고 무시하는 것이 괴로워졌다. 어쩌면 내일은 이 메시지가 오지 않을 수도 있다는 사실이…… 두려웠다. 그녀는 인정할 수밖에 없었다. 그를 한 번 더 보고 싶은 마음이 훨씬 더 크다는 것을. 그를 만나야 했다.

그나저나 어쩌다 택배기사 일을 하게 되었을까. 분명 예전엔 아버지가 사업을 하시고 집이 제법 부유하다고 들었는데.

묻고 싶은 말도 하고 싶은 말도 많았다. 그렇게 멍하니 생각에 잠겨 있던 그녀를 깨운 것은 무심코 시선이 닿은 시계가 가리키는 숫자였다. 2시.

가슴이 덜컥했다. 오늘 아침 어김없이 받았던 그의 메시지가 떠올랐다.

〈오늘 오후 2-3시 사이 택배 배송 예정 -한얼택배.〉

그가 올 시간이다. 아니 어쩌면 이미 와 있을지도.

결심을 굳히고 나자, 마음이 급해졌다. 그녀가 자리에서 벌떡 일어나자 옆자리에서 거의 졸고 있다시피 하던 선배 은영이 덩달아 일어나 주위를 두리번거렸다.

"왜? 무슨 일이야?"

"언니, 나 잠깐만 집에 다녀올게."

"야, 안 돼. 좀 있음 애들 하교하고 밀려들 시간인데."

"미안. 잠깐이면 돼."

"중요한 일이야?"

"택배, 받아야 해서."

어이없음이 역력히 드러난 은영의 시선을 외면한 채 현수는 〈어린이 자료실〉의 대출 코너, 자신의 자리를 박차고 나왔다. 도서관은 어머니가 돌아가신 후 자신의 전부라고 여겨온 직장이었지만 그 순간은 중요치 않게 느껴졌다. 현수의 머릿속은 혹시라도 정민과 길이 어긋나는 것은 아닌지에 대한 걱정뿐이었다.

도보로 10분. 도서관에서 가까운 곳에 자신의 아파트가 있다는 것이 얼마나 다행인지. 하지만 오늘은 그조차도 멀게 느껴졌다. 현수는 도서관을 나오면서부터 뛰기 시작했다. 그녀는 정확히 5분 만에 아파트 입구에 도착했다. 숨을 고를 겨를도 없이 그녀는 2층까지 이어진 계단을 또다시 뛰어서 올랐다.

계단의 끝 무렵, 자신의 집 현관 앞에 우뚝 선 키 큰 남자의 뒷모습이 눈에 들어왔다. 2시 6분. 늦지 않았다.

띠리리리리. 띠리리리리.

그가 초인종을 누르고 있었다. 길고 멋진 손가락이 그녀의 눈길을 사로잡았다. 현수는 뭐에 이끌린 사람처럼 천천히 그에게로 다가갔다.

또각. 또각.

복도를 울리는 자신의 구두 굽 소리가 유난히 크게 들렸다. 그가 천천히 뒤를 돌아보았다. 한 달 뛸 양을 몇 분 동안 다 뛴 까닭에 그녀는 여전히 숨을 헐떡이고 있었고, 정민은 무표정했으나 그녀에게서 시선을 떼지 않았다. 8년 전 동아리방에서 그들이 처음 만났던 장면과 묘하게 오버랩되는 순간이었다.

다만 첫 만남이 아닌 '재회'라는 것이 다를 뿐. 눈앞의 그는 택배복을 입은 걸 빼면 8년 전과 똑같았다. 나의…… 첫사랑.

오늘은 며칠 전에 비하면 나름 괜찮은 조우라고 현수는 생각했다.

수없이 두드려댄 결과, 드디어 굳게 닫혀 있던 그녀의 집 문이 열렸다. 현관에 들어서면 내부 구조가 한눈에 파악되는 집이었다. 기껏해야 열다섯 평쯤 될까? 부엌 겸 거실의 정면으로 보이는 문이 큰방, 왼쪽으로 있는 것이 화장실과 작은방이 틀림없었다. 꼭꼭 닫힌 방문들을 아쉽게 바라보던 정민에게 현수는 8년 만에 자신의 목소리를 들려주었다.

"앉으세요."

현수가 가리키는 건 2인용 식탁 의자였다. 따로 거실이 없었기에 앉을 데라고는 거기뿐이었다. 의자에 앉은 그의 시선이 자연히 싱크대 앞에 선 그녀의 옆모습에 머물렀다. 예전보다 머리가 많이 길었고 젖살이 빠지긴 했지만 현수는 변함없이 예뻤다. 한시도 눈을 뗄 수 없을 만큼.

커피포트에 물을 올리고, 녹차 잎이 든 통을 꺼내는 것까지 지켜보던 그는, 높이 올려놓은 찻잔을 까치발로 서서 내리려 용을 쓸 때는 가만히 있을 수가 없었다. 정민은 그녀의 뒤로 다가가 그것을 내리는 것을 도와주었다.

그녀의 머리카락에서 페퍼민트 같은 청량한 향기가 났다. 예전에도 그랬던가?

"자, 잠깐만요."

그의 지나친 접근에 놀란 모양이다. 갑자기 뒤를 돌아본 탓에 그녀는 싱크대와 그 사이에 끼인 형국이 되고 말았다. 그녀의 부드러운 육체가 닿을 듯 말 듯 가까이 있었다. 8년 전처럼 이십 대 중반도 아닌데, 그의 몸이 그 작은 접촉에 훅 달아올랐다.

"흠. 흠."

괜한 헛기침을 하며 정민은 황급히 자리에 앉았다. 곧 녹차 잔을 사이에 두고 두 사람이 마주보게 되었다. 정민은 약간의 원망을 담아 말했다.

"오늘도 못 보고 가는 줄 알았어."

"미안…… 해요."

현수의 사과에 그는 가볍게 고개를 내저었다. 대신 그는 의례적이지만 꼭 묻고 싶은 한 마디를 내뱉었다.

"잘 지냈어?"

내가 수시로 오가던 이 동네에 네가 사는 줄은 몰랐네. 알았다면…….

그 뒷말을 정민은 가까스로 삼켰다.

"네. 오…… 빠는요?"

"보다시피."

그의 짧은 대답에 그녀의 눈길이 유니폼에 머물렀다. 조심스레 현수가 물었다.

"난 졸업하면 오빠가 당연히 아버지 사업을 물려받을 줄 알았는데."

"그래서, 실망했어?"

"아뇨. 내가 뭐 그럴 거 있나요. 그저, 힘들 것 같아서."

"괜찮아. 젊어 고생은 사서도 한다잖아. 곧 해뜰날 있겠지."

그래. 딱 두 달 뒤면 그 해, 반드시 뜬다.

겉도는 대화 끝에 침묵이 흘렀다. 둘 다 선뜻 말을 잇지 못했다.

8년 전엔…… 왜 그랬어?

묻고 싶었지만 조심스러웠다. 아마 그녀도 그럴 것이리라.

정민은 이 자리가 매우 불편해 보이는 현수를 구해 주기로 마음먹었다. 부러 짓궂은 표정을 지으며 그는 물었다.

"여기 혼자 살아? 결혼은?"

"결혼은 무슨!"

그에 반해 정색을 하는 현수였다. 예나 지금이나 고지식한 면이 있다.

"그러는 오빠요."

"나도 아직."

그녀가 미혼이라는 사실과 그의 결혼 여부에 관심을 갖는 것까지 모두 마음에 들었다. 기분이 좋아진 그는 제법 여유롭게 녹차를 마시며 부엌 타일에 붙은 스티커와 냉장고 앞 메모를 누르고 있는 장식 마그넷 등 집 안의 세세한 부분까지 뜯어보았다. 그런 것들로 현수의 제법 아기자기한 취향을 엿볼 수 있었다.

"바쁘지 않아요?"

"괜찮아."

사실 좀 전부터 주머니 속 휴대폰이 울려댔지만 깡그리 무시한 채 정민은 애써 여유 있는 표정을 지었다. 대화가 끊기는 것이 불안한지 현수는 또다시 묻는다.

"준하 오빠랑은 연락해요?"

"가끔."

"전문의가 되었겠네요?"

"그 자식, '국경 없는 의사회'에 들어갔어. 한국 떠난 지 2년쩐가 보다."

말을 하다 보니 초, 중, 고, 대학까지 함께 나온 친구 준하가 새삼 정민은 보고 싶었다. 낯간지럽긴 해도 솔직한 심정이었다. 그의 하소연을 끝까지 들어주고, 나름의 해결책까지 제시해 주는 사람은 세상에 서준하가 유일했다.

"우와. 대학 때도 봉사활동 그렇게 열심히 하더니. 역시 '나누리' 회장님이라니까. 멋지다."

예전부터 현수는 준하를 자신의 우상과도 같이 여겼다. 그것이 정민은 늘 못마땅했었고. 어김없이 그의 눈매가 가늘어졌지만, 현수는 눈치채지 못한 듯했다. 여튼 둔탱이가 따로 없다. 그러나 그녀의 다음 말에 그의 기분이 금세 업 되었다.

"다음에 준하 오빠 한국 들어오면 같이 한번 만나요."

현수가 '다음'을 기약했다. 가슴이 설레었다. 그런 티를 내지 않으려고 정민은 애써 심드렁히 대꾸했다.

"그러든지."

그녀가 볼우물이 패이도록 웃었다. 그가 바보처럼 헤벌쭉 따라 웃으려던 찰나, 현수의 얼굴에서 미소가 걷어졌다. 점퍼 주머니에서 휴대폰을 꺼낸 그녀는 그에게서 등을 돌려 전화를 받았다.

〈너, 안 와? 잠깐이면 된다며.〉

잔뜩 낮춘 목소리는 은영의 것이었다. 불안감이 엄습했다.

"무슨 일 있는 거야?"

〈관장 떴다. 빛의 속도로 날아와라.〉

눈앞이 하얘졌다. 풀썩 주저앉고 싶었지만 그럴 시간이 없었다. 정민에게 자초지종을 설명하고 있다가는 유일한 밥줄이 끊길 판이었다. 자리에서 일어나며 현수는 황급히 말했다.

"저 지금 급하게 가봐야 해요. 나중에 또 연락할게요. 택배 문자 발신된 그 번호로 하면 되죠?"

현관을 나서서 계단을 뛰듯이 내려가는데 팔꿈치를 붙드는 손길이 느껴졌다. 조용히 뒤를 따르던 정민이 그녀의 앞으로 나섰다.

"태워줄게."

"바로 코앞이에요."

"급하다며. 아니었어?"

팔을 통해 전해지는 그의 체온 탓일까. 자신을 삼킬 듯 바라보는 그의 눈길 탓일까. 이상하게 온몸이 더워지는 기분이었다.

우현수, 제정신 아니다? 이 긴급한 순간에 뭘 느끼는 거니?

그렇게 자신을 책망하며 현수는 정민에게서 팔을 빼냈다. 그는 빠른 걸음으로 계단을 먼저 내려갔다. 그녀가 밖으로 나갔을 때 이미 '한얼택배'라는 글자가 크게 찍힌 노란색 용달차에는 시동이 걸려 있었다. 어쩔 수 없어진 현수는 조수석에 뛰어오르듯 하여 앉았다.

설마 살아생전 한정민이라는 남자를 다시 볼 수 있을 거라고는…… 그런데 거기다 매사 자신만만하다 못해 거만하기 짝이 없는 그 남자가 운전하는 택배 차를 함께 타게 되다니. 세상일은 도무지 알 수가 없다.

"어디로 갈까?"

"저 앞 공원 안에 보면 '다솜도서관'이라고 있어요."

운전을 하면서도 고개를 돌려 그녀를 바라보는 그의 눈길이 어떤 설명을 요구하는 듯했다.

"거기서 사서로 일하고 있어요."

간단히 덧붙인 현수는 도서관 입구가 보이기 시작하자 문고리 손부터 올려놓았다. 반쯤 들린 엉덩이는 벌써 내릴 준비를 마친 상태였다. 그가 브레이크를 밟자마자 현수는 문을 열고 내리기 전 잠깐 그를 돌아보았다. 비상사태였지만 아쉬움이 드는 건 어쩔 수 없었다. 그런 마음을 알아채기라도 한 듯 정민이 먼저 말했다.

"또 봐."

그녀의 입가에 절로 미소가 맺혔다. 보일 듯 말 듯 고개를 끄덕인 현수는 여전히 쌀쌀한 2월의 대기를 가르며 도서관을 향해 뛰기 시작했다. 타이어 마찰음이 들리지 않는 것으로 보아 아직 정민이 그 자리에 있는 것이 확실했지만 돌아볼 수 없었다. 제 코가 석 자인 이 상황에서는.

전력으로 뛰어 도서관의 문을 연 그녀는 어린이 자료실에 미처 이르기 전, 우뚝 멈춰서야 했다. 매의 눈길로 자신을 쏘아보고 선 임 관장을 발견한 순간 신장이 멎어버릴 것만 같았다. 현수는 그 짧은 순간 마구 머리를 굴렸다. 이 위기를 어떻게 벗어날 것인가.

"우현수 씨, 내가 근무 중 자리 이탈이나 하라고 비싼 월급 주면서 당신을 고용한 줄 압니까?"

늘 온화한 표정을 짓고 있었지만 실상 임석희 관장은 공과 사를 구분하는데 있어서 지극히 엄격했다. 미소가 걷힌 입매는 단단하게 굳어 있었고 안경 뒤의 눈빛도 매서웠다. 경험상 이럴 땐 납작 엎드리는 것이 최고다.

"죄송합니다. 다신 이런 일 없도록 하겠습니다."

허리를 깊숙이 숙이며 잘못을 인정했지만 석희는 그냥 넘어가 주지 않았다.

"도대체 무슨 일이 있었던 겁니까?"

"……."

뭐라고 얘기를 해야 좋을까. 첫사랑을 만나러 다녀왔다? 아님 택배를 받으러? 두 경우 다 석희의 어이없다는 눈빛이 돌아올 것이 충분히 예상되었다. 그렇다고 자신이 잘못한 것이 분명한데 굳이 거짓말을 하고 싶지 않았다. 현수는 꿋꿋이 침묵을 지켰다.

"지금 묵비권이라도 행사하겠다, 이건가요?"

"그건 아니구요. 그저, 제 사생활이라서."

그러자 정수리를 스치는 코웃음. 그 살벌함이라니. 그녀의 목이 자라처럼 움츠러들었다.

"내가 우현수 씨 해고 권한 가지고 있는 거 모릅니까? 우현수 씨가 앉아 있는 그 자리, 들어오고 싶어서 줄을 선 사서들이 얼마나 많은지도?"

나쁜 자식.

도대체 은영 언니는 이 악덕 관장 어디가 좋다는 건지. 생긴 것만 멀끔하면 뭐하냐고. 도무지 인간미가 안 느껴지는데. 이씨. 그나저나 이렇게 백조가 되고 마는 것인가.

극한 상황에 이르자 오히려 담담한 기분이었다. 현수는 눈을 감고 상관의 처분을 기다렸다.

"우현수 씨!"

"그만하시죠."

석희의 화난 부름에 이어 뒤에서 갑자기 들려온 또 다른 음성이 어째 귀에 익었다. 이상하게 두근거리는 마음으로 현수는 눈을 떴다. 그러자 바로 옆에 보이는 시퍼런 색의 점퍼. 목소리의 주인공은 바로 정민이었다. 그는 택배기사 유니폼을 입고도 최고급 정장 차림의 임 관장 앞에서 꿀리는 기색이 없었다. 오히려 정민이 내뿜는 아우라는 임 관장을 압도하고도 남을 정도였다.

역시 한정민이다.

현수는 지금이 어떤 상황인지도 잊고 정민 대 석희의 진검 승부를 지켜보았다. 입까지 살짝 벌린 채.

눈살을 있는 대로 찌푸리고서 정민의 위아래를 훑어보던 석희가 먼저 선방을 날렸다.

"뭡니까? 당신은?"

정민은 그녀를 잠깐 내려다보았다. 마치 '어떻게 하지?' 라고 묻는 듯. 난처해진 현수는 애꿎은 입술만 잘근잘근 깨물었다. 그녀의 마음을 알아챈 듯 정민은 태연히 대답했다.

"보면 몰라요? 이 아가씨한테…… 택배 배달 온 사람이요."

팔딱거리던 심장이 쿵 내려앉는 듯했다. 왼쪽 가슴 언저리가 싸해져 왔다.

"그럼 물건이나 배달하고 가면 될 일이지, 당신이 끼어들 자리가 아닌 것 같은데?"

"아니. 끼어들어야겠는데? 나 때문에 이 아가씨가 곤경에 처한 것 같아서 말이지. 부재중이라 택배를 그냥 경비실에 두고 갈랬더니, 요즘 분실사고가 잦다고 안 맡아준다고 하지 뭐요. 그래서 전화로 독촉을 좀 했어요, 내가. 아가씨는 놀라서 집으로 달려온 거고. 이제 됐나?"

석희는 미심쩍은 눈빛으로, 밑도 끝도 없이 자신만만한 정민과 안절부절못하는 그녀를 번갈아 바라보았다. 어색하기 짝이 없는 그 분위기에서도 할 말은 다 하고 보는 한정민이었다.

"그리고 그쪽 보아하니 도서관 총책임자쯤 되는 것 같은데, 직원을 배려하는 것도 경영자로서 갖춰야 할 하나의 덕목이에요. 괜히 사소한 일로 사람 볶지 말고 이 정도 해두시죠."

"뭐요!"

"악덕 관장으로 인터넷에 이름 올리고 싶지는 않을 거 아닙니까?"

붉으락푸르락하는 얼굴로 석희가 잠깐 할 말을 잊은 사이, 정민은 그녀에게 살짝 고갯짓을 한 후 도서관을 빠르게 나갔다. 휴대전화를 꺼내 급히 통화를 하며. 현수는 정민의 훤칠한 뒷모습에서 한참 동안 눈길을 떼지 못했다. 석희의 뜻밖의 명령이 들리지 않았으면 얼마나 그러고 있었을지 알 수 없는 일이다.

"들어가 봐요."

"네?"

잘못 들었나 싶어 되묻자, 석희가 짜증스레 말을 받았다.

"아이들 올 시간 다 되어갑니다. 얼른요."

"아, 네."

혹시나 상관의 마음이 바뀔까 싶어 현수는 냉큼 어린이 자료실 문을 열었다. 그 바람에 문 뒤에 딱 붙어 있던 은영과 민호가 우르르 밀려났다. 현수는 호기심 어린 그들의 시선을 무시한 채 대출석 자신의 자리로 걸어갔다. 그러나 어느새 그녀의 뒤로 바싹 따라붙으며 물어대는 은영이었다.

"그 남자, 누구야? 우리 임 포스한테 대적하는 게 장난 아니던데? 응?"

현수는 못 들은 척 자리에 앉았고, 맞은편에서 은영과 민호가 그녀를 에워쌌다.

"우현수, 너랑 무슨 관계냐고."

"언닌 뭐가 그렇게 궁금해? 구 일병 너도. 가서 일이나 해."

"네."

마지못해 민호는 책이 잔뜩 쌓인 북트럭 쪽으로 걸어갔다. 은영은 둘이 되자 더 목소리를 낮춰 물었다.

"그냥 택배 받으러 간 게 아니었지? 그 사람, 때문 아니야? 누군데?"

은영은 좀처럼 포기할 기세가 아니었다.

"대학 선배. 그것뿐이야."

고개를 들어 대답하긴 했지만 그것은 굳이 은영을 위한 것이 아니었다. 자기 자신을 향한 일종의 읊조림이라고나 할까. 그러면서도 머릿속에서는 또다시 한정민을 떠올리고 있는 것을 깨달은 현수는 고개를 내저었다. 다행히 그녀가 더는 잡생각을 할 수 없도록 와자지껄한 소음과 함께 자료실의 문이 열렸다. 몰려드는 아이들의 존재가 여느 때보다 반가운 오늘이었다.

어찌나 바빴던지 점심은 샌드위치, 저녁은 아예 먹지도 못했다. 태어나 지금까지 이렇게 배가 고프고, 피곤했던 적이 있었던

가. 늦은 저녁 영업소 앞에 택배 차량을 세운 정민은 녹초가 된 몸으로 내려섰다. 터벅터벅 걸어 한얼택배 성북지점의 문을 열려던 정민은 입구에 세워진 눈에 익은 차를 발견했다.

마이바흐 같은 최고급 외제차는 국내에 몇 대 없기에, 그는 금세 그것이 아버지 한 회장의 차라는 것을 확신할 수 있었다. 그대로 돌아서려던 정민은 지점장의 화난 얼굴을 떠올리며 어쩔 수 없이 문을 붙들었다. 그러자 안에서 들리는 목소리는 아버지가 아닌 조 비서였다.

조 비서가 여긴 왜?

갑자기 솟구치는 호기심을 참지 못하고 정민은 그답지 않게 열린 문 사이로 귀를 바짝 갖다 댔다.

"형님, 도대체 한 상무님께 왜 그러세요."

"한 회장 영감이 너 개 부리듯이 하는 거에 비하면 약과다."

혀, 형님? 그, 그럼 조 비서와 지점장이 형제?

그제야 정민은 조찬우, 조찬택이라는 이름이 비슷하다는 것을 깨달았다.

그래서 날 그렇게 핍박했단 말이지?

지점장에 대한 반감이 더 커짐과 더불어 조 비서까지 미워졌다. 문을 닫고 2월의 차가운 밤공기 속으로 나간 정민은 주머니에서 담배를 꺼내 들었다. 이미 8년 전에 현수로 인해 끊은 그것을 최근 다시 피우게 됐다. 그녀가 이번에도 또 끊으라고 한다면 그럴 수 있을까.

현수를 생각하자 그녀의 향기가 아련하게 떠올랐고, 갑자기 현수를 보던 도서관장의 눈길이 신경 쓰였다. 그것은 분명 한 여자를 향한 남자의 시선이었다.

"음흉스런 자식!"

저도 모르게 욕설이 흘러나왔다. 채 반도 피지 못한 담배를 바닥에 내동댕이친 정민은 그것이 관장의 면상인 양 발로 짓이겼다.

"담배 피우시는 줄 몰랐습니다."

조 비서였다. 놀랍도록 조용히 움직이는 것이 마치 표범을 닮은 사내. 정민은 기분 나쁜 기색을 숨기지 않고 뒤를 홱 돌아보았다.

"이게 다 아버지 덕분이죠."

"언제 오셨습니까. 왜 추운데 나와 계세요."

"형제끼리 오붓이 대화 나누시라고요."

'형제'라는 단어에 특히 힘을 주어 그가 비꼬아 한 말에도, 조비서는 별반 동요하는 기색이 없었다. 조용히 들고 있던 봉지를 내밀 뿐.

"식사 못 하셨지요? 좋아하시는 일식 도시락입니다."

입 안 가득 침이 고였으나 자존심이 그를 옭아맸다.

"난 됐으니까, 지점장님이랑 알콩달콩 맛있게 나눠 드세요."

조 비서를 비켜 사무실로 들어가려던 정민은 손에 억지로 봉지를 쥐어주는 손길에 멈춰서야 했다.

"얼굴이 많이 상하셨어요. 먹어가면서 일도 하셔야 합니다."

정민은 그것을 조 비서가 보란 듯이 바로 앞 쓰레기통에 던져버리려고 했다. 꼭 그러려고 했는데…… 조 비서의 눈동자에서 엿보이는 어떤 간절함이 그를 움직일 수 없게 만들었다.

"회장님이 말씀은 안 하셔도 상무님 걱정 많이 하고 계십니다. 건강하십시오."

그가 그렇게 우두커니 선 사이 조 비서는 아버지의 차로 걸어가 시동을 걸고 그곳을 떠났다. 홀로 남겨진 정민의 입에서 퉁명스러운 중얼거림이 흘러나왔다.

"병 주고 약 주는 것도 아니고…… 이딴 도시락, 누가 먹고 싶다고……."

그렇게 말하면서도 정민은 그것을 결국 버리지 못했다.

2. 첫사랑은 이뤄지지 않는다

여느 때라면 석희에게 된통 당한 오늘은 '재수 옴 붙은 날'이라고 다이어리에 기록되었을 것이다. 하지만 그녀에게 오늘은 오직 첫사랑과 조우한 '행복한 날'이었다. 모처럼 일기에 쓸 말이 많아서 열심히 볼펜을 움직이고 있는데, 초인종 소리가 들렸다. 그 소리에 조건반사처럼 정민이 떠올랐다.

'혹시나' 하고 득달같이 인터폰으로 달려갔으나, 화면 속의 얼굴은 친구 안나였다. 실망감은 잠시, 의아한 생각이 들었다.

연락도 없이 얘가 뭔 일이래?

현관문을 열자마자 술냄새가 확 풍겼다. 붉은색 긴 웨이브 헤어에 감싸인 안나의 갸름한 얼굴이 불그스름했다. 현수는 눈살을 찌푸리면서도 비틀거리며 들어오는 친구를 부축했다.

"시험이 코앞인데, 뭘 이렇게 마셨어?"

그녀의 한 마디에 안나는 팔을 확 뿌리치며 큰 소리를 쳐댔다.

"이씨! 너한테까지 잔소리 듣고 싶지 않거든? 꿀물이나 한 잔 타와 봐!"

그러더니 안나는 여기가 마치 자기 집인 양 방문을 열고 들어가 침대에 벌렁 누워버렸다.

조용한 저녁도 끝이로구나. 여튼 도움 안 되는 기집애.

구시렁거리며 그녀가 꿀물을 타는 동안 방에서는 이렇다 할 기척이 느껴지지 않았다. 잠이 든 것인가 싶어서 힐끔 돌아보니 이게 웬걸. 안나는 침대에 앉아 그녀의 다이어리를 정독 중이었다! 현수는 빛의 속도로 날아가 그것을 잡아챘다. 하지만 이미 볼 건 다 본 듯 안나의 표정은 진지하다 못해 무서웠다. 조금 전까지 술기운에 해롱대던 사람이라고는 믿을 수 없을 만큼.

"진안나! 이게 무슨 짓이야?"

발가벗겨져 치부를 모두 드러내 보인 것 같은 느낌이었다. 얼굴이 화르륵 달아올랐다. 현수는 저도 모르게 다이어리를 등 뒤로 숨기며 안나를 노려보았다. 그러나 안나는 반성의 기색 없이 도리어 그녀를 질책했다.

"우현수, 너 진짜 앙큼한 거 알아?"

"뭐?"

"한정민, 왜 다시 만났다고 얘기 안 했어!"

울분을 토하는 안나가 언뜻 이해되지 않았다. 현수는 의아한 눈길로 안나를 바라볼 뿐 어떤 말도 할 수 없었다.

"애초 내 인연이었다고! 너만 아니었음 내 남자가 될 수도 있었단 말이야!"

뒷목을 강타당한 듯한 충격이었다. 두 무릎이 꺾여 하마터면 자리에 주저앉아 버릴 뻔했지만 현수는 식탁을 붙들고 버텼다.

"안나 너……."

친구가 아직도 그런 생각을 하고 있는 줄은 정말 몰랐다. 현수는 눈물을 흘리는 안나를 비현실적으로 바라보았다.

"다 너 때문이야. 너 때문에 내 인생은 엉망이 됐어!"

그 말이 가슴을 후볐다. 그녀는 안나를 고등학교와 대학교를 함께 나온 가장 가까운 친구라고 생각했는데. 안나는 아니었던 모양이다. 지금껏 마음 한편에 그녀에 대한 저런 원망과 증오를 품고 살아왔던 모양이다.

"한정민 그만 내 남자가 되었다면…… 흐흐흑."

아예 침대에 엎어져 오열을 하는 안나에게, 현수는 자기 이야기를 할 수 없어 참았다. 술기운에 저러는 것이겠지, 내일이 되면 미안해 하겠지 하면서 그녀는 어느새 잠이 든 안나를 지켜보았다.

"안나 너 잊었나 본데. 너보다 내가 먼저 만났어. 나도…… 나도, 처음 봤을 때부터 그 사람이 좋았단 말이야."

현수의 갈라진 음성은 조용한 집 안을 공허하게 울렸다. 그녀의 눈길이 안나를 비켜 아주 먼 곳을 향했다. 8년의 시간을 거슬러.

대학에 입학해서 가장 잘한 일 중의 하나가 바로 봉사 동아리 '나누리'에 가입한 일이라고 늘 현수는 생각했다. 나누리에서 정말 좋은 사람들을 많이 만났고, 그 사람들과 함께 주말엔 어렵고 힘든 이들을 도우며 자신의 삶에 만족할 줄 알게 되었다. 그중에서도 동아리 회장인 준하는 그녀의 우상과 다름이었다. 웬만큼 생긴 공부 잘하고 집안 좋은 남자들은 대부분 성격이 별로이기 마련인데, 그는 남에게 베풀 줄 아는 멋진 성품을 가지고 있었다. 그런데 친구 안나는 준하의 그 성품이 싫다고 했다.

〈내가 웬만하면 내 리스트에 올려주려고 했는데, 서준하는 패스야. 너무 욕심이 없어. 자기 껄 남에게 못 퍼줘서 안달이잖아. 저런 인간이랑 살면 머리 아파. 불쌍한 애들 수십 명씩 입양하고, 죽을 때 전 재산 사회에 환원하고, 것도 모자라 장기 기증까지…… 상상만 해도 끔찍해.〉

"칫, 진안나. 그래. 넌 얼마나 멋진 남자 만나는지 한번 보자."

현수는 구시렁거리며 수업이 마치자마자 동아리방으로 향했다. 오늘은 준하가 신입생들을 대상으로 수화 강의를 하는 날이었다. 봉사활동을 하다 보면 수화의 필요성을 느낄 때가 많았다. 그렇기에 동아리방으로 가는 계단을 오르는 그녀의 발걸음은 여느 때보다 급했다.

동아리방 입구에 이른 현수는 숨을 고르고 단발머리를 가다듬은 후 문을 살며시 열었다. 그런데 아직 시작 시간 전이라 그런지 아무도 없었…… 아니, 한 사람이 있었다. 화이트보드에 열심히 지화를 그리고 있던 남자가 고개를 돌렸다.

눈에 띄게 잘생긴 사람이었다. 뚜렷한 이목구비는 물론 전체적인 분위기가 예사롭지 않은 낯선 남자가 보드펜을 내려놓고 먼저 말을 건넸다.

"수화 강의 들으러 온 거면, 들어와."

셔츠 소매를 걷어 올려 드러난 팔뚝에 눈길이 갔다. 속이 울렁거리는 이상한 기분이었다. 현수는 고개를 숙여 보인 후 조용히 자리에 앉았다. 머리 위에서 중저음의 목소리가 다시 들렸다.

"혹시 준하가 아니라서 실망한 건가?"

"아, 아니에요."

강하게 부정하며 그를 향해 손을 내젓는 통에 시선이 마주쳤다. 눈동자 속에 웃음이 깃들어 있단 걸 알아챈 현수는 죄 없는 입술을 깨물었다. 즐거운 기색을 숨기지 않으며 그가 먼저 자신을 소개했다.

"신입생이지? 난 경영학과 4학년 한정민이야."

"네. 전 우현수예요. 문헌정보학과."

현수는 엉겁결에 자신의 이름을 밝혔다. 낯선 남자와 이런 대화를 나누는 것은 그녀답지 않은 행동이었지만 현수는 전혀 의식하지 못하고 있었다. 그들의 시선이 잠시 얽히든 사이, 문이 열렸다. 늘 그렇듯 그만의 생기를 내뿜으며 준하가 들어섰다.

"현수 일찍 왔구나…… 오, 한정민. 역시 넌 진짜 친구야. 고맙다. 이 은혜는 꼭 갚으마."

"꼭 갚아라. 나 오늘 우리 영감 생신 잔치하는데도 째고 여기 온 거야."

두 사람의 대화를 통해 현수는 그들이 친구라는 것을 알 수 있었다. 그리고 한정민이라는 남자가 준하를 대신해서 수화 강의를 하러 왔다는 것도.

처음 봤을 때 그의 잘생긴 외모가 그녀에게 호기심을 불러일으켰다면, 그 후 두 시간이 넘도록 그가 열정적으로 수화를 가르치는 모습에서 현수는 호감을 느끼게 되었다. 그가 유성대의 3대 킹카 중 한 명인 한정민이라는 것은, 한참 후에야 동기들이 하는 말을 듣고 안 사실이었다.

다음 주도 현수는 어김없이 동아리방을 찾았다. 과모임 관계로 조금 늦게. 한창 강의 중이던 정민은 그녀를 흘끔 보더니 다시 시선을 정면으로 두고 계속 하던 설명을 해나갔다. 일말의 서운함이 느껴졌지만 털고 현수는 빈자리를 찾아 앉았다.

정민은 오늘 푸른색 스트라이프가 들어간 흰 셔츠를 입고 있었다. 상큼하고 시원해 보이는 그 모습은 숨이 막힐 정도로 매력적이었다. 그렇게 그에게서 시선을 떼지 못하고 멍하니 정신줄을 놓고 있었던 모양이다. 갑자기 화이트보드 앞에 서 있던 그가 자신에게로 다가오는 것을 깨달은 현수가 어찌해야 할 바를 모르고 있는데, 그가 커다란 손으로 그녀의 손을 덥석 잡았다. 손과 등을 통해 그의 체온이 고스란히 느껴졌다. 심장이 튀어나올 듯 쿵쿵거렸다.

"왼손과 오른손이 바뀌었어. 이렇게."

그는 그녀의 손 모양을 손수 바꾸어주었다. 붉어진 얼굴을 들지 못한 채 현수는 고개만 끄덕였다.

"수화는 손이 바뀌면 뜻이 달라질 수 있어."

그렇게 덧붙인 그는 격려하는 듯 그녀의 어깨를 툭툭 두드리고 다시 앞으로 걸어갔다. 그가 충분히 멀어졌을 때야 현수는 시선을 들었다. 또다시 눈으로 그를 쫓던 현수는 맞은편에서 느껴지는 따가운 눈총에 고개를 돌렸다. 동기 여학생들이 하나같이 못마땅한 표정으로 그녀를 노려보고 있었다.

현수는 그들을 외면하며 그제야 수화교재를 폈다. 침착하게 지화를 눈으로 읽으려 해보았다. 하지만 도통 들어오지 않았다. 그로 인해 두근거리기 시작한 심장은 여전히 멈출 생각을 하지 않고 있었다.

그녀를 설레게 하며 한 달 넘게 이어지던 수화 강의가 끝나는 날 저녁.

준하, 정민을 비롯한 동아리 신입생들이 모두 학교 앞 동동주 집에 모였다. 엄마를 닮아 술이라고는 마실 줄 모르는 현수였지만, 날이 날이니만큼 불참할 수가 없었다. 그러다 보니 그동안 고생한 정민이 권하는 술을 마시지 않을 수가 없었고, 결국 세상에 태어나 처음으로 마신 동동주 한 사발에 인사불성으로 취해버렸다.

"잘한다, 잘해. 아주."

바로 귓가에서 쟁쟁거리는 엄마 이연자 여사의 목소리에 놀라 가까스로 눈을 떴을 때는 이미 아침이었다. 현수는 부신 눈을 하고 엄마가 내미는 컵을 받아서 물을 벌컥벌컥 마셨다. 그제야 타들어가는 듯하던 속이 좀 진정되었다.

"엄마, 나 어떻게 집에 왔어?"

"말만 한 기집애가 어떻게 남자한테 업혀서 와. 오길?"

"뭐?"

그제야 어렴풋이 떠오르는 장면들이 있었다. 술에 취해 동동주집 한 구석에서 잠이 들었고, 누군가의 등에 업히긴 업혔는데…… 도대체 누구지?

"한 번만 더 그래봐. 학교 자퇴시켜 버릴 거야, 아주. 자!"

카오스 상태에 빠진 그녀의 눈앞에 엄마가 내민 것은 약봉지였다. 현수가 그것을 의아하게 바라보자 미워죽겠다는 표정으로 이연자 여사가 말했다.

"술 깨는 약이라고 그 학생이 주더라. 한…… 정민이라던가?"

"뭐? 정말 한정민이라고 했어?"

"그런 것 같은데. 영화배우 뺨치게 잘생겼고. 맞아?"

힘없이 고개를 끄덕이노라니 눈물이 나올 것 같았다. 취해서 의식을 잃고 하필 그에게 업히다니. 얼마나 내 꼴이 한심했으면 술 깨는 약까지 사다주고 갔을까.

"으윽! 내가 못 살아!"

이불을 뒤집어쓰고 소리를 지르는 그녀의 등짝에 엄마의 매서운 손바닥이 날아들었다.

"뭘 잘했다고 큰 소리야! 나 병원 간다."

현수는 이불을 만 채로 얼굴만 쏙 내밀어 방에서 나가려는 엄마를 불렀다.

"병원은 왜?"

"요즘 자꾸 배가 아프고 소화가 안 돼서."

"엄마! 또 점심이랑 저녁 제때 안 먹지? 손님들 때문에?"

"이년아, 한 푼이라도 더 벌어야지. 그래야 너 등록금 대지."

엄마는 웃으며 한 말이었지만, 마지막 그 말이 그녀의 가슴을 콕콕 찔러댔다.

아무래도 이제 아르바이트라도 해야겠어.

좁은 미용실에서 하루 종일 서서 파마약 냄새 맡고 쉴 새 없이 손을 움직이는 엄마를 생각하니 이대로 놀고먹을 순 없다는 생각이 들었다. 현수는 이불을 확 걷어내고 자리에서 일어났다. 그 와중 그녀는 정민이 주었다는 숙취해소제를 챙기는 것도 잊지 않았다.

그 후 현수는 일부러 정민을 피해 다녔다. 못 볼 꼴을 보였나는 것이 매우 부끄럽기도 했고, 만나면 뭐라고 얘길 해야 좋을지 알 수가 없어.

"너 요즘 좀 이상하다 꼭 상사병 걸린 사람처럼."

학교 식당에서 점심을 먹는 와중 안나가 한 말에 현수는 화들짝 놀랐다. 연애 박사 진안나에게 자신의 속내를 읽힌 건 아닌가 싶어서. 그러나 이어진 말로, 그것이 그저 해본 소리라는 것을 알고 그녀는 안도했다.

"하긴 발육상태가 아직 초딩 수준인 네가 누굴 좋아해 봤자겠지만."

"그, 그래."

떨떠름하게 동의를 한 그녀가 다시 밥을 먹기 시작하는데, 갑자기 안나가 상체를 기울이더니 속삭이는 것이었다.

"너 소개팅할래?"

"소개팅?"

너무 크게 되물었나. 주변 학우들의 시선이 그들에게로 일시 쏠렸다. 눈살을 찌푸리며 안나가 그녀를 타박했다.

"아예 대자보를 붙여라. 붙여. 조용히 좀 해. 나한테 소개팅 받고 싶어서 줄 선 애들이 얼마인 줄 아니? 너만 특별 대우하는 걸 알면 난리 나. 그러니까 이건 극비라고."

어째 그 말에 신빙성이 들지 않는 건 진안나의 허풍을 너무 잘 알기 때문이겠지?

현수는 가벼이 한숨을 내쉬며 물었다.

"어떤 사람인데?"

"건축학과 킹카. 나이는 궁합도 안 본다는 4살 차이. 아버지가 부동산 재벌이라 벌써 그 선배 앞으로 아파트가 두 채래. 죽이지?"

"그럼 네가 소개받지 왜?"

그녀의 퉁명스러운 물음에 안나는 꿈꾸는 듯한 눈동자로 허공을 보며 읊조렸다.

"드디어 난 내가 원하던 사람을 찾았거든. 한 마디로 퍼펙트야."

호기심이 샘솟았다. 진안나가 새로운 표적을 찾았다. 그런데 이번엔 예사롭지가 않다. 도대체 누구길래?

"네가 그러는 걸 보면, 엄청난 사람인가 봐?"

"응. 너 같은 앤 상상도 못할 만큼. 잘 되고 나면 말해 줄게. 괜히 입방정 떨어서 망치고 싶지 않아."

여튼 말을 해도…… 싸가지.

말을 말자 싶어진 현수는 다 식어버린 국에 남은 밥을 말았다. 그런데 안나는 벌써 화장을 고치더니 채 반도 먹지 않은 식판을 들고 자리에서 일어나는 것이었다.

"소개팅은 이번 주 토요일이야. 정확한 장소랑 시간은 문자로 넣어줄게. 그럼, 잘 부탁해."

"야, 너 어디가!"

"미용실. 예약 시간 다 됐어."

미용실? 겨우 그것 때문에, 친구가 밥을 먹는데 매몰차게 일어나 가버리다니. 역시 진안나다웠다. 안나 성격 모르고 친구 믹은 것도 아닌데 오늘따라 참 마음이 시리다. 현수는 국에 만 밥을 내려다보다 그대로 버리고 학교 식당을 나왔다. 난생처음 소개팅을 하게 되었는데도 어쩨 하나도 기쁘지가 않았다.

"후."

계절의 여왕이라는 5월, 햇살이 따사로운 봄날이었지만 그녀의 마음엔 아직도 봄이 찾아들지 않았다. 터벅터벅 집을 향해 걷는데 태양보다 더 찬란한 빛이 저 멀리서부터 가까워지는 느낌에 현수는 고개를 들었다. 말도 안 돼.

후광을 내뿜으며 식당 쪽으로 걸어오고 있는 이는 정민이었다. 급 당황한 현수는 가장 먼저 눈에 보이는 나무 뒤로 몸을 숨겼다. 그러고 있자니 자신의 꼴이 너무 우스웠다.

이제 눈까지 멀었냐, 우현수. 몸에서 빛을 내는 사람이 어딨냐. 세상에.

그렇게 자신을 질책한 현수는 식당 뒤로 난 길로 방향을 틀었다. 이대로라면 빙 둘러가야 했지만 다리가 좀 아픈 게 나았다. 그의 얼굴을 보며 마음이 아픈 것보다는.

소개팅 당일. 당사자인 그녀는 아무런 감흥이 없는데 오히려 어머니 이연자 여사가 난리였다. 어머니는 미용경력 20여 년의 솜씨를 한껏 발휘했지만, 그녀의 머리가 너무 짧고 얼굴이 지극히 평범하다는 것이 문제였다.

"이게 누구야? 우리 딸 너무 예쁘네? 완전 딴 사람 같애."

흐뭇한 눈길로 거울 속 그녀를 바라보는 어머니를 현수는 실망시키고 싶지 않았다.

"그런가? 고마워, 엄마."

일어나 엄마를 포옹한 현수는 너무도 왜소함에 놀라 걱정스레 물었다.

"계속 소화 안 되면 큰 병원 가봐야 하는 거 아니야?"

"이번 주에 안 그래도 가볼 거야. 내 걱정 말고 오늘 잘하고 와. 우리 딸 파이팅이다!"

엄마의 응원을 받으며 열 평 남짓 될까 말까 하는 작은 미용실을 나서는데 코끝이 시큰거렸다. 19살 미혼모로서의 삶을 선택한 후 외가와의 관계도 끊고 지금껏 오로지 미용과 딸만을 알고 살아온 어머니, 그녀처럼 이렇게 청춘을 즐기긴커녕 팍팍하게만 살아왔을 어머니의 삶이 안쓰러워서.

새로 산 연핑크색 원피스와 아이보리색 핸드백을 쇼윈도에 비춰보며 현수는 다짐했다.

그래. 엄마를 위해서라도 재미있게 보내고 오자. 상대가 누구든 간에 오늘은 어쨌든 역사에 남을 내 첫 번째 소개팅이니까.

버스가 아닌 택시를 타고 학교 근처로 간 현수는 안나가 문자로 찍어준 카페 '뛰므망끄'에 이르렀다. 새로 생겼나. 못 보던 카페였다. 천장까지 닿는 커다란 나무와 벽면을 빼곡히 채운 책들이 인상적이었다. 현수는 카페 가장 깊숙한 곳까지 들어가 앉았다. 최대한 사람들 눈에 띄지 않도록.

"혹시 '진안나' 찾는 사람 있으면 이리로 안내해 주세요."

안나의 엄청난 미모를 상상했다가 자신을 보면 100% 실망하겠지만 어차피 잘 될 걸 생각하고 나온 자리는 아니지 않냐고 스스로를 위로하며, 현수는 남은 시간 책꽂이에서 책을 하나 빼서 읽으며 보냈다. 우연히 집어든 건데 은근 재미있어 잠깐 지금의 상황을 잊을 수 있었다.

"흠흠."

머리 위에서 들리는 헛기침 소리에야 정신을 차린 현수는 책을 집어던지듯 놓고 고개를 들었다. 그리고 그곳을 환히 밝히며 선 존재를 마주한 순간 그녀는 말 그대로 숨을 멈추고 말았다. 너무 생각해서 환영이 보이는 건가? 아님 정말…… 정말 그 사람인 건가?

"우린 인연인가 보다. 그렇지?"

이 목소리는! 한정민! 그의 목소리를 그녀가 알아듣지 못할 리가 없었다!

"켁. 케켁."

그녀가 막혔던 숨을 토해내는 동안 정민은 맞은편 자리에 앉았다. 현수는 여전히 현실을 믿을 수 없어 눈앞의 존재를 멍하니 바라보았다. 연푸른빛 셔츠가 말끔한 얼굴에 너무 잘 어울렸다. 머쓱한 듯 머리카락을 쓰다듬는 손가락은 피아니스트의 그것처럼 길고 매끈했다. 진짜 한정민, 그였다.

"왜, 웬일이에요. 여긴?"

"네가 진안나라는 애 대타로 나왔듯, 나도 그래."

"말도 안 돼."

한정민이 누구 대타를 하다니. 있을 수 없는 일이다. 괜히 화가 났다. 건축학과 킹칸지 캉캉인지 그 인간 만나기만 해봐라.

"오늘 뭐하고 싶니?"

태연하게 묻는 정민을 현수는 의아하게 바라보았다.

"오빠는 아무렇지 않나 봐요. 대타로 나와서 날 만난 게. 난 되게 당황스러운데."

"난 반가운데?"

"네?"

그가 무슨 뜻으로 하는 말인지 알 수 없었다. 이상한 나라로 떨어진 앨리스가 이런 기분일까. 그는 또 뜬금없이 묻는다.

"이 카페 이름 말이야. 불어인데, 무슨 뜻인지 알아?"

"갑자기 그건 왜……."

그녀만을 바라보는 그의 짙은 눈빛에 빠져버릴 것만 같았다. 뭐에 홀린 듯 현수는 꼼짝도 할 수 없었다.

"뛰므망끄. 보고 싶다."

멋진 불어 발음에 이어 그가 내뱉은 네 글자에 그녀의 심장이 요동을 쳤다. 보. 고. 싶. 다.

주책없이 달아오르는 얼굴을 숨기려 고개를 숙이는데, 그에게서 흘러나온 속삭임은 현수를 혼돈 속으로 밀어 넣었다.

"보고 싶었어, 우현수."

놀리는 건가 싶었는데, 뜻밖에도 마주한 그의 눈빛은 너무도 진지했다. 기쁘면서도 믿을 수가 없어 현수는 확인하듯 물었다.

"왜, 왜요?"

"네가 좋으니까."

"그러니까 왜 내가……."

헛. 지금 내가 좋다고 했어? 저 사람이?

말을 잃은 그녀를 보며 정민이 슬쩍 입꼬리를 올려 웃었다.

"넌 참 순수해. 표정에 모든 감정이 다 드러나거든. 가자, 배고프다."

그녀의 손목을 덥석 잡더니 정민은 밖으로 이끌었다. 날은 그야말로 써니 데이. 눈부신 태양이 마치 그들의 시작을 축복해 주는 듯했다.

꿈같은 나날의 연속이었다. 낮에는 그와 함께 밥을 먹는 건 기본, 함께 무작정 걷기도 하고, 도서관에서 책을 보기도 했다. 밤이 되어 헤어지고 나면 휴대폰이 뜨거워져 더는 들고 있지 못할 때까지 통화를 하다 잠이 들었다. 20년 인생 중 지금처럼 행복했던 적이 있었던가 싶을 정도였다.

〈수업 마치고 뛰므망끄로 와. 난 대기 중.〉

강의가 시작되기 전 정민에게서 온 메시지를 확인하며 미소를 짓고 있던 현수는 눈앞에 드리워지는 그림자에 고개를 들었다. 독기를 품은 눈으로 그녀를 내려다보고 있는 이는 안나였다.

"그렇게 좋니?"

"너 왜 그래?"

시끌벅적하던 강의실이 조용해지며, 모든 시선이 그들에게로 집중되었다. 당황한 현수는 안나를 끌고 밖으로 나가려 했지만 상대는 이미 이성 상실 상태였다. 거칠게 팔을 휘두르며 그녀를 밀어낸 안나는 외려 더 목소리를 높였다.

"너 내 대타로 나간 소개팅에서 한정민 그 사람 만났다며? 요즘 그 사람 만나고 다닌다며?"

"그래서 화가 난 거야? 그런 거면 미안해. 하지만 뭐라고 얘길 해야 좋을지 몰랐어. 넌 소개팅 이후 어떻게 됐냐고 묻지도 않았고, 정민 오빠랑은 이제 시작하는 단계기 때문에……."

"약아빠진 계집애! 한정민 그 사람이 바로 내가 지난번에 말했던 그 남자란 말이야. 잘되면 얘기해 주겠다고 했던 그 남자! 그런데 네가 다 망쳐 버렸어! 난 아직 시작도 못 했는데…… 흐흐흑."

그 말을 듣는데 온몸에서 힘이 쭉 빠져 나갔다. 안나의 새로운 표적이 정민이었다니.

현수는 눈물을 흘리고 있는 안나를 바라보며 중얼거리다시피 말했다.

"몰랐어, 정말. 미안해."

그러나 안나는 그녀를 쳐다보지도 않았다. 흐느껴 우느라 그녀의 말도 듣지 못한 듯했다. 얼마 지나지 않아 밖으로 뛰쳐 나가버리는 안나를 도저히 내버려둘 수 없어 현수는 뒤쫓았다. 하지만 복도에 나갔을 때 이미 친구는 사라지고 없었다. 혹시 나쁜 마음을 먹는 건 아닌지 걱정이 되어 현수는 학교와 안나의 집 주변을 샅샅이 뒤지고 다녔다. 그러느라 결국 그녀는 정민을 바람맞히고 말았다.

안나와의 사이는 완전 서먹해졌지만 현수는 시간이 지나면 나아질 거라고 생각했다. 정민을 포기할 수는 없었기에. 그의 곁에 있는 것이 마냥 좋았다. 하지만 그 마음만으로 행복할 수 있는 건 아니라는 것을 현수는 점차 깨달았다. 그들 관계를 아는 사람들이 늘어날수록 질시어린 시선은 쏟아졌고 대놓고 등을 돌리는 친구들도 있었다. 안나를 비롯한 모두가 그녀에게 차가웠다. 그런데 힘든 건 그것뿐만이 아니었다. 아니 그나마 그런 것들은 참을 수 있었다.

병원에서 조직검사 결과 어머니는 난소암 4기 진단을 받았다. 암세포가 난소, 골반, 다른 장기에까지 번진 상태여서 어떻게든 항암 치료는 해볼 수 있지만 수술은 불가능하다고 했다. 세상천지 유일한 가족이자 혈육인 엄마가 없다는 생각만 해도 미칠 것 같았다. 시한부를 선고받은 어머니 앞에서 안나도, 다른 이들도, 심지어 정민도 중요하게 느껴지지 않았다.

"현수야, 우리 공기 좋은 곳에서 살지 않을래? 이 도시가 너무 갑갑하다, 엄만."

엄마의 강력한 의지에 따라 그들은 미용실과 서울의 집을 처리하고 강화도 마니산 아래 시골집을 사 이사를 했다. 그러는 동안 정민에게서 수도 없이 연락이 왔지만 현수는 전화를 받지 않았다. 안나로 인해, 엄마로 인해 혼란스러웠다. 상황이 어느 정도 정리되고 난 후 만나서 모든 것을 이야기하고 양해를 구할 생각이었다.

미안하지만 지금은 엄마 곁에 있어드리고 싶다고. 그러지 않으면 나중에 너무 후회할 것 같다고. 그러니까 혹시…… 기다려 줄 수 있겠냐고.

휴학계를 내러 모처럼 학교에 나갔던 날, 현수는 느꼈다. 어느새 여름이 훌쩍 지나고 가을이 왔다는 것을. 갑작스런 어머니의 암 진단, 이사 등으로 자신이 세 달 여를 정신없이 보내긴 했던 모양이다. 교무처에 휴학 신청을 하고 나오는 길, 현수는 휴대전화에서 그의 번호를 검색했다. 그러고 보니 요즘 들어 정민에게서 전화가 걸려오지 않고 있었다.

무슨 일이 있는 걸까.

몇 번을 망설이다 그의 번호를 눌렀는데 낯선 기계음이 들렸다.

〈지금 거신 번호는 없는 번호입니다.〉

놀라 몇 번을 해보아도 마찬가지였다. 불안해진 그녀는 똥 마려운 강아지마냥 본관 앞을 서성였다. 그때 등 뒤에서 귀에 익은 음성이 그녀를 불러 세웠다.

"우현수, 맞아?"

안나였다. 유행 아이템들로 화려하게 꾸민 모습은 여전했다.

"어쩐 일이야? 어머니 좀 어떠셔?"

초여름 그녀가 한참 결강을 하자 걱정이 된 듯 집으로까지 찾아왔던 안나였다. 그래서 자연스럽게 어머니의 투병 사실을 알게 되었다.

"휴학계 내러. 엄만…… 좋은 공기 마시니까 확실히 좋아지는 것 같아."

현수는 안나가 고마웠다. 정민으로 인해 그들 사이에 있었던 불편한 일들을 덮어두고, 예전처럼 대해 주어서.

"다행이다. 그런데 휴학계 내는 거 말고 딴 볼일 있어서 온 건 아니고?"

"응? 무슨 볼일?"

"혹시 온 김에 정민 씨 보고 가려는 건가 싶어서."

정민 씨? 친근한 호칭이다.

떠보는 듯한 안나의 말에 정민은 이렇다 할 대답을 하지 못했다. 그러자 안됐다는 기색을 숨기지 않으며 안나는 말을 이었다.

"역시 모르고 있구나. 정민 씨, 유학 갔어. 미국으로."

순간 현수는 다리에 힘이 풀린다는 것이 무슨 말인지 절실히 깨달았다. 그녀는 더듬더듬 뒷걸음질을 치다 만난 기둥에 가까스로 등을 기대고 섰다. 안나는 야속하게도 계속 입술을 움직였다.

"너랑 연락이 안 된다고 무슨 일 있냐고 묻길래, 내가 어머니가 많이 아프셔서 병간호 중이고 강화도로 이사 갔다고도 말했는데. 역시…… 찾아가지 않았나 보네."

"……."

"소문에 말이야. 정민 오빠, 집안에서 정해준 약혼녀랑 동반 유학 갔다는 말이 있더라고. 너 그렇게 힘든 거 알면서도 그냥 떠난 걸 보면 사실인가 보다."

안나의 말 한 마디 한 마디에 가슴이 짓이겨지는 듯했다. 너무 아파서 '제발 그만하라' 고 말하고 싶은데 목소리가 나와 주지 않았다. 아무런 생각도 나지 않았다. 머릿속에서 반복되어 떠오르는 말은 오로지 '그가 떠났다' 뿐이었다.

"그냥 일장춘몽이었다고 생각해. 애초 너랑은 안 맞는 사람이었으니까. 그 사람도 아마 그렇게 생각하고 떠났을 거야. 매일 고급음식만 먹다 보면 가끔 먹는 불량식품이 더 맛있게 느껴지기도 하지만, 그것도 잠깐이잖아. 이제 제자리 찾아간 거야."

불량식품. 안나의 말이 심장을 후비고 들었다.

그에게 나는 불량식품일 뿐이었을까. 나에게 그 사람은……
가슴 떨리는 첫사랑이었는데.

현수의 눈에서 후두둑 눈물이 떨어졌다.

그렇게 그녀의 첫사랑이 끝이 났다. 첫사랑은 이뤄지지 않는다는 속설이 결국 맞았다.

옛 생각으로 밤새 뒤척이다가 새벽녘에야 겨우 잠이 들었는데 그마저도 진안나의 잠꼬대 때문에 숙면이 되지 못했다. 눈 밑에 심하게 낀 다크서클을 평소보다 짙은 화장으로 가린 현수는 부엌으로 나와 해장국을 끓였다. '저 물건, 뭐가 예뻐서!' 라고 투덜거리면서도.

"음, 냄새 좋다."

그녀가 식탁에 아침을 다 차려놓았을 때야 안나는 기지개를 요란하게 켜며 침대에서 기어 나왔다. 해맑은 표정으로 보아하니 술 먹고 어제 한 얘기는 기억도 못하는 듯했다. 현수는 곧바로 식탁에 앉으려는 안나를 제지했다.

"씻고 와."

"뭘…… 아, 알았어."

쪼르르 욕실로 달려가는 안나를 보며 현수는 혀를 찼다.

승무원, 공무원 시험에 줄줄이 미역국을 먹은데다, 인생 최대의 목표였던 '돈 많은 남자 만나 팔자 고치기'의 성과도 시원찮아 현재 공식 백조 상태인 진안나…… 기 많이 죽었네.

먼저 밥을 먹고 있던 현수는, 물만 얼굴에 찍어 바른 듯 초고속으로 나와 맞은편에 앉는 안나에게 애써 태연히 말문을 열었다.

"술은 왜 그렇게 마셨어? 설마, 또?"

"어. 또 차였어. 돈 좀 있는 자식들은 다 왜 그런다니? 내가 지들 장난감인 줄 아나. 멋대로 갖고 놀다가 싫증나면 버리고. 결국엔 돈 많은 집 기집애들한테 가더라고. 야, 국 시원하다."

화장을 지운 안나의 얼굴이 오늘따라 늙어보였다. 좀 불쌍하다는 생각도 들었다.

　　"그럼 어제 우리가 했던 얘기도, 기억 안 나?"

　　"무슨?"

　　슬쩍 떠보았으나 안나는 천진하게 되물었다.

　　"나 한정민 만났다고. 택배 배달을…… 하고 있더라."

　　"읍, 픗!"

　　안나가 토해낸 밥풀이 그녀의 몇 벌 안 되는 외출복 상의에 산발적으로 와 달라붙었다. 현수는 이를 악물며 그것을 한 알 한 알 떼어냈다. 그러나 그녀의 싸구려 티셔츠가 어찌 됐든 말든 안나가 상관할 리 없었다.

　　"말도 안 돼! 한정민이 택배 배달이라니!"

　　"아버지 사업이 망했나봐."

　　덤덤한 그녀를 안나는 제정신이 아닌 사람 보듯 바라보았다.

　　"너…… 정말 모르는 거야?"

　　"뭘 몰라? 그 사람 아버지가 무슨 사업을 하시는지? 운수업이라는 것 정도만 알고 있는데?"

　　"허. 너 설마, '난 한정민이라는 사람 자체만 좋아했다' 이따위 소리를 할 거면 집어치워. 난 그런 거 안 믿어."

　　"네가 믿든 말든 상관없어. 어쨌든 그 사람 만났다고 너한테 미리 얘기해 주는 거야."

　　어젯밤 비록 술김이긴 해도 안나가 했던 말들이 귓전을 웅웅 울렸다.

〈우현수, 너 진짜 앙큼한 거 알아? 한정민, 왜 다시 만났다고 얘기 안 했어! 애초 내 인연이었다고! 너만 아니었음 내 남자가 될 수도 있었단 말이야!〉

그러니까 그녀가 바쁜 출근 시간 이런 소리를 늘어놓고 있는 까닭인즉슨, '나 분명히 말했으니까 나중에 딴소리 마라' 이런 의도였다. 눈치 100단 진안나가 그것을 알아채지 못할 리가 없었다.

"다시 시작해 보고 싶다 이거야? 그러니 넌 이번엔 침 바르지 마라?"

"넌 최소 강남에 빌딩 하나 이상은 가진 집안 아들들만 상대하잖아."

그녀가 그토록 바랐음에도 안나의 눈빛이 어째 불길하게 반짝거렸다.

"그가 만약에 그 정도쯤은 완전 평정할 수 있는, 엄청난 재력의 소유자라면?"

"무슨 소리야, 그게."

"아니야. 아무것도. 그나저나 나 그 사람 좀 만나게 해줄 수 있어?"

선뜻 '그럴게'라고 대답할 수 없었다. 그러자 안나는 약한 마음을 쿡쿡 찔렀다.

"말은 바른 말이지, 너 8년 전에 내 대신 소개팅 나간 덕분에 정민 씨랑 잘된 거잖아. 늦게라도 은혜 갚는 셈 치면 안 돼?"

"후. 알았어. 대신 단둘은 안 돼. 다음에 준하 오빠랑 같이 만나기로 했는데 그때 너도 동석해."

"오케이~."

신나서 밥을 입 안으로 퍼 넣는 안나를 보며 현수는 8년 전 대학 본관 앞에서의 한 장면을 떠올렸다.

〈어머니가 많이 아프셔서 병간호 중이고 강화도로 이사 갔다고도 말했는데. 역시 찾아가지 않았나 보네…… 정민 오빠, 집안에서 정해준 약혼녀랑 동반 유학 갔다는 말이 있더라고. 너 그렇게 힘든 거 알면서도 그냥 떠난 걸 보면 사실인가 보다.〉

그녀는 그때 안나의 말을 믿었다. 그런데 서른넷인 정민이 아직 미혼이라는 것을 알게 된 지금, 의구심이 고개를 쳐들었다. 과연 약혼녀가 있긴 했던 걸까. 자신이 그때 너무 경황이 없어 안나의 말만 들은 것이 아닐까.

"안나야."

그녀의 부름에 안나는 콩나물국을 후루룩 마시다 눈만 깜빡거렸다.

그래. 그래도 10년 지기인데. 의심하지 말자. 안나가 나한테 그렇게까지 할 이유가 없잖아.

마음을 다잡은 현수는 말을 돌렸다.

"얼른 먹으라고. 나 늦으면, 잡아먹으려고 기다리는 사람 있어."

"아, 임 관장?"

비워진 그릇들을 황급히 개수대에 넣는데, 등 뒤에서 안나가 또 말도 안 되는 소릴 지껄였다.

"그냥 확 꼬셔버려. 도서관도 그 사람 아버지 거라며?"

"고맙지만, 사양할게."

"잘생겼던데. 그만하면 집안도 빵빵하고."

"남자 꼬시는 건 네 전문이잖아. 나한텐 초딩들 밖에 안 꼬여."

현수의 예상이 적중했다. 조금 띄워 주자 금방 화제의 중심이 그녀에게서 벗어났다.

"후훗. 너도 알긴 아는구나? 하긴 내 매력에 그 누가 빠져들지 않겠니?"

눈알을 굴리며 안나의 앞에 놓인 빈 그릇까지 치운 현수는 손을 씻고 가방을 들었다. 어서 나가자는 나름의 채근이었다. 그러자 안나는 여기서 잔 다음 날이면 늘 그렇듯 절대 안 통하는 애교를 부렸다.

"난 조금 더 있다가 나가면 안 돼?"

"안 돼. 주인도 없는 집에 어딜."

"이씨, 화장도 못 했는데."

투덜거리는 안나를 현수는 집 밖으로 밀어냈다. 문을 잠그는데 초인종이 눈에 들어왔다. 바로 어제 그의 긴 손가락이 닿았을 버튼에 저도 모르게 손을 가져가려는데 안나의 짜증 섞인 음성에 확 정신이 들었다.

"뭐해, 추워 죽겠는데. 벌써 2월인데 도통 날이 풀릴 생각을 안 하네."

현수는 안나와 함께 계단을 내려가며 생각했다. 내일모레쯤 그에게 문자 메시지를 보내봐야겠다고. 준하의 귀국 소식을 기다리다가는 언제 정민을 다시 만날 수 있을지 기약이 없었다.

첫사랑이 꼭 이뤄지지 말란 법은 없지. 암.

그렇게 스스로를 격려하며 현수는 임 관장이 입을 벌리고 있을 도서관으로 힘찬 발걸음을 내딛었다.

3. 다시 시작할 수 있을까?

"으으윽."

혼자 파스를 붙이는 게 이렇게 힘든 일인 줄 미처 몰랐다. 인 그래도 아픈 허리를 꺾어 거울을 보며 등에 파스를 붙이는데 욕 이 절로 나왔다. 그 대상은 물론 아버지 한대웅 회장.

"우리 어머니가 나 이런 모습 보면 얼마나 마음 아파하실까."

겨우 파스를 붙이고 옷을 내리는데 벨소리가 울렸다. 휴대폰 이 아닌 TV캠에서 나는 소리였다. 정민은 반가운 마음에 서둘러 TV를 켰다. 미국에 계신 어머니의 얼굴이 화면 가득 나타났다.

"조금 전까지 어머니 생각하고 있었는데. 역시 우린 텔레파시 가 통한다니까."

〈저녁은 먹었니? 왜 그렇게 피곤해 보여?〉

상대방의 입모양을 읽고 말을 만들어내는 것도 곧잘 하는 어머 니였지만, 아버지를 떠난 이후에는 주로 수화를 사용하셨다. 이젠 자신의 청각장애를 숨기며 힘들게 살 이유가 없다고 하시며.

정민 역시 어머니께서 알아보기 쉽도록 수화로 말을 받았다.

—요즘 일이 좀 많아서 그래요.

그는 수화가 좋았다. 어머니와 편하게 대화를 할 수 있는 수단이기도 했고, 수화를 배웠기 때문에 현수를 만날 수 있었으니까.

그녀를 생각하자 아픈 와중에도 입가에 미소가 떠올랐다.

〈그래도 기분은 좋아 보이네?〉

—8년 전 어머니 따라 미국 들어갔을 때, 말했었죠? 여자친구랑 헤어지는 걸 감수하고 온 거라고. 그때 헤어졌던 여자친구, 다시 만났어요.

〈정말? 나 때문에 많이 좋아하는 사람이랑 헤어진 것 같아서 늘 미안했었는데…… 잘 됐구나.〉

어머니의 얼굴에 모처럼 환한 웃음이 번졌다.

—어머니가 보면 분명 좋아하실 거예요.

그의 단언에 어머니 명수옥 여사는 그저 고개만 주억거렸다. 잠깐 침묵이 흐르자 정민은 어머니가 차마 묻지 못한 말에 대해 답을 해주었다.

—아버지는 건강하세요.

〈그래. 겉은 냉정해 보여도 속에 인정이 많은 분인 거, 알지? 네가 옆에서 잘 보필해 드리렴.〉

그렇게 걱정하고 신경 쓸 거면 왜 떠난 거냐는 말이 목젖 바로 뒤까지 치고 올라왔으나 마침 울린 도어벨 소리가 다행히 그것을 막았다. 그는 시계와 인터폰을 번갈아 바라보았다. 저녁 8시. 올 사람이 없는데 누구지?

궁금함 반 짜증 반으로 일어나며, 정민은 어머니에게 양해를 구했다.

－나중에 전화 드릴게요.

〈그래. 일 열심히 하는 것도 좋지만 몸 생각도 좀 하고.〉

저도 그러고 싶답니다.

속으로만 중얼거린 정민은 애써 웃으며 전화를 끊었다. 아무리 고생스럽고, 아버지가 원망스러워도 어머니에게 내색하고 싶진 않았다. 명 여사가 그의 걱정으로 밤잠을 설치느라 더 건강을 해치는 것은 원치 않았다.

정민은 인터폰의 수화기를 들기 전, 화면에 나타난 얼굴을 살폈다. 그리고 순간 제 눈을 의심했다. 지구 반대편에 있을 녀석이 이곳에 있을 리가 없잖은가! 하. 지. 만.

"한 상무, 상무 됐다고 옛 친구를 괄시하는 건가, 지금?"

귀 익은 목소리가 들린 순간, 정민은 낮은 욕설과 함께 문 열림 버튼을 눌렀다. 서준하. 낮도깨비 같은 녀석.

정민은 준하가 그의 펜트하우스가 있는 21층까지 엘리베이터를 타고 오를 동안 현관 앞에서 내내 서성였다. 그리고 다시 벨이 울리자마자 직접 현관문을 열어 친구를 맞았다.

"오랜만이다."

그들은 상대를 끌어안고 잠시 동안 심장박동을 느꼈다. 그렇게 서로의 무사함을 확인한 후 몸을 떼어냈다. 정민은 예전보다 많이 그을리고 조금은 마른 준하의 얼굴을 살폈다. 친구는 다행히 건강해 보였다. 그의 표정을 읽은 듯 준하는 말했다.

"보다시피 난 아주 좋아. 그런데 넌 어째 얼굴이 그 모양이냐?"

"요즘 현장에서 뛰거든."

"현장?"

준하와 함께 와인 바로 걸어간 정민은 가장 좋아하는 와인인 '샤토 마고'를 꺼냈다. 프랑스 보르도 지역을 대표하는 최고급 와인인 그것은 향기롭고 부드러워 평상시에도 즐겨 마시는 편이었다.

"와우, 명품. 요새 싼 거에 길들여져서 이거 먹고 급체하는 건 아닌지 모르겠다."

글라스를 받아든 준하는 너스레를 떨었으나, 와인을 마실 때는 더할 나위 없이 진지했다. 거의 원샷을 하다시피 한 준하는 물었다.

"무슨 일 있는 거야?"

정민은 8개월 전 시작된 파란만장한 체험기를 간략하게 압축하여 들려주었다. 그러나 그의 말이 끝났을 때 동정을 하긴커녕 킥킥거리며 웃는 준하였다.

"역시 한 회장님이셔!"

"넌 재미있냐?"

"야야. 젊었을 때 고생은 사서도 한다잖아. 네 사업체에 대해 더 배운다고 생각하고 열심히 해라~."

애늙은이 같은 녀석. 우현수는 도대체 저런 녀석 어디가 멋있다는 거야.

중얼거린 정민은 퉁명스레 말을 돌렸다.

"넌…… 아주 들어온 거야?"

"응. 우리 병원장님 이제 은퇴하실 거란다. 나보고 들어와서 업무 인수인계 받으래."

준하는 날개 꺾인 새와 같은 표정을 지었다. 그러나 정민은 별반 안쓰럽지 않았다.

"봉사는 대한민국에서도 충분히 가능하거든?"

"아프리카에 한번 가보면 너 그 말, 쏙 들어갈 거다."

"그럼, 후원을 해. 한 달에 한 100명쯤. 그리고 결혼하면 입양도 하고. 요즘 다문화 시대잖냐."

"그럴까?"

농담처럼 한 말을 진담으로 받아들이는 준하는 정말 못 말리는 박애주의자다. 정민은 친구가 또 다른 인생을 구상하기 전, 얼른 그가 원하는 방향으로 대화의 물꼬를 틀었다.

"너 혹시 우현수, 기억나?"

"우현수? 현수? 그 얼굴 동그랗고 귀여웠던? 네 전 여친?"

자식, 눈은 바로 박혔네. 그런데 '전 여친'이 뭐냐. 젠장.

"응. 최근에 다시 만났는데. 널 보고 싶다더라."

그는 심드렁한 척 말했지만, 사실 준하가 싫다고 할까 봐 가슴이 조마조마했다. 어떻게든 다시 현수를 만날 기회를 잡아야 했다. 그 지긋지긋한 택배 유니폼을 벗고.

"우선 병원 출근해서 상황을 좀 보고."

느긋하기 짝이 없는 준하의 대답에 정민은 답답해 죽을 지경이었다. 하지만 그는 어금니를 꽉 깨물어 참고, 휴대폰을 꺼내 현수의 번호를 보여주었다.

"여기로 전화해. 그리고 약속 잡아."

"나 아직 폰 개통 안 했는데."

참을 인을 그리는데도 한도가 있었다. 정민은 준하의 팔을 잡아 일으켜 세웠다. 왜 이러냐는 친구의 눈빛 앞에 그는 버럭 소리를 질렀다.

"가자고! 휴대폰 사러!"

"왜 이렇게 급해? 너, 혹시? 아직도?"

이제야 눈치 챈 거냐, 둔한 녀석.

"진작 말을 하지. 알았어."

준하는 그제야 커다란 덩치를 조금이나마 빠르게 움직여 주었다. 친구의 마음이 바뀔까 봐 정민은 허리가 아픈 것도 잊은 채 얼른 드레스룸에서 점퍼를 꺼내 입었다. 그리고 거의 준하를 큰 공 굴리다시피 밀어서 집을 나섰다.

하루에도 수십 번씩 휴대폰을 들었다가 났다가를 반복하는 동안 벌써 이틀이 지났다.

메시지 하나 보내기가 이렇게 힘들다니.

"휴."

한숨을 내쉬며 또다시 휴대폰을 점퍼 주머니에 넣은 현수는 화장실을 가기 위해 일어났다. 그런데 자료실을 나가기 전, 책장 뒤에서 들려오는 킥킥거리는 웃음소리에 그녀는 발길을 돌렸다. 어린이 자료실 담당 사서로서 책임감이 발동하였다고나 할까. 예상했던 대로 초등학교 5, 6학년쯤 되어 보이는 여학생 3명이 모여앉아 수다를 떠는 중이었다. 책은 주변에 멋대로 어질러 둔 채 휴대폰을 만지작거리며.

현수가 그들의 바로 옆으로 가 우뚝 서자, 3쌍의 눈동자가 모두 그녀를 향했다.

"얘들아, 책 안 읽고 떠들 거면 요 앞 매점도 있는데?"

"책 읽고 있거든요?"

제일 통통한 여학생이 책 한 권을 들어 올리며 받아치자 안경 쓴 또 다른 아이가 맞장구를 쳤다.

"맞아. 벌써 노안인가?"

"뭐? 이것들이 진짜~."

이성을 상실한 현수가 바싹 다가서자, 가운데 있던 여학생이 벌떡 일어났다. 키가 그녀만 하고 비쩍 말랐지만 눈빛에서 초등학생답지 않은 카리스마가 느껴지는 아이였다.

"어쩌려구요? 뭐, 때리기라도 할 거예요?"

'할 수 있으면 해봐'라는 듯 그녀를 위아래로 훑어보며 피식 웃는데, 기분이 급속도로 나빠졌다. 조용히 말로 해서는 들을 아이가 아니라는 판단이 든 현수는 가느다란 팔을 휘어잡았다.

"너 좀 따라 나와."

"이씨, 왜 이래요?"

다른 사람들 시선에 아랑곳없이 큰 소리를 내는 아이를 현수는 죽을힘을 다해 끌고 밖으로 나왔다. 그와 동시에 여학생은 거칠게 그녀의 손아귀에서 몸을 빼냈다.

　"아줌마 도대체 왜 이래요?"

　"아, 아줌마? 넌 예의라고는 없니? 이 이름표 안 보여?"

　가슴팍에 단 '사서 우현수'라고 쓰인 명찰을 가리켰음에도 아이는 별반 반응이 없었다. 대신 다른 물음으로 그녀를 기함하게 만들었다.

　"사서면 막 폭력 쓰고 그래도 돼요?"

　"폭력? 내가 언제?"

　"이렇게 사람 강제로 잡아끌고 그러는 거, 폭력이에요. 학교에서 '학교폭력 교육' 할 때 그렇게 배웠거든요?"

　어이가 없어 헛웃음이 나왔다. 긴 머리에 감싸인 작은 얼굴, 호리호리한 몸매를 가진 마치 연예인처럼 예쁜 아이가 왜 이렇게 비뚤어졌을까. 잠깐의 침묵을 깬 것은 등 뒤에서 들린 차가운 목소리였다.

　"우현수 씨?"

　젠장, 임 관장. 어쩜 이렇게 때를 딱 맞춰서 나타나는 것인지.

　"네, 관장님."

　그녀는 얼른 뒤를 돌아보고 인사를 했지만 임 관장의 시선은 여학생에게 머물러 있었다.

　"무슨 일입니까?"

　"저기 그게……."

"으흐흐흑."

구슬픈 울음소리에 현수는 말을 멈출 수밖에 없었다. 그녀는 경악스런 표정으로 억지울음을 쥐어짜고 있는 아이를 바라보았다.

헉. 완전 아역배우감이다!

"우현수 씨, 어떻게 된 일이냐고 물었습니다!"

임 관장은 언성을 더 높였지만 분노 게이지가 올라간 현수는 전혀 무섭지 않았다. 그저 이글거리는 눈빛으로 여학생을 노려볼 뿐.

"흑흑. 저 선생님 뭐라고 하지 마세요. 친구들이 떠들어서 제가 조용히 하라고 했는데, 선생님은 제가 떠든다고 오해를 하신 모양이에요. 여기까지 화가 나서 저를 끌고 나오신 걸 보면. 죄송해요."

아줌마가 선생님으로 둔갑하긴 일순이다. 눈물을 찍어내며 그럴 듯하게 말을 하는 아이에게 임 관장은 깜빡 속아 넘어간 모양이었다.

"우리 직원이 경솔했네. 미안해요~."

망할 임 관장이 그녀를 두 번 죽이고 있었다. 분을 삭이지 못해 씩씩거리는 그녀에게 혀를 날름 해보인 아이는 어린이 자료실로 다시 쏙 들어갔다. 저게 진짜!

뒤를 쫓으려던 그녀를 석희가 붙잡았다. 그의 얼굴이 너무 가까이 있었다. 현수는 후다닥 뒤로 물러났다. 석희는 냉정한 목소리로 꾸짖기 시작했다.

"우현수 씨 몇 살입니까? 어른이 아이랑 싸운다는 게 말이 됩니까?"

"관장님, 싸운 게 아니고요."

"변명 듣고 싶지 않습니다. 내일, 퇴근 후에 내 방으로 오세요."

"네?"

이 무슨 청천벽력과도 같은 소리인가. 현수는 마치 단단한 벽처럼 돌아서버린 석희에게 뭐라 반발하지도 못했다. 그저 명령에 복종할 뿐.

"이게 무슨 일이야. 조그만 기집애 하나 때문에."

아니, 정확히 말해 조그맣진 않았다. 그냥 어린 기집애라고 해두자.

그렇게 중얼거리며 집 잃은 강아지처럼 서 있던 현수는 점퍼 주머니에서 울리는 진동음에 휴대폰을 꺼냈다. 혹시나 했지만 역시 정민은 아니었다. 모르는 번호에 실망한 그녀는 심드렁한 표정으로 통화 버튼을 눌렀다. 그러자마자 들려온 생기 넘치는 목소리!

-우현수! 현수니?

"혹시, 준하 오빠?"

그토록 세월이 지났지만 알 수 있었다. 현수는 조마조마하게 상대의 답을 기다렸다.

-내 목소리를 기억하고 있었단 말이야? 이거 영광인데?

역시 준하였다. 그의 과장스런 대답에, 어느새 조금 전까지의 일은 모두 머릿속에서 지워낸 현수는 환하게 웃었다.

"진짜 오래간만이다. 그렇죠?"

—응. 잘 지냈어? 정민이 말로는 사서가 되었다고 하던데.

"네. 오빠 소식도 들었어요. 아프리카에 있다더니, 귀국한 거예요?"

—그렇게 됐다.

제발, 만나자고 말해요.

현수는 두 눈을 감고 빌었다. 그러자 아니나 다를까 휴대폰 너머에서 뛸 듯이 반가운 제안이 들렸다.

—셋이 한번 만나서 회포 풀어야지?

"좋아요!"

대답하고 나서야 너무 좋아하는 티를 낸 건가 싶어서 아차 싶었으나 준하는 별 상관하는 느낌이 아니었다. 다행이다 싶었다.

—그럼 이번 주에 볼까? 언제가 좋아?

"내일 어떠세요?"

—목요일? 음…… 그럼 저녁 먹고 가볍게 한잔, 어때? 장소는 문자 남길게.

"네."

잊지 말고 꼭 보내셔야 해요. 꼭. 그래야…….

자연스레 정민의 얼굴이 떠올랐다. 쿵쾅거리는 심장을 진정시키느라 끊긴 전화를 들고 한참을 그 자리에 서 있다가 현수는 자료실로 들어갔다. 그녀의 시선이 자연스레 아까 그 막돼먹은 초딩들이 앉아 있던 자리에 머물렀다. 은영이 옆에서 속삭였다.

"걔들 좀 전에 나갔는데, 못 봤어?"

그녀가 휴대폰을 들고 멍 때리고 있는 사이 도망친 모양이었다. 약아빠진 것들.

분개해 주먹을 불끈 쥐는 그녀를 보며 혀를 끌끌 차는 은영이었다.

"너도 좀 그만 해라. 그런 애들 교화한다고 네 월급이 더 나오니, 누가 상이라도 주다니? 신경 쓰면 흰머리랑 주름밖에 안 늘어. 나 봐라. 나. 그나저나 우리 임 포스, 역시 멋지다니까. 위기의 순간에서 널 구해 주다니. 캬!"

임 관장한테 콩깍지가 쓰여도 단단히 쓰인 은영이었다. 현수는 은영이 임석희 예찬론을 펼 때면 늘 그렇듯 깡그리 그 말을 무시하고 물었다.

"언니, 걔 이름 뭐야? 비쩍 말라서 키만 큰 그 기집애."

"어? 아, 예쁘장하게 생긴 애? 안 그래도 궁금해서 오늘 대출할 때 이름 잘 봐뒀지."

예쁘긴 개뿔. 현수는 은영 쪽으로 몸을 기울여 모니터에 뜨는 개인 정보를 확인했다.

"송예지. 단군초등학교 6학년. 주소가…… 와~ 걔 저 위 부촌에 사네?"

그럼 그렇지. 부잣집에서 오냐오냐 길러서 사가지가 그 모양이 됐지. 다음에 오면 한번 보자. 이 웬수는 꼭 갚아주마.

그렇게 이를 갈며 중얼거리던 현수는 진동 소리에 급 화색을 띠었다. 준하로부터의 문자였다.

〈목요일 7시, 유성대학교 앞 옛날식당에서 보자.〉

유성대. 옛날식당.

예전 정민과 데이트를 할 때의 추억이 새록새록 밀려들었다. 약속시간까지 24시간이 넘게 남은 지금부터 벌써 가슴이 뛰기 시작했다.

약속 장소가 기껏 '옛날식당'이 뭐냐고, 진짜 아버지 사업 망한 것 맞나 보다고 종알거리는 안나에게 오기 싫음 말라고 했더니 한다는 말이

〈그런 촌스런 식당에 어울리는 옷은 없단 말이야!〉

였다. 역시 진안나다웠다.

현수는 퇴근 전, 사물함 거울에 비친 자신을 바라보았다. 헐렁한 니트에 레깅스, 하프코트를 걸친 평범한 차림이었지만 오늘은 화장에 힘을 좀 주었다. 특히 눈화장.

"아직은 봐줄 만하다. 우현수."

그렇게 자신을 다독인 현수는 길게 늘어뜨린 백을 어깨에 메고 도서관을 나섰다. 아니 나서려 했다. 저승사자처럼 스르륵 나타난 임 관장만 아니었다면. 그는 뭔가 단단히 화가 난 것처럼 보였다.

"우현수 씨, 내가 어제 분명 오늘 퇴근 전에 내 방에 들르라고 했을 텐데요?"

"앗. 죄송해요, 관장님. 깜빡했어요."

"내가 신호등입니까. 깜빡하게."

진지한 얼굴로 하는 석희의 농담에 현수는 '아하하' 하고 어색

하게나마 웃어주었다. 그건 일종의, 상관에 대한 예의였다. 그리고 나서 그녀는 간절히 부탁했다.

"관장님, 제가 지금 진짜 중요한 약속이 있어서요. 내일 찾아뵈면 안 될까요?"

"갑시다."

"네?"

앞서 도서관을 나가버리는 석희를 현수는 뒤쫓을 수밖에 없었다. 자신의 은빛 아우디 부근에서 우뚝 선 석희는 그녀를 돌아보았다.

"타요."

헉. 임 관장, 점심을 잘못 드셨나? 아닌데. 벌써 소화되고도 남을 시간인데.

그녀의 황당한 표정을 읽은 듯 그가 재촉했다.

"중요한 약속이라면서. 가는 데까지 태워줄 테니 타요."

현수는 망설였다. 태워준다면야 편하긴 하겠지만, 임 관장의 차는 싫었다. 단둘이 저 좁은 공간에? 가는 동안 무슨 말을 하라고?

"말씀은 감사한데요. 집에 들렀다가 가려고요. 먼저 가세요."

"집이 어딘데요? 집까지 같이 갔다가 약속 장소로 이동합시다."

은근 진드기 같은 기질이 있다. 그런데 왜? 하필 나한테 왜 이러는 거냐고!

속으로만 비명을 지른 현수는 결국 눈물을 머금고 굴복했다.

"아, 아니에요. 그냥 유성대로 바로 갈게요."

그녀가 차에 타자 곧 운전석에 앉은 석희는 시동을 걸었다. 생전 처음 타보는 최고급 승용차였지만 어째 불편해 죽을 지경이었다. 며칠 전 정민이 운전하던 허름한 택배 차를 탔을 때와는 사뭇 다른 느낌이었다. 그땐 마냥 좋기만 했었는데.

"유성대. 우현수 씨가 졸업한 학교죠? 아마?"

그녀가 처음 이 도서관의 사서모집 전형에 냈던 서류의 내용을 아직 기억하는 거라면, 꽤 머리가 좋다. 그런데 그게 벌써 4년 전인데? 설마 매일 직원들 신상 정보 들춰보면서 복습하는 건가?

왠지 으스스해진 현수는 그를 피해 차창 쪽으로 바싹 붙어 앉으며 작게 대답했다.

"네. 맞아요."

"중요한 약속이라고 했는데, 도대체 누굴 만나는 겁니까?"

그에게 말할 이유를 느끼지 못했기에 현수는 못 들은 척했다. 그러나 그것이 임 관장에게 통할 리가 없었다.

"우현수 씨?"

"남자친구예요."

귀찮은 나머지 앞에 '예전'이라는 말만 쏙 빼고 대답을 하자 석희는 꽤나 놀란 듯했다. 그 이후 입을 딱 다물어 버린 걸 보면.

조용해져서 좋긴 했지만 왠지 찝찝한 기분이었다. 마치 삐친 듯한 저 행동은 뭐란 말인지. 날 좋아하지도 않는 저 인간이 왜.

그러나 석희에 대한 생각은 더 이상 이어지지 못했다. 곧 유성대의 상징인 'ㅇ'자 형태의 교문이 보이기 시작했기 때문이다.

반가운 마음에 고개를 빼서 주위를 두리번거리던 현수는 옛날식당이 있는 골목 앞에서 손을 번쩍 쳐들었다.

"여기 세워 주세요."

도망치듯 차에서 내려 주변 풍경을 마주한 그녀의 입술에서 감탄사가 흘러나왔다. 그 골목 안은 마치 시간이 멈춘 듯 8년 전과 변함이 없었다. 소박했지만 따뜻했고 정감이 넘쳤다. 그리고 가장 중요한 건…… 그때처럼 정민이 멋진 차림으로 그곳에 서 있다는 것. 그녀를 보고 웃으며.

지금 내가 꿈을 꾸고 있는 건 아니지?

그런 생각이 들자 마음이 다급해졌다. 뛰다시피 해서 그에게 다가가던 현수는 차츰 정민의 얼굴에서 웃음이 걷히는 것을 발견했다. 매서운 그의 시선이 그녀를 비켜 뒤쪽을 향해 있었다.

서, 설마? 임 관장?

휙 뒤를 돌아보자 정말 석희가 보였다. 다시 앞을 보자 정민이 다가서고 있었다. 그녀를 사이에 둔 두 남자의 거리가 점점 좁혀지고 있었다.

역시, 그의 직감이 맞았다. 저 관장이라는 작자는 현수를 좋아하는 것이 틀림없었다.

샌님 주제에 눈은 있어 가지고! 그런데 설마 현수도? 아니라면 여기 도대체 저 인간은 왜 데리고 온 거지?

그를 향해 고개를 절레절레 저어보이는 현수를 정민은 믿고 싶었다. 그녀를 자신의 뒤로 보낸 그는 석희와 마주 섰다.

"역시 그냥 택배기사는 아니었군요."

"그런 줄 알았으면 그만 가지? 댁이랑 이렇게 허비할 시간 없으니까."

"우현수 씨가 '남자친구 만나러 간다' 고 하던데. 설마 댁이 남자친구?"

오호. 현수가 그런 말을? 잠깐 좋았던 기분은 남자의 과도한 관심에, '설마' 라고 의심하는 말에 확 나빠졌다. 정민은 상대를 향해 더욱 바싹 다가섰다. 그의 콧김이 석희의 얼굴에 닿을 정도의 거리였다.

"현수가 그랬으면 그런 거지, 뭘 의심하는 거요?"

"다행이네요."

안경 뒤 남자의 눈이 웃고 있었다. 그 미묘한 웃음에 소름이 끼쳤다. 아니나 다를까 이어진 말은 그와 그의 뒤에 선 그녀를 기겁하게 만들었다.

"내 경쟁상대가 당신이라서. 충분히 해볼 만하다는 생각이 듭니다."

"뭐요! 이 사람이 진짜!"

그가 멱살을 잡아들어 올렸지만 상대는 굴복하지 않았다. 오히려 그녀가 들으라는 듯 더 크고 당당하게 고백하는 것이었다.

"나 우현수 씨 좋아합니다. 쉽게 포기하진 않을 거예요."

등 뒤에서 현수가 '헉' 놀란 숨을 내쉬는 것이 느껴졌다. 그녀도 여태껏 이 작자의 마음을 몰랐던 모양이다.

"당신이 포기를 하든 말든 관심 없어."

으르렁거리듯 한 마디를 내뱉은 정민은 석희를 밀치고 돌아섰다. 현수의 손목을 붙잡고 빠르게 걸어 옛날식당 앞에 이르러서야 그는 그녀를 놓고 마주 보았다.

"도대체 저 작자는 여기 왜 온 거야?"

화가 나서 견딜 수가 없었다. 남자의 차를 현수가 타고 온 것부터 남자가 그를 발아래로 보는 것까지. 최근 여덟 달 동안 한정민 인생 서른네 해간 경험하지 못한 온갖 수난을 겪고 있지만, 이건 정말 최악이었다.

"태워준다고 해서. 어쩔 수 없었어요."

"넌 아무 남자나 차 태워준다고 하면 덥석 타고 그래?"

"저 사람은 아무 남자가 아니라 제 직장 상사예요."

"직장 상사는 무슨. 음흉한 자식…… 분명 널 채용한 것도 딴 맘이 있어서 그런 걸 거야."

화가 나서 자신이 무슨 말을 하고 있는지도 모른 채 막 내뱉고 있는데, 현수가 조용했다. 차츰 이성이 돌아오자 그녀가 바로 보였다. 크고 까만 눈동자는 무섭도록 진지함을 담은 채 그를 향해 있었다.

"지금 오빠, 진짜 내 애인이라도 된 것처럼 구는 거…… 알아요?"

책망하는 음성에 가슴이 뜨끔했다. 그래. 지금 우린 아무것도 아니지. 연인도, 심지어 친구도.

그들 사이에 불편한 침묵이 흘렀다. 그것을 깬 것 또한 현수였다.

"들어가요."

한숨 섞인 한 마디를 내뱉은 후 그녀가 옛날식당의 문을 열었다. 반색을 하며 일어나는 준하가 보였다. 두 사람이 반갑게 인사를 주고 받는 모습을 정민은 마치 남의 일인 양 멀거니 서서 지켜보았다.

〈진짜 내 애인이라도 된 것처럼 구는 거…… 알아요?〉

그녀가 조금 전 했던 말이 쉴 새 없이 머릿속에서 리플레이 되고 있었다. 그리고 그들이 '연인'이라는 이름으로 함께 했던, 짧았지만 행복한 시간이 아련하게 떠올랐다.

처음 '나누리' 동아리방에서 현수를 만났을 때부터 정민은 그녀에게 끌렸다. 그때껏 어떤 여자에게도 느껴보지 못했던 감정이었다. 왜 그녀가 좋은지 정확히 설명할 순 없으나 굳이 꼽으라면 그의 세계에서 좀처럼 찾아볼 수 없는 순수함, 보호본능을 유발하는 여린 외모…… 그런 점이 묘하게 어머니를 닮았다는 것이었다.

그래서 술에 취해 의식을 잃은 그녀를 업고 집까지 바래다주는 길이 행복했고, 그녀가 그 후 그를 피해 다닐 때는 착잡했다. 현수가 친구를 대신해서 소개팅을 한다는 사실을 알았을 때는 더더욱.

"안나 기집애, 완전 약았지? 소개팅할 건축학과 남자애, 얼굴 미리 보고 와선 맘에 안 든다고 현수한테 넘겼지 뭐야."

"그런 거야? 어쩐지. 부동산 재벌집 아들이랑 소개팅한다고 자랑해대더니, 요즘 잠잠하드라."

도서관 앞 벤치에서 여학생들이 수군거리는 소리를 들은 건 행운이었다. 정민은 당장 얼굴도 모르는 건축학과 남학생을 수소문해 찾아갔다. 그리고 각종 협박과 회유를 동원해 그 소개팅을 넘겨받는데 성공했다.

이후 소개팅을 하는 그날까지 얼마나 가슴을 졸였던지. 그녀가 혹시라도 나오지 않을까 봐. 그런데 또 막상 너무 예쁘게 하고 나온 현수를 보니 반갑기도 하고 괜히 질투가 치밀기도 했다. 못생긴 건축학과 남학생 따위한테 그 한정민이 말이다.

그들의 첫 데이트 장소는 영화관이었다. 그때 본 영화가 무엇인지 제목은 기억하지만 내용은 전혀 떠오르지 않았다. 주인공들이 악당과 싸우고 울고 웃는 동안, 그는 어떻게 하면 팝콘통 너머로 현수의 손을 잡을지만 생각하고 있었기 때문에.

결국 그는 마치 미끼를 드리운 채 물고기를 기다리는 낚시꾼처럼 팝콘통에 손을 넣은 채 기다리는 방법을 택했다. 그리고 마침 현수가 더듬더듬 팝콘을 찾았고 그는 그녀의 손을 덥석 잡았다. 현수는 다행히 그를 뿌리치지 않았다. 손끝을 통해 그녀의 체온이, 그녀의 두근거림이 전해지는 듯했다.

영화관을 나와서 함께 저녁을 먹고 정민은 그녀를 버스로 바래다주었다. 현수의 성격상 그의 렉서스 차량을 보면 거부감을 느낄 것이 뻔했기에 당분간은 대중교통을 이용하기로 한 것이다. 정민은 현수의 집 앞에서 그녀가 들어가기 전 말했다.

"우리 그럼, 이제 사귀는 거다?"

"네?"

당황하여 귀까지 빨개진 그녀는 역시 귀여웠다. 무의식적으로 그는 그녀의 부드러운 뺨을 두 손가락으로 슬쩍 꼬집었다. 어지간히 놀란 듯 '흡' 숨을 들이켜며 뒤로 물러서는 현수에게 정민은 손을 흔들어 보이며 돌아섰다. 다음 데이트 시간과 장소를 통보하며.

"내일 점심, 옛날식당. 기다릴게~."

평일 그들은 옛날식당, 뛰므망끄, 그리고 학교 도서관에서 주로 만났다. 정민으로서는 감질날 정도로 짧은 시간이었다. 그러다 드디어 그들이 사귀기 시작한 후 첫 주말이 되었다.

그는 여느 때보다 공을 들여 양치질과 샤워를 한 후 아침 일찍 둘째 누나 정윤의 폭스바겐 비틀 차량을 몰래 몰아 집을 나왔다. 아무래도 소형차가 나을 것 같아. 이 정도도 현수는 놀랄 것이 뻔했지만, 차가 없으면 아무래도 이동하는데 불편했다.

아니나 다를까 차를 몰고 나타난 그를 보자마자 안 그래도 큰 현수의 눈이 더 커다래졌다.

"이거 설마 오빠 차예요? 완전 비싼 건데?"

"어? 아니. 누나 꺼. 사촌누나."

완전 거짓말은 아니다 속으로 변명을 하며 정민은 현수의 마음이 변하기 전 얼른 조수석에 태웠다. 현수는 차 안을 둘러보기 바빴고, 정민은 운전을 하며 노란 니트와 청치마를 입은 앙증맞은 모습의 현수를 훔쳐보기 바빴다. 그러느라 그녀의 표정이 심각해진 것도 알아채지 못했다.

"궁금한 게 있는데요."

"뭔데?"

"오빠 집은 어디예요? 아버지는 뭐하시는데요?"

"가, 갑자기 그건 왜."

"안나가 지난번에 그랬거든요. 오빤 내가 상상도 못할 만큼 엄청난 사람이라고. 그게 좀…… 신경 쓰여서요."

진안나, 설마 나에 대해 다 알고 있는 건가. 그럼 현수가 알게 되는 것도 시간문제인데.

조금 불안하긴 했으나 걱정하지 않았다. 그가 좋아하는 것이 우현수라는 사람 자체이듯, 현수도 그라는 사람을 좋아하는 거라면 아무런 문제가 될 것이 없었다. 정민은 오른손으로 현수의 왼손을 찾아 토닥여 주었다. 우선은 그녀를 안심시켜야 했다.

"난 지금 학교 근처에서 자취해. 그리고 우리 아버지는…… 운수업 하셔. 직원 조금 데리고. 안나라는 그 친구가 오버했네."

그가 둘러댄 말에 그녀의 표정이 눈에 띄게 평안해졌다.

"그럼 다행이구요…… 그나저나 지금 어디 가요?"

"월미도. 가봤어?"

"아뇨. 얘긴 들어봤는데. 지금까지 별로 여행 다닌 적이 없어요."

"어머니가 바쁘셔서…… 그렇지?"

"네. 엄마랑 세상에 단둘뿐이라 조금 외롭고, 애들한테 놀림도 많이 당했는데…… 그래도 난 우리 엄마가 정말 좋아요. 존경스럽고. 남편 없이 애를 낳아서 혼자 기르기가 어디 쉽나요?"

마냥 어리게만 봤는데 현수는 속이 깊었다. 그녀는 미혼모인 어머니 얘기를 그에게 당당하게 털어놓았다. 왠지 그녀와 더 가까워진 기분이었다.

"우리 어머니만큼 멋진 분이시네."

편안한 분위기에 휩쓸려 정민은 그렇게 말하고 말았다. 가족이 아닌 누군가 앞에서 '어머니' 얘기를 꺼낸 건 처음이었다. 궁금하다는 현수의 눈빛을 받으며 정민은 어렵사리 말을 이었다.

"내가 수화를 배우게 된 이유, 어머니 때문이야. 우리 어머니, 청각장애를 갖고 계시거든. 보통은 상대방 입모양을 보고 대화를 하긴 하지만. 여느 사람들처럼 말하고. 그렇게 되기까지 남모르게 죽을 만큼 노력하셨다고 들었어. 나는 매일 긴장 속에서 사는 어머니가 안쓰러웠고, 나와 대화하는 동안만은 편하셨으면 좋겠다 싶어서 수화를 배운 거야."

"그랬구나."

이윽고 그의 어깨에 향기로운 그녀의 머리가 내려앉았다. 심장이 고장 난 듯 펄떡여댔다. 그것은 현수의 다음 말로 인해 더 극심해졌다.

"역시 오빠 멋진 사람이었어요. 좋아하길 잘한 것 같아요."

전력질주 중인 심장은 아무리 진정시키려 해도 말을 듣지 않았고, 아무리 내색하지 않으려 해도 입꼬리가 자꾸 위로 올라갔다. 포옹도, 키스도 아닌 이 미세한 접촉과 좋아한다는 말 한 마디에. 중학생도 아닌 스물여섯 성인 남자가 말이다. 괜히 민망해진 정민은 말을 돌렸다.

"흠. 좀 자둬. 한 시간은 더 가야 해."

"괜찮아요."

그러나 얼마 지나지 않아 그녀의 머리 무게가 고스란히 어깨에 느껴져, '잠들었구나'라는 것을 알 수 있었다. 나름대로 준비를 하느라 아침 일찍부터 일어나 설쳤던 모양이다. 좀 무겁기도 하고 불편하기도 했지만 정민은 현수를 밀어내지 않았다. 그는 묵묵히 월미도까지 차를 몰았다.

가까이 바다와 유람선이 보이기 시작했을 때 정민은 차를 멈추었다. 월미도에 도착한 것이다. 그는 현수를 시트에 바로 눕히고 편안하게 등받이를 뒤로 젖혀 주었다. 의도하지 않았는데 그녀의 얼굴이 너무 가까이 있었다. 귀밑 보송보송한 솜털과 도톰한 입술의 주름까지 다 셀 수 있을 정도로. 약간 벌어진 그녀의 입술에서 그는 눈을 뗄 수가 없었다.

어떤 느낌일까.

이미 키스라면 충분한 경험이 있었지만, 현수와는 조금 다를 것 같았다. 정민은 용기를 내어 눈을 감고 그녀에게로 천천히 다가갔다. 그. 러. 나.

"킥."

그녀에게서 들려온 요상한 소리에 그는 번쩍 눈을 떴다. 언제 깬 것인지 현수도 그를 똑바로 바라보고 있었다. 그녀는 재빨리 손으로 입을 막더니 좀 전과 똑같은 소리를 냈다.

"키익. 킥."

"설마, 너 재채기하는 거야?"

키스 시도가 실패로 끝난 것에 대한 아쉬움도 잊을 만큼, 재미있었다. 이렇게 귀엽게 재채기를 하는 여자가 또 있을까. 그는 모처럼 크게 웃으며 그녀를 놀렸다.

"하하. 웃는 건지, 재채기를 하는 건지 모르겠다."

민망한 듯 현수는 가볍게 그에게 눈을 흘겼다.

"좀 비켜줄래요?"

새침하게 그를 밀어내며 그녀는 갑자기 레버를 당겨 등받이를 세웠다. 그 바람에 현수에게로 몸을 기울이고 있던 그도 튕겨 올라갔다. 순식간에 그들은 서로를 껴안는 형상이 되고 말았다. 돌발 상황에 놀라긴 했지만, 자신의 품에 현수가 쏙 들어온 것이 너무 좋아서 정민은 그녀를 더욱 꼭 끌어안았다. 그는 어지간히 당황한 듯 고개도 들지 못하는 현수의 귓가에 낮게 속삭였다.

"너 일부러 그런 거지?"

"진짜! 아니에요!"

번쩍 고개를 쳐들며 반박하는 현수의 커다란 눈동자엔 억울함이 가득했다. 정민은 애써 웃음을 참으며 말을 받았다.

"거짓말. 나한테 안기고 싶어서 그런 거면서."

"아니라니까요."

현수는 거의 울 듯 말 듯한 얼굴이었다. 그러자 이제 그만 놀려야겠다는 생각이 들었다. 그는 더할 나위 없이 진지한 표정으로 그녀의 갸름한 턱을 한 손으로 붙잡아 자신을 보게 만들었다.

"그냥 그렇다고 말해 주면 안 돼?"

"네?"

"난 지금 너무 좋은데. 넌 싫어?"

입술을 깨물며 잠시 망설이던 현수가 고개를 가로저었다. 정민의 입가에 희미한 미소가 드리워졌다. 그의 시선이 이에 짓눌려 핏빛으로 변한 그녀의 입술에 다시 머물렀다.

쿵쾅쿵쾅.

누구의 심장소리인지 알 수 없는 박동이 차 안을 가득 채우고 있었다. 그는 그녀에게로 천천히 고개를 내려뜨렸다. 그의 입술이 그녀의 입술에 닿기 직전 현수는 이미 전투의지를 잃은 음성으로 제안했다.

"유람선 타러 가지 않을래요?"

"그건 두 번째 코스야. 지금은 우선 이것부터."

말이 끝나기 무섭게 그녀의 입술이 그의 입술 아래 자리했다. 말캉거리는 그것의 부드러움에 빠져, 그 달콤한 향기에 취해 정민은 정신을 잃을 지경이었다. 애초 이곳까지 현수를 데려올 때 바다가 보이는 멋진 장소에서 키스를 해야지 하고 세웠던 계획은 머릿속에서 깡그리 사라지고 없었다. 특별히 깊은 키스도 아니었지만 현수와의 입맞춤은 그에게서 모든 이성을 앗아갔다.

순수해서 더욱 열정적인 키스. 그것은 그들의 첫 번째이자 또한 마지막 입맞춤이었다.

"정민아! 한정민!"

어깨를 툭 치며 준하가 그를 불렀을 때야 정민의 의식은 현실로 돌아왔다. 시야에 자신에게 옆모습을 보이고 앉아 있는 현수가 들어왔다. 예전보다 머리가 길어졌다는 걸 빼면 그녀는 별반 변한 것이 없는데, 그들 사이는 불편하고 어색해졌다. 어떻게 하면 바로 잡을 수 있을까.

가벼운 한숨을 내쉬며 그는 준하가 채워주는 잔을 단숨에 비웠다.

"야. 천천히 마셔. 곧 밥 나올 텐데."

걱정스레 준하가 말을 했지만 현수는 그에게 눈길조차 주지 않았다. 오로지 준하를 바라보며 계속 대화를 이어갈 뿐이었다.

"병원 일은 할 만해요?"

"응. 환자 보는 건 계속 해오던 일이니까 괜찮은데, 병원 경영이 영 체질에 안 맞네."

"오빠 잘할 거예요. 늘 주변 사람들을 즐겁고 행복하게 만들어주잖아요."

"그런가? 내가 그러냐, 정민아?"

두 사람의 다정한 모습에 괜히 심통이 난 정민은 준하의 물음에 대꾸하지 않았다. 대신 스스로 빈 잔을 채워 소주를 한 잔 더 들이켰다. 그러거나 말거나 준하와 현수는 그에게 관심도 없었다. 이 만남을 통해 그가 기대했던 것과는 전혀 다른 양상이 펼쳐지고 있었다.

이게 다 그 관장 놈 때문이야.

그렇게 중얼거리며 그가 잔을 다시 채우려는데, 길고 매끄러운 손이 내려앉아 제지했다. 그 손과 팔을 따라 시선을 옮기자 화려하게 화장을 한 여자의 얼굴이 들어왔다. 그를 보고 싱긋 웃는 것으로 보아 아는 사이인가 본데, 도통 기억이 나지 않았다. 그의 표정을 읽은 듯 여자가 실망하는 기색을 숨기지 않았다.

"오랜만이네요. 저, 진안나예요."

그제야 8년 전 현수의 소재를 묻기 위해 안나를 만났던 일이 생각났다. 그런데 어째 그때와 얼굴이 좀 달라진 듯한 느낌이다. 뭐 상관할 바 아니지만. 그때 현수의 메마른 음성이 끼어들었다.

"잘 찾아왔네?"

"응. 학교 다닐 때 내가 완전 이 집 단골이었잖아."

뭐야, 우연이 아니었어? 현수가 앨 데리고 나온 거야?

정민의 눈살이 절로 찌푸려졌다. 눈치도 없이 안나는 그의 곁에 찰싹 붙어 앉았다.

"잘 지내셨어요?"

"보다시피."

"그렇게 미국 가버리고 나서 소식 궁금했었는데. 언제 나오셨어요?"

안나의 질문 공세에 급 두통이 밀려왔다. 잔을 소리 나게 내려놓은 정민은 자리에서 일어났다.

"잠깐 실례."

그는 화장실로 향하는 척하였으나 실은 뒷문으로 나가 바람을 좀 쐴 생각이었다. 지금 그에겐 정신이 번쩍 들 차가운 공기가 필요했다. 그러나 그에게 그런 행운은 오지 않았다. 그의 뒤를 따라 나온 반갑지 않은 존재 안나 때문이었다.

"뭐야, 너."

"묻고 싶은 게 좀 있어서요."

〈안나가 지난번에 그랬거든요. 오빠 내가 상상도 못할 만큼 엄청난 사람이라고.〉

8년 전 월미도에서 현수가 했던 말이 번뜩 머릿속을 스쳤다. 그러나 정민은 표정의 변화 없이, 아무 대꾸도 없이 상대방을 응시했다. 안나에게서 어느 정도 예측 가능했던 물음이 흘러나왔다.

"도대체 무슨 꿍꿍이예요? 택배 배달 말이에요."

"내가 그걸 너한테 왜 설명해야 하지?"

자리를 피하려 했으나 안나는 그렇게 호락호락하지 않았다.

"한얼그룹 한정민 상무님. 집안에서 쫓겨나기라도 하셨나요?"

역시 진안나는 다 알고 있었다. 정민은 혹시라도 뒷문이 열려 있는 건 아닌지 눈으로 잠깐 확인한 후 천천히 상대를 돌아보았다. 안나의 반짝이는 눈빛에서 정민은 그동안 주변의 여자들에게서 흔히 봐왔던 권력과 부에 대한 열망을 읽었다. 그런 여자들이 대부분 원하는 걸 얻을 때까지 질기게 매달린다는 것을 알기에, 정민은 한숨을 내쉬며 마지못해 대답했다.

"난 그렇게 무능하지 않아. 잠깐 현장 체험 중일 뿐. 이제 됐나?"

"역시 그러실 줄 알았어요. 그럼 현수와 다시 시작하실 것도 아니겠다, 그렇죠?"

이 여자, 뭘 기대하는 걸까. 불쾌감을 숨기지 않으며 정민은 되물었다.

"다시 시작하려고 한다면?"

안나의 입매가 급속도로 굳어졌다. 그러나 얼마 지나지 않아 그녀는 기분 나쁜 웃음을 씩 하고 짓는 것이었다. 정말이지 정민은 어서 빨리 이 자리를 뜨고 싶은 마음뿐이었다. 그가 문을 향해 몸을 반쯤 틀었을 때 안나가 아리송한 말을 흘렸다.

"두 사람은 옛날에 사귀었다면서 서로에 대해 모르는 것이 정말 많은 것 같아요."

정민은 눈을 가늘게 뜬 채 안나를 쏘아 보았다. 뜸을 들이는 그녀는 참으로 얄미워 보였다. 다행히 그가 채근하기 전 안나는 입을 열었다.

"현수 어머니, 미혼모였어요. 고등학교 때 엄청 부잣집 아들이랑 좋아해서 현수를 가졌는데, 남자 집에서 두 사람을 당연히 반대했고 남자를 유학 보내버렸대요. 그래서 현수 어머니는 현수에게 형편 맞는 사람이랑 만나야 한다고 늘 얘기하셨죠. 현수는 엄마 말이라면 끔찍하게 잘 듣는 착한 딸이었고. 그런데 과연…… 현수가 정민 씨 정체를 알면 어떤 반응을 보일까요? 예전에도 부담스럽다면서 헤어지려고 했었는데. 훗. 그때보다 더 재미있겠네요."

"망할."

그는 낮은 욕설을 중얼거렸다.

8년 전 현수가 갑자기 그와 연락을 끊고 숨어버렸던 그때의 기억이 떠올랐다. 어머니의 그런 말들이 현수에게 분명 어떤 트라우마를 만들었을 것이고, 그것을 극복하기는 쉽지 않을 것이란 생각이 들었다. 안 그래도 풀기 어렵기만 한 현수와의 관계가 더 얽혀버린 느낌이었다. 절망감에 사로잡혀 있던 와중 정민은 이상한 점을 깨달았다. 현수의 어머니 이야기를 하는 안나의 시제가 모두 과거형이었던 것이다.

설마?

그는 미간을 찌푸린 채 안나에게로 다가섰다.

"그녀의 어머니가 돌아가셨나?"

그러자 상대의 얼굴에서 웃음기가 싹 사라졌다. 조금 전까지 득의양양했던 모습은 아랑곳없이 안나는 허둥지둥하며 그 자리를 피했다.

"궁금하면 직접 물어보세요."

그제야 진안나의 마수에서 벗어났으나 마음은 더 무겁기만 했다.

세상에 혼자라는 건 어떤 기분일까. 그동안 혼자서 얼마나 힘들었을까. 나는 왜 이제야 이 사실을 알게 되었을까.

현수와 당장 이야기를 해야 했다. 문을 열고 가게 안으로 한 발씩 떼어놓던 그의 발걸음이 점점 더 빨라졌다.

뭐에 쫓기듯 안나가 옛날식당을 나가는 모습을 멍하니 바라보던 현수는 곧이어 자신을 붙잡아 일으켜 세우는 손길에 화들짝 놀랐다. 그답지 않게 상기된 모습으로 정민이 그녀를 내려다보고 있었다.

"왜 그래요?"

"나가자…… 준하 넌, 마저 먹고 가."

"뭐? 나 혼자 이걸 다?"

불평 가득한 준하의 말을 묵살한 채 정민은 그녀를 데리고 나왔다. 현수는 잡힌 팔이 아파 빼내려고 하였으나 그의 손길은 단단하기 짝이 없었다. 그는 골목을 벗어나 작은 놀이터 앞에서 그녀를 놓아주었다. 현수는 아리는 팔을 문지르며 왠지 비정상적으로 보이는 그를 노려보았다.

"무슨 짓이에요?"

"어머니 돌아가셨다고 왜 말 안 했어?"

이 남자가 술이 취해서 이러나.

"다음에 맨 정신에 얘기해요."

한숨을 내쉬며 돌아서는 그녀를 정민은 거칠게 돌려세웠다.

"나 지금 완전 멀쩡해. 말해. 언제 돌아가셨어?"

그러고 보니 그의 눈빛이 너무 진지했다. 그동안 덮어두었던 의문의 싹이 급속도로 그녀의 마음속에서 자라났다. 바로 어제 일처럼 8년 전 안나가 했던 말들이 떠올랐다.

〈너랑 연락이 안 된다고 무슨 일 있냐고 묻길래, 내가 어머니가 많이 아프셔서 병간호 중이고 강화도로 이사 갔다고도 말했는데. 역시…… 찾아가지 않았나 보네.〉

설마, 안나가 거짓말을 했다는 거야?

온몸이 후들거리는 것을 겨우 참으며 현수는 물었다.

"우리 엄마, 아프다는 거…… 몰랐어요?"

"아프셨다고? 어디가? 언제부터?"

아…… 아찔하게 이는 현기증에 현수는 눈을 감았다.

그토록 믿고 싶었는데. 안나가 자신을 속이다니.

무너지는 그녀를 정민이 부축해 주었다. 그의 팔에 기댄 채 현수는 모기만 한 목소리로 재차 물었다.

"8년 전, 내가 왜 갑자기 학교에서 모습을 감췄다고 생각했어요?"

"그건 나와 헤어지려고……."

"사실 오빠가 부담스럽긴 했어요. 하지만 꼭 그래서 그런 것만은 아니었어요. 내가 오빠를 얼마나 좋아했는데!"

8년 전 한 번도 제대로 표현하지 못한 감정을 소리 내어 말하는데 눈물이 쏟아졌다. 그가 흐느끼는 그녀의 어깨를 움켜쥐었다.

"그럼 그때? 이미?"

"난 안나가 오빠에게 다 말했다고 믿었어요. 그래서 나를 이해해줄 거라고 생각했어요."

"몰랐어. 난 정말…… 몰랐다고."

그는 마치 귀신을 본 듯한 얼굴이었다. 현수는 충격으로 공허한 눈빛을 바라보며 속삭였다.

"나도 몰랐어요."

안나가 이렇게까지 나를 기만했을 줄.

그녀는 남은 모든 의지를 그러모아 그토록 묻고 싶었던 말을 입 밖으로 내뱉었다.

"미국으로는 갑자기 왜 떠나버린 거예요?"

그가 뭐라고 대답할지 두려웠다. 안나의 말이 거짓이든 진실이든 그녀에겐 모두 상처가 될 터였다.

"네 친구가 말해 주지 않았어?"

정민은 마치 으르렁거리듯 물었고, 현수는 가벼이 고개만 가로저었다. 낮게 욕설을 중얼거리던 그는 체념어린 목소리로 털어놓았다.

"어머니가 갑작스레 아버지에게 이혼을 요구하고 미국으로 떠나셨어. 우리 어머니, 알다시피 청각장애인이셔. 걱정이 되어서 가만있을 수가 없었어. 그래서 급하게 따라가게 된 거고. 겸사겸사 거기서 공부도 하게 된 거야."

〈정민 오빠, 집안에서 정해준 약혼녀랑 동반 유학 갔다는 말이 있더라고.〉

결국 안나의 그 말도 거짓이었다.

도대체 진안나에게 진심이라는 것이 있을까. 지금까지 안나를 친구로 믿고 만나 온 나는 바보인 걸까.

뺨을 정민이 손가락으로 쓸어주었을 때야 현수는 그때껏 자신이 계속 울고 있었다는 것을 깨달았다. 현수는 그에게서 한 발 물러나 두 손으로 젖은 얼굴을 쓱쓱 닦아냈다. 그러자 정민이 손수건을 건넸고 그녀는 그것으로 코를 풀었다. '쿡' 하고 웃던 그가 그녀의 머리를 쓰다듬으며 안타까움이 가득한 음성으로 사과했다.

"미안해. 힘들 때 같이 있어주지 못해서."

"그건 나도 마찬가지죠. 미안해요."

정민은 그녀에게 손을 내밀었다. 무슨 의미일까. 현수는 그를 물끄러미 바라보기만 했다. 웃음 섞인 음성이 정수리 위로 내려앉았다.

"옛날 일은 다 잊고 새로 시작하자는 뜻이야."

가슴이 두방망이질을 쳐댔다. 그는 다시 간절히 말했다.

"너와 나, 다시 시작할 수 있을까?"

그대로 끝인 줄 알았던 첫사랑을 다시 만난 것도 놀라운데, 그 첫사랑이 두 번째 사랑을 시작하자고 이야기한다. 싫다고 할 이유가 없었다. 예전 그와 미처 다하지 못한 연애에 늘 미련이 들었고, 그래서 그를 생각하면 가슴이 아렸고, 다시 만났을 땐 8년 전과 마찬가지로 심장이 뛰었으니까.

현수는 그에게로 손을 내밀었다. 떨리는 손끝에 이어 뜨거운 손바닥이 맞닿았다.

"다시 만나서 정말 좋아요."

승낙의 속삭임을 내뱉는 순간, 정민이 와락 너른 품에 그녀를 안았다. 그의 쿵쿵거리는 심장소리를 들으며 현수는 행복감에 눈을 감았다.

4. 꽃 피는 봄이 오면

〈지금은 전화를 받을 수 없어 음성사서함으로 넘어갑니다.〉

벌써 이틀째 안나는 그녀의 전화를 받지 않고 있었다.

"망할 기집애."

벌써 이틀째 수도 없이 중얼거린 욕설이었다. 현수는 휴대폰을 코트 주머니에 넣고 매점 앞 자판기로 걸어갔다. 300원짜리 자판기 커피 한 잔은 점심식사 후 필수 코스이자 무료한 일상의 낙이었다. 그런데 오늘따라 지갑을 아무리 뒤적여도 동전이 보이지 않았다.

하필 이런 날 은영 언니는 외출을 할게 뭐람.

구시렁거리며 죄 없는 자판기를 노려보고 있는데, 등 뒤에서 쑥 나온 팔이 동전투입구에 500원짜리 동전 하나를 넣어주었다. 꽤 놀랐으나 현수는 뒤를 돌아보지 않았다. 누구인지 충분히 짐작이 되었기 때문이다.

"뭐 좋아해요? 카페라떼? 모카라떼?"

"그냥 아메리카노요."

현수는 무뚝뚝하게 말했다. 이틀 전 석희의 예기치 못한 고백으로 그의 얼굴을 보기가 더 불편해졌다. 커피가 나오자 그것을 집어 건네는 그에게 '고맙습니다'라는 의례적인 인사를 한 현수는 자리를 도망치듯 벗어났다. 다행히도 석희는 그녀를 붙잡지 않았다.

도서관 앞의 공원에 이른 현수는 걸음을 늦추었다. 기분 좋게 쌀쌀하면서도 햇살이 좋은 날이었다. 점심시간, 이 얼마만의 여유인지! 그녀는 양지바른 곳에 자리한 벤치에 앉아 기분 좋게 커피향을 음미했다. 그리고 그 유혹적인 액체를 한 모금 들이켜려던 찰나, '아악!' 하고 날카롭게 들리는 고함소리에 놀라 하마터면 그것을 옷에 쏟을 뻔했다!

현수는 소리가 들린 쪽을 홱 돌아보았다. 그리고 발견한 왠지 눈에 익은 실루엣. 그녀는 곧 상대가 그 싸가지 없는 초딩, 송예지라는 것을 알아보았다.

커피를 벤치에 내려놓은 현수는 사정거리 안에 먹잇감을 둔 육식동물처럼 여유로운 걸음걸이로 예지에게 다가갔다. 지난번 웬수를 갚으려고 얼마나 꽤나 기다렸다. 그런데 통화를 하는 예지의 분위기가 왠지 심상치 않았다.

"아아악! 정말 나 좀 가만히 놔두라고!"

조그만 게 하여튼 히스테릭하다니깐.

그저 성격이 더러운 거라고 생각했다. 그런데…….

"이제 와서 엄마인 척 굴지 마! 그쪽은 법적으로 내 이모잖아! 낳자마자 날 언니 부부한테 떠넘겼잖아!"

나름대로 아픔이 있었구나.

전화를 끊고 아이답게 엉엉 소리 내어 우는 예지를 보며 현수는 마음이 짠했다. 동병상련의 감정이 밀려들어 갚아야 할 웬수 따위는 잊고 말았다. 상대의 바로 뒤까지 다가간 현수는 아이의 어깨를 툭툭 건드렸다. 흥건하게 젖은 얼굴로 돌아보는 예지에게 현수는 주머니를 뒤적여 찾아낸 꼬깃꼬깃한 휴지를 내밀었다.

"닦아. 코 엄청 나왔어."

"이씨!"

어김없이 욕을 하면서도 예지는 휴지를 낚아채듯 받아 코를 풀었다. 그리고 조금 진정된 듯 목소리로 묻는 것이었다.

"내가 통화하는 거 다 들었어요?"

"응. 나 말고도 반경 100m 이내 사람들은 다 들었을걸?"

"아줌마 엄청 짜증나는 거 알아요?"

"선생님."

그녀가 짐짓 무서운 표정을 지으며 일깨워주었지만 예지는 눈 하나 깜빡하지 않았다. 그 눈동자에서 현수는 전에는 몰랐던 외로움과 아픔을 읽었다.

"너, 세상에서 네가 제일 힘들다고 생각하지? 그런데 그거 큰 착각이야."

"잔소리 듣고 싶지 않아요."

그녀를 비켜가려던 예지를 현수는 붙들었다.

"나도 너만 할 때 한때 그랬어. 왜 나는 아빠가 없을까. 엄마는 왜 아빠도 없이 나를 낳았을까. 차라리 낳지 말지……."

그녀를 오롯이 보는 예지의 눈빛에서 점차 적대감이 사라지고 있었다. 현수는 누구에게도 자세히 털어놓은 적 없는 자신의 이야기를 계속해서 이어갔다.

"우리 엄마는 사회에서 흔히 말하는 '미혼모'였거든. 철이 없었던 나는 얼굴도 모르는 아빠를 그리워하며 엄마를 원망했지만, 사실 미혼모가 되면서 자신의 인생을 포기하고 인내하며 산 사람은 내가 아닌 엄마였어. 그걸 처음부터 내가 깨달았다면 참 좋았을 텐데. 그럼 엄마한테 더 잘해 드렸을 텐데."

"지금이라도…… 잘해 드리면 되잖아요."

예지의 그 한 마디에 현수는 바보처럼 눈물이 핑 돌았다. 벌써 8년이나 지났는데 아직도 엄마 얘기를 하면 울컥했다. 이해할 수 없다는 듯 바라보는 예지에게 현수는 애써 울음을 참으며 대답했다.

"그럴 수 있음 참 좋겠지만, 이제 내 옆에 안 계셔."

"도, 돌아가셨어요?"

놀란 눈으로 묻는 아이에게 현수는 고개를 끄덕여 보였다. 억지웃음을 머금은 채. 잠시 동안의 침묵이 흐르고, 그녀가 전혀 기대하지 않았던 말이 예지에게서 흘러나왔다.

"울고 싶으면…… 울어도 돼요."

나이에 어울리지 않게 어른스러운 말투였다. 현수는 아이가 자신에게 마음의 문을 연 것 같아서 기뻤다. 그녀는 친근하게 예지의 날씬한 엉덩이를 팡팡 두드렸다.

"으이구~ 생각해 줘서 고맙다~."

"뭐예요. 징그럽게."

경악을 하며 예지는 그녀에게서 멀찍이 도망을 가버렸지만, 그 얼굴에는 미소가 떠올라 있었다. 그런 아이를 현수는 흐뭇하게 바라보았다.

"너 웃으니까 되게 예뻐. 그러니까 눈에 힘 풀고 그렇게 웃고 다녀라."

"엄마가 아무 데서나 헤프게 웃지 말랬어요. 돈 안 되는 놈들 달라붙는다고."

어떻게 엄마가 자기 딸한테 그런 말을.

현수는 굳은 얼굴로 물었다.

"어떤 엄마가?"

"길러준 엄마. 낳아준 엄마 그러니까 이모는 나한테 그런 말 못해요. 내 눈치 엄청 보거든요."

씁쓸하게 웃던 예지는 휴대폰에서 시간을 확인한 후 다급한 기색을 감추지 못했다.

"나 학교 들어가 봐야 해요. 하교 시간에 엄마가 보낸 차 못 타면 하루가 시끄러워져요."

"헉. 너 그럼 지금 무단 외출한 거야?"

"헤헤. 그냥 급식 먹기 싫어서."

그나마 나쁜 애들과 어울리지 않았다는 것이 다행이라면 다행일까. 현수는 저만치 가는 예지에게 어쩔 수 없는 어른으로서 잔소리를 늘어놓았다.

"앞으로는 급식 꼭꼭 먹어! 그거 먹으려고 학교 다니는 애들도 있어!"

들은 것인지 만 것인지 예지는 그녀를 향해 크게 손을 흔들어 보였다. 그러더니 생기 넘치는 목소리로 말하는 것이었다.

"다음에 또 얘기해요…… 언니!"

끝까지 선생님이라고는 안 한다. 그래도 아줌마가 아닌 게 어디야.

학교를 향해 달려가는 예지의 날씬한 뒷모습을 보며 현수는 빙긋 웃었다. 왠지 좋은 친구를 하나 얻은 것 같은 느낌이 들어서 기분이 좋았다. 그때 번뜩 깨달음이 일었다.

"아차, 커피."

벤치 위에서 차갑게 식어버린 커피를 음료처럼 한 번에 마신 현수는 도서관으로 들어가려다 우연히 뒤를 돌아보았다. 마치 내가 불렀다는 듯 예지가 서 있던 자리의 풀밭에서 무언가 반짝이고 있었다. 다가가 보니 그것의 정체는 핑크색 지갑이었다. 예지의 것이 분명했다.

"으이구, 은근히 덜렁이였네."

잠깐 고민하던 현수는 그것을 집어 들었다. 어디서 잃어버렸는지도 모르고 찾고 있다면, 집으로 갖다 주는 것이 맞을 듯했다. 대충 성북동 부촌이라고만 기억하고 있는 예지의 집주소를 다시 한 번 확인해 봐야겠다고 생각하며 현수는 도서관 쪽으로 걸음을 재촉했다.

아직도 자신의 손을 마주 잡던 현수의 체온이 느껴지는 듯했
다. 품 안에 쏙 들어오던 작고 굴곡진 몸매를 떠올리자 꽤 오랫동
안 금욕생활을 한 탓인지 그의 육체가 요동을 쳤다.

"미친. 벌건 대낮에."

그렇게 자신을 질책하며 정민은 아파트 지하주차장에서 차
를 세웠다. 배달할 물건들을 차례차례 캐리어에 싣는데 눈에
확 띤 이름이 있었으니. 바로 박호순 여사였다. 수시로 택배 배
달을 시켜서 거의 2, 3일에 한 번 꼴로 얼굴을 봐야 하는 그녀
는, 그만 보면 가슴팍을 쓰다듬으며 몸을 비비꼬는 50대 호색
녀였다.

"젠장."

박 여사를 생각하자 현수로 인해 달아올랐던 몸이 차갑게 식
어갔다. 엘리베이터에 오른 그는 다른 곳의 배달을 다 마치고 마
지막에 박호순 여사의 집을 찾았다. 벨을 누르자마자 기다렸다는
듯 문이 열리고 실크가운 차림의 그녀가 나와 그를 반겼다. 어김
없이 그의 팔과 가슴을 마구 쓸어대며.

"어머~ 한 기사~ 추운데 고생 많지? 들어와서 차 한잔하고 가~."

"아닙니다. 일이 좀 많아서요."

문전박대를 당하는 것도 서러웠지만, 이러는 건 더 싫었다.

나 한정민, 아무 아줌마가 쉽게 만지고 넘볼 수 있는 그런 사
람 아니란 말이지!

정민은 박 여사의 풍만한 가슴에 택배 상자를 안겨주고 돌아섰다. 하지만 상대는 꽤나 끈질기게 매달렸다.

"일부러 내가 한 기사 주려고 모과차 담았단 말이야. 한 잔만, 응응?"

애교인지 고문인지 모를 콧소리를 내며 박 여사는 그를 자신의 집으로 마구 끌어당겼다. 여잔데 힘이 보통이 아니었다. 진심으로 신상의 위협을 느낀 정민은 그녀를 와락 밀치고 말았다. 그 바람에 박 여사는 뒤로 엉덩방아를 찧으며 넘어졌고 허리를 손으로 짚으며 자지러졌다.

"아야! 나 죽는다! 나 죽어!"

상대가 만약 남자였고 그의 성격대로라면 반쯤 죽여놓았겠지만, 어쨌든 여자였고 한얼택배의 고객이었다. 정민은 이를 악물고 상대에게 몸을 기울여 부축을 하려 했다.

"죄송합니다…… 사모님."

그러나 단단히 심사가 뒤틀린 듯 박 여사는 그의 손을 홱 뿌리치더니 더 세게 고함을 질러댔다. 아파트 전체가 떠들썩하도록.

"아이구! 택배기사가 사람 죽여요~!"

옆집 문이 열리고 사람들이 하나둘 모습을 나타냈다. 박 여사의 이웃들은 단정치 못한 가운 차림으로 널브러져 있는 박 여사와 그를 번갈아 바라보다 결국 그에게로 힐난의 시선을 두었다.

뭐야, 이거.

정민은 예상치 못하게 꼬여버린 상황에 황당할 따름이었다.

이제 한 달만 잘 버티면 끝인데 재수 옴 붙었다 싶었다. 하늘이 노랗다는 말이 이럴 때 쓰라고 있는 모양이다.

오, 신이시여.

태어나 서른네 해를 사는 동안 한 번도 불러보지 않은 신을 정민은 그 순간 찾고 있었다.

결국 조찬택 지점장이 박 여사를 찾아가 머리가 땅에 닿도록 숙여 사과를 하고 피해보상금까지 지불하고 나서야 사태는 일단락이 되었다. 늦은 저녁 박 여사의 아파트에서 그가 모는 택배 차를 함께 타고 나오면서 정민은 곧 조 지점장의 호통이 날아들 것이라고 생각했다. 하지만 뜻밖에도 옆자리는 조용했다. 불안하여 흘끔 돌아보자 찬택이 대뜸 명령했다.

"저 앞에서 차 세워."

정민이 차를 멈춘 곳에는 허름한 포장마차가 하나 있었다. 수시로 왔다 갔다 하면서도 그는 한 번도 눈여겨보지 않았던 모양이다. 이 동네에 그런 곳이 있다는 것이 너무 생소했다.

"소주 하지? 들어가자."

정민은 말없이 찬택의 뒤를 따라 천막을 걷고 들어갔다. 대여섯 개도 안 되는 테이블이 놓인 내부는 정말 좁았고 손님도 없었지만 주인아주머니의 푸근한 얼굴에는 미소가 가득했다.

"여기 소주랑 오뎅국물 좀 줘요."

"으이구, 닭발이라도 좀 먹지."

"서비스로 주면 먹을게요."

"하여튼 지독해."

아주머니와 농을 주고받던 찬택은 소주와 오뎅국물이 나오자 그의 잔을 먼저 채워주었다. 그리고 그가 술을 따라줄 짬도 주지 않고 자신의 잔도 스스로 채웠다.

"이 일 하는 게 쉽지 않지?"

다정한 조 지점장의 모습에 쉽게 적응이 되지 않았다. 박 여사 앞에서 성질 죽이고 굽실거리는 것도 그렇고, 그에게 술을 따라주는 것도 그렇고 오늘 참 새로운 면을 많이 발견한다 싶었다. 지금껏 쌓여 있던 찬택에 대한 반감이 조금은 사라지는 듯했다.

"저한텐 익숙한 일이 아니니까요."

"거기다가 내가 그동안 이가 갈리도록 못되게 굴었으니 더 힘들었을 거야."

"……."

"허. 아니라고는 절대 말 안 하네. 한 잔 해."

찬택이 들어 보이는 잔에 정민은 잔을 부딪혔다. 그들은 동시에 알코올을 목구멍 안으로 털어 넣었다. 맑은 그 액체가 쓰린 속에 약이라도 되는 양.

"오너가 될 사람이라면 뼛속 깊이 느껴야 된다고 생각했어. 내 회사의 가장 아래에는 이렇게 힘들게 일하는 사람들도 있구나. 회장님이 자네를 이곳으로 보내셨을 때는 그런 의도였지 않았겠나."

찬택의 진심이 고스란히 느껴졌다. 그는 처음으로 아무런 반감 없이 지점장의 말을 경청하고 있었다.

"택배기사 20년, 이 자리에 오를 때까지 난 어땠을 것 같나? 오늘 같은 일들은 비일비재했어. 더한 일들도 많았고. 자네에겐 아마 오늘이 꽤나 치욕적인 날로 기억되겠지만, 매일을 오늘같이 전쟁같이 사는 사람들도 있다는 걸 알아줬으면 좋겠네."

"무슨 말씀인지 잘 알겠습니다. 그리고 오늘, 감사했습니다."

흐뭇한 듯 고개를 끄덕여 보인 찬택은 그에게 빈 잔을 내밀었다. 정민은 그것을 채워주었다. 몇 번을 그랬는지 기억도 나지 않을 때 즈음 그들은 둘 다 기분 좋게 취했다. 서로에게 몸을 기대 어깨동무를 한 채 포장마차를 나설 정도로.

"경영은 머리가 아닌 가슴으로 하는 거야! 가슴으로!"

찬택은 몇 번이나 같은 말을 반복했고, 정민은 그저 '네네' 대꾸를 하며 한시적 상관인 그를 집까지 바래다주었다. 그렇게 길고 긴 하루가 마무리되고 있었다.

7시, 알람이 울리자마자 숙취로 무거운 머리를 지그시 누르며 정민은 자리에서 일어났다. 소주를 어제처럼 마신 것은 대학을 졸업한 이후 처음이었다. 생각 같아서는 하루 결근을 하고 싶지만 그의 일거수일투족이 아버지에게 보고되고 있는 이 상황에서는 참아야 했다. 이를 악물고.

정민은 시트를 박차고 일어나 커피를 내려놓고 샤워를 했다. 욕실에서 나왔을 때 커피향이 집 안 가득 은은한 것이 그는 좋았다. 가운을 입은 채 커피 한 잔 따라 소파에 앉은 정민은 홈시어터의 전원을 켰다. 마침 그가 좋아하는 시네마천국의 OST가 흘러나왔다.

샤워, 커피, 음악이 주는 힐링에 만족하여 정민은 눈을 감고 있었다. 그러나 그것도 잠시 그의 달콤한 휴식을 방해하는 기계음이 온 집 안을 울려 퍼졌다. 정민은 소란의 원인인 도어폰을 노려보았다.

누구야, 아침부터.

일어나 화면으로 상대의 얼굴을 확인한 정민은 불안감이 엄습해 오는 것을 느꼈다.

조 비서. 아버지의 대리인.

들어서자마자 깍듯이 고개를 숙여 보인 조 비서는 거두절미하고 말했다.

"지금 성북동으로 좀 가셔야겠습니다."

"무슨 일입니까."

"그저 회장님께서 지시하신 사항입니다."

한 마디로 '나는 모른다' 이거였다. 그때 어제 박 여사와 있었던 불미스러운 사건이 번뜩 그의 머릿속을 스쳤다. 설마 하면서도 혹시나 싶어 불안했다. 그러나 이렇다 할 내색을 하지 않고 택배복으로 갈아입은 정민은 조 비서와 함께 펜트하우스를 나섰다.

성북동 저택의 거실에 들어서자마자 그의 면전에 신문 뭉치가 던져졌다. 아프진 않지만 과히 기분이 좋지 않았다. 발로 아래 떨어진 신문을 밀어내려던 정민은 '한얼택배 성북지점 기사, 수

취인 폭행'이라는 기사 제목이 눈에 들어와 그것을 몇 번이나 읽었다. 그러다 한참 후에야 사진 속 얼굴이 모자이크된 인물이 자신임을 알아보았다. 어제 박호순 여사와의 실랑이 중 누군가가 스마트폰으로 사진을 찍은 모양이다.

여기로 오면서 아버지가 다 알고 부르시는 거라는 짐작은 했지만, 기사까지 난 줄은 몰랐다.

"젠장."

욕설을 중얼거리던 그에게 이번엔 우레와 같은 질책이 날아들었다.

"그 입 안 다무나? 뭐를 잘했다고! 현장 경험해 보라 했드마는 고객 비위도 하나 못 맞춰 갖고 이 사단이 나게 만드나? 하나를 보면 열을 안다고, 니 이래갖고 나중에 회사 경영이나 제대로 하겠나?"

박호순이라는 여자가 먼저 어떻게 했는지 변명을 늘어놓을 수도 있었다. 하지만 정민은 참았다. 그는 소파 상석에 앉아 있는 아버지를 향해 꾸벅 고개를 숙여 보인 후 깨끗이 사죄했다.

"죄송합니다."

"처남! 경솔하지 않은 사람이 왜 그랬나? 조금만 참지."

첫째 누나인 정희의 남편 그러니까 그의 매형인 태훈이 아버지 옆에 앉아 거들었다. 혼내는 시어머니보다 말리는 시누이가 더 밉단 옛말이 딱 맞다. 그가 태훈을 노려보고 있을 때 주방에서 똑같이 생긴 얼굴 둘이 나왔다. 쌍둥이 누나 정희, 정윤이었다.

"왔니? 언니, 예지 깨울게."

정윤은 2층으로 올라갔고, 정희는 남편의 옆으로 와 다리를 꼬고 앉아 유세를 떨었다.

"얘 너 네 자형한테 고맙다고 해. 각 언론사마다 미리 손을 써서 이 정도로 무마된 거야. 만약 문제의 택배기사가 너라는 걸 언론에서 알아봐. 재밌다고 얼마나 떠들어대겠니?"

"진짜…… 고맙네."

기사가 잘 나오도록 손을 썼겠지.

몇 초 차이로 나온 쌍둥이인데 정희와 정윤은 생긴 걸 빼면 닮은 점이 거의 없었다. 정희가 잘난 척 참견쟁이 공주과라면 정윤은 벙어리 무수리과였다. 한 마디로 둘 다 특이 성격의 소유자였지만, 더 안 맞는 쪽은 정희였다. 그녀의 남편 송태훈 역시.

딸 부부의 오지랖 떠는 모양을 보기 싫었던지 어쨌던지 아버지는 의외로 짧게 말을 끝내셨다.

"흠. 어쨌든 간에 문제가 안 불거지도록 잘 처신해라. 내 두고 볼 끼다."

"알겠습니다."

"온 김에 밥이나 묵고 가라."

정민은 아버지를 따라 주방으로 들어갔다. 한식 애호가인 아버지 때문에 늘 아침에도 전주댁 아주머니가 거의 12첩 반상을 준비한다는 걸 알기에 기대가 되었다. 그리고 역시나 푸짐한 상차림 특히 시원한 콩나물국을 보는 순간 안 그래도 쓰린 속이 요동을 쳤다. 정민은 아버지와 함께 식탁에 앉았다. 8개월 만에 처음이었다.

역시 부촌은 부촌이었다. 같은 성북동인데, 어찌 이리 다를 수 있는지. 현수는 마치 중세의 성처럼 높다란 담에 둘러싸인 저택들을 보며 감탄해 마지않았다. 그리고 마침내 휴대폰에 저장해온 주소와 일치하는 주소를 발견한 순간 그녀는 그 웅장한 대문 앞에 멈춰 섰다. 그 후에도 몇 번이나 주소를 다시 확인한 현수는 숨을 가다듬고 벨을 눌렀다.

〈누구세요?〉

기품 넘치는 중년 여인의 목소리에 경계심이 조금 깃들어 있었다. 그녀는 렌즈를 똑바로 응시하며 자신을 소개하고 찾아온 용건인 핑크색 지갑까지 들어보였다.

"안녕하세요? 저는 우현수라고 합니다. 여기가 송예지 학생 집이 맞나요? 예지가 지갑을 두고 가서요."

〈아, 네.〉

다행히 쉽사리 문이 열렸다. 출근길 여기까지 오면서 문전박대를 당하면 어쩌나 걱정했는데.

현수는 나무들 사이로 미로처럼 끊임없이 이어진 정원 길을 걸어 겨우 현관에 도착했다. 열린 문 앞에 나와 선 여인은 마치 고대 그리스의 여신처럼 아름다운 자태를 뽐내고 있었다.

"고마워요. 여기까지 직접. 혹시 우리 예지랑 아는 사이?"

"네. 그런데 친해진 지 얼마 안 됐어요."

그런 와중 문이 활짝 열리며 '언니!' 하고 예지가 뛰어나왔다. 웃으며 친근하게 그녀의 팔짱을 끼는 아이는 처음 만났을 때 그 싸가지와 완전 다른 사람 같았다. 예지는 들어갔다 가라며 그녀를 안으로 마구 잡아끌었다. 굳이 됐다고 하는데도.

"예지야~ 그럼 못 써. 현수 씨가 곤란해 하잖아."

"상관 말고 가서 식사나 하시죠? 이. 모."

차가운 예지의 말에 상처 입은 표정을 짓는 여인이 바로 아이를 낳아준 친엄마임을 현수는 알 수 있었다. 그녀는 계속 고집을 부리는 예지를 타일렀다.

"퇴근 후에는 너무 늦을 것 같아서 아침에 온 거야. 언니 지금 출근해야 해."

"좀 있다가 나랑 같이 나가요. 늦지 않게 도서관까지 김 기사 아저씨보고 태워달라고 하면 돼요."

곤란해진 현수는 예지의 이모를 바라보았다. 그러자 아이의 고집에 어쩔 수 없다는 듯 상대는 고개를 끄덕여보였다. 현수는 그렇게 TV 드라마에서나 보던 으리으리한 저택의 내부로 걸음을 옮겨 놓았다.

뜨뜻한 국물이 속으로 들어가자 좀 살 것 같았다. 그는 그야말로 말없이 밥만 열심히 먹었다. 그런데 맞은편에 앉은 정희가 밉살스레 말하는 것이었다.

"얘 그런데 너 유니폼, 진짜 촌스럽다. 보기 있기 민망할 정도야."

옆에서 쿡쿡거리며 웃는 태훈은 세트로 밉상이었다. 정민은 그보다 10살이나 많음에도 아직도 철이 덜 든 누나를 향해 짧고 강한 한 마디를 날렸다.

"그럼 보지 마."

식탁에 아슬아슬한 침묵이 흘렀다. 거실에서 들려오는 부산스러운 소리와는 사뭇 대조적이었다.

"뭐고. 누가 왔나?"

아버지의 물음에 거실을 내다본 전주댁 아주머니가 상황을 설명해 주었다.

"예지한테 온 손님인가 보네요."

아침부터 남의 집에 들이닥치다니, 거참 누군지 몰라도 뻔뻔하다.

마침 다 먹기도 했고 출근시간이 임박했을 뿐 아니라, 가장 중요한 건 누나 내외의 시선에서 빨리 벗어나고 싶어 정민은 먼저 자리에서 일어났다. 아버지의 양해를 구한 건 그다음이었다.

"저 가볼게요. 늦으면 안 돼요. 지점장이 좀 깐깐해서요."

"깐깐해도 조 지점장만 한 사람이 없다. 이번에도 조 지점장 아니었으믄 니 으짤 뻔했노. 가봐라, 얼른."

그리고 다시 불편한 모양새로 반찬을 씹는 아버지가 많이 늙어 보였다. 정민은 그 모습을 그저 말없이 바라보다 거실로 나왔다. 그러나 소파에 예지와 함께 앉아 있는 낯익은 여자를 발견한 순간 그는 소스라치게 놀라 얼른 주방 커튼 뒤로 숨어야 했다.

현수였다. 말도 안 되는 상황인 줄 알지만 분명 우현수였다. 이런 이른 아침에 성북동 집에 현수가 왜. 아니면 닮은 다른 사람일까.

그는 자신을 이상하다는 듯 바라보고 있는 아버지와 누나 내외의 시선을 무시한 채 커튼을 붙들고 거실을 훔쳐보기 바빴다.

"전 아침 먹었어요. 정 그러심 커피만 한 잔 주세요."

현수의 목소리가 틀림없었다.

옛날식당에서 만남 후 벌써 이틀이나 지났기에 반가워야 정상이지만, 지금은 그럴 상황이 아니었다.

〈현수 어머니, 미혼모였어요. 고등학교 때 엄청 부잣집 아들이랑 좋아해서 현수를 가졌는데, 남자 집에서 두 사람을 당연히 반대했고 남자를 유학 보내버렸대요. 그래서 현수 어머니는 현수에게 형편 맞는 사람이랑 만나야 한다고 늘 얘기하셨죠. 현수는 엄마 말이라면 끔찍하게 잘 듣는 착한 딸이었고. 그런데 과연……현수가 정민 씨 정체를 알면 어떤 반응을 보일까요?〉

진안나의 말이 사실이라면 지금 여기서 절대 현수와 마주쳐서는 안 된다.

"니 와 그라고 있노?"

아버지를 향해 손가락 하나를 들어 보인 정민은 전주댁 아주머니에게 다가가 낮은 목소리로 물었다.

"다용도실 통해서 정원으로 나갈 수 있죠?"

"나갈 순 있는데, 그쪽이 음식물 쓰레기랑 재활용품 모아두는 데라 좀……."

문제없다는 뜻을 담아 손가락으로 'O'를 그려 보인 그는 생전 처음 다용도실로 나갔다. 문을 열자 희미한 악취와 더불어 낯선 광경이 펼쳐졌다. 음식물 쓰레기통과 각종 상자들, 플라스틱과

유리병들이 모인 포댓자루 등등.

가능하다면 지금이라도 다른 길을 찾고 싶지만, 현수를 피해 나갈 방법은 여기뿐이었다. 정민은 숨을 참고서 쓰레기더미 사이로 발을 내딛었다.

현수는 커피를 마시는 내내 자신을 마치 신기한 동물 구경하듯 하는 예지 이모의 시선이 부담스러웠다. 그래서 거의 원샷으로 뜨거운 줄도 모르고 커피를 들이켰다. 그런 후 얼른 자리에서 일어났다.

"커피 잘 마셨습니다. 그럼 전……."

"이 아가씨는 누고?"

부산 사투리가 섞인 걸걸한 목소리가 들려와 현수는 돌아보았다. 백발이 성성한 노신사가 거실로 걸어 나오고 있었다. 무릎이 아픈 듯 다리를 조금씩 절고 있었으나 눈빛만은 예사롭지 않은 것으로 보아 보통 인물은 아닌 듯했다.

"할아버지, 언니가 내 지갑 찾아서 가지고 왔어요."

예지를 보는 그의 눈동자 가득 웃음이 번졌다. 손녀를 깊이 사랑하는 마음이 느껴졌다.

"그래? 고마운 사람이네. 아침은 묵고 왔소?"

"네."

이제 예지의 할아버지까지 합세해 그녀를 탐색하기 시작했고, 현수는 점점 지쳐갔다. 딱 참는 건 거기까지였다. 주방에서 예지의 이모와 똑같이 생긴 여자와 중년 남자까지 모습을 드러냈을 때, 현수는 그들이 예지를 길러준 부모님인 것을 알았다. 대화가 더 길어지기 전 그녀는 서둘러 인사를 하고 돌아섰다.

"아침부터 신세 많았습니다. 그럼 안녕히 계세요."

"언니, 같이 가!"

예지가 그녀를 부르며 따라 나왔지만, 날카로운 목소리가 들리는 순간 아이는 우뚝 멈춰 섰다.

"송예지! 그 옷 입고 갈 거야? 머리도 똑바로 빗어야지!"

또다시 처음 본 그때처럼 표정을 지워낸 예지는 엄마를 외면한 채 쿵쿵 발소리를 내며 2층으로 올라가 버렸다. 안타깝게 그 뒷모습을 바라보던 현수는 예지 이모의 배웅을 받아 현관 밖으로 나갔다.

"우리 예지가 누굴 현수 씨처럼 좋아하는 건 처음 봤어요."

"생각보다 서로 얘기가 잘 통하더라구요. 제가 정신연령이 좀 낮거든요. 하하."

그녀의 대답에 예지 이모는 만난 후 처음으로 옅은 미소를 머금었다.

"부담 느끼지 말고 또 놀러와요."

"네? 네."

그냥 예의상 그렇겠다고 대답을 한 현수는 고개를 숙여 보인 후 정원을 빠른 걸음으로 가로질렀다. 그녀 키의 두 배 이상은 되어 보이는 거대한 대문을 밀고 밖으로 나갔을 때야 현수는 깊은 숨을 내쉴 수 있었다.

"휴우."

천천히 그녀는 왔던 길을 내려갔다. 그때 등 뒤에서 빵빵 클
랙슨 소리가 들려 현수는 얼른 길가로 붙어 섰다. 하지만 그녀
를 비켜가긴커녕 바로 옆으로 와 멈춰서는 건 노란색 택배 차였
다. 설마 했는데, 눈앞에서 차창이 내려가고 정민의 얼굴이 나
타났다.

"오빠!"

"야, 타!"

장난스럽게 턱짓을 하는 그를 보며 현수는 웃었다. 이렇게 우
연찮게 그를 만나니 더욱더 반가웠다. 그녀는 주저 없이 조수석
에 올랐다.

"이렇게 일찍부터 일해요?"

"일찍 일어나는 새가 벌레를 잡는다고 하잖아."

"우와~ 생각보다 엄청 부지런하네요?"

"그러는 넌…… 여긴 어쩐 일이야?"

차를 출발시키며 그가 물었다. 뒤를 돌아보니 좀 전까지 머물
렀던 저택이 점점 작아지고 있었다. 마치 잠시 꿈을 꾼 것 같았
다. 피식 웃은 현수는 대답했다.

"우리 도서관에 오는 초등학생이 지갑을 두고 가서, 집까지 갖
다 주고 오는 길이에요."

"완전 착한 사서 선생님이네. 직접 분실물 배달까지."

"매일 이러진 않죠. 왠지 마음이 쓰이는 아이라……."

그의 눈빛에 깃든 '왜'라는 물음을 현수는 읽었다.

"낳아준 엄마를 많이 원망하고 있더라구요. 나도 한땐 그랬는

데, 그럼 나중에 후회만 남거든요. 도와주고 싶어요. 내가 도울
수 있을 것 같아요."

"고맙다."

"네?"

그가 왜. 현수의 의아한 시선 앞에 정민은 다급히 말을 바꾸
었다.

"고마워할 것 같다고."

"그럴까요?"

"그럼. 이 동네 사는 사람들이라고 특별한 피가 흐르는 건 아
니니까."

"어쩐지 괴리감이 드는 건 어쩔 수 없어요."

한숨 섞인 말을 내뱉는데 무릎에 놓인 손 위로 그가 손을 겹쳐
왔다. 추운 겨울 밖에서 거친 일을 하는데도 그의 손은 여전히 매
끈하고 고왔다. 비현실적일 만큼.

"언제 쉬어?"

그의 물음에도 현수는 그의 손에서 시선을 떼지 못하며 대답
했다.

"금요일이요."

"그럼 금, 토, 일 이렇게 여행 가자. 지금은 좀 그렇고…… 3월
말이나 4월 초에."

"3월 말이나 4월 초?"

아직 한 달도 넘게 남았다. 그때까지가 너무 길게 느껴져 묻는
목소리에 절로 실망감이 묻어났다.

"꽃피는 봄이 오면…… 가는 거야."

그가 결연하게 덧붙인 말에 마지못해 고개를 끄덕이긴 했으나 현수는 과연 자신이 기다릴 수 있을지 자신이 없었다. 이러다 너무 멋진 한정민을 그녀가 먼저 덮쳐버리는 건 시간문제일 듯했다. 꽃피는 봄이 오기 전에 말이다.

5. 불타오른 열정

"어휴, 난 정말 명절이 너무 싫어."

탁상달력을 거의 집어던지다시피 하며 은영이 울상을 지었다. 그러고 보니 며칠 후면 설날이다. 이번 설은 화요일이라 5일이나 휴무였던 것이 기억났다.

속으로 아싸 쾌재를 부르며 현수는 대수롭잖게 물었다.

"왜? 언닌 아줌마도 아니면서. 아직 전 굽고 튀김하고 그런 거 안 하지 않아?"

"너도 서른셋쯤 되어 봐. 시집에 대한 압박이 이만저만 아니야. 얼굴 보는 친척들마다 '남자는 있니' 부터 시작해서 '너 언제 국수 먹여줄 거니', '너무 늦어서 결혼하면 애도 빨리 안 생긴다'까지 장난 아니야, 얘."

"그런가. 그럼 허구한 날 로맨스 소설만 읽지 말고 진짜 남자를 만나봐."

"휴. 알다시피 내가 만나고 싶은 남자는 딱 한 명인데 어떡하니. 작업 걸어도 꿈쩍도 안 하는데."

또 임 관장 얘기였다. 현수는 입을 다물었다. 옛날식당 앞에서 석희가 정민에게 선언했던 말이 떠올라.

〈나 우현수 씨 좋아합니다. 쉽게 포기하진 않을 거예요.〉

아무리 생각해도 역시 똘끼가 있는 인간이다. 어떻게 좋아한단 고백을 그런 식으로 할 수 있는 건지. 어휴, 몰라. 생각을 말자.

자리에서 일어난 현수는 잠깐 바람을 쐬기 위해 자료실을 나가려다, 유리벽을 통해 안을 살펴보는 한 쌍의 눈동자를 발견했다. 잘못 보지 않았다면 분명 예지였다. 반가워 손을 들어 보이려는데, 아이의 시선이 어째 자료실 한쪽 구석에 머물러 있었다. 같은 방향으로 그녀 역시 고개를 틀었다. 그러자 들어온 건 책 정리에 한창인 공익근무요원 민호였다.

오호, 요것 봐라.

씨익 미소를 머금은 현수는 조용히 문을 열고 나갔다. 여전히 구 일병에게 정신을 빼앗긴 채 서 있는 예지의 뒤로 다가간 그녀는 귓가에 은밀하게 속삭였다.

"민호가 그렇게 좋아?"

"네…… 아니, 아니에요!"

무의식중에 본심을 말해 버린 예지는 얼굴이 빨개져서는 그녀를 돌아보고 방방 뛰었다. '강한 부정은 긍정'의 대표적인 예를 아이가 보여주고 있었다.

그래. 인심 썼다.

현수는 목소리를 낮춰 자신이 알고 있는 정보를 흘렸다.

"민호 이상형은 신사임당이라는데."

"네? 신 뭐라구요? 그게 누군데요? 이름 진짜 이상하다."

처음엔 일부러 장난하는 건 줄 알았다. 그런데 표정을 보아하니 진짜 모르는 것이 틀림없었다. 헐. 신사임당도 모르다니. 그 정도 부잣집에서 엄청난 사교육을 받았을 텐데. 아무래도 얘 영어학원에 다닐 게 아니라 우리 역사 공부부터 시작해야겠다.

현수는 팔짱을 낀 채 한심함이 팍팍 묻어나는 말투로 설명했다.

"몰라? 율곡 이이를 낳아준 분이잖아."

"이씨, 그럼 유부녀였어요? 괜히 질투했네. 근데 또 율곡 이이는 누구예요?"

"야~ 송예지, 너 정말~."

이건 우리 역사에 대한 모독이다. 사회 시간에 완전 졸지 않고서는 이럴 수는 없다. 이제 곧 중학교에 간다는 녀석이!

그녀의 표정이 심상치 않자 예지 역시 급 정색을 했다.

"아…… 알아요! 내가 농담한 건데? 율곡 이이랑 신사임당! 율곡이 완전 글자를 잘 쓰는 사람이고, 신사임당은 불 끄고 '너는 글자를 쓰거라. 나는 떡을 썰 테니' 한 이야기…… 엄청 유명하잖아요? 나 율곡체도 알아요."

미치겠다. 그냥 모르면 모른다고 하며 될 것을. 무식을 더 티내고 있다.

도서관을 오가는 사람들이 그들을 바라보며 킥킥거리는 것을 예지는 전혀 눈치 채지 못하고 있었다. 현수는 또다시 뭘 이야기하려는 듯 움직이는 예지의 입술을 손바닥으로 차라리 틀어막아 버렸다. 그녀는 버둥거리는 예지를 향해 애써 웃으며 제안했다.

"봄방학 하면 도서관으로 출근해~ 나랑 역사책 많이 많이 읽자~."

"응. 응."

어째 고개를 열광적으로 끄덕이며 눈을 반짝반짝 빛내는 것이 다른 목적이 있는 게 분명하게 느껴졌지만 현수는 내버려 두기로 했다. 짝사랑을 하는 것까지 그녀가 막을 권리는 없었다.

"뭐하는 짓입니까?"

참 어김없다. 어째 임 관장은 관장실에서 업무를 보는 시간보다 계단을 오르락내리락하며 보내는 시간이 더 많은 것 같다. 예지의 침이 묻은 손을 옷자락에 쓱 닦은 현수는 관장을 향해 어쩔 수 없이 인사를 했다.

"칫, 저 아저씨는 수시로 번쩍번쩍 나타나네?"

예지가 못마땅한 듯 중얼거렸는데, 그 소리가 조금 컸다. 어쩌면 임 관장에게 들렸을지도.

현수는 무덤덤한 어조로 대답했다.

"그냥 친한 동생이랑 장난 좀 친 거예요."

"친한 동생? 지난주에는 분명 싸우더니. 그동안 벌써 친해진 거예요?"

그때 예지가 그녀의 앞으로 불쑥 나섰다.

"아저씨, 원래 사람은 싸우면서 친해지는 거예요."

"아, 아저씨?"

어이없는 표정을 짓는 임 관장을 보며 현수는 터져 나오려는 웃음을 겨우 참았다.

역시 송예지, 완전 대박이다.

그녀에게 아줌마라고 한 건 그렇다 쳐도, 임 관장에게 아저씨라니. 물론 예지의 나이에서 보면 석희가 아저씨임은 분명했지만 이곳의 제왕인 그에게 누구도 그렇게 부르지 못했다. 지금껏.

"그리고 혹시 아저씨, 현수 언니 좋아해요?"

예지의 직접적인 물음에 그녀가 그를 안 이래 처음으로 석희의 얼굴이 불그스름해졌다. 당황한 현수는 예지의 등을 쿡 찔렀으나 아랑곳하지 않고 아이는 계속 말을 이었다.

"우리 반 남자애들 중에 좋아하는 여자애한테 일부러 못되게 굴고 괴롭히는 애가 있거든요. 아저씨가 꼭 그런 것 같아서요."

"그런데 내가 우현수 씨를 좋아하는지 어떤지, 네가 왜 궁금한데?"

"좋아하지 마세요."

현수는 흡 하고 숨을 멈추었다. 이 거침없는 아이를 어찌해야 좋을까.

그러면서도 예지의 뒤에 서서 사태를 관망만 하고 있는 그녀였다. 석희에게 미안하긴 했지만 굳이 예지를 말리고 싶지도 않았다.

"왜. 내가 마음에 안 드니?"

"뭐 딱히 그런 건 아닌데요. 아저씨보다 더 멋진 사람을 소개해 주려구요."

"그게 누군데?"

그녀와 석희는 거의 동시에 소리쳤다. 그 후 찌푸린 눈으로 자신을 응시하는 석희를 현수는 애써 못 본 척했다.

"우리 삼촌이요. 외삼촌."

외, 외삼촌? 현수의 입이 절로 딱 벌어졌다.

그럼 그 엄청난 집안의 아들? 말도 안 돼!

어색하게 웃으며 현수는 예지를 잡아끌었다.

"예지야, 너 책 보러 온 거 아니야? 이제 그만 들어가자."

"우리 외삼촌 저 아저씨보다 무지 잘생겼어요. 키도 더 크고 돈도 많아요. 언니, 한얼그룹 알죠? 저번에 본 우리 외할아버지가 거기 회장님이고, 삼촌은 상수예요."

한. 얼. 그. 룹! 그럼 그 노신사가 재계 5순위 안에 드는 그 엄청난 재벌 회장?

어찌나 오랫동안 입을 벌리고 있었던지, 턱이 아렸다. 놀란 가슴이 좀처럼 진정이 되지 않았다.

"상수가 아니라 상무겠지."

냉소적으로 일깨워주는 석희만 아니었다면 그녀는 계속 정신을 차리지 못했을 것이다.

"아, 그런가? 어쨌든 우리 삼촌 만나 봐요. 난 언니가 외숙모가 되면 딱 좋겠단 말이에요."

또 말도 안 되는 떼를 쓰기 시작하는 예지였다. 현수는 도저히 안 되겠다 싶어서 무섭도록 진지한 표정을 지었다.

"언니 지금 일해야 해. 책 안 읽을 거면 그만 가."

"칫. 알았어요. 근데 좀 부담스러워서 그러는 거면 안 그래도 돼요. 우리 삼촌이 지난번에 이상형을 얘기해 주는데 완전 언니랑……."

"송예지!"

좀 부담스러운 게 아니라 그런 스펙은 생각만 해도 숨 막히거든? 나랑 한얼그룹 황태자랑, 말이 돼?

뒷말은 가까스로 삼킨 현수는 입구를 턱짓으로 가리켰다.

"그럼 오늘은 이만 갈게요."

어깨를 축 늘어뜨린 채 조금 걸어 나가던 예지는 다시 돌아와 귓가에 한 마디를 속삭이고 후다닥 뛰어나가 버렸다. 현수는 그 말에 웃지도 울지도 못한 채 자리를 지켰다. 흡사 머리 꼭대기에서 스팀을 내뿜고 있는 듯한 임 관장 때문에.

"저 맹랑한 아이가 뭐라고 하고 간 겁니까?"

〈결정적으로 저 아저씨 완전 노안이에요.〉

라고 했다고는 목에 칼이 들어와도 절대로 얘기할 수 없다.

"의리를 지키겠다 이거군요?"

"아이가 철이 없어서 그런 거니까 이해해 주세요."

"보는 눈도 없드만 뭐."

그렇게 투덜거리며 석희는 2층으로 올라가 버렸다. 꽤나 심정이 상한 모양이었다.

"그러니까 자꾸 돌아다니지 말고 관장실에 계시라구요."

석희의 뒷모습에다 대고 낮게 중얼거린 현수는 자료실로 들어가기 위해 몸을 돌렸다. 보지 않아도 문에 붙어서 밖의 정황을 살피고 있을 은영의 모습이 훤히 그려졌다.

무슨 일이냐고 물으면 뭐라고 얘기하지? 한얼그룹 한대웅 회장의 외손녀인 예지가 자기 외삼촌을 나에게 소개해 준다고? 홋, 지나가던 개가 웃겠다.

고개를 가로저으며 현수는 자료실의 문을 열었다.

설이 다가오자 택배 물량이 기하급수적으로 늘어났다. 대부분이 과일이나 인삼, 꿀 등의 선물세트들이었다. 정민은 허리가 휘도록 그것들을 나르며 이를 갈았다.

"으~ 두고 봐. 명절날 안 주고 안 받기 운동, 반드시 벌인다. 내가."

명절이면 집에 수북하게 쌓이곤 했던 선물세트들을 대수롭잖게 보아 넘겼었는데, 그럴 일이 아니었다. 이건 완전 돈 낭비, 인력 낭비였다. 그가 그렇게 가혹한 노동을 하며 명절 문화를 바꿀 것을 다짐하고 있는데, 메신저 수신음이 들렸다. 조카 예지였다.

〈삼촌, 나 시킨 일 100퍼센트 수행했어. 잘했지?〉

바쁜 와중에도 정민의 입가에 만족의 미소가 어렸다. 그는 손가락을 빠르게 움직였다.

—잘~ 했어! 약속대로 설날 태블릿PC 사 가지고 갈게.

〈진짜지? 아싸! 이왕이면 케이스도! 난 핑크가 좋아!〉

—알았어. 대신 현수한테 앞으로도 꾸준히 들이대야 해. 그리고 내가 태블릿PC 사주는 건 네 엄마한테 절대 비밀이다.

〈응. 안 들킬게. 그리고 삼촌이 그러지 말라 그래도 현수 언니한테 계속 들이댈 거야. 나도 현수 언니가 좋단 말이야.〉

메신저 화면을 바라보며 정민은 흐뭇하게 중얼거렸다.

"진짜 간만에 마음에 든단 말이야, 이 녀석."

성북동에 갔던 그날, 현수와 예지의 관계를 알게 된 후 예지에게 그녀가 마음에 드니 잘 될 수 있게 도와달라고 부탁을 했던 터였다. 예지는 태블릿PC를 사준다는 조건하에 그를 적극 돕기로 약속을 했고. 이런 걸 두고 꿩 먹고 알 먹기, 도랑 치고 가재 잡기라고 하는 거겠지.

그러나 그의 미소 띤 얼굴은 예지가 이어 보낸 메시지를 읽는 순간 일그러졌다.

〈있잖아, 삼촌. 거기 관장 아저씨가 언니 좋아하나 봐. 자꾸 주변에서 알짱거려.〉

"진짜 더티 플레이 하기냐, 임석희. 신성한 직장에서 그 무슨 짓이냐고."

옛날식당에서의 일 이후 정민은 다솜도서관 관장의 신상에 대한 모든 조사를 마쳤다. 남자의 이름이 임석희, 대대로 학자 및 교육자를 배출한 제법 뼈대 있는 집안의 외아들이며 현재 그보다 1살 많은 35살이라는 것 등등.

정민은 빠르게 메시지를 입력했다.

―무시해. 혼자 아무리 그래봐야 소용없으니까.

〈응. 앞으론 그렇게. 오늘은 내가 좀 그 아저씨한테 심하게 깝친 거 같아.〉

"푸하하! 역시 송예지! 잘~ 했어!"

정민은 엄지손가락을 높이 쳐든 이모티콘을 예지에게 날려주었다. 그러자마자 예지가 보낸 답에 정민은 목구멍이 콱 막히는 기분이었다.

〈삼촌, 나 진짜 현수 언니가 외숙모가 되면 좋겠어.〉

"자식, 완전 앞서 가네. 애들이란 진짜."

그러면서도 정민은 현수와의 결혼을 상상하는 자신을 발견하고 놀랐다. 여태껏 어떤 여자와도 결혼을 해야겠다, 아이를 낳아야겠다는 생각을 해본 적이 없었다. 그래서 작년, 결혼을 재촉하는 아버지 앞에서 독신 선언까지 했던 것인데. 만약 결혼 상대가 현수라면…… 어쩌면 가능할 것도 같다는 생각이 들었다.

"우물 앞에서 숭늉을 찾아라. 우현수, 내 정체를 알면 어떻게 나올지도 알 수 없는데."

예지를 동원한 것도, 언제, 어떤 기회로 현수에게 말을 해야 좋을지 몰라서였다. 우선 그녀가 한얼그룹과 예지의 외삼촌에 대해 친근감을 갖게 한 다음, 터뜨리는 것이 나을 거라는 나름의 판단이었다.

"참 여튼 우현수, 어려운 여자야. 다른 여자들은 한얼그룹이라면 좋아죽는데."

하긴, 그런 여자들이 아니라서 현수가 좋은 거지만.

피식 웃은 정민은 수도 없이 쌓인 상자를 다시 나르기 시작했다. 묵묵히. 멀리서 그런 그를 지켜보는 조 지점장의 얼굴에도 흐뭇한 미소가 가득했다.

여전히 안나는 전화를 받지 않았다. 답답한 마음에 현수는 휴무인 금요일, 안나의 오피스텔로 찾아갔다. 하지만 역시 그곳에서도 안나의 흔적을 발견할 수는 없었다.

"완전 나쁜 기집애야, 자기가 뭘 잘했다고."

이제 다시는 안나에게 먼저 연락하지 않겠다고 다짐을 한 현수는 인근의 동대문 쇼핑몰을 찾았다. 명절이면 엄마를 보고 오는 것 외엔 특별히 할 일이 없는 그녀가 꼭 방문하는 미혼모보호센터 '행복마을', 그곳의 아기들을 위한 선물을 사기 위해서였다.

앙증맞은 아기 옷을 구경하고 고르느라 시간 가는 줄 모르고 있는데 가방 속에서 휴대폰의 진동이 느껴졌다. 준하였다. 그러고 보니 그날 정민에게 끌려 나가느라 인사도 제대로 하지 못하고 헤어졌다.

"네, 오빠."

〈진안나 씨, 네 친구 맞지?〉

밑도 끝도 없이 묻는 목소리가 준하답지 않게도 너무 진지했다. 심상치 않은 느낌이 들었다. 현수는 들고 있던 아기 옷을 내려놓고 매장을 걸어 나오며 물었다.

"맞아요. 무슨 일이에요?"

〈기절 상태로 우리 병원 응급실에 실려왔어. 보호자와 연락이 안 되네. 네가 좀 와줘야겠다.〉

"갈게요. 그런데 병원 위치가 어디죠?"

어느새 길가로 나온 현수는 준하에게 위치 설명을 들으며 손을 흔들어 바로 택시를 잡았다.

가는 내내 그녀는 가방끈이 안나의 목이라도 되는 것처럼 비틀고 짓이겼다. 불안하고 걱정이 되어서 가만히 앉아 있을 수가 없었다.

지난 10년 동안 감기 한번 제대로 안 하던 계집애가 기절이 웬말인지.

동대문시장에서 준하의 병원까지는 택시로 겨우 10분이었다. 그런데도 그 시간이 얼마나 길게 느껴지는지 몰랐다. 현수는 택시가 〈서진병원〉 앞에 멈추자마자 잔돈도 받지 않고 뛰어내렸다. 다행히 금세 응급실이라는 빨간 글자가 눈에 들어왔다. 안으로 들어간 그녀는 상상했던 것보다 조용해 조금 당황했다. 거기다 내부도 꽤 넓었다. 두리번거리는 그녀의 어깨를 두드리는 손길에 현수는 뒤를 돌아보았다. 하얀 가운을 입은 생경한 모습의 준하가 서 있었다.

"잠깐만 나 좀 봐."

현수는 군말 없이 그를 따라 밖으로 나갔다. 햇살이 잘 비치는 곳에서 두 사람은 서로를 마주 보았다.

"진안나 씨, 임신한 거 알고 있었어?"

"네에?"

"역시, 몰랐구나. 임신 5주째야."

현수는 멍하니 준하의 입만 바라보고 서 있었다. 그는 그녀가 받은 충격을 아는 건지 모르는 건지 다분히 의사의 소명에 충실하게 말을 이어갔다.

"산모와 아기는 다 건강한 것 같더라. 오늘 응급실에 실려온 건 사실 별거 아니야. 임신 초기에 혈압이 갑자기 낮아지면서 기절하는 사람들이 간혹 있어."

"잠깐만요. 난 지금 좀 혼란스러워서…… 그러니까 내 친구 진안나가 아기를 가졌다, 이거예요?"

도저히 믿을 수가 없어 현수는 확인하듯 물었고, 준하는 단호하게 고개를 끄덕였다. 그 동작에는 한 치의 의심도 있을 수 없다는 확신이 담겨 있었다.

"말도 안 돼."

똑똑한 척, 약은 척 혼자 다 하더니…… 완전 속빈 강정이었다.

"깨면 데리고 가. 당분간은 초기니까 조심……"

화가 치밀어 오른 나머지 현수는 준하의 말이 끝나기도 전에 응급실 문을 밀치고 안으로 다시 들어갔다. 그녀는 빠른 걸음으로 침대를 둘러보다 백지장처럼 하얀 얼굴로 누운 안나를 찾았다.

만나면 8년 전 일, 조목조목 따지고 난 다음에 보란 듯이 절교를 선언하려고 했는데. 역시 진안나 넌 선수치는데 재주가 있어.

옆자리 의자에 털썩 주저앉은 현수는 시트 밖으로 나온 안나의 마른 손을 저도 모르게 찾아 쥐었다. 앞으로 안나와 아기는 어떻게 되는 것일까. 이런저런 생각을 하니 가슴이 저릿해지는 현수였다.

정신을 차려 그녀를 본 순간부터 오피스텔로 와 침대에 눕혀 줄 때까지 안나는 아무런 말도 하지 않았다. 현수는 자신에게서 등을 돌려 눕는 안나를 내버려 두고 그냥 가려 했다. 하지만 뱃속의 아기가 걱정되어 그럴 수가 없었다. 그녀는 냉장고를 뒤적여 있는 요리 재료들을 다 꺼냈다. 그러다 메뉴를 야채죽으로 결정하고 당근을 총총 썰고 있는데, 유령 같은 몰골의 안나가 옆으로 와 칼을 빼앗았다.

"너, 가."

개수대 안으로 식칼을 내던진 안나는 다시 침대로 걸어갔다. 참고 참았던 분노가 치밀어 현수는 그 앞을 막아섰다.

"아프다고 해서 봐주려고 했는데, 도저히 안 되겠다."

"……."

"너 진짜 이기적이고 못돼 처먹은 거 알아? 8년 전에 그렇게 엄청난 거짓말한 거 사과하긴커녕 내 전화도 문자도 계속 씹고! 멋대로 임신해서 길에서 기절이나 하고! 돈 많은 남자 만나서 보란 듯이 떵떵거리며 살 거라면서! 그런데 지금 네 꼴을 좀 봐!"

"너한테 사과 안 해. 사과해도 안 받아줄 거 아니까."

안나의 체념 어린 목소리에 현수는 코웃음을 쳤다. 그녀는 생기라고는 전혀 느껴지지 않는 친구의 눈동자를 똑바로 응시했다.

"넌 나를 한 번이라도 친구로 생각한 적 있니?"

"난 친구도 필요에 의해 사귀었어. 너도 마찬가지야. 난 그저 너로 인해서 내가 돋보이는 게 좋았을 뿐이야."

찰싹. 현수는 상대방이 임산부라는 것도 잊고 뺨을 올려붙였다. 그녀의 손자국이 하얀 안나의 얼굴에 남았다.

"나도 이제 너, 내 친구로 생각 안 해."

떨리는 음성으로 선언을 한 현수는 외투를 챙겨 현관으로 나왔다. 그녀는 오피스텔을 나가기 전 마지막으로 충고했다.

"선택 잘해. 소중한 한 생명, 불쌍하게 만들지 말고."

등 뒤에서 문이 닫혔다. 굳건한 그것에 기대선 현수는 불규칙적인 호흡을 가다듬었다. 그러는 동안도 안에서는 아무런 기척도 느껴지지 않았다. 도대체 뭘 기대했던 걸까.

휑한 가슴을 안고 현수는 길게 이어진 오피스텔의 복도를 또각또각 걷기 시작했다.

설날 아침의 풍경은 그의 집도 여느 집과 다를 바 없었다. 어른들께 세배를 하고, 차례를 지내고, 떡국을 먹고, 성묘를 하러 가…… 그 모든 명절 스케줄을 끝낸 정민은 2층 예지의 방에서 현수에게 전화를 걸었다. 가족이 없는 그녀가 명절을 혼자 보낼 것을 생각하니 마음이 쓰여서 견딜 수가 없었다.

〈어디예요?〉

비교적 밝은 목소리가 들리자 그나마 안심이 되었다.

"집이지. 넌, 뭐해?"

〈오전엔 엄마한테 다녀왔구요. 지금은 어디 좀 와 있어요.〉

"어디?"

정민은 자신이 지금 다분히 집착적으로 묻고 있다는 것을 깨닫지 못했다. 그저 현수의 일거수일투족을 꿰고 있는 것이 당연한 것으로 생각되었다.

〈비정기적이긴 해도 나름 봉사활동하는 데가 있어요. '행복마을'이라고.〉

현수의 음성에서 진정한 행복감이 묻어났다. 그가 걱정을 하든, 불안해하든 상관없이.

〈지금 좀 바빠요. 나중에 전화할게요. 명절 잘 보내요.〉

일방적으로 끊긴 전화를 멍하니 바라보던 정민은 당장 '행복마을'을 검색해 보았다. 알고 보니 그것은 서울 소재의 미혼모보호센터 중 하나였다.

"젠장."

가족들이랑 행복해야 할 명절날 봉사라니. 얼마나 외로웠으면.

정민은 지금이라도 그녀에게 달려가고 싶었다. 같이 있어주고 싶었다. 그런데 암만 생각을 해봐도 '행복마을'에 남자인 그의 봉사는 그다지 필요할 것 같지 않았다. 방법을 찾지 못해 방 안을 서성이고 있는데 문이 살며시 열리며 예지가 얼굴을 내밀었다.

"전화 다 했어? 들어가도 돼?"

예지를 보는 순간 정민의 얼굴이 환해졌다. 예전엔 천덕꾸러기이던 조카가 요즘 들어서 이렇게 예쁠 수가 없었다.

"너 지금 별로 할 일 없지?"

"응. 그래서 태블릿PC 갖고 놀려고 올라왔는데?"

"그거 가방에 챙겨. 나랑 같이 나가자."

"갑자기 어딜? 좀 있다가 할아버지가 윷놀이한댔는데."

정민의 귀에 그런 말은 들어오지도 않았다. 그는 지금 현재 자신에게 가장 중요한 것만 생각하고 있었다.

"가면서 현수한테 전화하는 거야. 지금 너무 심심하다고. 그래서 꼭 언니 만나러 가야겠다고. 알았지?"

"현수 언니? 지금 어디 있는데?"

"가면 알아. 이러다 길 어긋날라. 어서 가자."

정민은 미적거리는 예지의 손목을 붙들고 계단을 내려갔다. 그런데 하필 서재에서 나오던 한 회장과 딱 마주치고 말았다.

"느거 지금 어데 가노?"

"그게, 예지가 너무 먹어서 소화가 안 된다고 해서…… 잠깐 산책 좀 하고 올게요."

"빨리 와야 된다. 곧 윷판 벌일 끼다."

"네."

순간의 위기를 그렇게 대충 모면한 정민은 예지를 자신의 렉서스에 태우고 그녀가 있을 '행복마을'로 출발했다.

현수는 뜬금없이 '행복마을'에 나타난 예지를 보며 놀라우면서도 대견했다. 명절이면 그런 집엔 손님들로 북적일 텐데 굳이 이렇게 봉사를 하러 달려와 주다니.

"어떻게 찾아왔어?"

"삼촌이 태워줬어요."

아. 한얼그룹 상무님께서 조카를 위해 그렇게까지나.

그녀의 눈빛에서 놀란 기색을 읽은 것인지 예지가 거보란 듯이 말했다.

"우리 삼촌이 얼굴만 잘생긴 게 아니라 마음도 완전 비단결이거든요."

"그, 그래? 그럼 여자들한테 인기도 많을 것 같은데, 굳이 날 소개 안 해줘도⋯⋯."

"아뇨! 인기 하~ 나도 없어요. 그러니까 설 지나고 나서 꼭 만나봐요. 알았죠?"

또 시작이다. 현수는 별다른 대꾸 없이 예지를 안으로 인도했다. 아이는 약간 두려운 듯 물었다.

"그런데 이런 데 처음이라서 나 뭘 해야 하는지 모르는데."

"괜찮아. 나 하는 거 보고만 있어. 오늘은 곧 입양될 아기들 목욕시키는 일을 할 거야."

"이, 입양이요?"

"응. 여기 엄마들이 양육을 포기하게 되면 아기들은 입양을 기다리는 수밖에 없거든."

예지는 어두워진 낯빛으로 별다른 대꾸를 하지 않았다. 그녀가 사회복지사 은주와 함께 아기들을 목욕시키고 닦이고 옷을 갈아입혀 눕히는 동안에도 그저 허드렛일을 조금씩 도울 뿐 그다지 말이 없었다.

"힘들지?"

"아니에요. 신기해요. 이렇게 작은 아기들 처음 보거든요."

예지의 표정은 여느 때보다 진지했고, 눈빛은 형형하게 빛나고 있었다. 그녀가 처음 봉사활동을 했을 때 느꼈던 어떤 의미를 아이 역시 찾은 걸까.

아기들을 목욕시키고 욕실 청소와 빨래까지 다 마쳤을 때 벌써 시간이 6시를 넘기고 있었다. 자신은 더 늦어도 상관없지만 예지가 신경 쓰여 더 머무를 수가 없었다.

"저녁 드시고 가세요."

은주가 붙잡았지만 현수는 다음을 기약했다. 어쩔 수 없다는 듯 그녀들을 배웅하며 은주는 예지에게 칭찬의 말을 아끼지 않았다.

"예지는 얼굴도 예쁘고 마음도 참 곱네. 다른 애들 같으면 오늘 같은 날 세뱃돈 받기 바빠서 어림도 없을 텐데. 고마워요."

"그냥 언니 따라서 온 건데…… 저기, 저 다음에 또 와도 될까요?"

갑작스런 예지의 물음에 은주뿐 아니라 현수도 놀랐다. 고개를 끄덕이는 은주의 표정이 환했다.

"물론이지. 언제든 환영이야."

"감사해요. 안녕히 계세요."

깍듯이 인사를 하는 예지가 참으로 낯설었다. 그러면서도 아이가 조금 철이 든 것 같아 기쁜 건 어쩔 수 없었다. '행복마을'을 나와 버스정류장을 향해 함께 걸을 때 예지가 먼저 속엣말을 털어놓았다.

"저렇게 예쁜 아기들을 포기하는 엄마들은 참 나빠요."

"그렇게만 생각할 수 없어. 미혼모들의 대부분은 너보다 겨우 몇 살 많은 미성년자고, 경제적인 능력도 전혀 없어서 아이를 키울 여건이 안 되거든."

"언니 엄마는 언니를 포기하지 않았잖아요."

"세상에 우리 엄마 같은 사람만 있는 거 아니잖아."

우리 엄마 같은 사람은 세상에 다시 없지.

오전에 보고 왔는데도 어머니를 생각하자 다시 가슴이 먹먹해지는 현수였다. 그때 예지가 걸음을 우뚝 멈추었다. 조금 앞서 있던 현수는 아이를 돌아보았다. 눈시울이 붉그스름해진 예지에게서 원망으로 똘똘 뭉친 물음이 흘러나왔다.

"저런 사람들처럼 돈이 없는 것도 아니면서, 날 낳아준 엄마는 왜 그랬을까요? 자기 언니 호적에 날 올리고 꼭 이모가 되어야 했을까요?"

현수는 아이의 손을 잡고 떨림을 진정시켜 주었다. 그녀는 조곤조곤 자신의 경험에서 나온 생각을 들려주었다.

"어른이 되면 있지. 특히 한얼그룹 정도의 상위 클래스에 속한 사람들은 더 그럴 것 같은데 말야. 돈보다 더 무서운 게 있어. 바로 세상 사람들 눈이야. 우리 사회는 아직 미혼모, 미혼모의 딸에게 너그럽지 못해. 아마 네 친어머니는 본인도 본인이겠지만 널위해 그런 결정을 하셨을 거야. 난 그렇게 믿어."

"……."

"예지야, 네 어머니는 널 버리신 게 아니야."

현수의 한 마디에 예지는 울음을 터뜨리며 그녀의 품을 파고 들었다. 키만 컸지 안았을 때 느껴지는 골격은 아직 아이였다. 가녀린 예지의 등을 토닥이며 현수는 진심을 담아 속삭였다.

"앞으로 살아가면서 느끼게 될 거야. 네가 얼마나 행복한 아이인지."

예지를 달래며 우연히 고개를 들었는데, 서쪽 하늘에 눈썹 모양의 초승달이 떠 있었다. 비록 보름달은 아니지만 음력 새해의 첫 달을 보며 현수는 빌었다.

이 아이와 자신을 불행하다고 느끼는 세상의 모든 아이들에게 평화를 주세요.

그러느라 현수는 건너편에 세워진 검은색 SUV 차량을 보지 못했다. 그랬다면 운전석에 앉아 자신과 예지를 애틋하게 바라보고 있는 멋진 남자를 발견했을지도 모르는데 말이다.

어디냐, 안 오냐며 아버지, 정희, 정윤 심지어 태훈까지 전화를 걸어대는 통에 휴대폰 전원을 꺼놓은지 이미 오래였다. 오늘 일로 아버지에게 또 배부르게 욕을 얻어먹겠지만, 그에겐 윷놀이보다 현수가 더 중요했다. 그녀의 곁에 있어주고 싶었다.

정민은 현수와 예지가 성북동으로 가는 버스를 타는 것을 확인하고 곧장 차를 몰아 그녀의 아파트로 갔다. 그녀의 집이 있는 A동이 아닌 B동, 그것도 가장 눈에 띄지 않는 곳에 주차를 한 후 그는 아파트 출입구로 향했다.

그런데 도착해야 할 시간이 훨씬 지났는데 그녀가 나타나지 않았다. 무슨 일이 생긴 건 아닌지 걱정이 되었다. 어쩔 수 없이 휴대폰을 켜고 전화를 걸어보려는데 비닐봉지를 든 현수가 터벅터벅 걸어 들어오는 것이 보였다. 정민은 안도의 한숨을 내쉬며 그녀에게로 다가갔다. 갑자기 자신의 앞을 막아서는 남자로 인해 어지간히 놀란 듯 현수는 '앗!' 하고 얕은 비명을 지르며 물러났다.

"나야 나."

그의 존재를 눈으로 확인하고 나서야 현수의 어깨에서 힘이 빠져 나갔다.

"뭐예요. 연락도 없이. 진짜 놀랐잖아요."

밉지 않게 그를 흘겨보던 현수는 그의 차림이 평소와 다름을 깨달은 듯 찬탄의 눈빛을 감추지 못했다.

"오늘 완전 멋있어요. 그러고 보니 오빠가 정장 입은 건 처음 봐요."

"명절이잖아."

단출하게 대꾸한 정민은 그녀에게서 봉지를 받아들었다. 현수가 들기엔 제법 무거웠다. 그의 눈살이 절로 찌푸려졌다.

"뭘 이렇게 많이 샀어?"

"일주일 치 식량이에요. 참, 저녁 안 먹었죠?"

"나가자. 맛있는 거 사줄게."

"아녜요. 내가 크림스파게티 만들어줄게요. 이래뵈도 나 요리 잘해요."

앞장서 아파트로 들어가는 그녀를 정민은 말릴 수가 없었다.

이제 겨우 3번째인데 이상하게도 2층으로 가는 계단도, 현관문도 모두 익숙한 느낌이었다. 현수에 이어 현관으로 들어선 정민은 등 뒤로 문을 잠갔다. 달칵.

그 소리에 두 사람의 눈이 마주쳤다. 빈집에 난방이 되고 있었을 리가 없는데, 이상하게 온몸이 후끈거렸다. 헛기침을 하며 정민은 그녀의 시선을 피했다. 그는 서둘러 봉지를 내려놓고 들어가 재킷을 벗었다. 셔츠 소매를 걷어 올린 그는 벌써 재료를 꺼내 다듬기 시작하는 현수의 옆에 섰다.

"난 보조할게. 양파 껍질이라도 깔까?"

"괜찮으니까 방에 들어가 앉아 있어요."

돕고 싶다와 그녀의 방을 구경하고 싶다 사이에서 갈등하던 정민은 결국 후자를 먼저 선택했다. 그는 정면으로 보이는 방의 문을 밀고 들어갔다. 현수의 향기가 코끝을 확 스며들었다. 책이 빼곡하게 꽂힌 책장과 옆의 책상, 침대와 발치의 TV를 훑어본 정민은 연보라색 시트가 깔린 침대에 걸터앉았다. 여기서 현수가 책을 읽고, TV를 보고, 잠을 자는 모습을 상상하며 그는 잠시 행복했다.

"그런데 언제부터 기다린 거예요?"

부엌에서 들려온 현수의 물음에 정민은 벌떡 일어났다. 그는 시침을 딱 떼고 대답했다.

"오래 안 됐어."

"그래도 앞으론 전화해요. 만약에 길이 어긋나거나 하면 어쩌려고."

"내 걱정해 주는 거야?"

현수의 뒤로 다가간 정민은 페퍼민트 향이 나는 그녀의 머리 칼에 코를 묻고 가느다란 허리를 두 팔로 끌어안았다. 면을 삶는데 열중해 있던 현수의 몸이 긴장감으로 굳어지는 것이 느껴졌다.

"자, 잠깐만요. 조금만 더 삶으면 되는데."

"배고프지 않아."

그에게서 잠긴 목소리가 흘러나왔다. 정민은 자신의 품 안에서 현수를 천천히 돌려세웠다. 숙인 그녀의 정수리에 입을 맞춘 그는 손가락으로 가볍게 그녀의 턱을 들어올렸다. 그들의 시선이 부딪혔다.

"오늘 같이 가주지 못해서 미안."

"아니에요. 다른 친구랑 함께 있었어요."

"누구?"

현수를 안은 채 이렇게 사소한 일상을 이야기하는 것이 좋았다. 그가 다 알면서도 묻는 것을 알 리 없는 그녀는 성의껏 대답해 주었다.

"지난번에 지갑 찾아주러 갔던 그 애, 기억하죠? 이름이 예지인데, 처음엔 그냥 왕싸가지 날라리인 줄 알았는데 겪을수록 괜찮은 애라는 걸 느껴요. 그리고 진짜 놀라운 사실은요."

"……."

"그 애가 한얼그룹 외손녀래요. 글쎄 날보고 자꾸 자기 외삼촌을 만나보라는데…… 훗."

현수는 피식 웃었지만 그는 웃어넘길 수 없었다. 그것을 질투하는 것이라 오해한 듯 그녀는 그의 뺨을 작은 손으로 쓸어주었다.

"걱정 마요. 안 만날 거예요. 가당키나 한 일이에요?"

"왜. 안 되는 이유는?"

심각하게 묻는 그를 현수는 이상하게 바라보았다.

"왜라뇨? 우리 다시 시작하기로 한 지 얼마 안 됐어요. 그리고 난 그런 사람 부담스러워서 싫어요."

"그 사람을 좋아한다면 그 배경이 어떻든 상관없지 않나."

"그, 그렇긴 하지만."

"넌 내가 편하고 부담 없는 조건이라서 만나는 거니?"

그의 힐난 섞인 물음에 현수의 얼굴에 당황스런 빛이 고스란히 떠올랐다.

"그런 말이 어딨어요!"

"난 네가 지금의 우현수이든, 재벌 상속녀 우현수이든 상관없어. 내가 좋아하는 건 너라는 여자 그 자체니까."

"나도…… 좋아해요!"

그녀의 고백을 듣는 순간 그의 몸을 옥죄고 있던 무언가가 툭 끊어지는 기분이었다. 정민은 거침없이 고개를 내려뜨려 떨리고 있는 작은 입술을 차지했다. 처음 놀란 듯 뻣뻣하게 굳어 있던 그녀는, 그의 키스가 계속되자 목에 팔을 감아왔다. 그녀의 입술이 환영을 하듯 벌어졌다. 그녀의 몸이 자신에게 밀착되고 작은 혀가 그의 입 안으로 들어오는 순간, 그의 육체 내부에서 소용돌이치던 욕망이 폭발했다. 정민은 그녀의 가녀린 몸을 안아 식탁 위로 들어올렸다. 그는 그녀의 뒷머리를 자신에게로 잡아당기며 지금까지와는 비교도 되지 않는 격렬하고 깊은 키스를 퍼부었다.

정신이 아득해지는 이런 키스는 처음이었다. 스파게티 면이 펄펄 끓고 있는 냄비도, 식탁 위에 다리를 벌린 채 앉아 있는 자신도 의식되지 않았다. 현수는 그의 입술과 혀가 주는 감각에 취해 자신이 속한 시공을 잊어버렸다. 그의 손이 니트 아래로 들어와 옆구리를 더듬을 때야 현수는 번뜩 정신이 들었다. 그녀는 그의 손을 밀어냈다. 그러자 살짝 입술을 떼어낸 그가 그녀의 귓불을 깨물며 속삭였다.

"너무 오래 기다렸어."

그건 그녀 역시 마찬가지였다. 8년 전 그와의 첫 키스 이후 그녀는 누구에도 자신을 열어주지 않았다. 현수의 온몸에서 힘이 빠져 나갔다. 누군가와 처음을 나눈다면, 그 누군가가 그였으면 했기에 그녀는 더 이상 정민을 막지 않았다. 그녀의 몸짓에서 승낙의 기미를 읽은 듯 그의 커다란 손이 매끄러운 살결을 더듬고 올라와 브래지어 안을 파고들었다. 그의 손가락이 유두를 희롱했다. 신음은 그녀의 목구멍에서만 맴돌았다. 입술은 여전히 키스로 봉인된 상태였기 때문이었다.

어느새 브래지어의 후크가 풀렸고 니트 안에서 그것은 멋대로 돌아다녔다. 그녀의 몸을 탐험하는 그의 손길도 훨씬 자유로워졌다. 그의 애무에 그녀의 몸이 달아올랐다. 맞닿은 그의 몸 역시. 억눌려 왔던 열망이 폭발하는 순간 더 이상 머뭇거릴 여유가 없었다.

"들어갈까?"

그의 초대에 현수는 망설임 없이 응했다. 그녀를 안고 문턱을 넘은 그는 침대에 현수를 내려놓으면서도 그녀에게서 시선을 떼지 않았다. 그녀 역시 침대에 누운 채 그를 올려다보았다. 그는 탄탄한 근육질 몸매를 완벽하게 감싸는 셔츠와 넥타이, 바지의 순으로 옷을 벗었다. 마지막 남은 속옷까지 그가 벗을 때 현수는 그만 고개를 돌리고 말았다. 하지만 곧 그녀의 위로 올라온 그가 턱을 잡아 자신을 바라보게 만들었다. 그리고 다른 손으로 그녀의 손을 붙들어 자신의 가슴을 쓰다듬도록 했다. 그의 살갗은 매끄럽고 단단했다. 계속 만지고 싶을 정도로 좋은 느낌이었다.

"으흠."

그가 만족에 겨운 듯 으르렁거렸다. 그러더니 갑자기 그녀의 손을 밀어내고 두 팔을 머리 위로 고정시켜 순식간에 니트를 벗겨냈다. 이어 이미 풀려 있던 브래지어도 침대 아래로 떨어졌다. 부엌에서 비춰 들어오는 불빛이 너무 밝게 느껴졌다. 그의 시야 속으로 완전히 드러난 상체를 현수는 애써 가리려 했다. 하지만 정민은 그렇게 너그럽지 않았다. 그는 고개를 숙여 꼿꼿이 일어난 그녀의 유두를 입 안에 머금었다. 그 순간 현수는 머리끝부터 발끝까지 저릿저릿 전기가 통하는 듯한 충격을 맛보았다.

"시, 싫……."

그를 밀어내려 했으나 그의 애무가 계속될수록 몸속 깊은 곳에서 자신도 몰랐던 사악한 본능이 깨어나는 듯했다. 현수는 아기처럼 자신의 가슴을 빨아대는 남자의 머리를 더욱 꼭 끌어안았다. 그러는 와중 그의 신속한 손놀림에 의해 그녀의 다리를 옥죄고 있던 스타킹도 벗겨져 나갔다. 이제 그녀의 몸을 가린 것은 오로지 손바닥만 한 팬티 한 장뿐이었다. 그의 손이 그 삼각주 위를 배회하고 있었다. 여성의 내부가 저릿해지는 이상한 느낌에 현수는 어찌해야 할 바를 몰랐다.

그때 그는 입술을 가슴에서 그녀의 납작한 배와 옆구리를 따라 점점 내려뜨렸다. 팬티 라인을 더듬던 그의 손가락이 안으로 불쑥 들어왔다.

"흡."

그녀는 반사적으로 다리를 오므렸으나 그는 너른 어깨로 파고들어와 도리어 그녀의 다리를 넓게 벌렸다. 아무도 닿지 않은 촉촉한 여성의 동굴 속으로 그의 길고 매끄러운 손가락이 점점 깊이 들어오고 있었다. 처음엔 낯선 이물감에 불쾌하게 느껴지기도 하였으나 그가 앞뒤로 손가락을 움직일수록 기분 좋은 흥분이 일었다. 그녀는 그의 어깨를 붙들고 그가 이끄는 대로 엉덩이를 들어올렸다.

"우현수, 작은 마녀 같으니."

꽉 잠긴 음성으로 알 수 없는 말을 중얼거린 그는 여성 깊은 곳에서 물러났다. 대신 여성을 가리고 있던 마지막 천 조각을 제거하고 그녀의 다리 사이에 좀 더 단단히 자리를 잡았다. 손가락과는 비교도 할 수 없이 크고 뜨거운 무언가가 여성의 입구를 두드리는 느낌에 현수는 상체를 들어 아래를 내려다보았다. 그리고 발견한 거대한 남성의 상징에 그녀는 눈을 휘둥그레 뜰 수밖에 없었다.

서, 설마 저게 내 몸속으로 들어온다는 거야? 말도 안 돼!

"괜찮을 거야."

그가 달래었으나 진정이 되지 않았다. 그는 너무 컸고 이 행위가 처음인 그녀는 자신이 없었다.

"천천히 할게. 약속해."

그를 믿고 싶었다. 믿어야 했다. 현수는 자리에 누워 자신에게 체중을 실어오는 정민을 꼭 껴안았다. 매끄럽고 커다란 무언가 그녀의 내부로 밀고 들어오는 것이 느껴졌다. 아랫도리에서 어렴풋이 시작된 통증은 그것이 더 깊이 들어올수록 더 극심해졌다. 마치 온몸이 둘로 쪼개지는 듯한 고통에 현수는 그를 밀어내려 했지만 정민은 꿈쩍도 하지 않았다.

"미안해."

그 한마디와 함께 그는 단번에 그녀의 내부를 뚫고 들어왔다.

"아악!"

아픔으로 비명을 내지른 현수의 뺨을 타고 어느새 눈물이 흐르고 있었다. 그것을 손으로 닦아준 그는 천천히 허리를 움직이기 시작했다. 처음엔 그저 저릿저릿한 통증뿐이었다. 아무리 그가 원해도 이건 더 참을 수가 없다고 생각했다. 그런데 말도 안되게도 아픔이 점점 사라지며 여성 저 아래에서부터 쾌감이 스멀 스멀 피어오르는 것이었다. 그녀는 저도 모르게 그의 날렵한 허리를 다리로 감으며 매달렸다. 그녀의 상태를 알아챈 듯 그가 강도를 점점 더 높였다. 그에 따라 엉덩이를 들썩이며 그녀는 보조를 맞추었다. 그들은 한 덩이가 된 듯 움직였다. 무아지경에 빠진 사람들처럼. 무언가를 향해 내달렸다.

그리고 마침내 머릿속이 하얗게 변하며 지금껏 세상 어디에서도 느껴보지 못했던 희열이 그녀의 온몸을 적셨다. 그 역시 그녀를 뒤따라 그것을 느낀 듯했다. 그에게서 만족에 겨운 한숨이 터져 나왔다. 그녀는 자신의 위로 축 늘어지는 그를 껴안았다. 그들은 서로에게서 몸을 빼지 않은 채 그렇게 한동안 누워 있었다.

"처음이라 아팠던 거고, 다음엔 훨씬 더 좋을 거야."

음흉스런 속삭임에 현수는 그의 맨 어깨를 때렸다. 그러고 보니 그녀 안에서 그의 남성이 다시 커지고 있는 것 같은 느낌이 들었다.

"원스 모어?"

장난이 아니었다, 이 남자. 당황하여 어찌할 바를 모르고 있던 그녀를 그 에로틱한 위기에서 구해준 것은 부엌에서 풍겨오는 탄내였다. 그제야 냄비에 삶고 있던 스파게티 면이 번뜩 생각났다. 그를 밀어내고 일어난 현수는 바닥에 떨어진 그의 셔츠를 대충 걸치고 가스레인지 쪽으로 뛰어나갔다.

"안 돼!"

그러나 이미 면이 다 눌어붙은 냄비는 탈대로 타서 그저 까만 덩어리처럼 보였다. 피어오르는 연기를 걷으며 부엌장갑을 찾은 그녀는 냄비를 잡아 개수대로 던져 넣고 찬물을 틀었다. 그러자

치이이익 하며 냄비 식는 소리가 온 집 안을 울렸다.

"다행이다."

안도의 한숨을 내쉬고 있는데 바지만 입은 그가 어슬렁거리며 걸어 나왔다. 근육질의 가슴을 드러내고 머리를 헝클어뜨린 정민은 지독하게도 섹시했다. 그는 아직 정사의 여운이 가시지 않은 짙은 눈빛으로 다가와 물었다.

"다치지 않았어?"

"난 괜찮은데, 면이랑 냄비가 구제불능으로 타버렸어요."

울상을 짓는 그녀를 껴안으며 그가 속삭였다.

"괜찮아. 배 안 고프다니까."

"정말……이요?"

"대신 다른 곳에서 고프다고 난리네."

그녀의 눈이 그제야 불룩 솟은 그의 앞섶으로 떨어졌다. 당황하여 고개를 든 현수는 개구쟁이처럼 웃고 있는 그를 보며 가슴이 떨렸다. 그의 매력에 그녀는 대항할 수 없었다. 그의 관능적인 입술이 점점 가까워지고 있었다. 그녀는 천천히 눈을 감았다. 그리고 마침내 그의 뜨거운 입술이 닿는 순간 그녀는 입을 벌려 그를 맞아들였다. 서로를 남김없이 빨아들일 듯한 키스가 한동안 계속되었다. 그러는 와중 당연하다는 듯 그의 손이 커다란 셔츠 속으로 들어와 그녀의 알몸을 유린했다.

너무 오래 기다렸기에 더욱 간절했다. 한 번 불타오른 열정은 좀처럼 꺼질 기미를 보이지 않았다. 그 밤이 다 가고 새벽이 올 때까지.

6. 미안해, 그리고……

    눈을 뜨자마자 현수는 벌떡 자리에서 일어나 앉았다. 그러다 자신이 완전한 나체임을 의식한 그녀는 시트로 얼른 몸을 가렸다. 다행히 아직 정민은 엎드린 채 깊은 잠에 빠져 있었다. 그의 매끈하고 너른 등에 벌겋게 긁힌 자국들이 눈에 들어왔다.

    설마 저게 다 내 손톱자국? 음란해! 음란해, 우현수!

    불과 조금 전까지 그의 몸 아래에서 교성을 토해내던 자신임을 망각한 채 현수는 얼굴을 붉혔다. 후다닥 침대에서 나와 트레이닝복을 차려입고 마구 헝클어진 머리를 틀어 올린 그녀는 시계를 보았다. 8시였다. 거의 3시간밖에 자지 못한 것이다.

    "윽. 아파."

    걸음을 옮겨놓자 허리와 여성의 은밀한 곳, 허벅지까지 아프지 않은 곳이 없었다. 그러나 현수는 점퍼를 입고 지갑을 챙겨들었다. 그에게 아침으로 프렌치토스트라도 해주려면 식빵을 사와야 했다.

정민이 깰세라 조심조심 현관문을 열고 밖으로 나간 현수는 행복에 겨워 콧노래를 부르며 계단을 내려갔다. 아파트 앞에 있는 구멍가게 수준인 마트로 가기 위해. 그런데 그녀가 입구로 나가기 전, B동 주차장 제일 안쪽에 경비 할아버지를 비롯해 몇몇 사람들이 모여 있는 것이 눈에 들어왔다. 아침부터 무슨 일일까 궁금해진 현수는 그쪽으로 걸음을 옮겨 놓았다.

"누굴까요? 도대체?"

"아무리 생각해도 우리 아파트에 이런 차 탈만한 사람이 없는데."

"실제로 처음 보는데. 한 마디로 죽이네요."

남자들이 둘러싸고 이야기를 하고 있는 건 검은색 외제차였다. 차에 대해 문외한인 그녀가 보기에도 꽤나 고가의 물건이라는 것이 팍팍 느껴졌다.

"딱지 붙여도 괜찮을까?"

"그러게요. 나중에 접착제 안 떨어진다고 유리 값 물어내라는 거 아니에요?"

뭐야. 주차위반 딱지 붙이는 것 때문에 고민하는 거였어?

현수는 어이가 없어 그들 사이로 끼어들어 조목조목 의견을 주장했다.

"당연히 붙여야죠. 우리 아파트 주차스티커 안 붙어 있는 외부 차량이잖아요."

"그, 그렇지?"

그럼에도 경비 할아버지는 노란 종이를 차 앞 유리에 선뜻 붙이지 못했다. 그 모양이 어찌나 답답하던지 현수는 공중에서 배회하는 종이를 손바닥으로 밀어 유리에 붙도록 적극 도와주었다. 탁. 탁. 탁.

"됐다."

제아무리 고급 차라도 위반은 위반이지.

손바닥을 털어낸 현수는 서둘러 원래 목적지인 마트로 향했다. 그곳에서 빵과 우유를 산 그녀는 정민이 잠들어 있을 자신의 아파트로 뛰다시피 걸었다. 온 신경이 정민에게 집중되어 있느라 그녀는 노란 딱지를 붙였던 그 외제차가 자신의 뒤에서 주차장을 빠져나가는 것을 보지 못했다. 계단을 뛰어올라가 현관문을 열고 들어섰을 때 그의 구두가 없어졌다는 것을 깨닫고 나서야 그가 가버렸음을 알았다.

"아침이라도 먹고 가지."

서운한 마음을 감출 수 없어 그렇게 중얼거린 현수는 식탁 위에 아무렇게나 봉지를 던져놓고 방으로 들어갔다. 열정의 흔적들과 향기가 방 안에 가득했다. 그것을 멀거니 내려다보던 현수는 고개를 내저은 후 창문을 열었다. 환기가 필요했다. 이 집도, 그녀 자신도.

외박을 했다는 것을 아버지께 들키는 날에는 어떤 경을 칠지 알 수 없었다. 그래서 정민은 눈을 뜨자마자 그녀의 아파트를 뛰어나왔다. 현수에게 인사를 하고 나왔으면 좋았겠지만 그럴 겨를

이 없었다. 벌써 8시. 한 회장이 기상을 하고도 남은 시간이었다. 어떻게든 아침을 먹기 전까지는 들어가야 했다.

"젠장, 명절만 아니었으면."

그가 비록 독립해 펜트하우스에서 지내고 있지만, 설날이나 추석 등 명절 연휴에는 무조건 본가에 머물러야 한다. 그것이 한 대웅 회장의 철칙이었다.

8시 10분, 한 회장의 저택 주차장에 차를 밀어 넣은 정민은 집 안으로 뛰어 들어가려다 전면유리에 붙은 노란 종이를 발견하고 기분이 급속도로 나빠졌다.

〈주차위반 −목련아파트−〉

그는 그것을 손으로 확 잡아 뜯었으나 뭘로 붙인 것인지 도저히 떨어지지가 않았다.

"단단하게도 붙여놨네."

그의 애마의 이마에 완전 상처를 하나 만들어 놨다. 속이 상했지만 지금은 우선 자신의 살길부터 찾아야 했다. 차는 나중에 닦아줘도 충분했다.

정민은 여느 때보다 신중한 걸음걸이로 정원을 지나 조심스레 현관문을 열었다. 다행히 거실은 아직 조용했다. 속으로 쾌재를 부르며 그는 2층 계단을 올랐다. 자신의 방에 들어가 문을 닫고서야 정민은 안도의 한숨을 내쉬었다. 그러나 바로 다음 순간 들려온 노크 소리에 심장이 쿵 떨어지는 듯했다. 그는 거의 빛의 속도로 정장을 벗어던지고 평상복으로 갈아입은 후 침대 속으로 들어갔다. 자는 척 눈을 꼭 감은 것은 물론이다. 그러나.

"안 자는 거 알거든?"

예지의 목소리가 바로 위에서 들려 정민은 벌떡 일어났다.

"놀랐잖아!"

"삼촌 완전 대박이다? 설마 밤새도록 현수 언니랑 있었던 거야?"

"쪼그만 게! 나가!"

"진짜 나가? 나한테 그럼, 나중에 후회할 텐데?"

감히 나를 협박하다니!

그러면서도 예지에게 함부로 할 수 없는 정민이었다. 지금 그
에겐 예지의 도움이 필요했다. 한대웅 회장과 우현수, 두 마리 토
끼를 잡기 위해서는. 그는 애써 웃으며 또다시 송예지 포섭 작전
을 시작했다.

"곧 있음 졸업식이지? 또 뭐 갖고 싶은 거 없어?"

"가방! 완전 뽀대나는 걸로!"

어쩜 저렇게 쉴 새 없이 갖고 싶은 게 생각나는 건지. 정민은
어쩔 수 없이 고개를 끄덕인 후 자신의 조건을 내걸었다.

"좋아! 오늘 당장 사러 가자! 대신…… 할아버지 앞에서 내 알
리바이 증명해 줘야 한다? 난 외박한 게 아니라 어제 자정 넘어
서 들어온 거야. 알았지?"

"그럼! 걱정 마. 내가 누구야?"

이제 겨우 13살, 뻐기는 것이 도를 지나쳤지만 정민은 내버려
두었다. 그의 머릿속에는 지금쯤 그가 없어진 것을 알고 실망 또
는 걱정을 할 그녀의 모습으로 가득했다. 정민은 침대 위에 걸쳐
진 재킷에서 휴대폰을 꺼내 현수에게 메시지를 보냈다.

〈집에 급한 일이 있어서 왔어. 이번 금요일…… 피크닉 가자.〉

마지막 말은 다분히 충동적이었다. 자신은 금요일이 휴무도 아닌데 어쩌려고 그런 것인지. 조 지점장이 연가를 쉽게 허락할 사람도 아닌데.

그러나 벌써부터 현수와 함께 시간을 보낼 생각을 하면 심신이 달뜨는 느낌이었다. 설레고 기쁘고 황홀했다. 정민은 자신이 입을 헤벌린 채 웃고 있다는 것도, 그런 그를 보며 예지가 고개를 절레절레 흔들고 있다는 것도 깨닫지 못했다.

"난 이제 더 이상 소녀가 아니에요. 그대 더 이상 망설이지 말아요. 그대 기다렸던 만큼 나도 오늘을 기다렸어요~."

저도 모르게 노래를 흥얼거리고 있던 현수는 이상하다는 듯 자신을 뜯어보는 은영으로 인해 입을 다물어야 했다. 그녀는 시침을 떼고 물었다.

"왜 그렇게 봐?"

"너 오늘 진짜 좀 이상하다. 야릇한 노랫말을 중얼거리질 않나. 몽롱한 눈빛을 하고선 계속 킥킥거리질 않나. 너 혹시?"

현수는 숨을 멈추고 은영의 다음 말을 기다렸다.

"어젯밤에…… 야동 봤지? 뭐 봤어? 응?"

그럼 그렇지.

한숨 돌린 현수는 외려 되물었다.

"뭘 봤을 것 같은데?"

"이성? 동성? 아님 동물?"

"난 이성이 좋아. 그것도 말 근육이 물결치는 섹시한 남자."

그녀의 대답이 완전 충격이었던 듯 은영의 입이 쩍 벌어졌다. 현수는 그 모습을 재미있다는 듯 바라보다 자신의 앞에 와서 서는 사람의 존재로 인해 수다를 멈추었다.

"현수 씨."

고개를 든 현수는 자신을 보며 웃고 있는 아리따운 중년 여성이 누구인지 깨닫고 벌떡 일어났다.

"안녕하세요? 그런데 여, 여긴 어쩐 일이신지."

"잠깐 얘기 좀 할 수 있을까요?"

"네."

현수는 은영에게 양해를 구하고 예지의 법적인 이모이자 친모인 여인을 따라 밖으로 나갔다.

"별로 춥지 않은데, 조금 걸을까요? 차 안은 아무래도 갑갑해서."

"좋아요."

도서관 옆 공원으로 가는 길로 현수는 예지 모를 안내했다.

"예지도 없이 혼자서, 내가 왜 왔는지 궁금할 거예요."

"……."

"고맙다는 말을 하고 싶었어요. 진심으로 고마워요."

"별말씀을 다……."

자신보다 한참 어린 그녀에게 고개까지 깊이 숙여 보이는 여인으로 인해 현수는 몸 둘 바를 몰랐다. 그런데다 여인이 손수건으로 눈물까지 찍어낼 때는 무슨 말을 해야 좋을지 몰라 더욱 전

전긍긍이었다.

"좀 앉아요."

다행히 조금 감정이 가라앉은 듯 상대가 그녀에게 벤치를 권했다. 현수는 생각 없이 푹 앉았는데, 여인은 우아한 몸짓으로 손수건을 깔고 그 위에 살짝 엉덩이만 걸쳐 놓았다. 하긴 비싸 보이는 검은색 벨벳코트에 먼지가 묻으면 곤란하긴 하겠다.

"예지한테 다 들었을 거예요. 내가 누군지…… 처음엔 예지는 아무것도 몰랐어요. 그런데 몇 년 전에 어른들이 하는 대화를 엿듣고 알게 된 거죠. 그때부터 엇나가기 시작하더니 최근엔 완전 통제 불능이었는데, 현수 씨 만나고 정말 좋아졌어요."

"……."

"어젠 나한테 대뜸 현수 언니 따라 봉사활동을 갔다 왔는데 자기보다 안 된 아이들이 많더라면서. 다음에는 같이 가보자고 그러더라구요."

"그래요?"

예지가 그런 말을 했다니, 뿌듯했다.

"한 번도 나한테 뭘 제안한 적이 없었는데. 그 말을 듣고 얼마나 기뻤는지 몰라요. 당장 죽어도 여한이 없을 만큼 기뻤어요. 이게 다 현수 씨 덕택이에요."

그러고 보니 처음 저택 현관에서 만났을 땐 음울해 보이던 여인의 얼굴이 많이 밝아져 있었다.

"전 그저 제 얘기를 들려준 것밖에 없는데, 너무 그러지 않으셔도 돼요."

"그럼 혹시 현수 씨도?"

"네. 엄마가 혼자 저를 낳고 평생 혼자서 절 기르셨어요."

"돌아가셨나…… 보네요."

안쓰러움이 가득 담긴 음성에 현수는 그저 고개만 주억거렸다. 그녀의 맞잡은 그녀의 두 손 위로 여인의 고운 손이 겹쳐졌다. 그것은 마치 예전 엄마의 그것처럼 따뜻하고 포근한 느낌이었다.

"혼자서 딸을 정말 훌륭하게 키워내셨네요. 현명하고 밝고 씩씩하고…… 하늘에서 현수 씨 모습을 볼 수 있다면 뿌듯해하실 것 같아요."

"제가 뭐 또 그렇게까진 아닌데……."

"겸손하기까지. 우리 예지가 현수 씨만큼만 컸으면 좋겠어요. 나중에 아이 아빠를 만났을 때 내가 부끄럽지 않도록."

"아."

예지의 친부 역시 이미 이 세상 사람이 아니었다. 그것을 알게 된 현수는 그저 짧은 탄식만 내뱉을 뿐이었다. 사랑하는 사람이 세상을 떠났음에도, 그 사람을 쏙 빼닮은 아이를 낳아 키우는 여인의 마음은 어땠을까.

"올해 나이가 몇이죠?"

"스물여덟이에요."

"딱 좋네."

뭔가를 생각하는 듯하더니 고개를 끄덕이며 여인이 한 말에 현수는 명해졌다. 그런 그녀의 손등을 톡톡 두드리며 예지 모는 은밀하게 속삭였다.

"예지가 현수 씰 외숙모감으로 점찍은 것 같아서, 내 동생과 나이 차를 계산해 봤어요. 6살 차이면, 괜찮죠?"

"네에? 전……."

만나는 사람이 있다고 말을 하려다가 현수는 입을 다물었다. 모처럼 행복을 만끽하고 있는 여인에게 찬물을 끼얹고 싶지 않았다. 아직 정식으로 소개를 받은 것도 아니까. 하지만 당장 예지에게는 정민의 존재를 밝혀두는 게 좋을 것 같았다. 아이가 더 이상 자기 외삼촌과 그녀를 엮으려 들지 못하도록 단단한 경고와 함께 말이다. 계속 다른 사람들 입에서 뭇남자와 함께 오르내리는 건 정민을 배신하는 행위인 것 같아 기분이 유쾌하지 않았다. 그와 함께 한 뜨거운 밤의 기억이 이렇듯 생생한데.

우현수, 그만 상상해.

화끈거리는 얼굴을 차가운 손으로 두드리며 현수는 자신을 뜯어보고 있는 여인을 향해 어색한 미소를 돌렸다.

벌써 두 달째 그러하듯 저녁 늦게야 모든 배송을 마치고 지점 사무실 앞에 차를 세운 정민은 위풍당당한 자태로 세워진 마이바흐를 발견했다. 언젠가와 같은 장면이다.

또 조 비서인가.

그러자 일식 도시락이 떠올랐고 조건반사처럼 배가 고팠다. 서글프게도 말이다. 주린 배를 꾹 참고 차에서 내린 정민은 사무실로 걸음을 옮겨 놓다 멈춰 섰다. 갑자기 차 문이 열리는 소리에 이어 딱딱 귀에 익은 지팡이 소리가 들려와. 고개를 돌리자

마이바흐의 진짜 주인, 그의 아버지 한 대웅 회장이 그곳에 서 있었다.

정민은 말없이 고개를 숙여 보이면서도 의아한 생각이 들었다. 그도 그럴 것이 지난 여덟 달 동안 그가 일하는 현장에 아버지는 직접 나타나신 적이 한 번도 없었던 것이다.

어제까지 실컷 얼굴을 봤는데 또 여기까지 어쩐 일이실까.

"차에 타라."

아버지의 표정으로 봐서는 무슨 일인지 도저히 알 수가 없었다. 정민은 뒷좌석에 따라 오른 후 문을 닫았다. 차 안에는 그들 둘뿐이었다. 참으로 불편하고 어색한 기류가 흘렀다. 정민은 어서 빨리 그 자리를 벗어나 현수에게 가고 싶다는 생각을 했다. 내일 어렵사리 지점장에게 연가를 얻어냈으니, 오늘 밤은 그녀와 함께 보낼 절호의 찬스였다.

그때 마치 그의 생각을 다 읽은 것처럼 허벅지 위에 사진 한 장이 놓여졌다. 주인공은 바로 우현수. 몇 번이나 훑어보았지만 그녀가 맞았다. 흠칫 놀란 정민은 아버지를 바라보았다. 최근 이렇게 가까이서 똑바로 본 적이 없어서일까. 한 회장은 부쩍 늙어 보였다. 그러나 그 목소리에는 여전히 힘이 넘쳤다.

"이 아가씨 알제?"

"아버지는 어떻게 아시는데요."

"니 요즘 하는 기 정상같이 안 보여가 뒷조사 좀 했다. 그랬드 만 조 비서가 이 사진을 갖고 왔드라. 니가 만나는 아가씨라고. 이 아가씨, 저번에 집으로 예지 찾아왔던 그 아가씨 맞제?"

이렇게 빨리 아버지가 아시는 걸 원치 않았는데. 때가 되면 말씀을 드리려 했는데.

불안해진 정민은 생각나는 대로 말을 돌렸다.

"그냥 말 그대로 만나는 애예요. 그뿐이에요."

"그래서 설에도 그 집에서 자고 왔나?"

으! 조찬우! 도대체 어떻게 그의 뒤를 밟는 건지. 아무리 둘러봐도 흔적조차 보이지 않던데.

"니가 그럴 정도믄 마음이 있다 소리 아니가."

한 회장은 확실한 대답을 채근하고 있었다. 그러나 신중해야 했다. 그의 한 마디로 인해 그녀까지 다칠 수 있었다.

"언제부터 만났노."

"대학 후배예요. 하지만 정식으로 교제한 건 얼마 안 됐어요."

"그래? 부모님은?"

"두 분 다⋯⋯ 안 계시는 걸로 알고 있어요."

아버지에게서 '흠~'이라는 깊은 고뇌의 소리가 흘러나왔다. 괜히 부모님이 안 계신다고 얘길 했나 그가 후회하고 있는데 한 회장이 한 말은 뜻밖이었다.

"정윤이가 그 아가씨 칭찬을 엄청시리 하드라. 똑똑하고 착하고 세상에 그런 사람 없다하대. 그 아가씨 아니⋯⋯ 현수 때문에 우리 예지가 철들었다고."

"하긴⋯⋯ 그렇긴 해요. 요즘 완전 예지 인간 됐던데요?"

'인간 됐다'는 그의 말에 한 회장은 대놓고 눈살을 찌푸렸다. 하나뿐인 손녀에 대한 막말은 듣기 싫다 이거였다. 아차 싶어 정민은 입을 막았고 다행히 한 회장은 그에 관해 추궁하진 않았다. 아버지가 추궁한 건 다른 부분이었다.

"니 아직도 독신 선언인가 머시긴가 그거, 유효하나?"

"그건 또 갑자기 왜."

"우현수 그 아가씨, 많이 좋아하는 거 아니가?"

"좋아…… 합니다."

"그라믄 결혼해라."

이럴 땐 아닌 밤중에 홍두깨라는 말이 딱 맞다. 그가 미간을 찌푸린 채 현 상황을 파악 중인데 아버지는 계속 밀어붙였다.

"나도 그 아가씨가 마음에 든다. 결혼해라."

"자, 잠깐만요. 아버지, 그 여자 고아에다가 가진 것도 없고 직업도 그냥 사립도서관 사서예요. 그런데도 결혼하라구요?"

믿을 수가 없어서 그렇게 물었다. 그도 그럴 것이 지금껏 자식들의 결혼에 있어서 아버지는 한 번도 이렇게 순순하신 적이 없었기 때문이다.

"하나뿐인 아들이 혼자 사는 것보다는 안 낫겠나. 그리고 느거 누나들 보니까 그런 조건들 다 따져봤자지 싶다. 정희는 똑똑한 놈 골라 붙여줘도 아 하나 못 낳고 저래 살고, 정윤이는 못난 놈이라고 결사 반대했드마는 결국 사고로 세상 떠나뿌리가 평생 내를 원망하고 안 사 나."

회한이 섞인 목소리에 정민은 그제야 온전히 아버지를 믿을 수 있었다. 지금 하는 아버지의 말과 행동들을 이해할 수 있었다.

결혼. 결혼이라.

누군가와 결혼을 한다면 그것이 현수였으면 좋겠다는 생각이 들긴 했다. 그런데 그녀가 그의 배경을 알게 된다면, 과연 순순히 그를 받아들여줄까. 그건 확신할 수 없었다. 그래서 두려웠다. 이제 겨우 그는 한대웅이라는 작은 산 하나를 넘었을 뿐, 우현수라는 더 높은 산의 정복을 앞두고 있었다.

"결혼, 할끼제?"

날카로워져 있던 정민은 다시 한 번 확인을 하는 아버지에게 그만 짜증을 내고 말았다.

"그게 그렇게 쉬운 게 아닙니다."

"머가 안 쉬운데. 머스마 새끼가 그래 박력이 없어가 으짜노. 밀어붙이라. 고마."

정민은 깊은 한숨을 내쉬었다.

밀어붙인다고 될 일이 아닙니다. 그 여잔 아직 제가 누군지도 모른다고요. 그런데 결혼이라니요.

"내가 한번 만나 보까?"

아버지의 한 마디에 정신이 번쩍 들었다. 정민은 손바닥을 들어 제지의 뜻을 피력했다.

"아버진 가만히 계세요. 제가 알아서 하겠습니다."

"니 기다리다가 내 늙어 죽는다. 내가 나서는 기 빠르다."

자기 의견을 굽히지 않는 아버지를 보며 정민은 사람이 변하는 게 참 어렵다는 걸 느꼈다. 그는 안타까운 눈빛으로 한 회장을 응시했다.

"아버지, 다른 사람들 말에도 제발 귀 좀 기울이세요. 그러지 못해서 어머니를 잃어 놓곤, 어떻게 하나도 안 변하세요."

그의 날카로운 힐난에 지팡이를 쥔 아버지의 손이 부들부들 떨렸다.

"느거 엄마가 그라드나? 내 똥고집에 질려서 떠났다고?"

"제가 보기에 어머니는 아버지 원하는 대로 움직이는 인형이었어요. 아버지는 아니라고 하시……."

짝. 그의 말이 끝나기 전에 뺨에 두껍고 커다란 손바닥이 날아들었다. 정신이 번쩍 드는 듯했다.

"니가 뭘 안다고 지껄이노? 내가 누구 때문에 그래 악착같이 돈을 벌었는데! 내가 개처럼 벌어다 주는 돈으로 여왕처럼 살아 놓고는! 망할 여편네!"

여전히 어머니가 자신을 배신했다고 믿고 계시는 아버지가 가엾었다. 아버지의 거칠었던 숨이 조금 진정된다 느껴질 때 즈음 정민은 다시 어머니 이야기를 꺼냈다.

"어머니는 당신의 청각장애를 숨기고 살아야 하는 것을 가장 힘들어하셨어요. 아버지는 어머니가 한얼그룹의 완벽한 안주인의 모습이길 늘 강요하셨잖아요."

"완벽하라고 한 적 없다."

"어머니는 그렇게 느끼셨어요. 30년이 넘는 세월동안 아버지 곁에서 힘들어하셨다고요. 아버지는 일에 빠져 아무것도 모르셨겠지만."

"다 가족들을 위한 일이었다."

정민은 흔들리는 아버지의 눈빛을 보며 피식 웃었다.

"우선순위를 어디에 두느냐에 따라 다르겠죠. 일이냐, 가족이냐. 아버지에겐 늘 일이 먼저였어요. 세상에서 한얼그룹이 가장 소중하셨죠."

"한얼에는 내 피와 땀이 어려 있다. 당연히 가장 소중할 밖에는."

"어머니가 떠난 지금도 그 생각엔 변함이 없으세요? 그럼 아버지는 어머니를 사랑하신 적이 없는 거예요."

"그런 감상적인 소리는 다 때려치아라. 한 회사의 오너가 될라카믄 사소한 감정에 휘둘려가지고는 안 된다."

〈경영은 머리가 아닌 가슴으로 하는 거야.〉

갑자기 취중에 찬택이 했던 말이 떠올랐다. 그것이 어쩌면 가장 진리인지도 모르겠다는 생각이 들었다.

"사랑하는 여자 하나 지켜주지 못하는데, 거대한 회사를 어떻게 지킬 수 있겠습니까. 전 제 여자 아프게 안 할 겁니다. 그 여자가 내가 가진 것들 때문에 아프다면, 그 여자 하나만 갖고 다 버릴 수도 있습니다."

"다 버린다고? 이기 진짜……"

이번엔 지팡이로 그를 후려칠 기세였다. 하지만 정민은 눈도 깜빡하지 않았다.

"그리고 더 이상 제 결혼 문제에 신경 쓰지 마세요. 제가 하고 싶을 때, 하고 싶은 여자랑 할 테니까요."

분명하게 자기 생각을 밝힌 정민은 문을 열고 그 공간을 벗어났다. 지나치게 뒤가 조용했지만 그는 결코 되돌아보지 않았다.

내일 그와 약속한 피크닉을 가기 위해서는 준비할 것이 많았다. 예쁜 피크닉 바구니와 도시락, 돗자리, 커다란 모자 그리고 가장 중요한 도시락에 넣을 김밥.

늦은 밤 현수는 그 김밥에 넣을 재료를 준비하느라 여념이 없었다. 햄과 당근을 볶고 지단 부친 계란을 썰고 있는데 초인종이 울렸다. 화들짝 놀란 그녀는 비닐장갑을 벗고 인터폰을 확인했다. 그런데 아무도 보이지 않았다.

잘못 누른 건가.

조리대 쪽으로 돌아서려는데 초인종이 또 울렸다. 짜증스레 수화기를 드니 귀에 익은 목소리가 들렸다.

"택배입니다."

주책없이 심장이 뛰었다. 이건 분명 정민의 음성이었다. 어떻게 그가 처음 이 집에 택배 배달을 왔던 그날은 못 알아들을 수 있었을까.

그녀가 현관문을 열자 뒤에 숨어 있던 그가 웃으며 모습을 드러냈다. 내일 피크닉을 겨냥한 듯 점퍼와 청바지 차림의 정민은 더욱 젊고 멋있어 보였다. 애써 감탄의 기색을 숨기며 현수는 물었다.

"일 마치고 오는 거예요?"

"응. 내일 쉬니까 오늘 밤 같이 있으려고."

그녀의 뒤를 따라 들어온 정민이 한 말에 현수는 썬 계란을 집으려다 말고 그를 흘겨보았다.

"뭐예요. 대놓고 그러기에요? 한 번 했으니 두 번은 쉽다?"

"자꾸 생각나는 네가 문제야. 꼭 중독된 것 같아, 너한테."

어느새 다가온 그가 그렇게 속삭이더니 키스했다. 가볍게 지분거리듯 시작된 그것이 깊어지는 건 금방이었다. 키스를 계속하며 식탁의자에 앉은 정민은 그녀를 자신의 몸 위로 올려놓았다. 몇 겹의 천이 가로막혀 있었지만 맞닿은 그들의 남성과 여성이 당장이라도 만나고 싶어 요동을 쳐댔다.

그가 그녀의 앞치마를 벗기고 롱스커트를 들어올렸다. 면 팬티 속 어느새 촉촉해진 여성 속으로 그의 손가락이 불쑥 들어왔다.

"으흠."

고통과 쾌감이 뒤섞인 신음을 흘리며 그녀가 뒤로 목을 젖혔다. 그러자 그의 입술이 가늘고 긴 목을 애무하기 시작했다. 목에서 시작된 그것은 곧 말려 올라간 티셔츠 아래 드러난 여성의 둔덕에 머물렀다. 예민해진 가슴의 정점을 그의 혀가 집요하게 희롱했다. 위와 아래에서 몰아대는 그로 인해 그녀는 점점 더 젖어들고 있었다.

"잠깐만."

그는 그녀를 내려놓고 다급히 바지 지퍼를 열었다. 성이 날 대로 난 그의 남성이 공중으로 솟구쳤다. 스커트 아래로 팬티를 벗은 그녀를 그는 다시 자신의 몸 위로 올려놓았다. 거대한 무엇이 몸을 짓이기는 느낌에 그녀는 저도 모르게 비명을 지르고 말았다.

"아아악."

단번에 이루어진 교합은 절실했기에 그 쾌감도 빨리 찾아왔다. 열락이 가까워져오는 것이 느껴졌다. 그녀는 자신의 아래에 있는 그를 온전히 느끼며 허리를 들썩였다. 엉덩이를 움켜쥔 커다란 손이 그녀의 움직임을 더욱 독려하고 있었다.

"하악. 하악."

그들의 거친 숨소리가 뒤섞여 좁디좁은 공간을 울렸다. 그러나 현수의 머릿속에 혹시나 옆집에 들리지 않을까 그런 걱정 따윈 자리할 여력이 없었다. 오로지 그를 느끼고 그와 함께 최고의 쾌감을 맛보는 것만이 중요했다. 그녀는 더욱 힘차게 몸을 앞뒤로 흔들었다. 시야가 점점 더 하얗게 변해 갔다. 그녀에게서 절정의 비명이 터져 나오려는 순간 그가 깊게 키스해 왔다. 그 역시 억눌린 신음을 뱉어내는 것이 느껴졌다. 그녀는 그를 더욱 꼭 끌어안으며 매달렸다. 온몸을 노곤하게 만드는 절대적 만족감이 찾아들었다. 기진맥진한 그녀는 행위가 끝난 후에도 쉽사리 일어날 수 없었다. 그에게 기댄 채 숨을 고르고 있던 그녀의 귓가에 짓궂은 음성이 다가들었다.

"어지간히 급했네, 우현수. 옷도 다 입은 채 남잘 덮치다니."

"어머, 말은 바로 해요. 덮친 건 오빠잖아요."

상체를 꼿꼿이 세운 채 현수는 바로 눈앞의 남자에게 항의했다.

"이 자세를 보고도 그런 말이 나와?"

그녀는 그의 시선을 따라 고개를 내려뜨렸다. 마치 말을 탄 듯 그의 위에 다리를 벌리고 걸터앉아 있는 자신을 본 현수는 황급히 내려가려 했다. 그러나 정민이 그녀를 붙잡았다. 그의 커다란 두 손이 그녀의 뺨을 매만지더니 얼굴을 자신에게로 단단히 고정시켰다. 그가 천천히 입을 열어 말을 하는데, 꿈결처럼 멀리서 들리는 듯했다.

"우리…… 같이 살까?"

한동안 눈만 깜빡거린 채 그 말을 곱씹어 보던 현수는 결국 찌푸린 표정으로 되물었다.

"그게 무슨 말이에요? 동거라도 하잔 말이에요?"

"좋으니까 같이 살잔 건데 뭐 나빠? 난 너 이렇게 혼자 지내는 것도 걱정돼."

그에게 뭘 기대했던 걸까.

현수는 굳은 얼굴로 그의 손아귀에서 빠져 나왔다. 그도 더 이상 그녀를 붙잡지 않았다. 이상하게도 눈물이 날 것 같아 그녀는 그에게 등을 보인 채 김밥 재료 준비를 마무리 지었다. 등 뒤로 그가 다가와 그녀를 꼭 껴안고 목덜미에 입을 맞추는 순간에도 현수는 아무런 감흥을 느낄 수 없었다.

"한번 생각해 봐."

"……."

"내일을 위해 김밥 준비하는 거야? 완전 기대되는데?"

그런 치하의 말에도 현수는 웃음이 나지 않았다. 그녀의 기분을 모르는지, 아는데 모른 척하는 것인지 정민은 다음 순간 멀어졌다.

"좀 씻을게."

욕실 문이 닫히는 소리에야 현수는 뒤를 돌아보았다. 털썩 개수대에 기대선 그녀의 눈빛엔 허탈함과 원망이 가득했다.

그는 그녀를 원하기에 같이 살자는 말을 한 건지 모르겠지만, 그녀의 어머니가 미혼모였다는 것을 기억한다면 그녀에게 그래선 안 되는 거였다. 동거를 하다 만약 혼전 임신이라도 하게 된다면…… 그녀 역시 어머니와 같은 수순을 밟게 될는지도 모를 일. 그를 믿지만 늘 만약이라는 상황은 존재하는 법이니까.

그럼 결혼하자고 했었어야 돼?

마음의 물음에 현수는 아니라고 대답하지 못했다. 그 순간 그녀는 깨달았다. 자신이 그와의 결혼을 언젠가부터 상상하고 있었음을. 그것이 8년 전부터인지, 최근 다시 만나면서부터인지는 알수 없었다. 분명한 건 그의 동거녀가 아닌 아내가 되고 싶다는 사실이었다. 그리고 아주 오래전부터 자신이 그를…… 사랑하고 있다는 사실이었다.

손닿는 곳에 우현수가 있는데 깊이 잠드는 건 있을 수 없는 일이라고 생각했다. 그런데 두 번째 사랑 행위 후 그는 그녀를 안고 까무룩 잠이 들었다. 눈을 뜬 건 아직 주위가 깜깜한 새벽, 어딘가에서 울리고 있는 휴대전화의 진동음 때문이었다.

여느 때 같으면 무시하고 그냥 잠을 청하거나 다시 그녀를 깨워 사랑을 나누었겠지만 왠지 느낌이 이상했다. 그는 아쉬운 마음을 뒤로 한 채 그녀에게서 팔을 빼냈다. 태초의 모습 그대로 일어난 그는 옷걸이에 걸린 점퍼 주머니를 뒤적여 밝은 빛을 내고 있는 휴대폰을 찾았다. 화면에 뜬 번호가 낯설었다. 정민은 몇 초간 망설이다 전화를 받았다.

〈상무님, 어디십니까.〉

조 비서였다. 그러고 보니 그와의 전화통화는 처음이었다. 번호가 저장되어 있지 않은 것이 당연했다. 정민은 웅크린 채 잠들어 있는 현수의 뒷모습에 시선을 두었다가 조심스레 방을 나왔다. 휴대전화의 시계를 보니 4시였다.

이 시간에 조 비서가 전화한 이유가 그는 급속도로 궁금해졌다.

"무슨 일입니까."

조 비서의 물음에 대한 대답 대신 그는 다른 물음을 돌렸다. 그녀가 깰세라 잔뜩 목소리를 낮춰.

〈회장님께서…… 쓰러지셨습니다.〉

어둠 속에서 정민의 얼굴과 온몸이 목석처럼 굳어졌다. 어제 저녁 아버지와 전쟁 같은 대화 후 차에서 내릴 때 왠지 뒤통수가 당겼던 느낌이 떠올랐다. 혹시 나 때문에?

생각이 거기까지 이르자 마음이 더 급해졌다.

"지금 어디에 계신가요?"

〈우선 서진병원으로 모셨습니다.〉

"알았어요. 자세한 건 가서 얘기해요."

폴라티와 청바지, 점퍼까지 기록적인 속도로 꿰입은 정민은 현수의 옆으로 가 침대에 걸터앉았다. 스탠드 전원을 켜자 창백한 그녀의 얼굴과 맨 어깨가 불빛에 고스란히 드러났다. 정민은 그녀의 어깨에 살며시 입을 맞춘 후 중얼거렸다.

"어쩌지. 오늘 약속 못 지킬 것 같다."

쌔근쌔근 규칙적인 숨소리로 보아 그녀는 어지간히 깊이 잠든 듯했다. 익숙하지 않은 사랑 행위의 여파일 것이다. 정민은 그녀의 눈 밑에 드리워진 다크서클에도 입을 맞추었다. 그리고 그녀의 이마에 자신의 이마를 맞댄 채 안타까이 속삭였다.

"미안해. 그리고……."

너무도 자연스럽게 흘러나오려는 '사랑한다'는 말을 정민은 가까스로 삼켰다. 그 깨달음이 놀랍거나 의아하지 않았다. 그건 마치 숨을 쉬는 것처럼 당연하게 느껴졌다. 언제부터인지조차 알 수 없는, 태어나면서부터 그랬던 것 같은 감정이었다.

오늘은 이렇게 가야 하지만, 곧 돌아올게. 그때 너에게 프러포즈할 거야.

결심이 선 정민은 그녀의 도톰한 입술에 입을 맞추었다. 짧고 가벼운 키스였지만 그것엔 그의 온 마음이 담겨 있었다.

　아버지의 병명은 뇌졸중 중에서도 뇌경색이었다. 차에 쓰러져 계신 것을 조 비서가 발견해 병원으로 후송했을 땐 이미 시간이 꽤 지난 상태였다. 따라서 뇌조직의 괴사가 많이 진행되어, 깨어 났을 때는 왼쪽 얼굴과 왼쪽 몸 전체를 쓰지 못하게 되었다. 한얼그룹 한대웅 회장이 소위 말하는 '중풍'에 걸린 것이다.

　칠십이 넘은 노인에게 자신이 너무 심했다 질책하며 정민은 사흘 동안 꼬박 아버지 곁을 지켰다. 정희와 정윤이 교대하자고 했지만 아버지를 이렇게 만든 것이 자신이라는 죄책감은 그로 하여금 병원을 떠날 수 없게 했다.

　"망부석이 따로 없네. 아직도 이러고 있어?"

　문간에 선 준하를 정민은 핏발 선 눈으로 돌아보았다.

　"설마 계속 이렇게 말도 제대로 못 하고 계속 누워만 계셔야 하는 거야?"

불안한 나머지, 어제 분명 확인했던 사항을 그는 또다시 묻고 있었다.

"아니. 곧 재활치료 시작할 거고. 마비 증세는 분명 호전되실 거야. 합병증만 오지 않는다면."

자신감 넘치는 준하의 대답을 듣자 안심이 되었다. 축 처진 그의 어깨를 툭툭 두드려준 친구는 아무 말 없이 밖으로 그를 이끌었다. 정민은 여전히 자고 있는 아버지를 잠깐 내려다보다가 준하를 따랐다. 자판기 앞에서 걸음을 멈춘 친구는 진한 블랙커피를 뽑아 그에게 내밀었다.

"정신 바짝 차려. 당장 월요일부터 회장 업무 대행해야 한다면서. 이렇게 처져 있을래?"

"어, 어떻게 알았어?"

"조 비서가 얼마나 걱정이 됐으면 나한테 자초지종을 얘기하면서 너 좀 살펴 달라더라."

정민은 헛웃음을 지었다. 준하의 말대로 정신을 차리기 위해 블랙커피를 한 모금 마시자 속이 찌르르한 느낌이었다.

"현수도 알아? 네가 어떤 상황인지?"

"대충. 하지만 아직 나와 한얼그룹이 불가분의 관계라는 건 몰라."

"아직도? 어떻게 하려고 그래?"

"정리되는 대로 다 얘기해야지."

말은 쉽게 했으나 상황이 또 어떻게 변할지, 정리가 어떻게 될지 아무것도 확실한 것이 없었다. 2층 난간 아래로 멍하니 로비를 내려다보고 있던 그의 신경을 잡아끈 것은 준하의 다음 말이었다.

"참, 나 이번 금요일에 현수 만난다."

그는 말없이 친구를 노려보았다. 종이컵이 구겨져 절반쯤 남은 커피가 위태롭게 흔들렸다.

"자식, 무슨 생각을 하는 거야? 같이 봉사활동 하기로 했어. 마침 현수가 다니는 '행복마을'이라는 미혼모보호센터에 의료봉사해줄 사람이 필요하다고 해서, 적극 희망했지."

"그래? 잘 됐네. 많이 좀 도와줘."

"챙기긴. 알았어. 그런데 요즘 내가 고민이 있는데."

정민은 식어 미지근해진 커피를 입 안에 털어 넣고, 뜸을 들이고 있는 준하에게 어서 말해 보라는 눈빛을 보냈다.

"현수 친구 진안나 알지? 걔가 혼전 임신을 했는데, 자꾸 애를 지우려고 해. 난 말리는 중이고. 내가 나중에 가정을 갖게 되면 그 아이, 입양해 주겠다고 했는데도 싫대."

정민은 안 그래도 아버지로 인해서 지끈거리는 머리가 더 아파지는 기분이었다. 진안나가 임신을 했다는 사실도 놀라웠지만 준하의 행동은 완전 이해 불가였다.

도대체 서준하의 머릿속에는 박애, 관용, 동정 이런 것들 외엔 아무것도 없단 말인가? 어떻게 저렇게 쉽게 아빠도 없는 아이를 낳으라고 하고, 입양을 이야기할 수 있을까. 제아무리 생명이 소중하다고 해도 말이다.

"진안나가 애를 낳든 말든 네가 왜 상관이야? 그리고 네가 나중에 결혼한 여자가 입양 절대 못하겠다고 하면 어쩔 건데?"

그는 이성적으로 따졌다. 하지만 준하는 원래 그다지 이성적인 인간이 아니었다.

"우리 병원 응급실에 기절해서 실려 왔더라고. 그래서 임신한 걸 알게 됐는데…… 의사로서, 크리스찬으로서 소명감이 들어서 가만히 둘 수가 없어. 도저히."

완전 주 예수의 현신이다. 못 말린다.

"왜 아예 진안나랑 그 아기를 책임진다 그러지? 그 여자랑 네가 결혼하면 되겠네?"

비꼬듯이 한 말인데 어째 준하의 표정이 급속도로 진지해졌다. 정민은 그런 친구의 등을 툭 하고 건드렸다.

"너 무슨 생각을 하는 거야? 농담이야, 농담이라고."

"아니, 그것도 나름의 방법이네. 고마워."

빙그레 웃는 준하를 보니 울화통이 치밀었다. 정민은 친구를 향해 욕을 퍼부었다.

"또라이 새끼! 결혼이 무슨 구호활동이냐? 누구 씨인지도 모르는 아기를 네가 왜 키워줄 거야! 정신 좀 차려!"

"내가 상관없다는데 네가 왜 그래? 들어가서 아버지나 잘 돌보십시오, 작은 회장님…… 나 간다."

정민은 멀어져가는 준하의 뒷모습에다 대고 부탁했다.

"현수 좀…… 잘 살펴줘."

걱정 말라는 듯 손을 번쩍 들어 보인 준하는 코너를 돌아 사라졌다. 병실로 다시 들어가기 전 정민은 점퍼 주머니에서 휴대폰을 꺼냈다. 몇 번이나 현수의 전화번호를 누르려다 말고 또 누르려다 말던 그는 마침 어눌한 발음으로 들려온 아버지의 부름에 얼른 병실로 들어가야 했다.

〈아버지가 쓰러지셔서 병원으로 가는 중이야. 미안한데 피크닉은 다음으로 미루자.〉

벌써 수십 번은 본 듯한 정민의 문자 메시지였다. 피크닉 계획이 잡혀 있던 당일 새벽, 그녀에게 이 문자를 보내놓고 사라진 그는 벌써 삼일이 지나도록 연락이 없었다. 용기를 내어 먼저 전화를 걸었는데도 받지 않았다.

아버지께서 많이 아프신 것인가 싶어서 걱정도 되고, 좀 섭섭하기도 했다. 아무리 바빠도 메시지 한 통 못 보낼 정도는 아닐 텐데. 그러면서도 8년 전 자신이 어머니를 병간호하느라 연락을 두절했을 때 그 역시 이런 기분이었겠지 싶어서 새삼 미안해지기도 했다.

"그때 괴롭힌 벌, 이제 받는 건가."

그렇게 중얼거리고 있던 현수는 책상 위에 둔 휴대폰이 울리는 소리에 얼른 손을 그것으로 가져갔다. 그렇게도 기다렸던 정민으로부터의 메시지였다.

〈잠깐 나올래. 여기 도서관 앞 공원.〉

현수는 주섬주섬 외투를 챙겨 입고, '어디가?' 라고 묻는 은영의 말에 대꾸도 하지 않은 채 자료실을 뛰쳐나갔다. 따사로운 햇살은 봄이 다가옴을 알려주고 있었지만, 그래도 대기는 여전히 차가웠다. 현수는 가까운 벤치에 뒷모습을 보이고 앉은 정민을 발견했다. 그녀는 애써 반가운 기색을 숨기고 그의 옆에 앉았다.

"웬일이에요? 연락도 없더니."

말에 저도 모르게 힐난이 묻어나왔다. 그러나 현수는 그의 초췌한 얼굴을 보는 순간 그런 말을 한 것을 금세 후회했다.

"아버지께서 많이 안 좋으세요?"

"보고 싶었어."

그는 그녀를 와락 끌어안았다. 목이 꺾일 정도로 강하게. 그가 이렇듯 약한 모습을 보이는 건 처음이었다. 현수는 그저 말없이 정민의 너른 등을 자신의 손으로 쓸어주었다.

"다 잘 될 거예요."

그에게서 깊이를 가늠할 수 없는 한숨이 흘러나왔다. 그가 힘들어하는 것이 무엇인지 정확히 알지 못해 현수는 더욱 답답했다. 그녀가 뭐라고 묻기 전에 그가 간절한 어조로 말했다.

"그래. 다 잘 될 거야. 그러니까 날 믿고 기다려줘."

기다리는 것이 얼마나 힘든 일인지 잘 알지만 현수는 그 부탁을 거절할 수 없었다. 현수는 정민이 느낄 수 있도록 크게 고개를 끄덕였다. 한 덩어리가 된 채 앉은 그들을 시샘이라도 하듯 늦겨울의 찬바람이 매섭게 불어댔다.

금요일 오전, 아파트 입구에 서서 현수는 위태롭던 정민의 모습을 떠올리고 있었다. 그녀는 빵빵 클랙슨 소리에야 고개를 들었다. 세차를 하지 않아 먼지가 쌓인 하얀색 RV차가 그녀의 앞에 멈춰 섰다. 약속시간인 10시에서 20분이나 늦게 도착한 그 차의 주인은 바로 준하였다.

반가웠다. 준하와 단둘이 '행복마을'까지 가면서 은근슬쩍 정민의 소식을 물어볼 수 있을 테니까. 기대감을 안고 앞좌석 문을 열려던 현수는 차창이 내려가며 드러난 안나의 옆모습에 놀랐다. 실망스럽기도 했다. 꺼림칙한 기분으로 뒷자리에 오른 그녀는 준하의 옆에 마치 동상처럼 앉아 있는 여자가 안나라는 것을 다시 한 번 확인했다. 두 사람 사이에 흐르는 어색한 기류를 감지한 듯 준하가 나섰다.

"안나한테 내가 같이 가자고 했어. 괜찮지?"

준하와 안나가 서로 연락하고 지내는 줄은 몰랐다.

훗, 진안나. 언젠 남 다 퍼주는 서준하의 성품이 싫다더니. 처지가 그렇게 되고 보니 앞뒤 물불 안 가리고 덤벼드는 거니?

"본인 의사가 가장 중요한 거죠. 저야 뭐."

안 그러려고 해도 음성이 평소와 달리 냉랭하게 나왔다.

"미리 말하지 않아서 기분 상했어? 그렇다면 정말 미안해."

"아니에요."

그녀의 자르는 듯한 대답 이후 '행복마을'에 도착할 때까지 차 안에는 무거운 침묵이 드리워졌다. 차에서 내려섰을 때 후련함을 느낄 정도로.

현수는 은주에게 준하와 안나를 소개했다. 사회복지사는 그들을 아기들의 양육과 입양이 동시에 이루어지는 건물로 안내했다.

"선생님께서는 이쪽으로 오시고, 여자분들은 내일 입양 나갈 아이 목욕 좀 부탁드려요."

"네."

은주가 준하를 데리고 사라진 후, 현수는 아기 침대가 빼곡하게 들어찬 곳에서 입양예정인 아기를 찾았다. 그녀가 아기를 안고 욕실로 가려는데 이제 갓 20살도 될까 말까 한 여자가 달려와 그녀에게서 아기를 거칠게 빼앗아 안았다. 현수는 혹시라도 아기가 다칠까 봐 상대의 힘에 못 이기는 척 져주었다.

"내 아기. 내 왕자님. 엄마가 왔어."

아. 아기 엄마였구나.

안타까운 마음으로 현수는 이별을 앞둔 모자를 가만히 바라보고만 있었다. 아기의 귓가에 쉴 새 없이 속삭이던 여자는 잠깐 시선을 들어 그녀를 바라보다 다시 고개를 아기에게로 떨구었다.

"마지막 목욕은 제가 씻기고 싶어요."

"그렇게 하세요. 저희가 옆에서 도와드릴게요."

욕실로 간 현수는 이제 겨우 백일을 지난 아기가 춥지 않도록 조금 따끈하게 아기욕조에 물을 받았다. 그리고 목욕용품을 챙기려 일어나던 그녀는 창백한 얼굴로 모자에게서 시선을 떼지 못하는 안나를 발견했다. 왠지 그대로 두면 안 될 것 같은 기분에 현수는 안나의 팔을 툭 건드렸다.

"수건이랑 목욕비누, 가제손수건 좀 준비해줘."

그녀에게 시선은 두고 있었으나 안나가 제대로 들은 것인지 알 수 없었다. 현수는 느릿하게나마 움직이는 안나를 내버려둔 채 아기 엄마를 불렀다.

"준비 다 됐어요."

고개를 끄덕이며 들어온 여인의 표정과 몸짓은 마치 마지막 의식을 치르는 듯 경건하고 조심스러웠다. 아기 옷을 벗겨내고도 추울까 봐 겉싸개로 꽁꽁 감싼 여자는 욕조 가에 앉아서야 그것을 벗겨내고 아기를 물에 담갔다. 이제 제법 목도 잘 가누고 팔다리에 힘도 생긴 아기는 의젓하게 목욕에 임했고, 그 모습을 보는 여자의 표정엔 흐뭇함이 가득했다.

"우리 아기, 너무 잘생겼죠?"

"네. 눈매가 진짜 예술이에요."

현수는 아기의 드러난 배에 물을 끼얹으며 맞장구를 쳤다. 희미하게 웃는 여자의 눈에 눈물이 가득했다. 그 모습을 보노라니 목이 막혀 현수는 더 이상 말을 잇지 못했다.

그곳에서 행복에 겨운 표정을 짓고 있는 건 이제 곧 떠날 자신의 운명을 알지 못하는 아기뿐이었다. 이름 없는 아기.

센터에서의 점심식사 후 현수는 넋이 빠진 듯 정원 벤치에 앉아 있는 안나를 발견했다. 무시하려고 했지만 안나의 얼굴에서 반짝이고 있는 눈물을 본 순간 그럴 수가 없었다. 그놈의 정이 뭔지.

그녀는 커피와 유자차를 타서 양손에 들고 안나에게로 다가갔다. 그녀를 보자마자 황급히 얼굴을 돌려 눈물을 닦아내는 것을 현수는 모른 척 해주었다. 대신 유자차를 안나에게 내밀었다.

"마셔."

"됐어."

"여기 조리사님이 직접 담그신 거래. 비타민 먹는다 생각하고
마셔."

"누굴 위해서?"

씁쓸하게 물으며 안나는 그녀를 더욱 외면했다. 현수는 벤치
에 잔을 내려놓고 가만히 자리를 지켰다. 특별히 무슨 말을 해야
좋을지 몰랐다. 그렇다고 마음이 쓰여서 먼저 일어날 수도 없었
다. 침묵 속으로 안나의 날이 선 음성이 파고들었다.

"너도, 준하 오빠도 나한테는 참 이해 안 되는 사람들이야. 자
기랑 전혀 관계없는 생명, 어떻게 되든 무슨 상관이라고."

"……."

"저 여자도 좀 봐. 울며불며 그래도 어쩔 수 없이 아기, 포기하
잖아. 저렇게 되느니 난 아예 낳지 않겠다는데, 뭐가 나빠!"

"너 나쁘다고 한 적 없어. 선택은 네가 하는 거야."

그녀의 담담한 대꾸에 원망스런 표정으로 고개를 든 안나는
결국 울음을 터뜨렸다. 흐느끼는 친구에게 현수는 주머니에 들어
있던 티슈를 꺼내 건네주었다.

"흐흐흑. 너무 힘들어. 바보 같아, 진안나."

"힘들면…… 포기해도 돼. 아무도 널 비난할 사람 없어."

이제 겨우 스물여덟. 한창이다. 태어나지 않은 아기보다 안나
의 남은 인생이 중요하다는 생각도 들어 그녀가 한 말에 안나는
의외의 고백을 해왔다.

"그러려고 했어. 병원도 갔었어. 그런데…… 그게 쉽지가 않더라. 얘 아빠가 누군지 상관없이 내 뱃속에 있는 내 아기라는 생각이 들면서…… 포기하고 싶지 않아지더라."

"안나야."

놀란 눈으로 그녀가 바라보자 안나는 다시 평소의 진안나로 돌아와 소리쳤다.

"이게 다 서준하 저 인간 때문이야! 생명이 소중하니 어떻니하면서 날 세뇌시킨 거라고! 거기다 오늘은 또 여길 데리고 와서는…… 나 집에 갈래."

벌떡 일어나 건물 출구로 걸어가던 안나는 '아, 참!' 하더니 다시 돌아와 미지근하게 식은 유자차를 집어 들었다. 그것을 한 모금 들이켠 친구의 입에서 감탄사가 터져 나왔다.

"진~짜 맛있네."

"따뜻한 거 먹고 싶음, 다시 타올까?"

"됐어. 나도 손 있어…… 현수야."

갑자기 너무 다정하게 자신을 부르는 안나가 적응되지 않았다. 현수는 미심쩍은 눈길로 친구를 바라보았다. 그러나 안나의 이어진 말은 그녀의 경계심을 와르르 무너뜨렸다.

"진짜 힘들 때 네가 내 곁에 없으니까, 네 소중함을 알겠더라. 남자 잘 물어서 인생 펴보겠다는 욕심에 눈이 멀어서…… 내가 나빴어. 정말 미안해."

놀랍게도 그 말 몇 마디에 그동안 받았던 상처가 치유되는 느낌이었다. 현수는 자신의 앞으로 불쑥 내밀어진 안나의 손을 멀거니 바라보았다.

내가 과연 안나를 용서할 수 있을까. 다시 믿고 친구로 받아들일 수 있을까.

마음에 물었으나 대답은 들려오지 않았다. 대신 그녀의 손이 서서히 움직여 안나의 그것을 마주 잡았다.

"네가 지금이라도 깨달아서 기뻐."

"준하 오빠한테 들었어. 너랑 정민 오빠랑 교제 중이라고. 정말 정말 다행이라고 생각했어."

안나는 진심으로 안도한 듯한 눈빛이었다. 욕심이 한 꺼풀 벗겨져 나간 친구의 눈은 예전보다 훨씬 맑았고 아름다웠다.

"네가 믿든 안 믿든 말하는 건데. 그런 거짓말을 하고, 그동안 나도 마음이 편하진 않았어."

"그랬을 거라고 믿어."

"정말? 역시 넌 내 베스트 프렌드야…… 아악!"

그녀를 와락 끌어안는 바람에 들고 있던 유자차를 손등에 쏟은 안나는 비명을 내질렀다. 혹시 다치진 않았는지 걱정이 되는 반면 의아하기도 했다. 탄 지 꽤 됐기 때문에 이미 식어 있었는데도 뜨거운 건지, 진안나표 엄살을 부리는 건지.

그 소리를 듣고 건물 안에서 제일 먼저 뛰어나온 사람은 준하였다. 구급상자까지 챙겨가지고 나온 그는 걱정스러운 표정으로 안나를 벤치에 앉혔다. 그 앞에 거구의 몸을 구부리고 앉아 어쩔 줄 모르는 모습이 왠지 우스웠다.

"많이 아파?"

거기다 대고 안나는 고개를 끄덕였다. 예전엔 정말 안 어울린 다고 생각했는데, 의외로 죽이 잘 맞는 두 사람이다. 현수는 정성 스레 안나의 손을 소독하는 준하를 보며 든든한 느낌이었다.

그래. 꼭 연인 관계가 아니라도 좋은 친구로 지낼 수도 있는 거니까.

그렇게 현수는 억측을 하려는 자신을 자제했다. 그녀는 아름 다운 '행복마을' 의 정원으로 시선을 돌렸다. 봄이 오면 그곳이 온갖 꽃들로 물들 장면을 상상하며 그녀는 잠시 정민에 대한 생 각을 밀어놓았다.

총 48층으로 이루어져 있는 한얼그룹 본사, 그 최상층에 위치 한 회장실은 최첨단 시설과 고급스런 인테리어로 꾸며져 있었다. 도대체 이것이 누구의 취향인지는 알 수 없었다. 사실 전자기기 사용을 거의 하지 않는 아버지인데, 데스크톱과 노트북, 태블릿 PC, 스마트 TV, 미니빔까지 구비되어 있었다. 물론 그로서는 업 무를 보는데 더할 나위 없이 만족스러웠지만.

그가 회장 업무 대행한 지 벌써 일주일. 하나라도 그대로 보 아 넘기지 못하는 성격 탓에 일이 끝이 없었다. 매일 퇴근시간 을 못 지키는 건 기본이요, 귀가 후에도 업무의 연장이었다. 오 늘도 어김없이 홀로 남아 일을 보고 있는데, 노크도 없이 사무 실의 문이 벌컥 열렸다. 저녁 8시. 이 방을 찾은 사람이 누구란 말인가.

정민은 보고 있던 태블릿 PC를 내려놓고 일어났다. 여우를 열

마리쯤 잡은 것 같은 두툼한 모피코트를 입고 나타난 중년 여자는 다름 아닌 그의 누나 정희였다. 어디서 마셨는지 술냄새가 코를 찔렀다. 정민은 대놓고 눈살을 찌푸렸다.

"뭐야. 할 말 있으면 집에서 하지."

"넌 좋겠다?"

"무슨 소리야, 그게."

"우리 영감, 하나뿐인 아들이라고 너만 팍팍 밀어주시잖아."

정희의 원망스러운 시선이 책상 앞에 놓인 '회장 한대웅'이라는 명패에 가서 머물렀다. 아마도 그가 회장 대행을 하고 있는 것에 불만을 품고 이러는 모양이다 싶어진 정민은 짧게 자신의 입장을 밝혔다.

"곧 아버지 복귀하시면 다시 내 자리 찾아갈 거야."

그러나 이미 정희는 이성을 잃은 상태였다.

"부회장이랑 전무 다 놔두고 너더러 회장 업무 대행하라고 했을 때만 해도 참았어. 그런데…… 그런데……."

눈물을 쏟는 정희를 정민은 그저 팔짱을 낀 채 바라보기만 했다. 경험상 이럴 땐 가만히 내버려두는 것이 상책이었다.

"아버지 일선에서 물러나시겠대. 주총 열어서 널 차기 회장으로 추천하시겠대."

정희가 내뱉은 엄청난 말에 정민은 팔짱을 풀고 누나에게로 다가섰다. 그는 무섭도록 진지하게 물었다.

"어디서 뭘 듣고 와서 이러는 거야? 똑바로 말해봐."

"아버지가 통화하시는 거 직접 들었어. 완벽한 사실이야."

조금은 진정된 음성으로 정희가 대답했다.

갑자기 은퇴라니. 그리고 내가 차기 회장?

어째 조금도 반갑지가 않았다. 저만치 보이는 현수에게로 빠르게 달려가고 있었는데, 순식간에 그들 사이가 지구 반 바퀴만큼 멀어진 기분이었다. 혼란스러워 할 말을 잊고선 그에게 정희가 갑자기 달려와 매달렸다.

"정민아, 네가 싫다고 해. 회장직 따위 필요 없다고. 넌 아직 젊고 앞으로도 기회가 많잖아. 게다가 아버지가 너 좋아하는 여자랑 결혼도 하라고 했다면서."

그의 허리춤에서 횡설수설하는 정희를 정민은 마치 다른 세계에 속한 사람인 양 바라보았다. 정희는 또다시 흐느끼며 말을 이었다.

"그런데 난 아무것도 없다? 돈도 없고, 남들 다 있는 애도 없고, 신랑은 있어도 빈껍데기뿐이야. 그 인간 날 한 번도 사랑한 적 없어. 심지어 회장 자리에 앉혀줘야 나랑 살아주겠대. 흐흐흑."

정민은 제 귀를 의심했다. 그는 정희를 붙잡아 자신을 보게 만들었다. 모피에 감싸여 있어서 그렇지 누나의 몸은 매우 왜소했다.

"자형이, 그런 소릴 한단 말이야?"

"응. 그러니까 정민아, 날 생각해서 양보해 주면 안 돼? 아버지, 네가 말하면 들어주실 거야."

"누나는 그런 소리 들으면서도 자형이랑 살고 싶어?"

세상에 다시없는 공주인 줄 알았는데, 실상은 아니었다. 차라리 정희가 잘난 척하고 참견하는 것이 나았다.

"혼자되는 게 무서워. 네 자형이 벌어다 주는 돈으로 20년 가까이 살았는데, 내 손으로 벌어먹고 어떻게 살아. 그렇다고 아버지가 나한테 그냥 돈 대주실 분은 아니잖아."

참 가관이었다. 듣고 있으니 답답해 죽을 지경이었다.

그렇게 계속 그의 품에서 그의 이름을 부르며 신세 한탄을 해대던 정희가 잠이 들었을 때 정민의 입에서 절로 한숨이 나왔다. 기사에게 차를 대기시키라고 이른 정민은 누나를 번쩍 안아들고 사무실을 나섰다. 앞으로 어떻게 해야 할지를 생각하는 그의 눈빛은 매처럼 번뜩이고 있었다. 마치 한대웅 회장의 그것처럼.

서재 문을 열고 들어가자 휠체어에 앉은 아버지의 뒷모습이 보였다. 인기척에 휠체어를 돌린 아버지는 그에게로 서서히 다가왔다. 여전히 얼굴과 몸의 마비가 완전히 풀리지 않아 움직임과 말하는 것이 어눌하긴 했지만 그래도 처음 뇌졸중으로 쓰러졌을 때보다는 많이 호전된 상태였다.

"여긴 왜 와 계세요. 아직 무리하시면 안 돼요."

"갑갑해서. 근데 니는 으짠 일이고. 피곤할 낀데 바로 집으로 가서 쉬지."

"정희 누나가 왔었어요. 사무실로."

하얀 눈썹이 마치 뱀처럼 꿈틀거렸다. 심기가 불편하다는 증거였다. 하지만 정민은 굴하지 않고 차를 타고 오면서 생각했던 말들을 풀어놓았다.

"저에게 회사 떠맡기고 물러앉을 심산이세요?"

"55년을 넘게 뼛골 빠지게 일했으면 안 됐나?"

"아버지!"

"내를 좀 봐라. 늙고 병든 노인일 뿐이다. 한얼그룹에는 젊은 피가 필요하다."

확신에 찬 아버지의 음성에 정민은 뭔가 이상하다는 생각이 들었다. 작년부터 부쩍 그에게 결혼을 강요하신 것도 그렇고, 9개월간의 현장체험—비록 한 달을 남겨놓고 그만둬야 했지만—을 시키신 것도 그렇고, 완전 그의 취향대로 꾸며진 회장 집무실도 그렇고…… 이제야 뭔가 아귀가 들어맞는 느낌이었다.

"벌써 오래전부터 준비하신 거죠?"

"그래. 때를 기다리고 있었는데 딱 맞게 풍이 와가…… 이래 된 기 으짜믄 고맙다."

새삼 아버지가 쓰러지셨던 그날의 일이 떠올라 죄책감이 밀려들었다. 정민은 지금껏 기회를 잡지 못해 하지 못한 말을 내뱉었다.

"죄송해요. 저한테 찾아오셨을 때 너무 말을 함부로 했어요. 제가 조금만 조심했으면 그런 일 안 당하셨을 텐데."

"니 때문이 아니다. 그전부터 전조 증세가 있었는데 내가 몰랐던 기다. 아니 알았어도 병원 안 갔을 기야."

아버지는 웃었다. 그러나 정민은 웃을 수 없었다.

"왜 접니까. 전 아직 어리고, 자형도 있는데."

"송 서방은 안 된다. 언제 등 뒤에 칼을 꽂을지 모르는 인간이다. 내가 그때 정희 짝을 잘못 골라줬어. 그 생각만 하믄 니 누나한테 참 미안타."

"무슨 말씀이세요?"

마치 모든 걸 다 알고 있다는 눈빛으로 아버지는 그의 물음에 굳이 대꾸를 하지 않았다. 대신 부처와 같이 평온한 얼굴로 선언하는 것이었다.

"니만 믿고 나는 간다."

"어딜 가시려고요."

충격을 받아 묻는 목소리가 본래보다 날카롭게 나왔다.

"느거 엄마한테 갈기다."

처음이었다. 어머니가 떠난 후 8년 동안 한 번도 보여준 적 없는 그리움의 표정이 아버지의 만면에 떠올라 있었다.

"어머니가 그러라고 하시던가요? 두 분, 의논이 된 겁니까?"

기쁜 마음 한편으로는 거기까지 간 아버지를 어머니가 거부할까 봐 걱정이 되어 물은 말에 한 회장의 성질이 폭발했다.

"망할 여편네. 내 전화는 받지도 않는다."

그리고 그 불똥이 그에게까지 튀었다.

"니! 느거 엄마한테 내 쓰러졌다고 얘기했나. 안 했나."

"요즘 바빠서 어머니와 전화통화를 못 해봤어요."

그러고 보니 설에 통화를 한 후 벌써 열흘이나 지났다. 내일은 일찍 퇴근해 꼭 전화를 드려야겠다고 생각을 하는 그에게 한 회장의 '쯧쯧' 혀 차는 소리가 들렸다.

"늦둥이에다 기다리던 아들이라고 즈거 엄마가 물고 빨고 키 아놨드마는. 다 소용없다. 만리타국에서 엄마가 얼마나 외롭겠노. 보나마나 매일 니 전화 기다리고 있을 낀데."

빨리 전화를 해서 당신의 병세를 알리라 이거였다. 그러면 어머니가 한국으로 돌아와 줄 것이라고 아버지는 기대하고 계시는 듯했다. 그럴 때 보면 칠십 넘은 노인답지 않게 참 귀여운 구석이 있는 한 회장이었다.

"다음 주 주총에서 니가 회장으로 선출되믄 나는 바로 간다."

"네. 꼭 어머니 모시고 돌아오세요."

"오냐. 나는 스테이크하고 빵만 묵고는 못 사는 사람 아이가. 데꼬 와야지. 와가 죽을 때까지 쌀밥 묵고 살아야지."

아버지의 말에 그때껏 심각하던 정민의 얼굴에도 희미한 미소가 떠올랐다. 그러나 그것은 또다시 시작된 아버지의 결혼 타령에 급격히 사라졌다.

"회장 취임하고 나서 1년 줄게. 그 안에 결혼도 해라."

아버지 그건 힘들 것 같네요. 어쩌면 그 여자를 설득하는데 1년이 더 걸릴지도 모르거든요.

그렇게 중얼거린 정민은 아까 정희의 말을 들었을 때부터 시작된 혼돈의 상태를 정리했다. '회장직도 수락하고, 우현수도 버릴 수 없다' 이것이 그의 결론이었다. 그렇다면…… 하루라도 빨리 그녀에게 말을 하는 것이 나았다. '한얼그룹 신임회장 선출'이라는 제목의 신문 기사를 통해 사실을 알게 된다면 더 충격을 받을 테니까.

"좀 피곤하네. 들어가서 자야 되겠다."

하품을 하며 한 회장이 한 말에 그는 생각을 멈추고 휠체어를 밀었다. 그들이 서재 방을 나갔을 때, 마침 들어오던 태훈과 마주쳤다. 정희와 마찬가지로 그 역시 취해 있었다. 비틀거리며 아버지에게 인사를 한 태훈은 그에게 짙은 원망의 눈길을 던진 후 2층으로 올라갔다.

"지가 저지른 일, 누굴 탓할 끼고."

그렇게 중얼거린 아버지는 그가 방으로 가 침대에 눕혀주자 바로 잠이 들었다. 조용히 문을 닫고 나온 그는 눈앞에 통통 뛰어 계단을 내려오는 예지가 보였다. 아이는 그를 보자마자 달려와 감탄사를 내뱉으며 엄지손가락을 연신 치켜들었다.

"삼촌! 우와~ 진짜 회장님 같이 빼입었네? 짱 멋지다~."

예지를 보자 현수의 안부를 묻고 싶어 견딜 수가 없었다. 그것을 억지웃음으로 감춘 정민은 다른 물음을 건넸다.

"너 졸업식 언제야?"

"이번 주 금요일. 올 거지?"

"시간을 뺄 수 있을지 모르겠다."

"칫. 회장님 되더니 바쁜 척이네. 현수 언니도 초대할 거란 말이야. 그러니까 삼촌도 꼭 와."

'현수'라는 이름에 그의 눈이 번쩍 뜨여졌다. 그러나 사실을 털어놓지 않는 이상 그녀와 만나봐야 소용없는 일. 다시 의기소침해진 정민은 '간다'는 말과 함께 현관을 나섰다. 현수가 보고 싶어서 아픈 가슴을 끌어안은 채 그는 자신의 펜트하우스로 향했다. 가서 어머니와 영상통화를 하면 어쩌면 기분이 좀 나아질런 지도 모를 일이었다.

'행복마을'에서 봉사활동을 끝나고 돌아오는 길, 준하는 지나 가는 말로 그저 정민이 아버지 병간호에 가업을 잇느라 정신이 없을 거라고만 했다. 가업을 이어? 사업이 망한 게 아니었나? 그 럼 택배 일은? 더 자세히 묻고 싶었으나 화제가 바뀌는 바람에 그러지 못했다.

그렇게 또 며칠이 지났고, 현수는 연락이 없는 그를 기다리다 못해 한얼택배 성북지점 사무실을 찾았다. 용기를 내어 문을 두 드렸을 때, '네'라는 굵직한 목소리가 그녀를 맞았다. 문을 열자 인적 없는 책상들이 눈에 들어왔다. 그리고 고개를 좀 더 돌리자 소파에서 신문을 보는 남자를 볼 수 있었다. 일어나 다가온 그가 물었다.

"택배 보내시려구요?"

"아니요. 그게 아니라…… 여기 혹시 택배기사 분 중에 한정민 씨라고 계신가요?"

정민의 이름을 들은 남자의 얼굴에 눈에 띠게 놀라는 표정이 어렸다. 그리고는 그녀를 위아래로 찬찬히 뜯어보는 것이었다. 그녀가 저도 모르게 주춤주춤 뒤로 물러나자 남자는 머쓱한 듯 머리를 긁적이더니 대답했다.

"그 친구, 그만뒀는데요."

"네? 도대체 언제요?"

"설 연휴 끝나고 나서 그랬을 거예요. 그런데 아가씨는 한…… 기사한테 무슨 볼일입니까? 혹시 그 자식이 배달 중에 무슨 사고 친 거예요?"

절대 아니라고 고개를 내젓는데 눈물이 쏟아질 것 같았다. 그와의 마지막 연결 고리마저 끊어진 듯한 느낌이었다. 현수는 애써 목소리를 쥐어짜 '고맙습니다'라는 말을 만들어내고서는 택배 사무실을 도망치듯 나왔다.

아버님께 무슨 안 좋은 일이 있는 걸까. 아니면…… 예전 안나가 했던 말이 하필 이때 불쑥 떠올랐다.

〈여자를 만나는 남자들 머릿속에는 오로지 하나의 생각밖에 없어. '어떻게 하면 이 여자랑 잘 수 있을까' 하는. 그렇기 때문에 너무 쉽게 내줘서도 안 되고 내주더라도 조금씩 감질나게 해야 해. 그런 걸 전문용어로 '밀고 당기기'라고 한단다~ 알겠니, 아가야?〉

혹시 나에게 싫증이 난 걸까.

생각만으로도 아찔한 현기증이 일어 현수는 길을 걷다 우뚝 멈춰 섰다. 그냥 눈앞이 깜깜했다. 8년 전에는 그를 보낼 수 있었지만, 지금은…… 자신이 없었다. 그가 없는 앞으로의 삶을 생각하는 것만으로도 끔찍했다.

그때 가방 속에서 울리는 진동음이 그녀를 다시 현실로 끌어올렸다. 전화가 오면 무조건 반가워 커버를 열었다가 그가 아님을 알고 실망하게 된다. 또 그럴 것이라 생각하면서도 현수는 황급히 휴대폰을 꺼냈다.

역시 정민이 아니었다. 통화를 누르자 낭랑히 들려온 예지의 음성에도 현수는 기분이 나아지지 않았다.

〈언니, 하이~ 내일 도서관 문 닫죠?〉

"어."

〈마침 내 졸업식이 내일이에요. 장미 꽃다발 사서 와요.〉

이건 부탁도 아니고 숫제 명령이다. 쬐그만 게.

"내가 거기 가도 되는 자리인지 모르겠다. 너네 가족들이 이상하게 생각하지 않겠어?"

〈뭐가요. 예비 식구나 마찬가진데.〉

그리고 킥킥거리는 예지가 앞에 있는 것처럼 현수는 정색을 했다. 이 기회에 말을 해야겠다 싶었다.

"예지야, 나 사귀는 사람 있어."

〈네? 거짓말! 그런 소리 나한테 한 적 없잖아요!〉

"굳이 할 필요가 없다고 생각했는데. 저번에는 너네 어머니 아니 이모까지 찾아와서 그런 말씀을 하셔서 좀 부담스러웠어."

〈그럼 정말이란 말이에요? 이씨! 누군데요? 설마 그 노안 관장 아저씨?〉

"아니야. 관장님은 그냥 직장 상사일 뿐이고, 다른 사람이야."

〈짜증나~ 삼촌한테 내 졸업식 오라고 다 말해 놨는데. 몰라요! 태블릿PC 뺏기면 언니가 책임져!〉

그렇게 일방적으로 쏘아붙인 예지는 전화를 끊어버렸다. 별로 놀랍진 않았다. 예지에게 남자친구가 있다고 말을 했을 때 일어날 것이라고 어느 정도 예상했던 결과였다.

휴대폰을 넣은 가방을 고쳐 멘 현수는 터벅터벅 걸음을 옮겨
놓았다. 집까지 마을버스나 택시를 탈 수도 있었지만 오늘은 걷
고 싶었다. 그냥 몸이 피곤했으면 했다. 침대에 누우면 아무 생각
도 못하고 곯아떨어지도록. 마침 날씨도 따뜻했고 우연찮게 신은
운동화가 그녀의 워킹을 도왔다.

"나쁜 놈! 사이코! 머저리!"

저녁 대신 캔맥주와 쥐포를 함께 먹으며 현수는 아는 욕을 총
동원했다. 욕설의 대상은 물론 벌써 일주일 가까이 연락 없는 그
남자, 정민이었다.

"눈길에 확 미끄러져서 그 잘생긴 얼굴 갈아버려라!"

빈속에 알코올이 들어가자 취기가 확 올랐고 그녀는 세상에 무서
울 게 없어졌다. 자신이 뭔 소리를 하는지도 모르고 막말을 해대던
현수는 갑자기 울리는 초인종 소리에 우뚝 모든 행동을 멈추었다.

설마? 못 말리는 기대감을 안고 인터폰 쪽으로 다가간 현수의
어깨가 축 늘어졌다. 그럼 그렇지, 안나였다. 문을 열어주고 들어
오며 그녀는 툴툴거렸다.

"연락도 없이 왜 왔어?"

"전화했어. 한 서너 통은 했을 거다. 근데 왜 안 받……."

부츠를 벗고 주방에 들어선 안나는 그녀와 맥주를 번갈아 바
라보며 말을 멈추었다.

"너도 줄…… 참, 안 되지."

현수는 안나에게 맥주를 들어 보이다가 간과한 사실 하나를

떠올렸다. 아직은 편평한 친구의 배에 잠시 시선을 두었던 그녀는 쓸쓸히 혼자 맥주를 들이켰다. 맞은편에 앉은 안나가 턱을 괴고 신기한 듯 그녀를 바라보았다.

"우현수 주정뱅이 다 됐네? 혼자 술 마실 줄도 알아?"

"누가 날 이렇게 만들었어."

"누가? 설마, 정민 오빠?"

안나의 입에서 그의 이름이 흘러나오는 순간 현수는 그만 울음을 터뜨리고 말았다. 술을 마셔서일까 자신의 신세가 한없이 처량하고 현실이 한없이 슬펐다.

"어어엉. 어어어엉."

안나가 다가와 그녀를 안아주었다. 살아생전 우현수가 진안나에게 위로받을 줄이야. 역시 세상은 살고 볼 일이다.

"아직도 연락 없는 거야?"

"흐흑. 일주일 전에 잠깐 만나긴 했어. 믿고 기다려 달라고 하더니, 또 소식 두절이야."

눈물에 침까지 튀기며 하소연을 해대던 현수는 불현듯 자신이 안나의 배에다 대고 너무 큰 소리를 내고 있었다는 깨달음이 들어 친구를 밀어냈다. 그녀는 눈물을 손등으로 쓱쓱 닦아냈다.

"미안. 아기가 놀랐겠다."

"아직 콩알만 한데 뭘. 그런데 나 정민 오빠 그렇게 안 봤는데 실망이다. 역시 돈 있는 집 자식들은 다 똑같은 건가?"

안나의 말이 오늘따라 의미심장하게 들렸다. 돈 있는 집 자식이라…….

〈다 너 때문이야. 너 때문에 내 인생은 엉망이 됐어! 한정민 그만 내 남자가 되었다면…….〉

몇 주 전 안나가 소리쳤던 것이 떠올랐다. 그렇다면 안나는 정민에 대해 뭔가를 알고 있는 걸까. 갑자기 취기가 달아났다. 그녀는 자리에서 일어나 안나를 마주 보았다.

"너 대학 때 그 사람이랑 잘해 보고 싶었는데 나 때문에 안 됐다고 날 원망했었지?"

"야아~ 사과했잖아. 다 지난 일 또 왜 들추고 그러냐. 미안하게."

"그게 아니라, 넌 그에 대해 아는 게 있나 싶어서. 네가 찍은 남자들은 대부분 강남에 빌딩 한 채 이상은 소유한 집안 자식들이었잖아. 나한테 그런 말도 했었어. 그 사람, 내가 상상도 할 수 없을 만큼 엄청난 사람이라고. 맞아?"

그녀의 추궁에 안나는 입술을 잘근잘근 깨물었다. 매우 곤란한 표정을 짓는 친구를 보며 현수는 불안해졌다. 분명 그녀가 모르는 뭔가가 있다 싶었다.

"아버지가 사업하시는 건 맞아. 그땐 꽤나 잘 살았었지. 그런데 지금은 택배 배달을 하고 있더라면서. 잘은 몰라도 네 짐작대로 망했나 보지. 나도 현재 상황은 잘 모르겠어."

시선을 피하는 안나가 수상쩍었다. 그녀의 추궁이 이어졌다.

"저번에 그 사람 만나게 해달라고 해서 옛날식당에서 만났을 때…… 둘이 나가서 무슨 얘기했어? 묻고 싶은 게 있다고 했었잖아. 그게 뭐야?"

"그건…… 맞다. 망한 게 아니라, 사업이 어렵다고 하더라. 빚 갚아야 해서 택배 배달도 하고 밤엔 문서작업도 한다나 뭐라나.
애를 가져서 그런가 내가 이렇게 깜빡깜빡한다야."

"빚?"

쑥쑥 자라고 있던 의심이 싹이 일시에 시들어 버렸다. 정민이
밤낮으로 그렇게 고생하는 줄 전혀 몰랐다. 가슴이 찢기는 듯이
아팠다.

"어쩌니. 진작 좀 말해 주지. 아버지가 갑자기 쓰러지신데다
가업 잇고, 빚 갚고…… 여러 가지 일을 하느라 엄청 바쁜 걸까?
그래서 연락 못 하는 걸까?"

"그럴 거야, 아마."

"난 그런 것도 모르고, 연락 없다고 투정이나 부리고…… "

"기다려 달라고 했다면서. 믿고 기다려 보자. 아마도 일이 정
리되고 나면, 널 찾아올 거야."

안나와 이야기를 하고 나자 그에 대한 불신은 사라졌지만, 그
가 걱정이 되어 죽을 지경이었다. 너무 무리하게 일해서 건강을
해치는 건 아닌지. 혹시 빚쟁이들한테 나쁜 일을 당하는 건 아닌
지. 상상은 또 다른 상상을 만들어내어 그녀를 괴롭혔다. 그런 그
녀를 바라보는 안나의 눈빛 또한 어두웠다.

장시간의 회의를 끝내고 휴대폰을 켜자 메시지가 여러 통 와
있었다.

〈조찬택입니다. 어제 아가씨 한 명이 지점으로 상무님을 찾아
왔습니다. 그만뒀다고 하니까 꽤나 낙담한 표정으로 돌아갔어

요. 내가 그렇게 닦달을 했는데, 택배 배달하면서 언제 연애까지 한 겁니까?〉

조 지점장이 말하는 여자가 현수일 거라는데 그는 한얼그룹도 걸 수 있었다.

우현수, 어지간히 걱정하고 궁금해하고 있나 보다. 거기까지 찾아간 걸 보면, 젠장. 그런데 조 지점장, 갑자기 극존칭을 하니 진짜 어색하네.

두 번째 메시지는 준하에게서였다.

〈야! 너 언제까지 현수 저대로 둘 거야? 안나가 어제 집에 갔는데 혼자 술 푸고 있더란다. 게다가 현수가 너에 대해 어찌나 꼬치꼬치 캐물어대는지 둘러대느라 혼났대. 괜히 안나까지 거짓말쟁이 만들지 말고 얼른 이실직고하고 헤어지든 만나든 결판을 내!〉

우현수가 혼자 술을?

자신이 그녀를 망가뜨렸구나 싶어 짙은 죄책감이 밀려들었다.

그런데 현수가 뭘 캐물었단 말이지? 설마 그와 한얼그룹에 대해 알아차린 건…… 아니겠지?

걱정스러운 표정으로 정민은 세 번째 메시지를 확인했다.

〈삼촌, 내일 졸업식에 현수 언니 안 온대. 사귀는 사람 있대. 칫. 난 삼촌이 언니랑 잘 만나고 있는 줄 알았는데. 착각했나 봐. 미안.〉

예지는 그가 현수가 말하는 사귀는 사람인 줄 모르고, 현수는 예지가 말하는 삼촌이 그인 줄 모른다. 재미있지만 전혀 웃을 수 없는 상황이다.

"아."

정민은 머리카락 속에 두 손을 묻었다. 어찌 된 일인지 조 지 점장, 준하 그리고 예지는 약속이라도 한 듯 한 사람에 대한 이야기를 하고 있었다. 현수. 우현수.

지금 그가 가장 보고 싶은 사람이지만, 또 한편으로는 가장 생각하고 싶지 않은 사람이 그녀였다. 생각하면 자꾸 보고 싶어서, 다 포기하고 달려가 버리고 말 것 같았다. 가서 그녀에게 자신이 누구인지 말하고 싶었다. 아무것도 생각하지 말고 한정민이라는 사람만 봐달라고 얘기하고 싶었다.

안 돼, 지금은. 우선 주총부터 끝내고. 아니 회장 취임식까지 무사히 마친 다음에…… 현수야, 조금만 더 기다려줘.

그러면서 정민은 씁쓸히 웃었다. 늘 일이 먼저였던 아버지를 원망했었는데, 지금 자신 역시 그 꼴이었다. 현수가 힘들어할 것을 알면서도 그녀를 모른 척하고 있는 자신이나 평생 외롭고 힘든 삶을 산 어머니를 이해하지 못하고 떠나보낸 아버지나 다를 바가 없었다.

정민은 사무실에서는 담배를 피우지 않는다는 철칙을 깨고, 담배 한 개비를 꺼내 불을 붙였다. 매캐한 연기가 폐부를 파고들어가 심장의 아픔을 잊게 만들어주었다.

〈담배 왜 피워요? 오빠 건강도 해치고, 주변 사람들한테까지 안 좋은 영향을 미치는 걸? 난 담배 피우는 남자 싫어요. 키스하면 냄새날 거 아냐.〉

8년 전 그녀가 했던 말이 떠올랐다. 담배와 키스에 관한 그녀의 소신 발언 때문에 당시 초인적인 의지로 담배를 끊었던 것도 생각났다. 우현수 그녀는 그렇듯 그에게 상당한 영향력을 행사했다. 그때도. 지금도.

그는 채 반도 피지 못한 담배를 재떨이에 비벼 껐다. 현수가…… 그리웠다. 죽을 만큼.

8. 나만 좋아해줄 순 없어?

모처럼의 휴일, 늦잠이나 실컷 자자고 생각했다. 그렇게 마음을 굳게 먹은 현수는 암막커튼까지 치고 잠이 들었지만 노력은 수포로 돌아갔다. 오전 7시에 깨고 만 것이다. 자꾸 졸업식에 오라고 했던 예지의 말이 신경 쓰여서였다.

"은근히 오지랖 넓다? 너 말고도 축하해줄 사람 많을 거야."

그렇게 자신을 타일렀으나 내 안의 또 다른 나가 수긍을 하지 않았다. 결국 현수는 커튼을 걷고 일어나 외출 준비를 시작했다. 씻고 간단히 아침을 먹고 화장까지 한 그녀는 옷을 골랐다.

그래도 명색이 졸업식에 가는데 정장 냄새는 풍겨줘야겠지?

현수는 평소에 입는 니트와 레깅스를 잠시 밀어놓고, 단정한 원피스와 모직 코트를 골랐다. 옷을 입고 어깨선 아래로 내려오는 머리를 길게 늘어뜨린 현수는 거울에 비친 자신의 모습에 비교적 만족했다. 그러다 시계가 9시를 가리키고 있음을 발견한 그녀는 부랴부랴 핸드백을 챙겨 집을 나섰다.

"아참, 장미!"

예지가 장미 꽃다발 얘길 했던 것을 깜빡했다. 현수는 '쪼그만 게 꽃도 비싼 걸 좋아한다' 중얼거리며 학교 앞 꽃집에 잠시 들렀다. 날이 날인지라 꽃다발을 만들려고 기다리는 줄이 어찌나 많은지 결국 그녀는 포장되어 파는 장미꽃 한 송이를 사서 졸업식이 있을 학교 체육관으로 향했다. 꽃다발을 만드느라 식에 늦어지는 것보다는 이편이 나을 것 같았다. 미리 준비 안 했다고 예지에게 욕은 좀 먹겠지만.

졸업식 대목을 놓치지 않고 꽃 좌판을 벌인 상인들과 졸업생들의 부모님 및 가족들로 교문 앞은 북적거렸다. 그 혼잡함은 체육관까지 계속되었다. 현수는 사람들 틈에 섞여 걸었다. 체육관 앞에 이르러 안으로 들어가려던 현수는 반갑게 등을 두드리는 손길에 고개를 돌렸다. 예지의 친어머니였다. 오늘은 예지의 호적상 부모님도 함께였다. 현수는 그들에게 차례로 고개를 숙여 보였다.

"안녕하세요?"

"바쁠 텐데 우리 애 졸업식까지 챙겨서 와주다니. 고마워요."

예지 이모가 그녀의 손을 잡고 진심을 전하는데, 예지 엄마는 미간을 찌푸린 채 채근을 해댔다.

"빨리 들어가자. 늦게 가면 앉을 자리 없어."

"알았어."

민망한 표정으로 상대는 그녀를 바라보았다.

"들어가요."

"네. 전 좀 있다가. 먼저 들어가세요."

애써 웃으며 그녀는 고사했고, 어쩔 수 없다는 듯 예지 이모는 식장으로 들어갔다.

마친 다음에 예지 얼굴 잠깐 보고 이 꽃만 전해 주면 되는데 굳이 들어가 있을 필요가 없지 싶었다. 부모님들 앉을 자리도 없을 텐데. 식 끝날 때 즈음 들어가 봐야지 생각한 현수는 번잡한 체육관에서 벗어나기 위해 운동장 쪽으로 걸음을 옮겨 놓았다. 그런데 뒤에서 그녀를 반갑게 부르며 달려온 존재로 인해 그도 여의치 않았다.

"언니! 현수 언니!"

이모에게서 그녀가 왔단 말을 전해들은 모양이었다. 현수는 그녀의 앞을 막아서더니 푹 안기는 예지의 머리를 쓰다듬어주었다.

"졸업, 축하해. 이제 중학생 되면 책도 많이 읽고, 공부도 열심히 하고."

"칫. 근데 장미꽃 사왔어요?"

잔소리 하지 말라는 듯 그녀의 말을 끊고 예지가 물었다. 그 즉시 그녀가 내민 꽃 한 송이에 아이는 조금 실망한 표정이었다. 그러나 대견하게도 그런 속마음을 숨기고 감사를 표시하는 것이었다.

"고마워요."

송예지 진짜 철들었다.

"다발이 아니라서 미안해."

흐뭇한 눈길로 예지를 뜯어보던 현수는 아이의 눈동자가 그녀 뒤쪽 어딘가를 뚫어져라 응시하고 있는 것을 깨달았다. 뭐가 있나. 호기심에 그녀가 그곳을 돌아보기 전, 예지가 빙그레 웃으며 가슴이 철렁한 부름을 내뱉었다.

"삼촌!"

현수는 눈을 질끈 감았다.

그냥 조용히 있다가 조용히 가려고 했는데. 결국 이렇게 되는 구나.

예지 가족의 입에 함께 수시로 오르내리던 그 삼촌을 만나게 된다 생각하니 괜히 심장이 두근거렸다. 이게 무슨 조화인지 알 수 없었다. 현수는 굳은 얼굴에 억지웃음을 띠고 천천히 뒤로 돌아섰다. 그리고 보았다. 달려간 예지의 머리칼을 흐트러뜨리는 한 남자를. 그 익숙한 얼굴을. 현수의 만면에서 미소가 완전히 사라졌다.

오전 스케줄을 오후로 미룬 그는 자신의 렉서스를 직접 운전해서 예지의 학교를 찾았다. 할아버지가 쓰러져 졸업식에 참석하지 못하는 대신 삼촌인 그라도 가는 것이 도리인 것 같았다. 비록 조비서가 준비해 준 거대한 꽃바구니의 리본에 박힌 '세상에서 제일 예쁜 예지야, 졸업 축하해'라는 멘트가 엄청 오글거리긴 했지만.

학교 안이 사람들로 어찌나 붐비는지 겨우 주차를 한 정민은 꽃바구니는 우선 조수석에 놓고 차에서 내렸다. 그때 어디선가

귀에 익은 목소리가 들렸다.

"삼촌!"

사람들 틈에서 긴 머리를 나풀거리며 예지가 달려왔다. 정민은 아이의 머리칼을 부러 흐트러뜨리며 말했다.

"축하한다."

"말로만?"

"꽃바구니는 차에 있어. 식 끝나고 줄게."

"알았어. 참, 삼촌. 현수 언니 왔어."

그 말 한 마디가 그에게 안겨준 타격은 엄청났다. 분명 예지의 메시지엔 그녀가 오지 않는다고 했는데. 어찌 된 일일까. 아니…… 이제 어쩌지.

정민은 천천히 시선을 들어 예지의 뒤쪽을 더듬었다. 그리고 50m쯤 떨어진 곳에 서 있는 그녀를 발견했다. 어떻게 지금까지 알아채지 못할 수가 있었을까. 우현수가 이곳에 있는데. 저렇게 예쁜 모습으로 자신을 바라보고 있는데.

현수에게로 자신을 잡아끄는 예지에게 못 이기는 척 정민은 걸음을 옮겨 놓았다. 가까이 다가갈수록 극렬하게 흔들리고 있는 그녀의 눈동자가 명확히 보였다. 어지간히 놀란 듯했다. 마치 유령을 본 듯한 표정이었다.

"둘 다 뭐야. 나한테는 못 온다, 시간 내본다 그러더니…… 이렇게 놀래 주려고 일부러 그런 거예요?"

그들 사이에 선 예지가 웃으며 핀잔을 주었으나, 정민도 현수도 웃지 않았다. 그때 체육관 안에서 장내 방송 소리가 들렸다.

예지는 다급한 당부를 남기고 친구들이 기다리고 있을 식장으로 뛰어 들어갔다.

"좀 따 봐요. 식 끝나고 꼭 나랑 사진 찍고 가야 돼."

체육관 주변을 메우고 있던 사람들도 식장으로 들어간 듯 이제 제법 주변이 한산해졌다. 하지만 정민도, 현수도 그 사실을 깨닫지 못했다. 두 사람은 상대에게서 잠시도 눈을 떼지 않았다. 무거운 침묵이 그들 사이에 드리워졌다. 정민은 묵묵히 기다렸다. 그녀가 자신을 때리든, 욕하든, 차버리든, 그 처분에 응할 생각이었다. 아니, 솔직히 차버린다면 순순히 그러자고 할 자신은 없었다.

"꼭 지금 꿈꾸고 있는 것 같아요."

현수에게서 생각 외로 덤덤한 목소리가 흘러나왔다. 그러나 그건 폭풍 전야와 같은 고요함이었다. 자신을 뜯어보고 있는 그녀의 눈빛에서 정민은 잔뜩 억눌린 감정들을 읽어냈다. 그는 차라리 그녀가 그것들을 빨리 자신에게 다 토해 냈으면 했다.

"꿈이 아닌 걸 아는데, 꿈이었으면 좋겠다 싶어요. 그렇게 보고 싶어 했던 사람이 내 눈앞에 있는데 왜 이렇게 반갑지가 않죠?"

그녀의 어조에서 원망의 흔적들이 비어져 나왔다. 그는 그런 현수를 안타까이 바라보기만 했다. 그것이 그녀를 더 자극한 듯했다.

"왜 아무 말도 안 해요? 뭐라고 변명 좀 해봐요. 내가 방금 보고, 들은 거 다 사실인가요?"

바싹 다가와 팔을 흔들며 묻는 현수에게, 정민은 잔인하리만치 직설적으로 말했다.

"다 사실이야. 내가 예지 삼촌이야. 그동안 널 본의 아니게 속였어."

그의 팔을 붙들고 있던 현수의 손에 힘이 들어간다 싶더니 다음 순간 아래로 툭 떨어졌다. 마치 그들을 이어주고 있던 인연의 끈이 끊어진 것 같은 느낌에 정민은 가슴이 철렁했다. 황급히 시선을 든 그는 이제 현수의 눈동자에 떠오른 원망과 분노, 슬픔과 아픔 등의 감정을 읽을 수 있었다.

짝.

그녀는 그의 결국 따귀를 때리는 것으로 그 모든 감정을 표출했다.

한정민이 여자에게 따귀를 맞는 것은 지금까지도 없었고, 앞으로도 없을 수치스러운 일이었다. 그러나 그녀는 여느 여자가 아니라 우현수였다. 지금 그는 현수에게 나머지 뺨도 기꺼이 내어줄 수 있었다. 그렇게 해서 그녀의 다친 마음이 치유될 수 있다면.

"그동안 날 가지고 논 거야?"

울먹이며 묻는 그녀로 인해 가슴이 아렸다.

"아니야! 아니라는 거 너도 알고 있잖아!"

그는 그녀에게 다가섰지만 또 그만큼 그녀는 뒤로 물러났다.

"그게 아니라면, 나한테 왜 사실대로 말하지 않았어! 예지 삼촌 얘기를 할 때도 왜 가만히 있었냐고!"

"아버지 명령으로 3월까지 택배 배달 일을 해야 했어. 너에게 사실을 이야기하는 건 회사로 복귀한 후라도 늦지 않다고 생각했다. 그런데 그 와중 갑자기 아버지가 쓰러지신 거고…… 당장은 그룹을 경영하는 것이 우선이었어. 그래서 너한테 날 믿고 기다려 달라고 한 것인데……."

이렇게 예기치 못하게 사실을 알아버리다니, 젠장.

그의 말이 끝났을 때 현수는 제법 분노가 가라앉은 것처럼 보였다. 대신 혼이 빠져나간 사람처럼 그녀는 초점 없는 눈동자와 창백한 낯빛으로 멀거니 서 있었다. 마치 곧 쓰러질 것 같이.

"우현수."

그가 그녀의 두 어깨를 붙들었다. 그러자 그녀에게서 가슴 속까지 시릴 만큼 차가운 한 마디가 흘러나왔다.

"놔."

그의 손이 그녀의 어깨에서 주르륵 미끄러져 내렸다.

그녀는 그의 눈을 바라보지 않고 돌아섰다. 그를 보면 마음이 약해질 것 같았고, 그건 그녀 스스로가 용납할 수 없었다.

"우현수!"

등 뒤에서 그가 불렀지만 돌아보지 않았다. 쉬지 않고 걸어 교문을 빠져나가려는데 거칠게 팔을 붙잡는 손길이 현수를 돌려세웠다.

"하나만 물어보자."

그의 눈빛이 마치 그녀를 단단히 옭아매는 것 같았다. 무시하고 비켜가려 했는데 발이 떨어지지 않았다.

"너는 나의 무엇을 좋아했니."

선뜻 대답할 수 없는 질문이었다. 묻는 의도가 무엇일까. 그녀가 생각을 모으는 와중 그가 이어 말했다.

"나는 네가 우현수라서 좋았어. 만약 네가 대통령의 딸이었고, 내가 집 없이 떠도는 부랑자의 아들이라고 해도 널 좋아했을 거야. 그건 불변의 진리야."

그는 더할 나위 없이 진지했다. 그의 고백에 떨리는 심장을 현수는 애써 억눌렀다.

"너도 그래줄 수는 없을까? 부득이하게 널 속인 것까지 잘했다고 안 해. 그냥 나라는 사람만 보고, 나만 좋아해줄 수는 없어?"

두말 않고 그러겠다고 말할 수 있다면.

그러나 그녀를 막아서는 건 막연한 불안감과 두려움이었다.

〈현수야, 결혼을 할 땐 너와 비슷한 사람과 만나. 너무 다른 사람들끼린 아무리 사랑한다고 해도 도저히 메워지지 않는 틈이 있어. 처음에 사랑이 전부일 땐 잘 안 보이지만 나중에 녹록하지 않은 현실과 부딪혔을 땐 그게 너무 크게 느껴져. 결국 상처 입고 버려지게 되지. 엄마가 너 결혼하는 거 보고 가고 싶었는데, 아무래도 그러지 못할 것 같아. 그러니까 꼭 방금 한 말 염두에 두고 남자를 만나. 엄마 부탁이야.〉

눈을 감기 전날 엄마가 유언처럼 했던 말 중 일부가 떠올랐다. 그의 간절한 눈빛을 똑바로 응시하며 현수는 대답했다.

"내가 좋아하는 건 오빠예요. 딱 거기까지예요."

"무슨······ 말이야?"

"한얼그룹까지 좋아할 순 없어요."

그의 눈동자에 드러난 절망을 현수는 모른 척했다. 그녀는 어머니를, 자신을 위해 이기적으로 굴기로 했다.

"날 위해서, 버릴 수 있어요?"

그의 대답을 기다리는 몇 초가 영겁과 같이 느껴졌다. 마침내 정민이 '아니'라는 짧은 말을 만들어 냈을 때 오히려 후련할 만큼.

"그럴 줄 알았어요."

그녀는 그대로 가던 길을 가려했다. 하지만 정민의 말은 아직 끝난 게 아니었다.

"그러려고도 생각했어. 너 하나만 갖고 한얼그룹은 포기하겠다고. 하지만 지금은 아니야. 아버지가 젊은 시절 안 먹고 안 입고 죽을 만큼 고생해서 일군 회사야. 아버지의 평생이 녹아 있는 그걸 무너뜨릴 순 없어."

그는 그녀를 다시 붙들었다. 그 몸짓에서 현수는 절박함을 읽었다. 그녀는 조용히 그의 다음 말을 기다렸다.

"나는 한얼그룹도, 너도 포기하지 않아."

그는 진심이었다. 현수는 갑자기 두려워졌다.

"내가 원하지 않는다고 해도요?"

그녀의 물음에 그가 깊은 한숨을 내쉬었다.

"날 좋아하면 부수적으로 따라오는 것쯤으로 생각하면 안 돼? 예를 들면 사은품쯤으로."

"사은품이라기엔 너무 과한 듯하네요. 갈게요."

그녀는 그를 밀어냈다. 더 이상 정민도 그녀를 붙잡지 않았다.

그 후 어떻게 집을 찾아왔는지, 하루가 어떻게 지나갔는지 그녀는 하나도 기억하지 못했다. 하지만 그의 만남, 그와 나누었던 대화는 시간이 지날수록 더 또렷하게 떠올라 현수를 괴롭혔다.

〈나만 보고, 나만 좋아해줄 수는 없어?〉

이미 자정을 넘기고 새벽을 향해 달려가는 시간이었다. 결국 현수는 냉장고에서 또다시 맥주를 꺼냈다. 그녀는 그것을 안주도 없이 벌컥벌컥 들이키기 시작했다.

주총이 있기 전날 밤, 정민은 아버지의 호출을 받아 본가에 들렀다. 그가 방문을 열고 들어갔을 때 한 회장은 정윤을 시켜 한창 짐을 꾸리는 중이었다. 그는 황당한 눈길로 아버지와 옷가지가 쌓인 캐리어백을 바라보았다.

"뭐하시는 거예요?"

"내일 주총 끝나자마자 미국 가는 비행기 탈라고."

"그렇게 빨리요?"

"결심을 했으믄 빨리 실행에 옮겨야지. 니 내 모르나. 질질 끄는 거 고마 싫다."

아버지의 대답에 희미하게 웃고만 있던 정윤이 가방 지퍼를 닫으며 말했다.

"거의 다 됐으니까 전 그만 나가 볼게요. 얘기 나누세요."

"정윤아."

아버지의 다정한 부름에 놀란 건 정윤뿐 아니라 정민도 마찬가지였다.

"인자 니도 니 행복 찾아가라."

"무슨 말씀을……."

"조 비서 어떻노?"

그는 무슨 뜬금없는 소린가 했는데, 정윤은 붉어진 얼굴을 보니 대충 상황이 짐작되었다.

조찬우와 한정윤, 둘 사이에 평소 무슨 낌새가 있었구나. 아버지가 이렇게 말씀하실 정도면.

"누나, 조 비서 좋아해?"

"아, 아니야. 그런 거."

그의 물음에 강력하게 부정을 하는 걸 보니, 좋아하는 게 맞았다.

"이야~ 얌전한 고양이, 무섭다?"

"니는 가만 있그라!"

누나를 놀리는 그를 타박한 한 회장은 다시 진중한 표정으로 속내를 털어놓았다.

"조금 재미가 없어서 그렇지 사람은 진국이다. 조 비서 성격에 내 딸인 니한테 먼저 으짜자고 하지는 못할 끼고. 내가 나서서 느거 둘 붙이주고 갈란다."

"아, 아버지."

"싫다카지 마라. 14년 동안 혼자 살았으믄 됐다. 먼저 간 그놈아도 인자 이해해줄 끼다."

결국 눈물을 흘리고 마는 정윤에게 한 회장은 휠체어를 밀고 다가갔다. 딸의 손을 잡으며 그는 회개하다시피 말했다.

"내가 잘못했다. 그냥 니가 좋아하는 남자하고 살도록 허락해 줄 거를. 내 때매 그래 된 거 같아가 늘 미안했다."

"아니에요."

비록 울고 있었지만 정윤의 표정은 여느 때보다 행복해 보였다. 늘 우울하고 기운 없어 보이는 누나였는데. 그 모습을 보니 그 역시 기뻤다.

정윤이 나가고 난 후 한 회장은 그를 똑바로 바라보았다. 마치 매의 것과 같은 눈빛은 한대웅 회장 특유의 카리스마를 내뿜고 있었다. 이럴 때 보면 아버지는 건강할 때나 지금이나 별반 달라 보이지 않는다.

"침대 옆 협탁 서랍 열어보믄 서류봉투가 하나 있을 기다. 갖고 온나."

그는 아버지의 말에 따라 협탁으로 가 서랍을 열고 서류봉투를 꺼냈다. 무엇이 들어 있는지 몰라도 굉장히 얇고 가벼웠다. 다시 한 회장 앞으로 온 그가 그것을 건네자, 상대는 그에게로 봉투를 도리어 밀어냈다.

"열어 봐라."

밀봉되어 있지 않던 봉투의 입구를 벌리고 정민은 안을 들여다보았다. 들어 있는 것은 사진 2장이었다. 그는 호기심을 억누르지 못하고 그것을 꺼냈다. 한 장은 이제 다섯 살쯤 된 잘생긴 남자아이의 사진이었고, 다른 한 장은…… 놀랍게도 그 아이와 아이의 엄마 그리고 자형인 태훈이 함께 찍은 가족사진이었다. 정민은 고개를 번쩍 쳐들었다. 마주한 아버지의 눈빛은 슬프면서도 아주 엄격했다.

"내가 말했제. 느거 자형은 믿었던 사람들 등에 칼을 꽂을 인간이라고."

"그럼, 이 아이가?"

"그래. 송태훈이 새끼다. 근본적으로 내 딸이 아를 못 가지는 기 큰 죄이긴 하지만, 느거 자형은 이런 식으로 우리 가족 전체를 배신했다. 그라고도 한얼그룹 오너 자리를 욕심내고 말이다."

정희가 한없이 불쌍했다. 비록 자신을 사랑하지 않는 남편이라고 해도 끝까지 결혼생활을 유지하고 싶어 했는데. 한얼그룹을 내주는 한이 있더라도 말이다. 그런 누나를 이용하고 배신한 송태훈의 목을 당장이라도 졸라버리고 싶은 심정이었다.

"이걸 저한테 왜 보여주시는 겁니까."

"송태훈이가 주주들을 선동해서 으째 나올지 모른다. 갖고 있다가 주총 직전에 그놈아한테 터뜨리라. 만약 지가 지금 자리라도 유지하고 싶다카믄 더 이상 아무 말 못하고 니가 회장 되는데 힘을 보태줄 끼다."

역시 한대웅 회장이다. 이럴 때 보면 무섭도록 잔인하고 철저하게 계산적이다. 그런 한 회장이 영원한 자신의 편이라 다행이라는 생각이 들었다. 다시 봉투에 사진을 집어넣은 그는 짧게나마 진심을 전했다.

"잘 쓸게요."

"이기 마지막이다. 인자 국물도 없다. 앞으로는 다 니가 알아서 하는 기다."

그럼 그렇지.

"네. 알고 있어요. 그런데 정희 누나는 어떻게 하죠?"

"다음은 둘이 알아서 해결할 문제다. 송태훈이 새끼를 인정하든가, 갈라서든가. 나는 인자 느거한테 내 생각을 강요 안 할 끼다."

고집 세기로는 대한민국 최강을 자랑하던 한 회장이 조금씩 변하고 있었다. 그것이 기쁘면서도 조금 씁쓸하기도 했다. 아버지가 늙었다는 증거인 것 같아서.

"그나저나 니 그 아가씨하고는 으째 되가노."

그럼에도 한 가지만은 변함없이 꾸준하게 밀어붙이는 아버지였다. 그건 바로 그와 현수와의 결혼. 아버지로 인해 예지의 졸업식에서 예기치 못하게 그녀를 만난 일이 생각났다. 급성 두통이 밀려들었다.

"진행상태 0%니까 묻지 마세요."

"머라꼬? 와."

"전 좋아도, 한얼그룹은 싫답니다."

잠깐 멍하니 그를 바라보고 있던 아버지는 이내 '으하하하' 큰 소리를 내며 웃음을 터뜨렸다. 그에 기분이 더욱 나빠지는 정민이었다. 그의 속을 알 리 없는 아버지는 당신의 기분에 취해 혼잣말을 하듯 말했다. 너무 목소리가 커서 다 들린다는 게 문제였지만.

"역시…… 내가 사람을 잘 봤다. 참 마음에 드는 아가씨야."

여느 때라면 그 말이 참 듣기 좋았겠으나 지금은 아니었다.

"아버지, 진심이세요? 그 여자, 한얼그룹이 싫다고 했다니까요."

"그러니까 마음에 든다는 기다. 솔직히 니 좋아하는 가스나들 대부분이 한얼그룹이라는 배경 때문 아니가. 그거 빼고 나믄 니 좋다는 아 몇 될 것 같노?"

한정민 자존심에 쩍쩍 금 가는 소리가 들리는 것 같았다. 마뜩 찮은 표정이 그의 얼굴에 고스란히 드러났다.

"뭐 또 그렇게까지…… 저 이래뵈도 여자들한테 인기 좋아요."

"문디. 어쨌든 간에 한얼그룹을 뺀 니를 좋아한다 하니까 나는 그 아가씨가 '된 사람'이라는 생각이 든다. 무조건 잡아라."

"네."

대답을 하는 그의 목소리는 그다지 밝지 않았다. 지금으로서 는 우현수를 잡을 획기적인 방법이 떠오르지 않았다. 그래도 미 국 MBA 중 최고라는 스탠포드를 수석으로 졸업한 나름 수재인 데. 벌써 머리가 굳었나 싶었다.

"근데 정민아, 느거 엄마 머 좋아하노."

"아버지는 그것도 아직 모르세요?"

"생각해 보니까 그 여편네, 다이아몬드 반지를 사다 주도 시큰 둥, 밍크코트를 사다 주도 시큰둥 그랬다."

"어머니는 꽃 좋아해요. 보라색 소국이요. 포장도 너무 현란하 게 하면 안 되고, 그냥 신문지로 대충 싸야 돼요. 그게 가장 자연 스럽고 좋대요."

열심히 설명을 하는 동안 아버지의 눈시울이 축축해진다고 느낀 것은 착각이었을까.

그가 뚫어지게 바라보자 한 회장은 시선을 피하더니 다짐하듯 말했다.

"느거 엄마 데꼬 오믄 정원에다가 색깔별로 소국을 다 심을 끼다."

역시 귀여운 구석이 있는 아버지다. 웃으며 그 모습을 바라보던 정민은 가슴 저 아래서 들려오는 물음에 표정을 굳혔다.

넌 현수가 무슨 꽃을 좋아하는지 알아?

그러고 보면 8년 전에도, 지금도 그는 현수에게 해준 것이 거의 없었다. 사귄 지 50일만 되면 다 끼워준다는 반지는커녕 들꽃 한 송이 안겨준 적이 없었다. 그런데도 그녀의 모든 것을 가지고 싶어 하다니.

최악이다, 한정민. 자신이 이렇게 싫어지긴 처음이었다.

그가 사진을 테이블 위에 던지듯 놓자 태훈은 처음엔 시치미를 딱 잡아뗐다. 모르는 일이라고 누군가 자신을 모함하는 거라고 길길이 날뛰었다. 하지만 계속되는 그의 협박과 추궁에 결국 모든 사실을 인정하고 빌었다. 부디 정희에게만은 이야기하지 말아달라고 했다. 그러나 아버지의 부름을 받아 이미 문밖에 와 있던 정희는 모든 사실을 알게 된 터였고, 태훈은 절망했다. 그들 부부 사이의 힘의 저울이 송태훈에서 한정희에게로 기울어지는 순간이었다.

그 후 최대 천적이었던 태훈이 손발을 잘리고 그에게 투항을 함으로써 정민은 거칠 것이 없었다. 그는 주총에서 거의 만장일치로 차기 회장으로 선출되었다. 대한민국 재계 역사상 가장 젊은 회장이었다.

주총을 마치고 주주들과 일일이 악수를 나누고 있던 그에게 퀭한 얼굴의 태훈이 다가왔다. 그가 악수를 다 마칠 때까지 기다린 태훈이 말했다.

"축하해."

이제 모두가 빠져나간 회의실에는 그와 태훈 그리고 상석에 앉아 있는 아버지뿐이었다.

"진심입니까."

"진심이야. 그동안 내가 너무 욕심을 부렸어."

"쉽게 용서받을 생각 마세요."

"알고 있어."

그러면서 아버지에게 깊숙이 고개를 숙여 보인 태훈은 조용히 회의실을 나갔다. 그제야 온전히 웃는 얼굴로 정민은 아버지를 돌아보았다. 아버지의 굳은 얼굴에도 희미한 미소가 떠올라 있었다.

"축하한다."

"감사해요, 아버지."

그러나 그들 사이의 그런 훈훈한 광경은 곧 끝이 났다. 손목시계를 쳐다보더니, 안색이 급변한 아버지 때문이었다.

"조 비서! 조 비서!"

바로 문밖에 있었던 듯 조 비서가 순식간에 모습을 드러냈다. 자동적으로 휠체어 손잡이를 잡고 서는 조 비서에게 아버지는 다급히 명령했다.

"이러다 비행기 놓치겠다. 망할 놈의 주주들, 입만 살아갖고는. 쓸데없는 이야기한다꼬 회의시간만 길어졌다 아니가…… 아, 뭐하노? 어서 가자!"

"괜찮아요, 아버지. 지금 가면 딱 맞겠는……."

그가 진정시키려 해보았으나 역부족이었다. 아버지는 그의 말은 들은 척 만 척 조 비서를 더욱 닦달했다.

"좀 더 빨리! 달리라!"

어찌나 급하게 나가버리는지 제대로 인사도 못했다. 이제 가면 언제 들어오실지 알 수 없는데. 넓은 회의실에 혼자 남자 조금 쓸쓸한 생각이 들었다. 정민은 아버지가 앉아 있던 자리로 가 좌우로 늘어선 빈 좌석들을 둘러보았다.

이제 이곳이 그의 자리였다. 가장 높지만 또한 외로운 자리. 갑자기 두려워졌다. 혼자인 자신의 모습을 생각하자. 완벽한 그림이 되려면 그의 옆에 현수가 있어야 했다. 반드시.

이제 주총도 끝났겠다, 슬슬 움직여볼까.

정민의 눈동자가 목적의식으로 결연히 빛나고 있었다.

토요일은 부모님과 손을 잡고 도서관에 오는 아이들로 인해 언제나 어린이 자료실은 인산인해였다. 정신없이 밀려드는 대출과 반납을 확인하고 있는데, 대출기계 위로 툭 신문이 떨어졌다.

'바빠 죽겠구만, 어떤 놈이 장난을!' 하며 고개를 쳐드는데, 눈 앞에 선 사람은 임 관장이었다. 그녀뿐 아니라 옆자리의 은영까지 벌떡 일어났다. 두 사람은 거의 동시에 말했다.

"관장님!"

"알고 봤더니, 내 라이벌 스펙이 너무 막강한데요?"

화가 난 듯한 석희의 물음에 현수는 좀 전 그가 내려놓은 신문을 집어 들었다. 오늘 날짜의 신문 1면에 영화배우 저리 가라 할 만큼 잘난 정민의 얼굴이 박혀 있었다. 그녀의 눈이 빠르게 기사 제목과 내용을 훑어 내렸다.

〈한얼그룹 신임회장 한정민 씨 선출, 어제 열린 한얼그룹 주주 총회에서 주주들의 만장일치로 현 한얼그룹 회장 한대웅 씨의 아들 한정민 씨가 신임회장으로 선출되었다. 한정민 씨는 스탠퍼드 대학 MBA 과정을 거친 재원으로 현재 한얼그룹 상무이사로 재직 중이다.〉

그 외 그의 나이가 34살에 불과해 재계 역사상 가장 어린 회장이라는 말까지 포함해서 기사는 주저리주저리 이어지고 있었으나 현수는 애써 신문을 덮어버렸다. 그리고 그것을 가져온 석희의 품에 던지듯 안겼다.

"그 남자는! 혹시 그때 그 택배기사 아냐?"

당시 어지간히 정민의 얼굴을 유심히 봐뒀던 듯 은영이 신문상의 사진을 보고 그를 알아보았다.

"맞습니다. 그런데 어느 쪽이 진짜인지 모르겠네요. 우현수 씨는 압니까?"

석희의 비꼬는 듯한 물음에 현수는 그를 노려보았다. 그러다 결국 그녀가 먼저 도망치듯 그 자리를 벗어났다.

현수는 무조건 도서관 밖으로 뛰쳐나왔다. 아무리 곧 3월이라지만 점퍼도 입지 않고 있기엔 좀 추웠다. 앞뒤 가리지 않고 그냥 나온 것이 좀 후회가 되었다.

"이씨, 임 관장."

"'이씨, 임 관장' 여기 있습니다."

어깨에 푹 얹어지는 점퍼는 반가웠지만, 갑자기 들려온 그 목소리는 아니었다. 놀라 뒤를 돌아보자 석희가 예의 그 심각한 표정으로 서 있었다.

"추운데 그러고 그냥 나가면 어떻게 합니까."

"관장님 올라가시고 나면 들어가려고 했어요."

"우현수 씨는 내가 그렇게 싫어요?"

한 번도 그녀의 감정에 대해 직접적으로 물어온 적 없는 석희인데, 오늘은 좀 이상했다. 정민의 기사를 읽고 자극이라도 받은 걸까.

"그룹 회장 정도 되어야 우현수 씨한테 사랑받을 수 있는 겁니까?"

이어진 석희의 물음은 현수를 완전 도발했다.

"그룹 회장이 뭐 그렇게 대단해서요. 그런 남자가 날 좋아해 주면 '얼씨구나' 하고 달려가 안겨야 되나요? 세상에 그런 법이 있어요?"

그녀가 쏘아붙이자 놀란 듯 석희는 상체를 뒤로 젖히며 물러났다. 그러나 현수의 말은 아직 다 끝난 것이 아니었다.

"나는요. 회장님인 그 사람을 좋아한 게 아니에요. 그저 그 사람이 좋았던 건데…… 갑자기 나한테 닥친 이 현실이 너무 버거워서, 받아들이기가 힘들어요. 그러니까 나 좀 가만히 놔두면 안 돼요?"

"당신도 몰랐던 거군요?"

대답 대신 현수는 한숨을 내쉬었다. 그런 그녀에게로 석희가 좀 더 다가섰다.

"많이 힘들면 나한테 기대요."

뭐라는 거야, 이 남자.

현수는 휘둥그레진 눈으로 석희를 올려다보았다. 원래 농담이라고는 모르는 남자이긴 했지만 오늘따라 유달리 진지하다.

"아직 나한테 마음 달라고 안 할 테니까, 그냥 지금처럼 편하게 얘기해요."

혁. 그의 말을 듣고 보니 자신이 방금 임 관장한테 할 말 못할 말을 다해 버렸다는 생각이 들었다. 왜 그랬어, 우현수! 그렇게 자신을 질책하며 현수는 석희를 향해 어색하게 웃었다. 그것을 혹시 승낙의 대답이라고 생각한 걸까?

"기분 전환 삼아 콘서트 갈래요? 가수 한사랑 알죠? 글로벌 가수. 이번에 국내 공연을 한다네요."

설마 그녀가 좋아하는 가수까지 뒷조사를 한 건 아닐까 의구심이 들면서도 가고 싶다는 열망이 드는 건 어쩔 수 없었다. 그도 그럴 것이 처음 한사랑이 스타오디션이라는 오디션 프로그램에 출연했을 때부터 현수는 그녀의 팬이었던 것이다. 국내에서든 국외에서든 사랑이 낸 앨범이라면 지금까지 모두 다 구입할 정도였다.

보통의 데이트 신청이었다면 일언지하에 거절했을 일이지만, 이건 달랐다. 다른 가수도 아닌 한사랑의 콘서트라는데! 현수는 눈앞에 어른거리는 정민의 얼굴을 보란 듯이 확 지워냈다. 그리고 석희의 만면이 환해지는 답을 들려주었다.

"갈게요."

임 관장이 그렇게 기뻐하는 모습은 처음이었다. 그런 그를 보는 현수의 입가에도 희미한 미소가 번져갔다.

며칠 전 어머니와 영상 통화를 할 때, 아버지가 쓰러지셨고 어머니를 많이 보고 싶어하셔서 미국행 비행 티켓을 끊으셨다는 사실까지 다 말씀을 드렸었다. 그러자 어머니는 걱정과 놀라움이 뒤섞인 표정으로 어쩔 줄 몰라하셨으나, 애써 담담한 척하며 평소보다 서둘러 전화를 끊었다. 어떤 감정이 북받치는 듯.

일요일 오후 정민은 어머니에게 전화를 걸었다. 아버지가 잘 도착하셨는지도 궁금하고 두 분이 어떻게 하고 계시는지도 걱정이 되어서였다. 벨이 몇 번 울리고 금방 전화가 연결되었다. TV 화면 속에 검은 머리를 뒤로 틀어 올린 정갈한 어머니의 모습이 나타났다.

–아버진요? 만나셨어요?

〈응. 지금 주무시고 계셔.〉

그쪽 시간으로 저녁 10시쯤 된데다 어제 장시간 비행으로 피곤이 아직 덜 풀렸을 테니 그럴 만도 하겠다 싶었다. 고개를 끄덕인 정민은 가만히 어머니의 표정을 살폈다. 그다지 좋아보이지도, 나빠 보이지도 않았다. 자신을 관찰하는 그의 눈빛을 읽은 듯 명 여사는 웃으며 물었다.

〈내가 소국 좋아한다고, 아버지께 네가 말씀드렸니?〉

-네.

〈어제 사오셨더라. 그러면서 무조건 자기가 잘못했으니 돌아와 달라고 고집을 부리시는데. 난처해 죽는 줄 알았어.〉

한 회장이라면 충분히 그러고도 남았다. 낯선 땅 미국에서도 기죽지 않고 본인의 목청을 뽐내셨을 장면을 상상하니 어쩔 수 없이 웃음이 났다.

-어쩌실 거예요? 이제 한얼그룹 안주인 자리 내려놓으셨는데, 오시면 안 돼요?

이런 부탁은 8년 만에 처음이었다. 그동안 미국 네바다의 호숫가 마을에서 은둔생활을 하는 어머니가 너무 행복해 보여서, 한얼그룹 안주인으로 돌아오는 순간 또다시 어머니가 불행해질 것 같아서 그런 말을 할 수 없었다. 하지만 이제 그가 그룹의 오너가 되었으니 괜찮을 것이라는 생각이 들었다.

대답 없이 그의 시선을 피하는 것으로 보아 어머니도 흔들리고 있는 것이 분명했다. 천지가 개벽을 해도 자기 고집을 꺾지 않을 것 같았던 한 회장이 그곳까지 행차를 한 것이 제법 효과가 있었던 모양이다.

—그냥 천천히 생각해 보세요. 아버지랑 좋은 시간 보내시고요.

〈그래. 그런데 네 아버지 말이 네가 만나는 아가씨가 있다고 하던데. 사실이니?〉

은근히 입이 가벼우신 한 회장님이시다. 그는 수화 대신 구어로 '네'라고 말했다. 오늘따라 밝은 어머니의 안색이 더욱 환해졌다.

〈우리 아들 마음을 사로잡았다니. 어떤 아가씬지 너무 궁금한데. 만나보고 싶어.〉

—사실 저도 어머니 도움이 좀 필요해요. 그 여자, 엄청 고집이 세거든요.

그의 고민 섞인 표정을 보는 어머니의 얼굴에도 근심이 어렸다. 마치 바로 앞에 그가 있는 것처럼 팔을 뻗는 명 여사였다. 오늘따라 마치 아이처럼 어머니의 품이 그리웠다. 그러나 그런 내색 없이 정민은 오히려 어머니를 챙겼다.

—제 걱정은 마시고, 주무세요.

〈그래. 네가 얼마나 간절한지 안다면 그 아가씨도 곧 마음 돌릴 거야.〉

언젠가는 그렇게 되겠죠?

이미 꺼진 TV에다 대고 그렇게 중얼거린 정민은 서재로 갔다. 오랜만에 책을 꺼내 읽는데 도저히 글자가 눈에 들어오지 않았다. 자꾸만 눈이 휴대폰으로 가자 정민은 탁 소리가 나도록 책을 덮고 현수의 번호를 눌렀다. 당연히 그녀는 전화를 받지 않았다. 몇 번을 해보아도 마찬가지였다.

정민은 결국 준하에게 문자 메시지로 SOS를 쳤다.

〈현수가 내 전화를 안 받아. 지금 안나한테 전화해서, 현수한테 전화해 보고 어디 있는지 뭐하고 있는지 확인해 보라고 해. 안나한테 연락받으면 넌 다시 나한테 연락하고. 알았지?〉

이게 무슨. 먹이사슬도 아니고. 참 꼴이 우습다, 한정민.

그렇게 중얼거리며 정민은 책상 위로 휴대전화를 던졌다가 다시 손닿는 곳으로 가까이 당겨다 놓았다. 언제 연락이 올지 모르는 일. 늘 대기 상태여야 했다.

그러나 그 후 그가 책을 다시 읽다가 덮고, 서재를 몇 번이나 왔다 갔다 하고, 참다못해 주방으로 가 커피를 내리고 돌아와 그것을 다 마실 때까지 휴대전화는 잠잠했다. 날이 어느새 어두워지고 있었다. 인내심이 바닥을 드러내고 욕설이 입 밖으로 터져 나올 지경에 이르러서야 온 책상에 진동이 느껴졌다. 준하였다.

〈현수 지금 콘서트장에 갔대. 안나 말로는 혼자는 아닌 것 같다는데 모르겠다. 장소는 잠실체육관. 너 지금 내 문자 다 읽지도 않고 튀어나갔지? 미친놈. 내가 네 연락책이냐? 별걸 다 시켜.〉

코, 콘서트장? 도대체 누구랑!

분개하면서도 그는 끝까지 문자 메시지를 읽어 내렸다. 준하는 아직 그에 대해 잘 모른다. 아무리 급해도 끝까지 확인하고 보는 그의 습관을 간과했다.

"다 읽었다, 이 자식아."

마치 휴대폰이 친구인 양 그렇게 중얼거린 정민은 손에 걸리는 대로 옷을 찾아 입었다. 그가 차키를 챙겨 펜트하우스를 나오기까지 2분. 오늘따라 엘리베이터가 왜 이렇게 느리게 느껴지는지 몰랐다. 지하주차장에 내리자마자 정민은 이미 시동이 걸려 있던 차에 올랐다. 그의 매서운 눈길이 카오디오의 시계에 머물렀다.

지금 시간 5시. 잠실까지 30분. 무조건 밟는다.

9. 떠오르는 얼굴

"꺄아아악!"

오랜만에 있는 힘껏 함성을 지르고, 온몸에 땀이 나도록 팔짝 팔짝 뛰었다. 콘서트장에 자주 오진 못하지만, 올 때마다 현수는 자신이 살아 있다는 것을 느낄 수 있어서 좋았다.

근 3시간이 어떻게 지났는지 알 수 없을 정도로 한사랑의 공연은 퍼펙트했다. 공을 들인 세트도 세트지만 그녀의 목소리는 역시! 글로벌 가수다웠다. 몇 번의 앵콜 후 콘서트가 완전 끝났을 때는 아쉬움에 쉽사리 자리를 뜰 수 없을 정도였다.

"갈까요?"

현수는 옆에서 갑작스레 들려온 물음에야 석희의 존재를 깨달 았다. 공연에만 빠져서 지금껏 자신이 누구와 함께 왔는지도 잊고 있었다. 그래도 이렇게 멋진 콘서트에 데려와 준 사람인데. 석희에게 미안했다. 현수는 쑥스럽게 '네'라고 대답한 후 그를 따라 잠실체육관을 나섰다.

"배고프지 않아요? 서둘러 들어오느라 샌드위치밖에 못 먹었는데."

차로 가면서 그가 물었고 현수는 두 손을 내저었다.

"아니에요. 제가 요즘 다이어트 중이라."

당연히 그것은 거짓말이었다. 그러나 그 외엔 딱히 둘러댈 말이 떠오르지 않았다. 그렇다고 석희와 그녀가 9시가 다된 이 시간에 함께 저녁을 먹을 사이는 아니지 않은가.

말이 끝나기 무섭게 그가 그녀의 머리에서부터 발끝까지를 훑어보았다. 그 시선이 상당히 부담스러워 현수는 저도 모르게 점퍼 깃을 여몄다.

"뺄 살도 없는데 뭘 그러지?"

석희는 진정 의아스럽다는 기색이었다. 그 말에 기뻐해야 하는 건지 기분 나빠해야 하는 건지 몰라 현수는 미묘한 표정을 짓고 있었다.

"집까지 태워줄게. 타요."

석희가 차 문을 열었으나 현수는 선뜻 타지 못했다. 그녀는 오늘 정말 감사했다고, 괜찮으니 버스를 타겠다고 말할 작정이었다. 그때 그들을 치려고 작정한 듯 쌩하고 달려와 바로 옆에 멈춰서는 차만 아니었으면 분명 그랬을 것이다.

"어머!"

놀라 비명을 지르는 그녀의 허리를 석희가 그쪽으로 끌어당겼다. 굳이 그러지 않아도 차에 부딪힐 것 같진 않았지만. 어쨌든 놀란 가슴을 쓸어내리며 현수는 문제의 검은 차를 노려보았다. 꽤나 값이 나가 보이는 외제차였다. 그런데 어떻게 저런 차가 내 눈에 익지? 언제 봤나?

그녀의 그런 생각을 비웃듯 운전석의 문이 열리고 전체적으로 키 큰 남자가 내려섰다. 불길하게도 익숙한 실루엣이다 싶었는데, 보닛을 돌아 그들에게로 걸어오는 그의 얼굴을 정면으로 마주한 순간 현수의 입이 딱 벌어졌다.

믿을 수 없게도…… 믿을 수 없게도…… 정민이 그녀의 앞에 서 있었다. 환상을 보고 있는 건 분명 아니었다. 저렇게 거만하게 사람을 노려보는 표정은 진짜 한정민이 아니면 불가능하다!

"당장 그 손 놓지?"

그의 지적에야 현수는 아직 석희가 그녀의 허리에서 손을 떼지 않고 있었음을 깨달았다. 화들짝 놀란 현수는 석희의 품에서 벗어났고, 정민은 그런 그녀의 앞으로 바싹 다가섰다. 그들 사이의 거리는 채 40cm가 되지 않을 정도로 근접했다.

"요즘 꽤나 바쁘다고 들었는데 여긴 어쩐 일이십까? 한정민 회장님?"

옆에서 석희가 그의 심기를 건드렸으나 정민은 그녀에게서 시선을 떼지 않았다. 그는 다짜고짜 그녀의 손목을 움켜쥐었다.

"가자."

현수는 가지 않으려고 발바닥에 힘을 주어 버렸다. 지금 그의 차를 타고 그를 따르면 무너질 자신을 그녀는 분명히 알고 있었다. 그들 사이의 실랑이는 석희가 정민의 손을 밀쳐냄으로써 싱

겁게 끝이 났다.

"그쪽이 상관할 일이 아니니까 저리 비켜."

석희를 쏘아보는 정민의 눈빛이 매서웠다. 그러나 은영의 임포스, 석희는 그에 주눅들 사람이 아니었다.

"한 회사의 오너로서 너무 경솔하게 군다는 생각, 안 들어요? 여기 보는 눈들이 많아요."

그러고 보니 콘서트장에서 나와 차를 타려던 사람들이 그들을 자꾸만 힐끔거리고 있었다. 두 남자와 한 여자의 구도가 호기심을 끄는 모양이었다.

정민은 대수롭잖게 석희의 말을 받았다.

"그래서?"

"내일 아침 1면을 그쪽 스캔들 기사로 장식하고 싶은 겁니까?"

"그딴 거 신경 안 써."

석희가 하는 말 한 마디 한 마디에 가슴이 철렁하는 건 오히려 현수였다. 그래서 정민이 불굴의 의지로 다시 그녀의 손목을 잡아왔을 때 그녀는 그것을 단호히 뿌리쳤다.

이제 갓 한얼그룹 회장 자리에 오른 그가 스캔들에 휘말린다면, 입지가 흔들릴 것은 자명한 일이었다. 자신으로 인해 그에게 그런 손해를 끼치고 싶지 않았다. 그녀는 부러 더 차갑게 말했다.

"여기 어떻게 알고 왔어요? 왜 왔어요?"

"그걸 너 지금…… 몰라서 묻는 거야?"

정민의 눈에 어린 원망을 읽었으나 현수는 외면했다. 아픈 가슴을 짓누르며 그녀는 그를 밀어냈다.

"돌아가요. 오빠가 있어야 할 곳, 오빠를 진정으로 필요로 하는 곳으로."

"그 말은 넌 내가 필요 없다는 뜻인가?"

현수는 침묵으로 일관했다. 그러자니 자신을 향한 정민의 집요한 시선에 불편해 죽을 지경이었다.

"그만 갑시다."

마침 들려온 석희의 제안이 구세주 같았다. 아깐 분명 그가 태워준다는 걸 거절할 생각이었는데. 몇 분 사이 이렇게 마음이 바뀐다. '네'라고 대답한 그녀는 석희가 문을 열어준 조수석에 재깍 앉았다. 황급히 문을 닫으려 했으나 어느새 다가와 그것을 단단히 붙잡는 정민으로 인해 여의치 않았다.

"놔요."

"내려."

이 남자, 은근히 끈덕진 구석이 있었다. 현수는 그를 노려보았으나 정민은 꿈쩍도 하지 않았다.

"끌어내리기 전에 내려, 우현수."

"끌어내려도 오빠 차는 안 타요."

"우현수, 진짜…… 언제까지 이럴 거야."

정민은 착각하고 있는 듯했다. 그녀는 단순히 그에게 화가 난 것이라고. 머지않아 화가 풀리면 돌아올 것이라고.

"오빠, 우린 이제 예전으로 돌아갈 수 없어요."

가슴 아픈 현실을 이야기하는 목소리가 의외로 담담히 흘러나왔다. 반면 정민은 평소의 그와 달리 흥분해 있었다. 문을 더욱 넓게 열며 그녀에게로 다가서는 모습은 광포해 보이기까지 했다.

"한얼그룹 빼고 나만 봐 달라고 했잖아. 너…… 나 좋아하는
거 아니었어?"

"좋아해요. 그런데 두렵기도 해요."

"뭐가 두렵다는 거지?"

엄마처럼 버림받을까 봐. 지금 이 마음이 변하고 나면 당신,
나를 원망하게 될까 봐.

그런 말들을 가슴 깊이 묻어둔 현수는 애원하듯 그를 바라보
았다.

"다 나 때문이에요. 미안해요."

그러니까 그냥 놔줘요, 지금.

그녀의 간절함을 읽은 것일까. 정민의 손에서 힘이 빠져나가
는 것이 느껴졌다. 동시에 운전석에 앉은 석희가 시동을 걸었다.
현수는 어금니를 꾹 깨물고 문을 당겼다. 밀쳐지듯 그가 뒤로 물
러났다. 탁. 문이 닫히자마자 차는 출발했다.

보지 않으려 했는데 백미러에 절로 눈이 갔다. 여전히 그 자리
에 멀거니 선 정민이 보였다. 그때 마치 그녀의 시선을 느낀 듯
그가 고개를 돌렸다. 그가 자신을 볼 수 있을 리가 없는데, 현수
는 놀란 나머지 차창의 반대쪽으로 몸을 틀어 앉았다. 그러자 이
번엔 그녀를 뜯어보고 있는 석희와 눈이 마주쳤다.

"죄송해요."

그녀의 사과에 석희는 한쪽 입가를 올려 웃었다.

"괜찮아요. 앞으로도 얼마든지 날 이용하려면 이용해도 됩니다."

"오늘은…… 본의 아니게 그렇게 되어 버렸네요. 저 사람이 여기까지 올 줄은."

"압니다. 나한테는 신경 쓰지 말아요."

그동안 자신이 임 관장을 너무 오해하고 있었나 싶은 생각이 들었다. 은영이 말했던 임 포스의 은근한 매력이 바로 이런 거였나 싶기도 했고. 그녀는 잠실체육관 앞에 내버려두고 온 남자가 신경 쓰이면서도 석희에게 애쓴 웃음으로 고마운 마음을 전했다.

"오늘 콘서트 데려와 주셔서 감사해요."

"그럼 저녁 사요."

"네?"

참 거절하기 뭣한 타이밍이다. 솔직히 저녁을 먹기엔 시간이 좀 늦기도 했고, 정민과의 감정싸움 여파로 극도의 피로가 밀려들어 집에 바로 가고 싶은 마음뿐이었다. 그런데 고맙다고 해놓고서는 입 싹 닦을 수도 없는 노릇.

소리 없는 한숨을 내쉬며 차창을 바라보던 현수의 눈에 '아이 러브 버거'라는 패스트푸드점 간판이 확 들어왔다. 1초도 안 되어, '저거다!' 싶었다.

"햄버거, 괜찮으세요?"

석희는 고개를 끄덕였고, 현수는 안도했다. 빨리 먹고 갈 수 있겠구나. 그에겐 미안했지만 지금 그녀의 머릿속엔 오로지 집에 가서 쉬고 침대에 눕고 싶다는 생각뿐이었다. 최소한 자는 동안은 끊임없이, 불쑥불쑥 그 사람이 떠오르지 않을 테니까.

현수가 그를 버리고 다른 남자의 차를 타고 가버렸다는 사실을 믿을 수가 없었다. 그녀에게 이렇게 모진 면이 있다는 것을 정민은 처음 알았다. 충격으로 휘청거리느라 그는 현수가 떠나고 한참 후에야 그곳을 벗어났다.

어디로 가는지 모른 채 무작정 차를 몰던 그는 간판이 눈에 띄는 술집으로 들어갔다. 룸을 하나 빌려 위스키를 주문한 그는 8년 만에 몸을 가누지 못할 정도로 마셨다. 술의 힘을 빌려 다 잊고 싶었는데, 말도 안 되게 더 생각이 났다. 의식이 몽롱해지는 와중에서도 선연히 떠오르는 것은 그녀의 얼굴이었다.

"우현수."

중얼거리며 탁자에 엎어져 있던 그를 누군가 흔들어 깨웠다. 종업원이겠지 싶어 정민은 팔을 들어 뿌리쳤다.

"걱정 마. 계산은 깔끔하게 하고 나갈 테니까. 안 취했어, 나."

"참 꼴이 말이 아니네. 겨우 위스키 한 병에 녹다운이냐."

이 목소리는.

정민은 거슴츠레한 눈으로 몸을 일으켰다. 역시. 그를 굽어보고 서 있는 이는 준하였다. 일어난 정민은 자신보다 훨씬 덩치가 큰 친구를 꼭 끌어안았다.

"너, 너답지 않게 왜 이러냐?"

"현수가 날 버렸어."

"허. 천하의 한정민이 차였단 말이야?"

"돌아가서 프러포즈하려고 했는데…… 아직 사랑한다고 고백도 못했는데……."

어쩌면 영원히 하지 못할지도 모른다는 생각을 하자 심장 주변이 너무 아팠다.

"안나가 그러더라. 현수가 어머니 때문에 아마 쉽사리 너한테 못 올 거라고. 얘기 들었지? 현수 어머니에 대해서."

준하의 말을 들으며 정민은 몸을 일으켰다. 괜히 준하가 미워졌다. 그래도 자정을 훨씬 넘은 이 시간, 그에게 달려와 준 친구인데.

"도대체 어떻게 해야 좋을지 모르겠다."

"우선 고백은 해야 한다고 봐, 나는."

어김없이 탕탕 판결을 내려주는 준하였다. 정민은 호기심을 참지 못하고 물었다.

"그런 다음?"

"너의 진심을 보여줘. 그럼 반드시 돌아올 거야."

솟구쳤던 기대감이 또다시 내려앉았다. 현수의 기세로 보아 그렇게 쉽게 그에게 올 것 같지 않았기에. 패배감에 사로잡힌 그는 아까 현수에게 들었던 말을 고스란히 준하에게 들려주었다.

"두렵다면서, 나한테 미안하다고 했어. 그 여잔 뭐가 그렇게 두려운 걸까?"

"어머니와 자신을 동일시하고 있는 거 아닐까. 어머니가 버림받은 것처럼 자신도 그렇게 될 거라고 생각하는 거 아닐까."

"그럼, 결론적으로 그녀가 날 못 믿고 있다는 말이야?"

"그래. 그러니까 네가 믿을 수 있게 만들어봐."

"진심으로 고백하면, 될까?"

"물론."

그러면서 품속에서 작은 케이스를 꺼내 흔들어 보이는 준하였다. 저것이 뭘까 하던 그는 준하가 케이스 뚜껑을 열어 보이는 것에 신경을 집중했다. 다이아몬드가 자잘하게 박힌 반지가 눈에 확 들어왔다.

"나처럼."

"너…… 설마?"

"맞아, 안나한테 결혼하자고 할 거야."

준하와 이야기를 하며 조금씩 깨던 술이, 지금은 확 달아나는 기분이었다. 정민은 저도 모르게 미간을 찌푸린 채 보호자처럼 물었다. 조금 전까지 준하에게 조언을 구하고 있던 것도 잊은 채.

"자신 있어?"

"자신 있다기보다 돕고 싶어. 안나와 아이. 내가 보살펴 주고 싶다."

"서준하. 결혼은 봉사가 아니야."

"꼭 그런 것만은 아니야. 힘들어할 때 내가 곁에 좀 있어줘서 아는데, 안나 생각보다 괜찮은 애야."

아직은 8년 전 안나의 행동을 용서할 수 없었기에, 준하의 말에 정민은 고개도 끄덕이지 않았다. 그는 그저 중얼거릴 뿐이었다.

"넌 왜 인생을 그렇게 힘들게 살아."

"내가 지금 나 자신을 괴롭히기 위해 이러는 것 같아? 다 내가 좋아서 하는 일이야."

"어련하시겠어."

그의 비꼬는 말을 못 들었을 리 없는데 준하는 이렇다 할 대꾸 없이 팔을 붙잡고 출구 쪽으로 이끌었다.

"가자. 여기서 날밤 샐 거야?"

"2차 갈까?"

"야, 1차는 너 혼자 마셔놓고 2차는 무슨 2차야."

투덜거리는 준하를 보며 정민은 웃었다. 완전 짝퉁 크리스찬. 아마 교회 다니는 사람 중에 준하처럼 술 좋아하고 잘 마시는 사람도 드물 것이다. 아니나 다를까 친구에게서 그의 기대를 저버리지 않는 한 마디가 흘러나왔다.

"지금부터 시작이지."

정민은 아주 오랜만에 준하와 사이좋게 어깨동무를 하고 술집을 나섰다. 말은 어깨동무였지만 실상은 비틀거리는 그를 준하가 부축하는 꼴이었다.

아직 멀었어. 완전 의식을 잃을 놓을 때까지 달릴 테다. 우현수 얼굴 따위 다 잊어버릴 때까지.

하지만 그렇게 중얼거리는 동안에도 관장의 차에 앉아 있던 현수의 차가운 얼굴을 떠올리는 자신임을 정민은 깨닫지 못했다.

올해도 어김없이 찾아든 꽃피는 계절 3월.

긴긴 방학 후 새 학기가 시작된다는 설렘 때문일까. 따스한 햇살이 겨우내 웅크리고 있던 몸을 녹여주기 때문일까. 그녀는 아주 오래전부터 3월이 좋았다. 그리고 3월의 끝 무렵에 그를 만나기도 했지.

또다시 정민에 대한 생각이 떠오르자 현수는 고개를 내저었다. 그 바람에 신호등이 빨간불로 바뀐 것도 모르고 있다 황급히 브레이크를 밟았다. 그녀뿐 아니라 곁에 앉은 은영의 목이 뒤로 획 젖혀졌다 앞으로 꺾였다.

"언니, 미안해!"

우현수. 너 뭐야. 도로 연수 중인데. 정신 바짝 차려!

그렇게 스스로를 질책하던 중인데 은영이 벌게진 얼굴로 화를 벌컥 내어 그녀를 더 무안하게 만들었다.

"야! 너 이러면 차 사도 운전 못 해! 다칠 뻔했잖아!"

솔직히 그녀의 눈에 은영은 그들의 안전을 걱정하는 것보다, 산 지 1년 된 자신의 승용차가 긁히기라도 할까 봐 전전긍긍하는 것으로 보였다. 하지만 당분간은 어쨌든 비위를 맞춰줘야 했다.

"조심할게. 에이, 그러니까 도로 연수하는 거잖아. 운전도 못 하는데 덜컥 차만 사버리면 무용지물 되는 거니까."

"시간당 3만 원!"

헉. 도로연수 강사를 구하겠다고 했더니 자기가 2만 5천 원에 해준다고 해놓고선. 완전 사기꾼! 분개하려던 현수는 번뜩 떠오르는 생각이 있어 조건으로 제시했다.

"좋아. 대신 내가 차를 긁어도 절대 피해보상 요구하지 않기."

"야, 그건 좀……."

"3만 5천 원."

은영의 눈동자가 흔들리고 있었다. 승리를 예감한 그녀의 입가에 미소가 지어지려던 찰나 뒷좌석에 둔 가방에서부터 벨소리가 들렸다.

"네 꺼야."

은영이 일깨워주었으나 두 손과 온 신경이 자유롭지 못한 지금은 받을 수 없었다. '됐다'는 고갯짓을 한 현수는 그 후 운전에만 집중을 하려고 노력했으나 다시 전화벨이 울렸다. 하는 수 없이 그녀는 조심조심 갓길에 차를 세우고 은영이 건넨 가방 속에서 휴대전화를 꺼냈다.

이렇게 끈질기게 구는 인간이 도대체…… 그러면 그렇지. 예지였다. 아무리 조금 철이 들었다고 해도 아직은 아이였다. 자기 생각밖에 못 하는.

〈언니! 왜 이렇게 통화하기 힘들어요? 졸업식 때도 그냥 가버리고. 내 전화는 씹고. 송예지 삐치는 거 보고 싶어서 그러나?〉

"미안. 지금 운전 중이라 그래. 무슨 일 있니?"

〈어? 언니 운전도 할 줄 알아요? 차 몰고 다니는 걸 못 봐서 당연 못하는 줄 알았는데.〉

"면허는 예전에 땄지. 안 해 버릇하니까 못하는 거 같아서 연습 좀 하려고."

〈차 사면 나 꼭 태워줘야 해요?〉

"알았어. 안전은 보장 못하지만."

계속 이어지는 통화에 은영이 하품을 하며 시계를 흘끔거렸다. 그만 끊으라는 뜻.

"예지야, 나중에 통화하자. 지금 좀……."

〈언니, '행복마을'에 또 언제 가요?〉

"다음 주 금요일쯤? 왜 너 가려고? 학교 때문에 곤란하잖아."

〈아니 내가 아니라, 이모가 같이 가보고 싶대요. 언니만 괜찮다면.〉

현수는 선뜻 좋다고 말할 수가 없었다. 예지의 이모라면 정민의 누나다. 몰랐을 때는 그저 부잣집 사모님이었지만, 이젠 한정민의 누나인 부잣집 사모님이다. 불편할 수밖에 없었다. 그와 자신의 사이가 틀어져 버린 지금은 더더욱.

"글쎄. 지금 확실하게 결정된 게 아니라서."

그녀의 애매모호한 대답에 예지는 잠시 말이 없더니 아이답지 않은 날카로운 물음을 건넸다.

〈언니 혹시 삼촌 때문에 우리 피하는 거예요?〉

"아, 아니야. 그런 거."

〈그럼 서운해요. 나랑은 삼촌과 별개로 만난 거잖아요. 앞으로 언니가 내 외숙모가 되든 안 되든 우린 친구예요. 약속!〉

그녀의 코앞에다 예지가 손가락을 내미는 장면이 충분히 상상되고도 남았다. 현수는 저도 모르게 웃었다. 마치 그녀의 그런 표정을 보기라도 한 듯 예지는 한층 밝아진 어조로 자기 할 말만 하고 전화를 끊어 버렸다.

〈다음 주 금요일이라고 이모한테 전할게요. 내가 이모 전화번호 문자로 찍어놓을 테니까 약속시간 언니가 정해서 직접 알려줘요.〉

"뭐? 예지야!"

다급히 불러보았으나 이미 대기화면에서 전환된 전화에서 대답이 들릴 리 만무했다. 다시 전화를 걸려 했지만 쏘아보는 은영으로 인해 현수는 움찔 행동을 멈추었다.

"시간당 3만 5천 원이라고 했지? 벌써 2시간 지났다?"

벌써? 말도 안 돼!

그러나 차내의 전자시계는 은영의 말이 맞음을 알려주고 있었다. 이럴 땐 참 시간이 빨리 간단 말이야. 현수는 휴대폰을 던지듯 놓고 은영에게 불안 반 기대 반으로 물었다.

"여기서 우리 집까지는 얼마나 걸릴까?"

"못 잡아도 40분?"

젠장, 정확히 3시간 쓰겠네. 배은영, 오늘 10만 원 넘게 벌어간다. 좋겠다.

그렇게 중얼거린 현수는 방향지시등을 켜고 차도로 들어갈 기회만 엿보았다. 옆에서 은영이 '이러다 날 새겠다'라고 타박을 주는 것을 꾹 참으며. 역시 운전자의 길은 그녀 우현수에겐 멀고도 험했다.

한얼의 건설이나 조선, 운송 쪽은 그가 손을 더 대지 않아도 이미 잘 굴러가는 분야였다. 당분간은 국내보다 해외 진출에 초점을 두고 확장 경영보다 내실 경영을 할 생각이었다. 국내 경기가 침체되어 있는 만큼 조심스러울 필요가 있었다.

또한 그는 대내외적으로 한얼그룹의 이미지를 더욱 업그레이드시킬 수 있는 방안을 강구했다. 아버지 대의 한얼은 수출 잘하는 기업, 돈 잘 버는 기업으로서의 이미지가 강했다. 그것을 정민은 좋은 기업, 정직한 기업으로의 이미지로 바꿔놓고 싶었다. 그는 그것이 기업 성장과 직결될 것이라는 확신을 가지고 있었다.

그는 첫 중역회의에서 소외계층을 위한 기업 일자리 제공과 형식적으로 운영되던 한얼 사회복지재단의 개혁을 선언했다. 반발이 있었지만 그는 이 부분에 있어서는 자신의 소신을 꺾을 수 없다는 뜻을 분명히 밝히고 밀고 나갔다.

어렵사리 중역들의 동의를 얻어낸 정민은 기뻐할 겨를도 없이 복지재단의 이사장 자리를 놓고 고민했다. 과연 누구에게 맡길 것인가. 그의 뜻에 따라 기금을 정직하게 운영할만한 사람이 누구일까. 그는 몇몇 인물을 놓고 생각에 생각을 거듭했다. 그리고 만 하루 만에 결정을 내려 비서실장에게 알렸다.

똑똑.

예상보다 일찍 왔다. 의자에 앉은 채 고개를 들자 비서실장의 딱딱한 얼굴이 보였다.

"오셨습니다."

승낙의 뜻으로 까딱 고갯짓을 해보인 정민은 비서실장이 물러나자 닮은 두 여인을 보며 희미하게 웃었다.

"앉으시죠."

"도대체 우릴 왜 회사까지 부른 거야?"

정희는 소파로 가며 귀찮다는 듯 투덜거렸고 정윤은 조용히 언니의 뒤를 따를 뿐이었다. 정민 역시 일어나 누나들의 맞은편으로 가 앉았다. 그는 먼저 정희를 바라보았다.

"누나는 자형이랑 완전 끝난 거야?"

"아직은 조정기간 중이긴 하지만, 그냥 끝내고 싶어. 그 사람은 아이를 원하는데 난 못 낳아주니까. 그렇다고 그 아일 내가 받아들일 자신도 없고."

"그래. 자형 아니 송태훈 전무 사표, 수리됐어."

그의 말에 정희의 눈동자에서 어떤 빛이 퍽 하고 꺼지는 것처럼 보였다. 그녀는 대답 대신 그의 시선을 피하며 고개만 끄덕였다.

"앞으로 어떻게 살 건데?"

그의 냉정한 물음에도 정희는 별다른 말이 없었다. 평소의 그녀답지 않았다. 정민은 좀 더 적나라하게 누나의 현실을 꼬집었다.

"아버지가 언제까지 누나 뒷바라지해 주실 수도 없고, 나도 마찬가지야. 일하지 않는 자, 먹지도 말라는 말에 난 적극 동의하는 사람이니까."

"걱정 마. 너한테 돈 달라고 안 해."

참다못한 정희는 그렇게 쏘아붙이더니 모로 돌아앉았다. 정민은 그러거나 말거나 정희에게서 시선을 거두어 정윤을 응시했다. 언제나처럼 단정히 두 손을 무릎에 올린 채 정윤은 그의 말을 기다리고 있었다. 다만 예전과 조금 다른 것이 있다면 입가에 은은하게 배어나오는 미소. 정윤은 정말 행복해 보였다.

"누나는 결혼 준비 잘 되어가? 힘들지는 않고?"

"응. 조 비서님 아니 찬우 씨가 많이 도와줘서 괜찮아."

"여튼 돕는 데는 소질이 있는 사람이니까. 난 솔직히 조 비서 아니 예비 매형이 아버지 미국에 놔두고 혼자 먼저 들어와 버릴지 몰랐어. 누나가 좋긴 좋은 모양이야."

정윤의 얼굴에 홍조가 떠올랐다. 거참. 마흔 중반의 여자가 저렇게 부끄러움이 많아서야.

그러나 그의 독설은 정윤이라고 예외가 없었다.

"결혼하면 이제 어쩔 거야? 아버지가 일선에서 물러나셨으니 조 비서 역시 갈 곳을 잃었고. 다른 직장을 구하긴 해야 할 텐데 마흔 넘은 남자 어디서 선뜻 받아주겠어?"

"내, 내가 벌지 뭐."

"누나가 할 줄 아는 게 뭐 있어서."

입술을 깨무는 정윤은 마치 울음을 터뜨릴 것처럼 보였다.

정민은 마흔넷이라는 나이에 새로운 인생을 시작해야 하는 그의 누나들을 향해 상체를 기울였다. 그러나 정희도 정윤도 그를 바라보지 않았다. 그녀들은 각자 앞으로 살 길에 대한 상념에 잠긴 듯했다. 그는 목청을 높여 그녀들을 일깨웠다.

"그러니까 누나들, 날 좀 도와줘야겠어."

그 말이 끝나고 잠시 후 모로 돌아앉았던 정희와 고개를 숙이고 있던 정윤이 차례로 그를 바라보았다. 두 쌍의 의아한 시선 앞에 정민은 사무실까지 그녀들을 부른 용건을 털어놓았다.

"한얼 사회복지재단에 대해서는 들어본 바 있지?"

두 여인은 동시에 고개를 끄덕였다.

"이번에 허울뿐인 재단을 전면 개혁할 거야. 누나들이 이사장직을 맡아줘."

그의 부탁에 똑같이 생긴 두 얼굴에 놀라움을 넘어서 경악의 빛이 어렸다. 이번엔 정희보다 정윤이 먼저 입을 열었다.

"우리가 맡기엔 너무 중책 아닐까."

"언제까지 아버지 뒤에 숨어서 그렇게 살 수만은 없지 않겠어?"

"그건 네 말이 맞아."

정윤과 달리 야욕을 드러내는 정희였다.

"난 이 일에 누구보다 누나들이 적임자라고 생각했어. 둘 다 나름대로 아픔을 겪었으니까, 아픔이 있는 사람들을 더 잘 볼 수 있을 거야."

"정민아, 난……."

망설이는 정윤의 말을 막으며 정희가 나섰다.

"고마워. 열심히 할게."

"고맙긴. 그리고 이미 지난 일이지만…… 누나가 부탁한 대로 경영권 승계 포기하지 못해서 미안해. 그럴 수가 없었어."

"알아. 아버지가 송태훈 그 사람이 부정을 저지른 걸 안 이상 가만히 계시지 않으셨을 거야. 네 입장 충분히 이해해. 그리고 지금은 네가 그 자리에 있어서 정말 든든해. 아버지가 없는 빈자리 너무 잘 메우고 있는 것 같아."

정희와 이런 진심어린 대화를 나눠본 적이…… 지금껏 없었다. 자기 자신과 남편 태훈밖에 모르던 정희는 그를 막둥이 동생보단 행복을 위협하는 적으로 간주했다. 그래서 그 역시 그녀에게 다가서지 못했고 두 사람의 사이는 더 소원해졌다. 그 얼어붙은 관계가 정희의 이혼과 동시에 풀린 것이다.

"아니. 네가 아버지보다 낫다. 늙은 우리들 일자리까지 만들어 주다니."

정희의 농담으로 그들 세 사람은 모처럼, 정말 모처럼 함께 웃었다.

이로써 늘 마음에 걸렸던 누나들의 미래에 불을 밝히는 동시에 그가 바라는 사회복지사업 확장의 길이 열렸다. 사실 이 모든 것이 현수와 그의 어머니로 인함이었다. 그녀의 어머니가 미혼모가 아니었다면, 그녀가 봉사활동을 하지 않았다면, 어머니가 청각장애를 갖고 계시지 않았다면 관심도 없었을 일이었다.

우현수. 그녀를 생각하는 그의 눈빛이 다시 어두워졌다.

엊저녁에 한참을 망설이다 현수는 눈을 딱 감고 예지 이모인 정윤에게 메시지를 보냈다. 금요일 오전 10시경 '행복마을'에 도착할 것이라고. 그러자 마치 기다리고 있었던 듯 정윤에게서 금세 답신이 날아왔다.

〈내일 만나요. 고마워요. 내 부탁 들어줘서.〉

메시지 상의 언어도 어쩜 이리 실제와 똑같은지. 그녀는 그 조곤조곤하고 우아한 여인이 자신의 눈앞에 앉아 있는 듯한 기분이 들었다.

정윤과 만나기로 해서인지 왠지 긴장이 되어 잠을 설친 현수는 일어나자마자 며칠 전 인터넷으로 주문한 유아용 도서들을 손가방에 챙겼다. 오늘은 그 책을 곧 출산할 미혼모들에게 선물하고, 아기들의 발달 단계에 맞는 책에 대해 안내를 해준 후 돌아올 생각이었다.

묵직한 책을 낑낑거리며 들고 아파트 출구까지 나갈 때 현수는 차의 필요성을 또다시 절감했다. 택시를 잡고 '행복마을' 까지 간 현수는 그 입구에서 책이 든 가방을 다시 드는 것이 엄두가 나지 않았다. 미리부터 숨을 고르고 마음의 준비를 한 후 가방 손잡이를 붙잡으려고 하는데, 갑자기 나타난 손이 그것을 번쩍 들어올렸다. 돌아보니 덩치 큰 낯선 남자가 서 있었다. 놀라 눈이 휘둥그레진 그녀를 안심시킨 건 이내 들려온 정윤의 목소리였다.

"우리 집 기사예요. 어디다 두면 될까?"

"네. 미혼모 보호시설 쪽 입구에 둬 주심 좋겠어요."

현수는 사양하지 않았다. 도리어 낯선 남자의 존재가 너무 반가웠다. 그녀의 부탁에 기사는 성큼성큼 앞서 갔고, 정윤과 둘이 되자 어색한 침묵이 잠깐 흘렀다. 그것을 깨려 현수는 애써 웃으며 먼저 입을 열었다.

"그동안 잘 지내셨어요?"

"난 잘 지내는데, 정민이가 안 그런 것 같아요."

이렇게 빨리 정민의 이름이 거론될 줄은 몰랐다. 한정윤. 어쩌면 여린 외모와 달리 의외로 대담한 성격인지도.

"불편하게 했다면 미안해요."

"괜찮습니다."

그렇게 정민에 관한 대화를 급하게 얼버무린 현수는 미혼모 보호시설 쪽으로 정윤을 안내했다. 그녀를 따르며 꼼꼼하게 시설의 앞뜰과 건물들을 훑어보던 정윤이 갑자기 물었다.

"미혼모들 나이는 보통 어떻게 되나요?"

"정해진 건 없어요. 10대부터 30대도 있고. 모자보호시설에서 아이와 함께 사는 미혼모들은 나이가 좀 있는 편이죠."

"그렇군요."

옛일을 떠올리는 듯 정윤의 눈빛이 왠지 슬퍼 보였다. 순간 정윤의 모습 위로 돌아가신 어머니의 모습이 겹쳐 떠올랐다. 생김은 전혀 닮지 않았지만 같은 아픔을 갖고 있기 때문일까. 두 사람의 그 눈빛은 묘하게 닮아 있었다.

"그녀들에게 가장 필요한 게 뭘까요?"

"아무래도 경제적인 자립이겠죠. 미혼모들 대부분은 출산 때문에 학교를 중퇴해서 변변한 직장을 구하지 못하는 실정이에요. 그러다 보니 아기 양육을 포기하는 이들도 많죠."

"그런 아기들은……."

"당연히 입양되거나 고아원으로 보내져요. 어쩔 수 없는 현실이죠."

안타까운 듯 '아' 라는 라는 한탄을 토해낸 정윤은 그녀와 함께 미혼모보호시설로 들어갔다. 현수는 은주에게 정윤을 소개한 후 가져온 유아용 도서들을 가지고 1시간 30분여 동안 임산부들 앞에서 강의 아닌 강의를 했다. 강의라기보다는 담화에 가까운 시간이었다. 그동안 조금 떨어진 곳에서 정윤은 그들을 지켜보고 있었다. 꼼짝도 하지 않은 채.

"우리 센터 안에도 책을 빌려주는 도서관 같은 게 있었으면 좋겠어요. 작은 도서관이라도 좋으니까. 솔직히 책 사볼 돈도 마땅

찮고, 빌리러 나가기도 힘들어요."

그녀가 선물한 책이 너무 마음에 드는 듯 꼭 껴안고 있던 한 여자가 의견을 이야기하자 너도나도 '그럼 좋겠다'고 거들었다. 현수 역시 오늘에서야 그런 깨달음이 들었다. 진짜 작은 도서관이 있으면 좋겠다는.

그때 갑자기 가만히 듣고만 있던 정윤이 앞으로 걸어 나와 그녀를 막아섰다. 모두의 시선이 정윤에게로 쏠렸다. 그럼에도 전혀 당황한 기색 없이 우아하게 인사를 한 정윤은 그녀의 입이 쩍 벌어질 만한 이야기를 쏟아냈다.

"안녕하세요? 저는 새로이 한얼그룹 사회복지재단 이사장을 맡게 된 한정윤이라고 합니다. 이번에 저희 재단에서는 회장님의 뜻을 받들어 새 사업으로 미혼모 가정 지원을 추진하고 있습니다. 그래서 겸사겸사 오늘 '행복마을'을 방문하게 되었어요. 시설을 둘러보면서 어떤 것이 여러분에게 가장 필요할까 고민하고 있었는데, 방금 좋은 의견 감사해요. 재단 사무실로 돌아가면 작은 도서관 건립에 관해 논의를 해보도록 하겠습니다."

듣고 있던 임산부들 사이에서 들뜬 수군거림이 일었다. 그러나 현수는 마냥 기뻐할 수 없었다. '회장님의 뜻을 받들어'라는 부분이 자꾸 귓가를 맴돌았다.

그가 왜. 혹시 나 때문에? 그럼 정윤의 이번 방문도 순수한 봉사가 목적이 아니라 정민의 명령으로 이루어진 일?

말을 마친 정윤이 혼란스러운 표정을 짓고 있는 그녀를 돌아보았다.

"잠깐 얘기 좀 할까요?"

현수는 정윤과 함께 앞뜰로 나왔다. 2월엔 삭막하기만 했던 그곳이 이제 깨어나고 있었다. 개나리와 진달래, 벚꽃 등의 봄꽃들이 한창 눈을 틔워내는 중이었다. 며칠 뒤면 완연한 봄동산이 될 앞뜰을 상상하자 현수의 입가에 절로 미소가 어렸다.

"앉아요."

정윤이 벤치를 가리키며 자리를 권했다. 지난번 안나와 함께 앉았던 그 벤치였다. 정윤이 먼저 앉고 현수가 그 뒤를 따랐다.

"오해하지 말아요. 애초 여기 봉사활동을 오기로 했던 건 내 의지였어요. 재단 이사장 제안은 그 이후 받았고. 오늘 내가 이곳에 온 건 정민이도 몰라요."

"네."

다행스럽다고 해야 하나 실망스럽다고 해야 하나. 반반의 뜻을 품은 한숨이 대답과 함께 현수에게서 흘러나왔다.

"그런데 확실한 건…… 미혼모 가정에 대해 정민이가 관심을 갖고 재단 사업 중 하나로 자리매김하려 드는 게, 현수 씨 때문이라는 거예요."

그녀를 바라보는 정윤의 눈빛이 간절했다. 그것은 정민과 너무도 닮아 있어 그녀의 가슴을 떨리게 만들었다.

"내 동생…… 현수 씨 많이 좋아해요. 아버지만 아니었다면, 회장직을 맡아줄 믿을만한 또 다른 사람이 있었다면, 한얼그룹 버리고 현수 씨한테 갔을 거란 생각이 들 만큼."

"한얼을 버리지 못할 거라는 거 알고 있어요. 버리라고도 안

해요. 그걸 바란다면 제가 너무 큰 욕심을 부리는 거죠."

"그럼 지금 있는 그대로 정민일 받아주면 안 되나요? 도대체 뭐가 두려운 거죠? 한얼그룹 안주인 자리가 부담스러워요? 두 사람의 사랑으로 극복할 수 없는 현실적인 문제들이 일어날까 봐, 그래서 버림받을까 봐 무서운 건가요?"

정윤은 그녀의 속을 어느 정도 꿰뚫어보고 있었다. 그러니 오히려 털어놓기가 편했다.

"둘 다요."

그녀의 떨리는 대답에 정윤의 얼굴 가득 안쓰러움이 떠올랐다. 언젠가 도서관 앞 공원에서 그랬듯 정윤은 그녀의 손을 꼭 잡아 주었다.

"이해해요. 그런데 현수 씨, 우리 정민이 좋아하지 않아요? 사랑하지 않냐구요."

사랑한다고, 너무 사랑해서 그를 놓아주고 예전처럼 살아갈 수 있을지 자신이 없다고…… 소리치고 싶었다. 하지만 그녀의 차가운 이성이 목구멍에서 그 말들을 붙잡고 내보내주지 않았다.

"나도 한때 그렇게 두려워했었어요. 아버지가 무섭고, 그 사람이랑 결혼해서 행복하게 살 수 있을까 선뜻 용기를 내지 못했죠. 그러다 예지를 임신한 사실을 알게 됐는데…… 그 사람에게 얘기하지 못했어요. 내가 용기를 내어 달려갔을 땐, 이미 그 사람은 이 세상 사람이 아니었으니까. 교통사고였어요. 나 몰래 아버지를 만나고 돌아가는 길 그렇게 된 거예요. 그래서 더 예지를 낳아야겠다고 고집을 부렸는지 몰라요. 그 사람에게 너무 미안하고, 아버지가 너무 미워서."

강산이 변할 만큼 세월이 흘러서일까. 듣는 사람도 가슴이 저 릿저릿해질 만큼 아픈 이야기를 하는 정윤의 목소리는 덤덤했다. 뭐라고 위로를 해야 좋을지 몰라 고개를 들고 정윤을 바라본 현 수는 그제야 상대의 얼굴을 타고 내리는 눈물을 발견했다. 소리 없는 울음. 그것이 얼마나 진한 슬픔을 내포하고 있는 것인지 잘 알기에 보는 현수의 눈시울도 뜨거워졌다.

"미안해요. 내가 괜히 옛날 생각이 나서, 주책을 떨었네."

회상에서 벗어난 정윤은 희미하게 웃으며 눈물을 손가락으로 우아하게 찍어냈다. 아니라는 뜻을 담아 고개를 내젓는 그녀에게 정윤은 마지막으로 진심어린 충고를 건넸다.

"그러니까 내가 해주고 싶은 말은…… 용기를 내라는 거예요. 너무 늦어버리면, 영영 놓칠 수도 있어요. 나처럼."

과연 내가 용기를 낼 수 있을까 자문하던 현수는 가슴에서 울 리는 목소리를 들었다.

그럼 앞으로 영원히 그를 보지 못한다면, 매스컴을 통해 그의 결혼소식이 들려온다면…… 그건 견딜 수 있어?

대답할 수 없었다. 혼란에 따진 그녀를 정윤은 그저 곁에서 말 없이 지켜볼 뿐이었다.

퇴근길, 저도 모르게 차를 성북동 방향으로 몰아가는 자신을 발견했다. 돌리려고 했지만 생각뿐이었다. 이미 그의 렉서스는 성북동으로 들어와 다솜도서관을 지나고 그녀의 목련아파트 앞 에서 멈추었다. A동 201호의 불 켜진 창문을 바라보며 정민은 한참을 그 자리에 서 있었다.

저녁은 먹었을 거고, 지금은 뭘 하고 있을까? 책상에 앉아 뭘 끄적거리고 있을까. 침대에 앉아서 책을 읽고 있을까. 아니면 욕실에서 한창 샤워를…….

수시로 깨어나는 늑대 본능이 못된 상상까지 해보던 와중, 운전석 쪽 창을 똑똑 두드리는 소리에 번쩍 정신이 들었다. 경비 복장을 한 노인이 검게 선팅된 유리에 붙어 안을 들여다보고 있었다. 그는 버튼을 눌러 차창을 내렸다. 그러자 드러난 차 내부를 신기하다는 듯 훑으며 경비원이 물었다.

"무슨 볼일로 왔어요?"

"아, 저 A동 201호에 누굴 좀 만나러 왔습니다."

그의 대답에 상대의 고개가 갸웃거려졌다.

"그럼, 도서관 다니는 그 아가씬데?"

"아, 아시네요?"

괜히 현수를 안다고 하니 반가웠다. 그러나 그의 물음을 들은 것인지 못 들은 것인지, 노인은 여전히 의아한 기색으로 혼잣말을 하는 것이었다.

"이상하네. 그럼 그때 이 차에 딱지 붙이자고 왜 그렇게 쌍심지를 켜고 덤벼들었지?"

'딱지'라는 말에 귀가 번쩍 트였다.

"제 차를 본 적 있으세요?"

"그럼~ 지난달이었던 것 같은데. 내가 이래봬도 경비원 경력만 20년째라 우리 아파트 차 아닌 차를 보면 금방 알거든요. 특히 이렇게 눈에 띄는 차는 더욱더. 그날 아침에 딱지를 붙이려고 고민하고 있었던 기억이 나는군요."

"그럼 딱지를 누가 붙였단 말입니까?"

"누구긴 누구예요. 201호 아가씨지. 그러니까 이상하다는 거예요. 자기 집에 온 손님 차에다…… 왜 그랬을까요? 혹시 총각 뭐 그 아가씨한테 잘못한 거 있어요?"

경비원의 설명에 상황이 눈에 보듯 그려졌다. 그땐 그의 차라는 것을 몰랐을 테니, 그럴 수도 있었겠다 싶었다. 웃음이 나면서도 괜히 쓸쓸한 생각이 들었다. 이 모든 것이 그의 거짓말이 만들어낸 결과였다.

"잘못한 게…… 꽤 많죠."

"그럼 들어가서 얼른 사과해야지 이러고 있음 어떻게 해. 내 경험상 사랑싸움은 오래 끌면 안 돼요."

"그러고 싶은데…… 이젠 초인종을 누를 용기가 안 생기네요."

"어이구. 용기가 안 난다니. 한창때인 사나이 대장부가 할 소리는 아니네. 남자는 뭐니뭐니해도 박력이 있어야지!"

경비 노인의 말이 그를 도발했다. 노인에게 짧게 목례를 하고 차창을 올린 정민은 차를 급하게 주차장 안쪽에 댔다. 재킷을 여미고 차에서 내린 그는 그녀의 집으로 가는 계단을 뛰듯이 올랐다. 그는 초인종을 누르는 대신 쇠로 된 현관문을 주먹으로 세게 두드렸다.

쾅쾅쾅.

"누구…… 세요?"

곧 문 바로 뒤에서 그녀의 목소리가 들려왔다. 그는 혹시나 문고리를 돌렸지만 역시 문은 잠겨 있었다. 이렇게 가까이 그녀가 있는데, 볼 수도 만질 수도 없다니. 가슴이 싸해졌다.

"나야."

문에 붙어 선 그가 속삭였다. 잠깐 침묵이던 문 저편에서 예상대로의 차가운 음성이 대꾸했다.

"가세요."

"얘기 좀 해."

"난 할 얘기 없어요."

"우현수!"

그가 불렀음에도 그녀의 대답이 없었다. 더 이상 그녀가 느껴지지 않았다. 초인종을 수없이 눌렀지만 그녀는 인터폰을 받지 않았다. 그는 또다시 현관문을 주먹으로 두드렸다. 손이 아파올 때까지.

쾅쾅쾅. 쾅쾅쾅. 쾅쾅쾅. 쾅쾅쾅……

그러나 문이 열린 건 그녀의 집이 아닌 옆집이었다. 러닝 차림의 이웃집 남자가 짜증스러운 표정으로 나와 그를 노려보았다.

"시끄러워 죽겠네! 이 밤에 도대체 뭐하는 짓이요?"

"죄송합니다."

"한 번만 더 두드려 봐요. 경찰에 신고할 테니까."

엄포를 놓은 옆집 남자는 문을 쾅 닫고 들어갔다. 다시 혼자가 된 정민은 굳게 닫힌 현수의 집 문을 바라보며 물끄러미 서 있었다. 그것은 도저히 열릴 것 같지 않았다. 생각보다 훨씬 더 굳건

했다. 그는 올라갈 때와 반대로 터덜터덜 기운 없이 계단을 내려
왔다. 차에 오르기 전 잠깐 201호의 창문에 시선을 두었던 정민
은 능숙한 솜씨로 후진을 하여 목련아파트를 벗어났다.

큰길로 나온 그는 가까이 성북동 본가에 들르려다 그냥 곧장
자신의 펜트하우스로 가기로 했다. 와인이나 마시고 잠을 청해봐
야겠다고 생각하던 정민은 무심결에 인도 쪽으로 고개를 돌렸다
가 허름한 포장마차를 발견했다. 찬택과 술잔을 기울이던 그날
밤이 떠올랐다.

끼이익.

정민은 충동적으로 길가에 차를 세웠다. 자신이 입고 있는 최
고급 정장이 그곳에 어울리지 않는다는 것을 의식하지 못한 채
손때 묻은 남색 천막을 걷고 안으로 들어갔다.

"어서 오세요~."

뭔가를 썰며 반갑게 인사를 하던 주인아주머니가 고개를 들어
그를 바라보는 순간 휘둥그레 눈을 뜨는 것을 정민은 모른 척했
다. 난로 옆을 차지한 그는 예전 찬택이 하던 것을 흉내 내어 주
문을 했다.

"소주 한 병이랑 오뎅국물 그리고 닭발도 주세요."

"네? 네."

닭발을 담으면서도 그를 흘끔거리는 눈길이 느껴졌다. 그러나
정민은 개의치 않았다. 비록 겨우 두 번째이지만 그는 이곳이 제
법 마음에 들었다. 마치 고향에 온 것처럼 편안하고 따뜻한 느낌

이랄까. 야외 천막에서 등받이도 없는 플라스틱 의자에 앉아 이런 기분을 느낄 수 있다니 놀라울 따름이었다.

내가 이런 삶에 너무 길들여졌나.

쿡쿡하고 웃던 정민은 테이블에 소주병이 놓여지는 소리에 천천히 고개를 들었다. 눈앞에 보이는 바지가, 병을 잡은 투박한 손이 아무래도 주인아주머니는 아닌 듯했기에. 상대의 얼굴을 확인한 순간 정민은 저 아래에서부터 솟아오르는 반가움에 놀랐다. 철천지원수처럼 여겼었는데, 정말 그곳에서 벗어나고 싶다고 생각했는데…….

닭발과 오뎅국물까지 차례로 내려놓은 찬택은 그의 맞은편에 의자를 당겨 앉았다.

"회장님께서 이 누추한 곳에는 어쩐 일이십니까?"

비꼬는 말이 아니었다. 묻는 찬택의 표정에는 걱정스러움과 궁금함만이 가득했다.

"그냥 지나던 길에 소주 생각이 나서요. 그리고 말 편하게 하세요. 예전처럼."

"그건 안 될 말이지요. 그땐 제가 데리고 있는 택배기사였지만, 지금은 한얼그룹 회장님 아니십니까."

그토록 악랄하게 굴던 찬택이 깍듯이 그에게 먼저 술을 따라주는 것도, 극존칭을 하는 것도 왠지 어색했다. 이상했다. 아버지로부터 벗어나 한얼그룹과 그의 인생을 모두 지배하는 이날이 오길 얼마나 꿈꿨었는데, 왜 지금 행복하지 않은지. 말도 안되게 찬택 밑에서 택배 배달을 할 때가 그리워지는 이유는 무엇인지. 그 이유는 오직 하나였다. 그 자신은 대답을 이미 알고 있었다.

"혹시 우리 지점으로 찾아왔던 그 아가씨, 만나셨어요?"

마치 그의 생각을 읽은 듯 찬택이 현수에 대해 물었다. 정민은 대답 없이 자신의 옛 상사의 잔에 술을 따랐다. 그들은 동시에 소주를 입 안으로 털어 넣었다. 빈속에 술이 들어가니 금세 온몸으로 알코올이 퍼지는 듯했다.

"한 기사 일 그만뒀다고 했더니 어찌나 실망스러워하던지 아직도 그 표정이 안 잊혀집니다."

"……"

"회장님, 여자 눈에 눈물 나게 하지 마십시오. 나중에 회장님 가슴에서는 피눈물 납니다."

찬택은 웃으며 농담처럼 얘기했지만 정민은 굳은 얼굴로 물었다.

"2번이나 눈물 나게 했으면 어쩝니까."

늘 여유만만이던 찬택의 눈빛이 살짝 흔들렸다. 찬택이 할 말을 잃은 모습을 보는 건 거의 처음인 것 같았다. 딱히 대답을 원한 물음은 아니었는데 괜히 찬택에게 미안해졌다. 정민은 다시 술을 따라주며 분위기를 바꾸었다.

"뭐, 각오는 하고 있지만요."

그리고 자신의 잔까지 스스로 채운 그는 그것을 높이 들었다.

"축하드립니다. 노총각 동생 치우시게 된 거."

"감사합니다."

잔이 맑은 소리를 내며 부딪쳤다. 두 번째 잔이 식도를 타고 흘러내리는 동안 찬택이 조용히 말을 꺼냈다.

"다음에 만나면 이젠 사돈이라고 부르도록 하겠습니다."

사돈. 그의 누나와 찬택의 동생이 결혼을 하니, 그게 맞겠다.

고개를 끄덕이고 있는데 찬택이 덧붙인 한 마디가 그의 가슴을 콱 짓누르는 듯했다.

"그리고 그땐 좀 더 행복해 보이셨으면 합니다."

정민은 시선을 들어 찬택의 아무런 감정이 드러나 있지 않는 눈동자를 응시했다. 누가 형제 아니랄까 봐 조 비서와 그런 모습이 똑같아 보였다.

"그럴게요."

겨우 한 마디를 쥐어짜낸 정민은 찬택에게 닭발을 권했다. 찬택은 사양하지 않고 그것을 뜯었다. 정민은 그 모습을 바라보다 또 혼자 잔을 채웠다. 소주가 만들어낸 수면 위로 끈질기게 떠오르는 한 여자의 얼굴을 지워내기 위해 정민은 급하게 술잔을 비웠다. 채우고 비우고. 채우고 비우고. 몇 번을 반복한 그는 결국 인사불성이 되었다.

그 후 찬택의 연락을 받고 달려온 조 비서에게 부축을 받아 차에 태워진 그는 성북동 본가로 옮겨졌으나 그것을 알아챌 리 만무했다.

10. 곁에 있고 싶어

출근길 경비실에 앉아 있던 할아버지가 그녀를 보더니 달려나와 평소보다 더 반갑게 인사를 했다. 오늘따라 왜 이러실까 싶으면서도 현수 역시 웃으며 인사를 돌렸다. 그리고 가던 길을 재촉하려 했으나 쉽지 않았다. 1분만 꾸물거려도 지각인 바쁜 아침, 그녀의 급한 마음을 알 리 없는 경비 할아버지가 밑도 끝도 없는 말을 건넨 것이다.

"이제 웬만하면 애인 그만 용서해줘~."

"네?"

"어제도 아파트 앞에 와서 아가씨 집 창문만 쳐다보다가 집으로 올라가는 것 같던데. 문 안 열어줬지? 기운 없이 어깨 축 늘어뜨리고 돌아가는 모양이 참 안 됐더라고. 으이구. 그런데 아무리 미워도 그렇지 어떻게 애인 차에다가 본드 칠한 주차위반딱지를 붙이나?"

어제 정민이 찾아온 것을 보신 모양이다. 그런데 주차위반딱지라니? 도대체 무슨 말씀을 하는 것인지 알 수가 없었다. 설마 지난번에 할아버지를 도와 하나 붙인 그걸 말하는 것인가? 그럼 그 차가 설마?

그때 머릿속을 번뜩 스치는 하나의 장면이 있었다. 잠실체육관 주차장에서 그녀와 석희 옆에 멈춰선 검은 차. 거기서 내려선 정민. 그러고 보니 B동 앞에 세워져 있던 그 외제차와 정민이 타고 있던 차의 색깔과 모양이 거의 흡사했다. 그제야 현수는 그 두 개의 차가 동일한 것임을 깨달았다.

미쳐! 도대체 내가 무슨 짓을 한 거야. 그 사람 차에다가 그렇게 단단하게 딱지를 붙인 거야?

자신의 손을 내리찍고 싶은 기분이었다. 절망감에 사로잡혀 있는 그녀에게 할아버지는 계속해서 훈계를 늘어놓았다.

"옛날 여자들은 남편이 계집질하고 애까지 낳아 와도 군말 없이 키웠어. 무슨 일인지 모르지만 그만 받아줘. 애인이 아주 인물이 훤하고 귀티가 줄줄 나더구만."

그러나 그 말이 그녀의 귀에 제대로 들릴 리가 없었다. 현수는 '감사합니다' 라는 한 마디로 대화를 끝내고 도서관을 향해 터벅터벅 걷기 시작했다.

어젯밤 집 앞에 온 그를 그녀는 매몰차게 돌려보냈다.

그것이 내내 마음에 걸렸다. 그렇게 초인종을 누르고 문을 두드려댔는데, 너무 했나 싶기도 했다. 하지만 또 한편으로는 잘했다고, 닿지 못할 인연은 잘라 내는 것이 낫다고 그녀는 스스로를 격려했다.

그런데 왜 왔을까? 도대체 더 무슨 얘길 하고 싶어서?

어제 '행복마을'을 나오면서 마지막으로 정윤이 했던 말이 다시 떠올랐다.

〈정민이, 작년에 아버지 앞에서 독신 선언을 했어요. 하도 결혼을 독촉하시니까 화가 나서 그랬겠지만 그만큼 그 아이, 어떤 여자도 그다지 마음에 들어 했던 적이 없어요. 서른넷 건강한 남자니까 그냥 잠깐 만나다가 헤어지는 정도는 꽤 있었지만 오래 사귄 여자도, 결혼을 하겠다고 데려온 여자도 없었어요. 그런데 그런 정민이가 만약 현수 씨에게 청혼을 한다면…… 그 아이 진심을 믿어줄 수 있나요? 받아줄 수 있어요?〉

어젯밤 그가 온 것과 정윤의 말이 무슨 관계가 있다고. 너 도대체 뭘 기대하는 거야?

현수는 그렇게 자신을 꾸짖었다. 그가 독신 선언을 했든, 차후 누구에게 청혼을 하든 그것은 이제 그녀가 상관할 바가 아니었다.

그저 지나가는 길에 잠깐 들렀던 걸 거야. 아무 의미를 두지 말자.

생각을 그렇게 정리한 현수는 오전 내내 바쁘게 몸을 움직여 잡념이 생기지 못하게 했다. 신간 도서를 정리하여 전산화하고 라벨을 붙이고…… 은영과 대화를 나눌 겨를도 없이 업무를 보고 있는데 바로 옆에서 '언니!'라고 부르는 소리가 들렸다.

특유의 낭랑한 목소리로 그렇게 자신을 부르는 사람이 누군지 충분히 짐작이 되어 그쪽을 돌아보고 싶지 않았다. 그 아이를 보면 그토록 애써 생각하지 않으려 했던 그가 떠오를 것이 분명했기에. 하지만 불굴의 송예지는 포기하지 않을 것이다. 현수는 마지못해 아이를 바라보았다. 예지는 그녀에게 잠깐 나오라는 손짓을 해보이더니 먼저 자료실을 나가 버렸다.

"쪼그만 게."

"가봐. 괜히 시끄럽게 만들지 말고."

중얼거리는 그녀에게 은영이 무섭다는 듯한 표정으로 말했다. 하는 수 없이 현수는 카디건을 챙겨 입고 밖으로 나갔다. 예지의 흔적을 찾아 두리번거리던 그녀는 입구 밖에서 손을 흔들고 있는 아이를 발견하고 문을 열었다.

"예지야. 언니 지금 좀 바쁜데."

"알아요. 그런데 할 말이 있어서요."

그러고 보니 오늘따라 잘 웃지도 않고 작은 얼굴이 꽤나 심각했다. 그제야 무슨 일이 있는 건가 싶어서 걱정이 되었다.

"왜 그래? 학교 친구들이 괴롭혀? 아님 이성 문제?"

"언니 눈엔 내가 애들한테 괴롭힘이나 당할 찌질이로 보여요? 나 송예지예요. 송예지. 그리고 나 우리 삼촌 정도 안 생기면, 남자 취급도 안 해주거든요? 근데 엄마 말이 그런 남자 잘 없다고 하니까, 좀 기다려 봐야 할 것 같아요. 남친은."

"그, 그래."

참 이럴 땐 뭐라고 대꾸를 해야 하는 건지 난감하다. 그러나 그녀가 뭐라 말할 새도 없이 고맙게도 예지가 자기 이야기를 주저리주저리 풀어놓았다.

"조 비서 아저씨라고 있거든요? 우리 할아버지 비서. 그런데 이번에 우리 이모랑 결혼해요. 잘 됐죠? 그리고 엄마랑 아빠 이혼했어요. 아빠한테 숨겨놓은 여자랑 아들이 있었나 봐요. 뭐 상관은 없지만."

양아버지와 정이 별로 없었던 것인지 아이의 얼굴에선 서운하다는 기색을 찾아볼 수 없었다. 그러나 친모인 정윤의 입장에서는 친권을 포기하면서까지 예지에게 만들어준 완벽한 가정이 깨졌으니, 속이 상하겠다는 생각이 들었다. 이렇게 된 마당에 이젠 정윤이 예지의 친엄마로서 자리를 찾았으면 좋겠다 싶기도 했고. 그러나 그것은 어쨌든 예지 가족이 선택할 문제였다. 이런저런 걸 떠나서 현수는 정윤이 늦게나마 새로운 짝을 찾았다는 것만 기뻐하기로 했다.

"이모님께 축하한다고 전해 줘. 또 만날 기회가 있을지 몰라서."

"결혼식 와서 직접 말하면 되잖아요. 다음 주 토요일이에요."

눈 한번 깜빡거리지 않고 얘기하는 예지는 이럴 때 보면 참 이기적이다. 대답 없이 한숨을 내쉬는 그녀에게 예지의 원망 섞인 목소리가 이어졌다.

"우리 삼촌, 어제 술이 떡이 돼서 조 비서 아저씨한테 업혀 들어왔어요. 그렇게 술 많이 마신 거 처음 봤어요. 이게 다 누구 때문이라고 생각해요?"

현수는 입술을 깨물었다. 어제 집 앞에 왔다 그냥 돌아간 후

술을 마신 걸까. 그렇게 몸이 못 이기도록 마시다니. 한정민답지 않다. 속이 상했다. 눈물이 날 만큼.

"조 비서 아저씨가 그러는데, 삼촌 지난주에도 친구랑 술 마시고 뻗었대요. 이러다 사람 버리겠다고 우리 집에서 다들 난리예요. 어쩔 거예요. 이제?"

지난주라면. 설마, 잠실체육관 앞에서 석희의 차를 타고 와 버린 그날인가?

눈앞이 하얘졌다. 자신이 도대체 그에게 무슨 짓을 한 것인가 싶었다. 양심이 극렬한 통증을 호소했다.

"그래서 지금은 어때? 그 사람?"

걱정이 완연히 드러나는 목소리로 물었으나, 그것은 무시하고 끝까지 자기 말만 하는 예지였다.

"우리 삼촌 회장님인 거 알죠? 삼촌이 쓰러지면 한얼그룹이 쓰러지는 거고, 그럼 직원들 생계가 위협을 받는다고 엄마가 그랬어요. 만약 진짜 그렇게 되면 그거 다 언니 책임이에요."

"송예지! 지금 묻잖아! 그 사람 어떠냐고!"

그녀가 갑작스레 내지른 고함에 예지뿐 아니라 도서관을 오가는 사람들 모두 화들짝 놀랐다. 반경 50미터 이내의 모든 사람들이 자신을 바라보았으나 현수는 신경 쓸 여력이 없었다. 그녀의 눈은 오로지 예지의 벌어진 입술만 향하고 있었다.

"몰라요. 아침에 늦잠자고 일어나보니까 가고 없었어요. 이모 말론 회사 간다고 했다던데."

"토요일인데?"

"회장님이라서 바쁜가 보죠 뭐."

괜찮으니까 일어나 갔겠지 싶어 조금은 안심이 되었으나, 마음이 아픈 건 어쩔 수 없었다.

"언니 진짜 이상한 거 알아요? 삼촌을 좋아하면서, 왜 자꾸 괴롭혀요? 드라마 보면 여자 주인공들은 부잣집 남자랑 사랑에 빠져서 아무렇지도 않게 결혼하던데. 언닌 왜 우리 삼촌이 부자라서, 회장님이라서 싫은 건데요? 진짜 이해 불가예요."

"겁쟁이라서 그래. 미안하다, 너한테도. 네 삼촌한테도."

현수는 그 말을 끝으로 도망치듯 자리를 벗어났다. 눈물이 왈칵 쏟아졌다. 흐르는 눈물로 인해 곧장 자료실로 들어가지 못한 현수는 화장실을 찾았다. 한참 동안 제일 구석 칸 변기에 앉아 감정을 추스른 그녀는 엉망이 된 얼굴을 물과 종이타월로 정리한 후 밖으로 나왔다. 그와 동시에 화장실 바로 앞 벽에 기대어 서 있던 석희가 몸을 바로 세우는 것이 보였다. 고개를 숙여 그의 시선을 황급히 피했지만, 이미 날카로운 눈매가 그녀의 부은 눈과 빨간 코, 화장이 거의 지워진 뺨 등을 훑고 지나간 후였다. 어김없이 그가 물었다.

"울었어요? 왜?"

"그냥 못 본 척 해주세요."

그를 그냥 지나치려 했다. 하지만 석희의 다음 말들이 그녀의 발목을 붙들었다.

"우현수 씨. 나는 당신이 자꾸 신경이 쓰입니다. 그럼 내가 신경 안 쓰이게 아무 데서나 울고 그러지 말아요."

"죄송합니다."

"내가 지금 당신 상관으로서 이런 말 하는 걸로 들려요? 죄송합니다라는 대답은 거북합니다."

지금 그녀의 머릿속은 정민으로 가득 차서 아무런 생각도 할 수 없는데 석희까지 이러니 어찌해야 좋을지 몰라 현수는 그저 그를 멍하니 바라보기만 했다. 결국 화가 난 듯 석희는 2층으로 가는 계단을 올라가버렸다. 현수는 가까운 벽에 털썩 몸을 기댔다.

〈우리 삼촌, 어제 술이 떡이 돼서 조 비서 아저씨한테 업혀 들어왔어요. 언니 진짜 이상한 거 알아요? 삼촌을 좋아하면서, 왜 자꾸 괴롭혀요?〉

예지의 말이 귓전을 웅웅 맴돌았다. 현수는 도서관 유리벽을 통해 하늘을 올려다보았다.

엄마, 엄마가 부탁한 대로 비슷한 사람 만나서 그냥 평범하고 살고 싶어. 그런데 내가 사랑하는 사람은 나와 너무 다른 세계에 속한 사람이야. 어떻게 하지? 그 사람을 떠나서 내가 과연 행복할 수 있을까? 그 사람 옆에서 나는 또 행복할 수 있을까? 어떤 것이 옳은 선택인지 모르겠어.

그녀의 간절한 부름에도 하늘은 대답이 없었다. 여전히 맑고 고요할 뿐이었다. 현수는 원망스러운 눈길로 그것을 바라보다 자료실로 돌아섰다. 흔들리며 한 걸음 한 걸음 내딛는 동안 그녀 안에서 어떤 확신이 자라났다.

엄마, 그런데 하나 확실한 건…… 그 사람이 아픈 건 내가 견딜 수 없다는 거야. 나 때문에 그 사람이 많이 아프대. 더 이상 아프게 하고 싶지 않아. 정말.

그 사실을 깨닫는 순간 현수의 마음이 갑자기 다급해졌다. 자료실 안으로 들어간 그녀는 주섬주섬 소지품과 가방을 챙겼다. 은영과 민호가 도대체 무슨 일이냐고 물었지만 그녀의 귀엔 들리지 않았다. 현수는 그렇게 퇴근 시간을 6시간이나 남겨놓고 도서관을 뛰쳐나왔다. 그런 그녀의 뒷모습을 2층 복도에서 석희가 안타까이 바라보고 있었다.

오래된 단순한 링 반지가 보석디자이너의 손에서 화려한 다이아몬드 반지로 다시 태어났다. 8년 전 그들이 만난 지 50일째 되는 날 주려고 샀던 반지였다. 전해 주지 못한 채 꽤 긴 세월 동안 그의 책상 서랍 구석에 박혀 있던 그것을 정민은 일주일 전 기억해냈다. 정확히 말해 준하의 프러포즈 링을 본 그 다음 날이었다. 즉시 그는 국내 최고라는 이 숍을 찾았고 지금 그 결과에 꽤나 만족하는 중이었다.

정민은 하트 모양의 작은 발에 감싸인 커다란 다이아몬드를 감탄 어린 눈길로 바라보았다.

"회장님, 마음에 드시나요?"

국내를 넘어 세계에서도 다섯 손가락 안에 든다는 보석디자이너가 조마조마한 표정으로 그의 대답을 기다리고 있었다. 정민은 반지를 붉은색 벨벳 상자 위에 조심스레 내려놓으며 상대를 향해 미소를 지었다.

"솜씨가 들던 대로군요."

"약혼하신단 소문은 못 들었는데. 프러포즈하실 건가 봐요?"

그의 미소에 얼굴을 붉히던 디자이너는 호기심을 숨기지 않았다. 그는 말없이 골드카드를 꺼내 건넸다. 확실한 노코멘트 표시. 디자이너는 더 이상 아무 말 없이 리더기에 카드를 읽혔다. 그런데 품속에서 아무런 진동이 느껴지지 않았다.

카드 승인 메시지가 도착했을 텐데. 혹시……

재킷과 바지 뒷주머니를 만져 봐도 휴대폰의 감촉이 느껴지지 않았다. 그러고 보니 아침에 정신없이 성북동을 나오느라 휴대폰을 챙겨온 기억이 전혀 없었다. 젠장. 체면이 구겨지는 것을 무릅쓰고 그는 디자이너에게 가까이 오라 손짓을 한 후 낮게 속삭였다.

"잠깐 전화 좀 쓸 수 있을까요?"

"네? 네. 회장님."

아마 이런 고급 숍을 방문한 사람들 중 이런 부탁을 한 이는 그가 처음인 듯싶었다. 어지간히 당황한 듯 디자이너는 허둥지둥 숍에 비치된 무선전화기를 가져와 그에게 내밀었다. 정민은 애써 여유로움을 잃지 않으며 전화를 들고 숍 구석으로 가 성북동 집 번호를 눌렀다. 마침 예지가 전화를 받았다.

"너 내 방 올라가서 휴대폰 있나 찾아봐."

"있어. 지금 내가 들고 있는데?"

"패턴 열면 죽는다."

"열었어. 벌써. 완전 단순하게 'ㄱ'이 뭐냐."

고객과 디자이너가 속삭이는 어조로 이야기를 주고받는, 조용하다 못해 적막하기까지 한 숍에서 목소리를 높일 순 없는 노릇이었다. 극도의 인내심을 발휘하느라 전화기를 잡은 그의 손이 부들부들 떨렸다. 그는 어금니를 꾹 깨문 채 한 자 한 자 또박또박 이야기했다.

"이것저것 뒤져보지 말고 딱 놔둬. 바로 갈 테니까."

"알았어, 삼촌."

고분고분하게 대답을 하는 것이 왠지 불길하다. 정민은 끊어진 전화를 디자이너에게 건네고, 반지 케이스를 챙겨 급행으로 숍을 나왔다.

택시에서 내린 현수는 곧장 한얼그룹 본사 건물 안으로 뛰어 들어갔다. 하지만 외부인은 허가를 받지 않는 한 안으로 들어갈 수 없도록 철저히 차단되어 있었다. 어떻게 해야 하나 두리번거리던 현수의 눈에 안내데스크라는 글자가 들어 왔다. 그녀는 유니폼을 입은 날씬하고 예쁜 여직원에게 다가가 간절히 애원했다.

"저 혹시 회장님을 좀 뵐 수 있을까요?"

"약속이 되어 있으신가요?"

"그건 아닌데. 꼭 좀 만나야 해서."

"죄송하지만 그럼 곤란합니다."

미소를 띠면서 딱 잘라 거절을 하는 여직원이 괜히 얄밉게 느껴졌다. 어쩔 수 없이 현수는 가방에서 휴대폰을 꺼내 들었다. 거의 3주 만에 그의 번호를 누르는 거라 선뜻 손이 움직여지지 않았다. 그동안 그를 외면하고 밀어냈던 것이 생각나서. 그러나 계속 이렇게 입구를 배회할 순 없었다. 눈을 질끈 감고 통화를 눌렀다. 그러나 떨렸던 마음은 한 번, 두 번 신호가 가도 그의 음성이 들리지 않자 두려움으로 변해갔다.

내 전화는 이제 받기 싫은 건가. 아님 무슨 일이 있는 건가.

혹시나 다시 한 번 더 해보았지만 결과는 마찬가지였다. 이렇게 허탕을 치나보다 생각하고 현수는 떨어지지 않는 발걸음을 애써 옮겼다. 밖으로 나온 현수는 부신 눈을 뜨고 하늘을 올려다보다가 새삼 깨달았다. 오늘 날씨가 완연한 봄날이라는 것. 한얼그룹 본사 건물은 하늘 끝에 닿을 만큼 정말 높다는 것.

저 건물 꼭대기 어딘가에 그가 있겠지? 저런 곳에서 아래를 내려다보면 어떤 기분일까?

넓은 책상에 위풍당당하게 앉아 있는 정민을 상상하던 현수는 갑자기 들려온 메시지 수신음에 놀라 휴대폰을 내려다보았다. 화면에 뜬 이름은 정민 오빠. 심장이 튀어나올 듯 빨리 뛰기 시작했다. 빠른 손놀림으로 그녀는 메시지 내용을 확인했다.

〈지금 회의 중이라 전화를 못 받아. 오후까지 계속 바쁠 것 같은데. 저녁 7시에 한강유람선에서 만나. 얘긴 그때 하자.〉

뜬금없이 한강유람선이라니. 굳이 그가 거기서 보자고 하는 이유가 궁금했다. 하지만 현수는 이내 자신이 아직 그에 대해 잘 모르고 있다는 사실을 절감하며 짧게 답신을 보냈다.

〈기다리고 있을게요.〉

아직 6시간쯤 남았는데 어딜 가서 뭘 해야 하나 싶었다. 마천루가 즐비한 거리를 모처럼 여유롭게 걷던 현수는 수시로 눈에 띄는 카페 중 마음이 끌리는 곳을 골라 들어갔다. 점심도 먹지 못하고 이곳까지 달려온 터라 배가 고팠다. 그녀는 밀크티와 샌드위치를 함께 주문했고, 한산한 시간이라 별로 기다리지 않고 그것들을 받을 수 있었다. 창가에 자리를 잡은 그녀는 허기를 채우며 길가를 오가는 사람들을 구경했다. 그녀는 평화롭고 한가한 오후를 즐기고 있었다. 그런데 마치 그녀의 그런 시간을 훼방 놓으려는 듯 벨이 울렸다. 어찌나 요란하게 울려대는지 그녀는 주변 사람들의 눈길이 의식되어 급히 전화를 받았다.

"네."

〈나야. 지금 좀 와줄 수 있어?〉

안나였다. 그런데 그 목소리가 평소와 조금 달랐다. 지금은 좀 힘들다고 딱 잘라 말할 수 없을 정도로 뭔가 불안하게 느껴졌다. 정민이 누군지 다 알면서도 그녀에게 함구한 안나였기에 원망스럽고 당분간 보고 싶지 않았지만, 그것보다 걱정스러움이 앞섰다.

"왜 그래? 무슨 일 있어?"

〈배, 배가 너무 아파…… 죽을 것 같아.〉

"뭐? 안나야. 진안나!"

놀란 그녀가 아무리 불러보아도 이미 전화는 끊긴 뒤였다. 현수는 채 반도 먹지 못한 커피와 샌드위치를 그대로 둔 채 카페 밖으로 뛰어나갔다. 들고 있던 휴대폰으로 그녀는 엄마가 쓰러졌을 때 이후 생전 두 번째로 119 번호를 눌렀다. 두려움으로 가슴이 미친 듯이 뛰고 있었다.

휴대폰만 찾아서 곧 나올 생각으로 정민은 성북동 집의 높다란 담벼락 아래 차를 세웠다. 무의식중에 재킷 위로 안주머니에 든 반지 케이스를 매만진 그는 계단과 정원을 순식간에 지나쳐 집 안으로 들어갔다.

"웬일이야, 다시?"

거실에 앉아 TV를 보고 있던 정희가 물었으나 정민은 그저 2층을 손가락으로 가리킨 후 그곳으로 가는 계단을 올랐다. 그는 예지의 방문을 부러 노크도 없이 벌컥 열었다. 이어폰을 끼고 침대에 기대어 앉아 음악을 듣고 있던 예지가 놀란 눈으로 몸을 일으켰다.

"깜짝이야!"

"휴대폰 어딨어?"

그의 물음에 예지는 이어폰을 빼며 턱짓으로 자신의 책상 위를 가리켰고 성큼성큼 걸어간 정민은 그것을 빼앗듯 집어 들었다.

"너 아까 내가 한 말 기억하지?"

"뭐? 이것저것 뒤져보지 말고 놔두라고 했던 거?"

"응. 그런데 도대체 휴대폰에 뭐가 있길래 그렇게 불안해 해?"

은근하게 묻는 예지를 정민은 말없이 쏘아본 후 방을 나서려 했다. 그런데 아이의 다음 말이 강력하게 그를 잡아끌었다.

"현수 언니한테 전화 오던데? 2통이나."

믿을 수 없었다. 지난 3주 동안 그에게 메시지 한 통 보내지 않았던 그녀가 아닌가. 의심이 뚝뚝 묻어나는 그의 눈빛 앞에 예지는 버럭 소리를 질렀다.

"그렇게 의심스러우면 확인해 보면 되잖아~."

하긴 그렇다. 정민은 휴대폰의 최근 수신통화 목록을 뒤졌다. 그러자 놀랍게도 불과 1시간쯤 전 현수에게서 부재중 전화가 들어와 있었다. 예지의 말대로 2통이나!

반가움도 잠시 정민은 무슨 일일까 궁금해졌고, 그것은 예지에 대한 원망이 되어 나타났다.

"현수 전화 왜 안 받았어! 너랑 현수랑 모르는 사이도 아니고!"

"칫. 아깐 휴대폰 건드리지 말라며. 그리고 뭐 전화 끊기고 조금 있다가 문자 오는 것 같던데? 아니야?"

예지가 묻고 있는데 정민은 급하게 메시지를 확인했다. 정말 제일 상단에 현수의 이름이 있었다. 그는 떨리는 엄지손가락으로 그것을 눌렀다.

〈전화 안 받네요. 꼭 할 얘기가 있으니 오늘 7시에 한강유람선에서 만나요.〉

내용을 읽는 그의 얼굴에 의아함이 떠올랐다. 어제까지 문도 안 열어주던 그녀가 갑자기 왜? 거기다 장소가…… 한강유람선?

"왜…… 그래? 뭐…… 잘못됐어?"

그의 표정을 뜯어보며 예지가 조심스럽게 물었으나 생각에 잠긴 정민의 귀에는 제대로 들어오지 않았다. 그는 휴대폰을 그대로 든 채 방을 나가려다 예지에게 도리어 물었다.

"지금 현수 도서관에 있겠지?"

"서, 설마 거기 가려고? 가지마!"

강하게 그를 막는 예지가 수상쩍긴 했는데 그건 느낌일 뿐이었다.

"아까 갔었는데 엄청 바쁘더라고. 토요일은 엄마들이 애들 데리고 도서관 많이 가잖아."

이어진 예지의 말에 정민은 고개를 끄덕였다. 자신이 그동안 현수로 인해 너무 민감해져 있었다. 예지가 수상할 게 뭐란 말인가. 현수가 전화를 건 것은 눈으로 확인한 바. 왜 한강유람선에서 만나자고 했는지는 저녁에 나가보면 알겠지.

그녀가 어젯밤 자신을 문전박대했다는 사실에 아랑곳없이 정민은 오랜만에 그녀와 단둘이 만날 생각을 하니 벌써부터 가슴이 설레었다. 안주머니 속 반지의 존재가 더욱 묵직하게 느껴졌다. 어쩌면 오늘이 마지막 기회인지도. 그런 생각이 들자 마음이 급해졌다. 7시까지 5시간여가 남아 있었으나 결코 길게 느껴지지 않았다.

휴대폰으로 한강유람선을 검색하며 그가 방을 나서는데, 뒤에서 예지가 음흉스런 웃음과 함께 응원을 건넸다.

"히힛. 데이트 잘하고 와~."

현수는 백지장처럼 창백한 얼굴로 병원 침대에 누운 안나를 멀거니 내려다보았다.

10년이 넘는 시간 동안 안나가 사소하게 던지는 말들로 상처도 많이 받았고, 안나가 했던 거짓말에 절망하기도 했다. 그러고 보면 안나가 미웠던 적은 정말 많았다. 하지만 그녀는 왜인지 항상 안나가 불쌍했다. 무직자인 아버지를 원망하며 대전 집으로는 발길도 두지 않는 것도, 끊임없이 신분상승을 갈망하며 소위 말하는 있는 집 아들들의 노리갯감으로 살아가는 것도, 안나를 둘러싼 친구들이 뒤에서 모두 안나의 욕을 하는 것도……

지금도 그랬다. 정민에 관해 또다시 그녀를 속인 안나였다. 이번엔 정말 오랫동안 보고 싶지 않았는데, 이렇게 병원 침대에 누워 그녀의 동정을 구하고 있다.

똑똑.

노크 소리에 생각을 멈춘 현수는 문가로 몸을 돌렸다. 가운 주머니에 손을 찔러 넣은 채 들어오는 준하의 얼굴이 매우 피곤해 보였다. 그는 수염이 까칠하게 자라난 두 뺨을 쓸며 물었다.

"안나, 아직 자?"

"네."

"담당의한테 물으니 지난번 병원 왔을 땐 아무 이상 없었다고 하는데, 왜 이렇게 된 건지 모르겠어."

태어날 운명이 아니었던가 보죠.

분통을 터뜨리는 준하를 보며 현수는 생각했다.

"다 내 잘못이야. 명색이 의사인데, 조금만 주의 깊게 살폈더라면."

"그렇게 생각하지 말아요, 오빠. 그동안 정말 잘해 주셨어요."

그녀는 자책하는 준하의 팔을 두드려 주었다. 그들 두 사람의 시선은 여전히 죽은 듯 누워 있는 안나에게 머물러 있었다.

"며칠 전에 안나에게 프러포즈했었어. 아기와 안나, 내가 책임지겠다고. 정민이 자식은 날보고 동정으로 결혼을 하려 든다고하더군. 솔직히 나 역시 어쩌면 그런 건지도 모른다고 생각했어."

준하 오빠가 안나에게 청혼을?

솔직히 놀라웠다. 다른 남자의 아이를 가진 여자에게 청혼을하는 일이 상식적으로 쉬운 일이 아닌데. 역시 서준하는 남다른사람이었다.

"그런데 꼭 동정만은 아닌 것 같은 생각이 든다. 아기가 없어진 지금…… 이 여자, 내가 더 보살펴주고 싶어. 가슴이 아프다."

"……."

"어떻게 하면 안나가 내 청혼을 받아들이게 할 수 있을까?"

그녀를 보며 묻는 그의 표정이 너무 절실해 보였다. 뜻밖의 물음에 현수는 도리어 되물었다.

"그럼 안나가 프러포즈, 거절했단 말인가요?"

"응. 단칼에 무 자르듯."

안나의 기준에서 준하는 절대 모자라는 사람이 아니었다. 그럼 예전에 말했던 것처럼 지나친 박애주의자라서 싫은 건가.

진안나. 도대체 무슨 생각이야. 너 그렇게 양심적인 애, 아니었잖아.

그녀의 물음을 들었을 리 없는 안나는 여전히 눈을 감은 채였다. 그런 안나에게서 시선을 거둬들이던 현수는 벽에 걸린 시계에 우연히 눈길이 갔다. 6시!

머릿속에 번개가 내리치는 느낌이었다. 7시, 한강유람선! 서둘러 가방을 챙긴 현수는 병실을 나가려고 했으나, 석상처럼 서서 안나만 바라보고 있는 준하는 그녀의 움직임을 알아채지도 못했다. 하는 수 없이 현수는 준하의 팔을 툭툭 건드렸다.

"오빠 저 일이 있어서 가봐야 해요."

"어? 그래. 지금부터는 내가 볼게. 오후 내내 고생 많았다."

"그럼 안나, 잘 부탁드려요."

그리고 병실 문을 여는 그녀의 등에다 대고 준하가 한 마디를 던졌다.

"정민이 이제 그만 괴롭히고 받아줘."

현수는 대답 대신 어깨 너머로 그를 돌아보며 그저 웃었다. 그 웃음의 의미가 무엇인지 읽은 듯 준하가 팔을 들어 보이며 소리 없는 파이팅을 외쳤다. 고맙다는 뜻으로 짧게 고개를 끄덕인 현수는 복도로 나왔다. 타닥타닥. 천천히 복도를 울리던 그녀의 발소리가 점점 더 빨라졌다. 탁탁탁탁. 현수는 자신이 너무 오랫동안 기다리게 한 한 남자에게로 달려가기 시작했다.

한강유람선 매표소에서 표를 끊고 선착장으로 걸어 들어가는데 이상스럽게 사람들이 없었다. 아주 오래전 친구들과 한 번 탔던 적이 있는데 그땐 줄을 서서 기다렸던 것 같은데.

이제 유람선이 더 이상 한강의 명물이 아닌 걸까.

현수는 궁금증을 참지 못하고 배를 타기 전 표를 받는 직원에게 물었다.

"오늘 혹시 무슨 날인가요? 승객이 원래 이렇게 적나요?"

"그건 아니구요. 타보면 아실 거예요."

맞는 말이었다. 그녀는 왠지 설레는 기분으로 유람선에 올랐다. 배 위는 불빛으로 환했지만 인적이 없어 약간 무섭기도 했다. 그런 와중 등 뒤에서 요란한 소리가 들려 현수는 화들짝 놀랐다. 돌아보니 육지와 이어져 있던 짧은 다리가 스르르 올라가는 것이 보였다.

그는? 벌써 탄 것일까?

다른 승객이 전혀 없는 것도 그렇고, 그의 모습이 보이지 않는 것도 그렇고 조금 불안하긴 했지만 이미 배가 출발한 이상 내릴 수도 없었다. 현수는 천천히 걸어 뱃머리로 나아갔다. 서울의 아름다운 야경이 그녀의 눈앞에 펼쳐지고 있었다.

"와~."

배 난간을 잡고 그녀는 저도 모르게 몸을 앞으로 내밀었다. 외국에 한 번도 나가본 적은 없지만 왠지 지금 보고 있는 광경이 이국적으로 느껴졌다. 마치 언젠가 TV에서 보았던 홍콩의 야경과도 흡사하다고 할까.

이렇게 멋진 것을 왜 난 여태 몰랐을까. 같은 서울 하늘 아래 있으면서.

생각해 보면 20살을 갓 넘겼을 때 엄마가 돌아가시고 혼자가 된 후 인생을 전혀 즐기지 못하고 살았다. 복학을 한 후엔 아르바이트를 해 생활비를 벌어야 했고, 졸업 후엔 바로 취업을 해 지금까지 주말도 없이 일했다.

"우현수, 오늘 좋은 구경한다."

그가 한강유람선에서 만나자고 했을 때는 뜬금없다고 생각했는데, 와 보니 신선하고 좋았다. 오늘은 다이어리에 아마 '내 생애 가장 멋진 야경을 만난 날'로 기록될 것이라 확신했다. 그녀가 그렇게 감상에 빠져 있을 때였다.

"피유웅. 펑!"

배 뒤쪽에서 들려온 커다란 소리에 현수는 심장이 멎는 줄 알았다. 그러나 그것은 이내 또 다른 놀라움으로 바뀌어갔다. 까만 밤하늘을 오색 색실처럼 물들이며 불꽃이 퍼져가는 것을 현수는 황홀하게 바라보았다. 둥근 꽃모양, 분수모양, 아치모양 등의 불꽃을 이렇게 가까이서 보는 것도 처음이었다. 그렇게 그녀만을 위한 불꽃놀이는 한참을 계속되었다. 그러나 지루함을 느낄 겨를도 없었고, 끝났을 땐 도리어 아쉬움이 들었다. 다시 까맣게 변한 밤하늘을 물끄러미 올려다보고 있던 현수는 갑자기 유람선 전체에 더 환하게 불이 켜지는 것을 느꼈다.

이번엔 또 뭐지?

저도 모르게 기대감을 갖고 뒤를 돌아본 현수는 어둠 속에서부터 점차 모습을 드러내고 있는 한 남자를 발견했다. 마치 이브닝 파티에 온 듯 세련된 정장 차림의 정민이 자신의 앞으로 다가설수록 가슴이 주체할 수 없을 정도로 뛰었다. 그러면서도 새삼 자신의 밋밋한 복장이 의식되는 현수였다. 안나만 아니었어도 좀 더 신경 써서 꾸미고 나올 수 있었는데.

"불꽃, 마음에 들어?"

그럼 그게?

그녀의 눈빛에서 무언의 물음을 읽은 듯 그가 고개를 끄덕였다.

"내가 한 거야."

마치 칭찬해달라는 듯한 표정과 말투. 그녀는 자신을 위해 이런 이벤트를 벌인 그의 마음이 고마워 가슴이 아렸다.

"진짜 멋진 불꽃놀이였어요."

"정말?"

"네. 야경도 마음에 들고요. 여기서 보자고 한 건 탁월한 선택이었어요. 고마워요."

그녀의 치하에도 그는 왠지 떨떠름한 기색이었다. 현수는 자신이 무슨 실수를 했나 싶어서 잠깐 했던 말을 곱씹어보려 했다. 이내 정민이 던진 물음만 아니었다면.

"그러니까…… 장소 선택을 내가 했단 말이야?"

"그럼요?"

황당해서 그녀는 되물었고, 잠시 동안 두 사람은 이해 불가의 눈빛으로 서로를 바라만 보고 있었다. 그러다 어떤 감이 잡힌 듯 그가 먼저 말문을 열었다.

"나한테 전화했었지?"

현수는 고개를 끄덕였다.

"메시지는?"

"메시진 보내지 않았어요."

그녀의 대답을 듣자마자 당혹스러운 표정을 짓던 정민은 또다시 물었다.

"그럼 내가 메시지를 보냈던가?"

당연한 걸 묻는 그가 이상해서 현수는 빤히 바라보기만 했다. 그녀의 표정에서 '예스'의 뜻을 읽어낸 듯 정민은 낮은 욕설을 중얼거리다 미안한 눈길로 그녀를 응시했다.

"아무래도 예지 짓인 것 같다."

"네?"

그 메시지가 정민이 보낸 게 아니었다니. 조금 실망스러웠지만, 점차 이렇게 자리를 마련해준 예지에게 고마운 마음이 들었다. 그러나 그녀와 달리 정민은 펄쩍펄쩍 뛰었다.

"유람선 운운할 때부터 좀 이상하다고 생각했는데. 내 이 녀석을 그냥!"

휴대폰을 꺼내 든 정민은 당장이라도 예지에게 전화를 해 폭언을 해댈 기세였다. 놀란 현수는 그에게로 다가가 팔을 붙들었다.

"그러지 말아요. 그래도 예지가 삼촌을 얼마나 생각하는데요. 오늘도 도서관에 와서 나 엄청 혼내고 갔어요."

"널 혼내? 도대체 뭐라고?"

그제야 그의 기세가 조금 누그러졌다. 그의 눈빛에서 어떤 두려움이 느껴졌다. 현수는 고개를 저어 괜찮다는 뜻을 내비쳤다.

"어제도 인사불성이 되도록 술 마시고, 지난주에도 그랬고…… 나 때문에 자기 삼촌이 힘든 것 못 보겠어서 그랬을 거예요. 이해해요."

당황하여 그녀의 시선을 피하는 정민에게 현수는 더욱 다가섰다. 그의 숨결이 느껴질 정도로 가까이 선 현수는 마음을 다해 속삭였다.

"힘들게 해서…… 미안해요."

그러자 그가 고개를 돌려 그녀를 보았다. 믿을 수 없다는 듯이.

"나 때문에 오빠가 그렇게 힘들 거라고는 생각하지 못했어요. 내 위주로만 생각했어요. 오빠 같이 가진 게 많은 사람은 나 따위 금방 잊고 신경도 쓰지 않을 거라고. 그러니까 곧 괜찮을 거라고."

그의 커다란 두 손이 그녀의 뺨을 감싸왔다. 밤바다처럼 까만 그의 두 눈이 그녀에게 고정되어 떨어지지 않았다.

"돈, 명예, 권력은 세상을 살아가는데 조금의 편리함을 주긴 하지. 그런데 그게 인생의 목적이 될 수는 없어…… 너처럼."

"오빠."

"넌 이미 내 인생이야, 우현수. 어떻게 내가 널 그렇게 쉽게 잊을 거라고 생각할 수 있어?"

원망과 절절함이 묻어나는 물음에 눈시울이 뜨거워졌다.

"미안해요."

진심어린 사과를 건넸지만 그의 표정은 누그러들지 않았다. 정민의 손이 그녀의 뺨에서 어깨로 내려왔다.

"오늘 날 만나려고 했던 이유가 사과를 하기 위해서인가? 그래?"

어깨를 잡은 그의 손아귀에 힘이 들어갔다. 그 바람에 그녀의 몸이 휘청거렸다. 그러나 그녀의 시선만은 흔들리지 않았다. 맺혔던 눈물을 털어내려 현수는 눈을 크게 입을 열었다.

"사과도 해야 했지만 더 중요하게 할 말은……."

그의 목울대가 크게 흔들리는 것이 느껴졌다. 현수는 그것을 바라보다가 다시 정민에게로 시선을 두었다. 그의 눈빛은 간절했다. 지금 그녀만큼이나. 현수는 오는 내내 생각했던 말들을 쏟아 놓았다.

"나, 오빠 곁에 있고 싶어요. 이제 오빠가 한얼그룹 회장이든 누구든 상관없어요. 어쨌든 한정민, 내가 사랑하는 남자니까. 사랑하는 사람을 더 이상 아프게 하기 싫으니까…… 딸이 평범한 가정을 꾸리길 원했던 엄마한테는 너무 미안한데, 그래도 엄마 역시 내가 행복하길 바랄 것 같았어요. 그래서 왔어요."

그녀의 말을 듣는 그는 마치 넋이 나간 사람 같았다. 계속되는 침묵에 현수는 불안해졌다. 그에게서 조금 물러서자 힘이 빠져 있던 손이 그녀의 어깨에서 툭 떨어졌다.

"오빠 밀어낼 땐 언제고, 이제 와 옆에 있겠다고 하고…… 내가 너무 이기적이죠?"

그래도 그는 말이 없었다. 그녀는 마치 뺨이라도 한 대 얻어맞은 기분이었다.

"곤란하게 했다면 미안해요."

숨이 막힐 것 같아 강물을 돌아보려는데, 강철 같은 손아귀가 그녀의 팔을 붙드는 것이 느껴졌다. 두려웠지만 현수는 그 손을 따라 시선을 들었다. 그러자 평소보다 더 어두운 그의 눈동자가 그녀를 맞아 주었다.

"넌 내가 오늘 이 유람선을 통째로 왜 빌렸다고 생각해? 네 말대로 돈이 남아돌아서 그랬을 것 같아?"

현수의 입이 쩍 벌어졌다. 상상도 하지 못했던 일이었다.

"정말 이걸, 빌린 거예요?"

설마 설마 했는데 정말 그랬던 거였다. 그래서 사람의 흔적이라고는 보이지 않았던 거였다.

"말했지? 넌 내 인생과 같다고. 만약 오늘 이걸 빌릴 수 없었다면 나는 사버렸을 거야. 배 주인이 요구하는 대로 값을 치르고라도. 그래야 너랑 단둘이 있을 수 있을 테니까."

그는 진지했다. 새삼 그 멋진 모습에 가슴이 뛰었다.

"아버지가 쓰러지셨다는 소식을 듣고 급하게 네 집을 나오면서, 다짐했던 게 있어. 곧 너에게 돌아오겠다고. 돌아와서……."

그의 다음 말을 기다리는데 입 안이 바싹바싹 말랐다. 그런 마음을 알 리 없는 정민은 천천히 그녀의 팔을 놓고 재킷 안주머니에 손을 집어넣었다. 1, 2, 3…… 몇 초가 몇 시간인 듯 느껴졌다. 조급증이 난 그녀의 눈앞에 드디어 모습을 드러낸 것은 작은 벨벳 케이스였다. 기대감으로 심장이 또다시 빠르게 뛰기 시작했다. 그가 케이스를 열어 반짝이는 다이아몬드 반지를 보여주었을 때 어쩌면 현수는 자신의 숨이 멎어버린 건지도 모른다고 생각했다.

"……프러포즈하겠다고."

케이스에서 반지를 빼낸 그가 그녀의 왼손 약지에 조심스레 밀어 넣었다. 현수는 그 모양을 마치 남의 일인 양 멀거니 바라보고 있었다. 도무지 현실감이 느껴지지 않았다. 꽤 오랫동안 반지를 뜯어보고 있던 그녀는 귓가에 내려앉은 속삭임에 번쩍 고개를 쳐들었다.

"현수야. 우현수…… 나와 결혼해 줘."

마치 번개가 온몸을 관통한 듯한 충격이 밀려들었다. 반지, 청혼 그리고 이 남자…… 모든 것이 현실이었다. 오로지 그녀를 위해 존재하는, 마치 꿈같은 현실.

그것을 깨닫는 순간 현수의 눈에서 눈물이 차올랐다. 그것은 미처 그녀가 닦아내기도 전 뺨을 타고 또르르 흘러내렸다. 그러자 그녀만을 담고 있던 그의 눈동자에 당혹스러움이 떠올랐다. 현수는 미안함과 고마움이 뒤섞인 마음을 어쩌지 못하고 그의 목을 꼭 껴안았다.

"너무 기뻐서 그래요. 너무 행복해서."

그는 단단한 팔로 그녀를 번쩍 안아 올렸다. 현수는 그의 허리에 다리를 감고 매달렸다. 그와 그녀의 눈높이가 순식간에 바뀌었다.

"예스인가?"

"물론이에요."

그의 이마에 자신의 이마를 갖다 대며 현수는 속삭였다. 정민의 뜨거운 입술이 강렬하게, 아쉬움이 느껴질 만큼 짧게 그녀의 입술을 훔쳤다. 그러나 그 아쉬움은 이어진 그의 고백이 모두 상쇄시켜주었다.

"사랑해."

현수는 그의 입술 위에서 환하게 웃었다. 그녀 역시 지금껏 그에게 한 번도 들려주지 못한 자신의 마음을 표현했다.

"사랑해요."

8년 전부터 지금까지 그리고 앞으로도 영원히.

그들의 입술이 이번엔 좀 더 천천히 만났다. 그리고 좀 더 오래, 좀 더 깊이.

서로에게 푹 빠진 연인들을 태운 유람선은 한강을 유유히 흘러갔다. 형형색색 도시의 불빛들이 그들을 아름답게 비춰주고 있었다.

11. 고마워요, 초인종을 눌러줘서

   그를 따라 유람선 내부로 들어간 그녀의 눈이 휘둥그레졌다. 푸른색과 금색으로 인테리어 된 고급스런 실내 하며 줄을 지어 늘어선 뷔페식 음식들까지. 아무리 봐도 이건 그냥 일반 관광객을 실어 나르는 유람선이 아닌 것 같다. 예전에 그녀가 탔던 유람선은 분명 이렇지 않았다.

   "여기서 소규모 선상파티도 한다더군."

   그가 설명을 해주었을 때야 현수는 이것이 유람선이라기보다 크루즈에 가깝다는 것을 깨달았다. 그는 내부를 둘러보며 여전히 감탄만 하고 있는 그녀를 하얀 테이블보가 씌워진 탁자 앞으로 이끌었다. 그 위에 준비된 만찬을 보자 그제야 그녀의 배에서 꼬르륵 신호를 보내왔다. 그러고 보니 지금까지 점심때 샌드위치 반 조각을 먹은 것이 전부였다. 의자를 당겨 주던 정민이 그 소리를 들은 듯 눈살을 찌푸렸다. 현수는 점퍼를 벗어 의자에 걸쳐 놓으며 변명을 늘어놓았다.

"좀 바빴거든요."

"그 관장은 밥도 안 먹이고 일을 시키나?"

볼멘소리를 하면서도 그는 그녀의 앞 접시에 먹기 좋게 잘린 스테이크와 새우 등을 덜어 놓아 주었다. 현수는 본능적으로 그것을 포크로 찍어 입으로 넣으며 우물거렸다.

"그게 아니라……."

그러고 보니 자신이 뛰쳐나온 그 후 도서관에서 무슨 일이 있었을지 이제야 걱정이 되었다. 아마 임 관장 가만히 안 있을 텐데. 아이, 몰라. 내일 일은 내일 생각하자.

"그게 아니라?"

그녀가 잠깐 자신의 앞일을 걱정하는 동안, 그는 그녀의 뒷말을 기다리고 있었던 모양이다. 눈썹을 휘어 보이며 묻는 정민에게 현수는 오늘 오후 자신이 바빴던 이유를 털어놓았다. 어차피 나중에 준하를 통해 다 알게 될 터.

"안나가…… 유산했어요. 계속 병원에 있었어요."

잠깐 놀란 기색이 그의 얼굴이 스쳤지만 별다른 말을 하지 않았다. 현수도 더 이상 안나에 관한 이야기는 하고 싶지 않았다. 이런 중요한 순간에.

그녀는 고기의 부드러운 질감을 느끼며 스테이크를 씹는데 몰두했다. 그야말로 환상적인 맛이었다. 그러다 그런 자신을 흐뭇하게 바라보는 정민과 눈이 마주친 순간 지나치게 식신 본능을 드러냈나 싶어 부끄러웠다. 고개를 떨어뜨린 현수의 시야에 조금 전 그가 끼워준 반지가 들어왔다. 포크를 놓은 그녀의 손가락이 다이아몬드를 쓸고 지나갔다.

"반지는 도대체 언제 준비한 거예요?"

"좀 오래됐지."

장난스런 대꾸가 아리송해 현수의 미간이 찌푸려졌다. 시선을 들자 희미하게 웃고 있는 그가 보였다.

"뭐예요. 오래됐다니."

"8년 전이니까. 네가 그렇게 사라져버리지만 않았어도 진작 끼워줬을 거야."

"미안해요. 그때 걱정할 줄 알면서 연락 못 한 거. 솔직히 엄마 때문에 경황이 없기도 했지만…… 두렵기도 했어요."

지금 와 생각해 보건대 그랬다. 안나도 안나지만 다른 여학생들의 눈과 입이 무서웠다. 그는 유성대 최고의 인기 남이었고, 자신은 아무것도 아니었으니까. 심지어 퀸카 진안나가 찍은 남자를 아무것도 아닌 자신이 가로채 버린 꼴이 되었으니까.

"널 탓하자는 게 아니야. 그렇게 따지고 들자면 나 역시 잘한 건 없지. 갑자기 미국으로 떠나버려서는 4년이나 있다가 돌아왔으니까. 그 4년 동안 넌 어머닐 잃고 혼자서 힘들었을 텐데. 왜 널 좀 더 찾아보지 않았을까."

자신에 대한 원망이 배어나오는 말투였다. 그녀는 크게 고개를 가로저었다.

"이제 옛날 얘긴 그만해요. 우리 이렇게 다시 만났잖아요. 8년이나 걸리긴 했지만 완전 우연히."

기억을 더듬는 듯 그의 눈빛이 아련해졌다.

"운명이었던 것 같아. 내가 택배 일을 한 것도, 널 만난 것도. 현장체험이랍시고 나한테 험한 일을 시킨 아버지를 원망했었는데, 지금은 도리어 고마워. 일하면서 느낀 점도 많았고, 가장 중요한 건…… 그 일을 하면서 다시 널 찾았으니까."

"정말…… 우리 정민 오빠, 계속 상무님으로만 계셨으면 내가 감히 만날 수도 없었겠다. 아버님께 감사드려야겠는데요? 참, 아버님은 좀 어떠세요?"

"아버님?"

갑자기 싱글거리며 그가 물었다. 그녀가 눈을 흘기자 그는 여전히 웃음을 띤 채 한 회장의 근황을 들려주었다.

"회사 나한테 떠넘기고 어머니 옆으로 가셨어. 얼굴과 몸의 마비는 여전하긴 한데, 호전되고 있고."

"다행이에요."

"며칠 내로 한국 들어오실 거야. 다음 주 토요일이 정윤 누나 결혼식이거든."

예지에게 이미 들은 바가 있어서 그저 고개만 끄덕인 현수는 물이 든 글라스를 입술로 가져왔다.

"그날 정식으로 부모님께 인사드리자."

"켁. 켁."

정민이 한 말로 인해 물을 먹다 사레가 들리고 말았다.

"괜찮아?"

등이라도 두드려주려는 건지 당장 자리에서 일어나는 그에게 현수는 손바닥을 들어보였다. 문제없다는 표시였다. 그녀는 겨우 목소리를 쥐어 짜냈다.

"너무 빠른 거 아니에요?"

"아니. 나도, 아버지도 오래 기다렸어."

"아버지도…… 라뇨?"

"나 사실 독신 선언을 했었어. 그런데 만나는 여자가 있다, 그게 예지를 철들게 한 너라는 걸 아시고는 당장 결혼하라고 성화셨지."

정말 뜻밖이었다. 집안에 어울리지 않는 여자라고 반대하실지도 모른다고 걱정했는데. 걱정을 하나 덜어낸 기분이었다. 그러면서도 선뜻 '그러자' 말할 수 없는 현수였다.

"이제 너 놔주지 않을 거야. 그동안 내가 얼마나 힘들었는지 알아? 청혼은커녕 사랑한다는 고백도 못하고 이렇게 다 끝나버리는 건가 싶었어."

그가 또 그녀를 미안하게 만들고 있었다. 어쩔 수 없어진 그녀는 그를 향해 그가 원하는 대답을 돌렸다.

"그렇게 해요. 인사드려요."

"고마워."

벅찬 감정으로 일렁이는 그의 눈빛이 마치 애무를 하듯 그녀의 눈과 귀, 입술, 뺨을 샅샅이 훑고 지나갔다. 살갗이 타들어가는 듯한 기분이었다. 자신의 체온이 급격히 상승하는 것이 느껴졌다. 당혹스러워 현수는 그의 시선을 피했다. 포크로 뭐인지도 모르는 음식을 찍으며 그녀는 분위기 전환용의 말을 내뱉었다.

"참 맛있네요. 이거?"

"많이 먹어."

그러면서 먹지도 않고 그녀만 바라보고 있는 정민이었다. 부담스러워 음식이 입으로 들어가는지, 코로 들어가는지 모를 지경이었다.

"나 어디 안 가거든요? 그러니까 너무 그렇게 보지 말아요."

"오래 못 봤으니까."

그는 당연하다는 듯 대답했다. 맞는 말이긴 하지만 그래도 이건 좀 심하다고 그녀가 항의를 하려는데, 어디선가 은은한 음악이 들려오기 시작했다. 그녀는 놀라 주위를 두리번거렸으나 정민은 천천히 일어나 그녀에게 손을 내밀었다. 이것도 그의 이벤트 중 하나인가 궁금해 하며 현수는 정민을 올려다보았다. 그러나 그는 대답 대신 제안을 해왔다.

"춤 출까?"

"나 춤 전혀 못 춰요. 거기다 옷도 이렇고."

"나도 못 춰. 그리고 지금 너 무지 예뻐."

놀리는 거라 치부하기엔 너무 진지한 목소리였다. 그것이 진심이라는 것을 알기에 현수의 두 뺨이 붉어졌다. 그녀는 그의 내민 손을 잡고 그를 따라 가운데 홀로 나갔다. 그와 맞잡은 손에서 땀이 났다. 그의 단단한 허벅지가 은밀한 부위에 너무 가까이 밀착되어 있었다. 현수는 몸을 떼어보려고 했으나 정민은 도리어 그녀의 허리를 안아 자신에게로 더 끌어당겼다.

"헉."

놀란 것도 잠시 그가 그녀를 안고 천천히 스텝을 밟기 시작했다. 더듬거리며 그의 발을 밟지 않으려 움직이다 보니 점점 춤에 익숙해졌다. 현수는 자연스럽게 음악에 몸을 맡겼다. 그녀는 긴장을 풀고 그의 탄탄한 가슴에 머리를 기댔다. 그들은 이제 마치 한 몸인 것처럼 움직이고 있었다.

"꿈을 꾸고 있는 것 같아요."

"꿈이라니. 서운하게."

그녀의 속삭임이 끝나기 무섭게 마치 자신의 존재를 일깨우려는 듯 가느다란 척추를 따라 움직이는 정민의 손가락이 느껴졌다. 그의 뜨거운 숨결이 귓불을 간질였다. 그녀는 저도 모르게 숨을 훅 하고 들이켰다.

"여기서 내리는 대로 내 집으로 갈까?"

짙은 갈망이 깃든 초대. 그것을 거부하기는 온 이성을 그러모아도 쉽지 않은 일이었다. 그녀는 몽롱한 눈빛으로 고개를 들어 그를 바라보았다. 정민의 눈동자에 적나라하게 드러난 것은 그녀를 향한 욕망이었다. 몇 번의 사랑 행위로 그에게 길들여진 그녀의 몸이 미묘하게 반응하는 것이 느껴졌다. 그녀는 자신 역시 그를 원하고 있다는 사실을 깨닫고 당혹스러웠다.

어찌할 바를 모른 채 무의식적으로 계속 스텝을 밟던 현수는 연주 음악에 섞여 들려오는 이질적인 기계음을 감지했다. 그것은 가방 속 자신의 휴대폰이 내는 소리였다. 받지 않으면 그만이었지만 왠지 느낌이 이상했다. 그도 그럴 것이 평소 이렇게 늦은 저녁 그녀에게 전화가 걸려오는 일은 드물었기 때문이다. 그녀의 신경이 분산되는 것을 느낀 듯 정민은 잘라 말했다.

"받지 마."

그렇게 한 번은 무시할 수 있었다. 그러나 두 번, 세 번 끈질기게 울려대는 데는 도리가 없었다.

"잠깐만요."

현수는 정민의 손을 풀어내며 테이블 쪽으로 걸어갔다. 가방 속 휴대폰을 꺼냈을 때 화면에 더 있는 이름은 '준하 오빠'였다. 불길한 예감이 전신을 관통했다. 그녀는 어느새 옆으로 다가와 미간을 찌푸린 채 서 있는 정민을 외면한 채 통화를 눌렀다.

"오빠, 무슨 일이에요?"

〈현수야, 안나가 없어졌어! 없어졌다고!〉

준하의 목소리는 평소답지 않게 날카로웠다. 현수는 벌렁거리는 가슴과 반대로 지극히 침착하게 물었다.

"혼자 뒀어요?"

〈수술이 있어서 어쩔 수 없었어.〉

휴대폰을 든 현수의 손에 저도 모르게 힘이 들어갔다.

"오피스텔은…… 가봤어요?"

〈응. 그나마 아는 데는 거기뿐이라. 없었어. 왔다 간 흔적도 없고. 혹시 안나가 갈 만한 데가 또 있을까. 너는 나보다는 잘 알 것 같아서.〉

현수는 입술을 깨물었다. 예전 같으면 안나가 갈 만한 곳은 클럽 아니면 술집이었다. 그런데 지금은…… 그녀는 안나에게 '안식을 줄 만한 곳'이 어디 있을까 생각했다. 그러자 '고향'과 '대전'이 떠올랐다. 대학 입학 후 안나가 발길을 끊은 지 오래인 본가였지만 그리워했을 거라는, 힘든 시기에 엄마가 가장 보고 싶을 거라는 생각이 들었다.

"제가 찾아볼게요."

〈그래 줄 수 있어? 그런데 시간이 너무 늦어서 어쩌지?〉

"괜찮아요. 정민 오빠랑 같이 있어요."

잠깐의 침묵 후 그녀의 쾌활한 대답이 뭘 의미하는 것인지 깨달은 준하는, 안나에 대해선 잠시 잊고 자기 일처럼 기뻐해 주었다.

"드디어 정민이 받아준 거구나. 잘했어. 잘됐다."

"네. 고마워요. 어쨌든 너무 걱정 말아요. 내가 찾아보고 연락할게요."

준하를 달래놓고 현수는 전화를 끊었다. 그러자마자 그녀는 정민의 험악한 눈빛과 맞닥뜨리게 되었다.

"누굴 찾아본다는 거야?"

"안나가 없어졌대요. 지금 대전에 가봐야겠어요."

"대전? 지금? 너 나 미치는 꼴 보려고 이래?"

"미안해요. 그런데 그냥 두면 안나가 잘못될 수도 있어요. 엄청 밉긴 하지만 그래도 10년 동안이나 보아온 사이고, 사람 목숨은 모두 소중한 건데."

그는 불만족스러운 표정으로 중얼거렸다.

"진안나, 정말 내 인생에 도움이 안 되는군."

반쯤의 허락. 현수는 그의 목을 껴안으며 매달렸다. 그리고 어느새 수염이 거칠하게 자란 뺨에 쪽 소리가 나게 입을 맞추며 속삭였다.

"대전까지 운전은 내가 할게요."

대전까지 내려간 그들을 맞아준 건 실업자에다 주정뱅이에다 실업자인 안나의 아버지였다. 혹시나 하는 기대감이 있었는데, 역시 고향집에 안나는 없었다. 도대체 어디로 사라져 버린 것일까.

실망감을 안고 돌아오는 길, 내려갈 때와 마찬가지로 그녀에게 운전대가 맡겨지는 일 같은 건 일어나지 않았다. 정민은 그들만의 시간을 방해받아 화가 난 듯했다. 뿌루퉁하니 말없이 운전만 열심히 했다.

그럼에도 현수는 그가 밉지 않았다. 그녀는 여유롭게 그의 차 내부를 둘러보았다. 밖에서는 몇 번 본 적이 있지만, 실제로 탄 것은 처음이었다. 그는 알까. 내가 이 비싼 차에 주차위반딱지를 붙인 장본인이라는 것을?

생각이 거기까지 이르자 갑자기 웃음이 났다. 정민이 미간을 찌푸린 채 그녀를 돌아보았다.

"왜 그래?"

"그냥 이 차한테 미안한 일이 좀 생각나서요."

"차도 차지만 나한테는 안 미안한가? 그날 껌딱지처럼 붙은 그 접착제 떼어내느라고 죽는 줄 알았다고."

헉! 말도 안 돼! 그가 알고 있었다! 그것이 그녀의 소행인 줄!

떡 입을 벌린 채 그를 바라보다가 현수는 더듬더듬 물었다.

"어, 어떻게 알았어요?"

"말할 수 없어. 제보자에 대한 비밀은 보장되어야지."

그는 끝까지 함구했지만 현수는 제보자가 누구인지 짐작되고 도 남았다. 오늘 아침 경비 할아버지가 자신을 붙들고 했던 이야기들이 생생하게 리플레이 되고 있었으니까.

〈이제 웬만하면 애인 그만 용서해줘~ 어제도 아파트 앞에 와서 아가씨 집 창문만 쳐다보다가 집으로 올라가는 것 같던데. 문안 열어줬지? 기운 없이 어깨 축 늘어뜨리고 돌아가는 모양이 참안 됐더라고. 으이구. 그런데 아무리 미워도 그렇지 어떻게 애인차에다가 본드 칠한 주차위반딱지를 붙이나?〉

"칫. 그 할아버지, 보기보다 수다쟁이네…… 그러게 나한테 처음부터 솔직했으면 그런 일도 안 생겼을 거 아니에요. 내가 오빠차인 줄 어떻게 알고."

"말했잖아. 일부러 거짓말한 건 아니라고. 어쩌다 보니 말할 기회를 놓쳤는데, 네 어머니가 네 아버지에게 버림받았다는 이야기를 안나에게 들었어. 그 이후로는 더더욱 말할 수가 없었다."

그에게서 안나의 이름이 나왔을 때 현수의 얼굴이 굳어졌다.

"안나가 엄마에 대한 이야기도 했어요?"

고개를 끄덕이는 그를 보노라니 목구멍을 타고 신물이 올라오는 듯했다.

아마도 옛날식당에서 준하 오빠와 함께 만났던 그날이겠지. 정민 오빠에게 할 말이 있다고 하더니. 그런 거였어?

과거의 진안나에 대해 면역력이 생겼다고 생각했는데…… 그의 말을 들으며 섭섭해지는 건 어쩔 수 없었다. 그녀는 굳은 표정으로 그동안 자신을 괴롭혔던 생각들을 그에게 털어놓았다.

"오빠가 우리 엄마 때문에 나에게 솔직하지 못했던 것처럼, 나도 엄마처럼 그렇게 되고 싶지 않아서 오빠를 밀어냈어요. 그리고 엄마가 분수에 맞는 사람을 만나라고 신신당부했던 것, 꼭 지키고 싶었어요."

그의 눈빛에 서운함이 어렸지만, 묻는 목소리는 무덤덤하기 짝이 없었다.

"어머니처럼 버림받고 싶지 않아서 그랬다?"

"미안해요. 이젠 그런 생각 안 해요."

갑자기 그가 핸들을 홱 틀었다. 갓길에 차를 세운 정민은 그녀를 똑바로 바라보았다. 그는 그녀의 양 어깨를 강한 손길로 붙들었다.

"난 너 안 버려. 못 버려. 8년 전부터 나한텐 너 하나였고, 앞으로도 그럴 거야. 죽는 날까지 내가 사랑하는 여자는 세상에 우현수 너 하나뿐이야."

어찌 들으면 너무 직접적이라 오글거리기 짝이 없는 멘트였지만, 자신의 온 마음을 다 꺼내어 보여주려는 그의 노력이 느껴져 현수는 눈물이 날 것 같았다. 그녀는 애써 따가워지는 눈시울을 진정시키며 장난스레 물었다.

"한정민 씨, 지금 엄청 선수 같은 거 알아요?"

"맹세코 여자한테 이런 고백, 처음이야."

"알아요. 오빠 믿어요. 그리고 나 역시 이런 고백 받는 거 처음이에요."

그녀가 미소를 지으며 말을 끝내자 정민은 부드럽게 어깨를 끌어당겨 안았다. 그의 숨결이 그녀의 목덜미를 간질이며 흘러나왔다.

"좀 더 빨리 너한테 믿음을 주지 못해서, 미안."

"아니에요. 나 스스로 틀을 깨고 나오는데 어차피 시간이 필요했을 거예요. 너무 오래 기다리게 해서, 미안해요."

그녀는 그의 품에서 완전한 행복을 느끼며 눈을 감았다. 그대로 잠이 들고 싶다는 생각을 하고 있는데, 그의 뜬금없는 물음이 들렸다.

"이젠 더는 못 기다려. 4월 어때?"

"뭐가요?"

"우리 결혼식. 봄날의 신부가 된 널 상상만 해도…… 흐흐흐."

현수는 눈을 번쩍 뜨고 그를 밀어냈다. 웃고 있는 그가 그녀는 제정신이 아닌 사람처럼 보였다.

"지금 3월도 반이 지났어요. 그런데 4월이라뇨? 잘은 모르지만, 결혼 준비하는데 서너 달은 기본이라고 알고 있어요. 다음 달은 너무 촉박해요."

"너 이달에 그거 했어?"

이 남자가 진짜. 밑도 끝도 없이 '그거'라니. 도대체 무슨 소리냐고 물으려던 현수의 머릿속에 확 깨달음이 인 것은 그의 음흉한 눈빛을 대한 순간이었다. 빨개진 얼굴로 입을 다문 그녀를 놀리듯이 그가 자세한 설명을 늘어놓았다.

"여자들만 하는 그거 말이야."

부끄러운 것도 부끄러운 것이지만, 당혹스러웠다. 미처 의식하지 못하고 있었는데 그러고 보니 아직이었다. 주기상 매월 말일쯤이 예정일이긴 한데 규칙적이지 않을 때도 있어서, 지난달 말에 소식이 없는 것을 그저 좀 늦어지나 보다 하고 있었던 것이다. 그런데 벌써 3월 중순. 좀이 아니라 많이 늦다. 가슴이 덜컥 내려앉는 것 같았다.

그제야 그녀의 혼란스러운 표정을 읽은 듯 그의 얼굴에서 장난기가 사라졌다. 정민은 진지한 눈빛으로 현수를 뜯어보았다.

"왜 그래. 그냥 물어본 건데…… 설마? 너?"

"아, 아닐 거예요. 그럴 리가 없어요."

"그럴 수는 있지. 난 너랑 할 때 한 번도 예방 조치를 한 적이 없거든."

너무 당당한 그를 보는 현수의 입이 벌어졌다. 어이가 없다가 종래에는 화가 났다.

"혹시 일부러 그런 거예요?"

"그저 자연적으로 놔둔 것뿐이야. 어쨌든 너랑 결혼할 생각이었으니까."

어안이 벙벙했다. 이걸 기뻐해야 좋을지, 슬퍼해야 좋을지 알수 없었다. 하지만 하나 확실한 건 만약 임신이라면, 아이가 태어나기 전 완벽한 가정을 만들어주어야 한다는 것.

결국 현수는 진이 빠진 음성으로 백기를 들었다.

"4월 결혼, 고려해 볼게요."

정민의 만면에 얄미울 정도로 환한 웃음이 번져갔다.

새벽 두 시가 다 되어서야 잠자리에 든 탓인지, 혹시 모를 임
신 때문인지 몸이 축축 늘어지는 기분이었다. 어제 도대체 무슨
일 때문에 그런 거냐고 물어대는 은영에게 대답해줄 기력도 없이
앉아 있는데, 어느 순간 그녀의 왼손이 번쩍 들려졌다. 언제 발견
한 것인지 은영이 그녀의 손을 붙잡고 약지에 끼워진 반지를 반
짝이는 눈으로 살펴보고 있었다.

"뭐야, 이거? 완전 비싸 보인다? 프러포즈 링이야? 설마, 그
회장님? 프러포즈 받았어? 어제?"

끊임없이 물어대는 통에 머리가 아팠다. 어쩔 수 없어진 현수
는 대충이라도 대답할 수밖에 없었다.

"응. 자세한 얘긴 다음에 해. 나 화장실 좀."

"그러고 보니 너 안색이 안 좋다? 어디 아파?"

"몸살인가 봐."

은영에게서 가까스로 손을 빼낸 현수는 카디건을 걸치고 자
료실 밖으로 나왔다. 그녀는 주머니 속에 넣어두었던 임신테스
트기를 손으로 확인하며 화장실로 향했다. 오늘 아침 이걸 사
려고 약국 주변을 얼마나 서성였던지. 뭐 큰 죄를 지은 것도 아
닌데.

화장실 가장 안쪽으로 들어간 그녀는 호흡을 가다듬고 테스트기를 꺼내 설명서대로 시행했다. 생각보다 쉬웠다. 이제 줄이 나타날 때까지 기다리기만 하면 되었다. 여기 적힌 대로라면 1줄 그대로이면 비임신, 2줄이 되면 임신이다. 뚜껑을 덮은 양변기 위에 테스트기를 내려놓고 뚫어져라 그것을 응시하고 있는데, 심장의 쿵쿵거림이 온몸으로 전달되었다.

진짜 임신이면 어떻게 하지? 어떻게 하긴 어떻게 해. 잘 낳아서 잘 키우는 거지.

이런저런 생각으로 머릿속이 뒤죽박죽인 가운데, 조금씩 이상하다는 생각이 들었다. 5분이 지나고 10분이 지나도 테스트기에 전혀 반응이 나타나지 않는 것이다. 현수는 다시 설명서를 꼼꼼히 읽어보았다. 분명 3, 5분 이내 반응으로만 임신 여부를 판정한다고 되어 있었다.

뭐야. 임신이 아니란 말이야?

안도를 해야 정상인데 왜인지 거대한 실망감이 밀려들었다. 그녀는 테스트기를 들고 변기 위에 털썩 주저앉았다. 그 순간에야 현수는 깨달았다. 자신이 임신을 두려워하면서도 기다리고 있었다는 것을.

"바보같이."

한참을 앉아 있던 현수는 밖에서 들리는 인기척에 놀라 후다닥 테스트기를 싸 주머니에 넣었다. 그리고 사람들이 모두 나간 것을 확인한 후 그녀는 밖으로 나왔다. 들어올 때처럼 테스트기가 든 주머니에 손을 넣은 채. 하지만 그녀는 자료실로 몇 걸음 내딛지 못했다. "우현수 씨"하고 자신을 나직하게 부르는 임 관장 때문이었다.

어떻게 된 게 화장실 앞에서 꼭 기다린 것 같다. 그렇지 않으면 이렇게 딱 맞춰 나타날 순 없는 거다.

한숨을 쉬며 돌아선 현수는 석희가 뭐라 말하기 전 선수를 쳤다.

"어제 근무지 무단이탈, 정말 죄송합니다. 지난번에 잘 봐주셨는데, 또 그러다니. 저를 해고하신다고 해도 할 말 없어요."

"그래서 간 일은 잘됐습니까?"

화를 낼 줄 알았는데 너무 침착하게 묻는 석희였다. 그제야 현수는 그의 눈을 똑바로 바라보았다. 그 눈에서는 늘 그렇듯 아무런 감정도 읽을 수 없었다.

"네? 네."

"그런 것 같네요."

그의 시선이 그녀의 손가락에서 빛나고 있는 반지에 머물러 있었다. 얼른 등 뒤로 손을 감추어 보았지만 이미 늦은 뒤였다.

"걱정 말아요. 다른 남자와 결혼을 앞둔 여자한테 끝까지 매달릴 정도로 나 자존심 없지 않습니다."

너무 진지한 표정으로 농담 비슷한 말을 하는데 어느 타이밍에 웃어야 할지 갈피를 잡을 수 없었다. 결국 현수는 어색한 미소만 지은 후 은영을 염두에 둔 은근한 말을 던졌다.

"관장님도 어서 좋은 짝 만나세요. 너무 멀리서 말고 가까이서 찾아보는 건 어떠신지……."

"내가 보기보다 순정파라서 실연의 상처가 좀 오래가는 편입니다."

"앗. 그러시구나. 죄송해요."

"죄송하면, 마지막으로 한 번만 안아 봐도 됩니까?"

그를 받아주지 못하는 것이 미안하기도 하고, 표정 없는 얼굴이 오늘따라 쓸쓸하게 보여서 마음이 약해졌다. 현수는 짧게 고개를 끄덕였다. 석희는 주저 없이 그녀를 안았다. 등이라도 토닥여주려고 두 팔을 그의 뒤로 돌리는데 뭐가 바닥에 툭 떨어지는 소리가 들렸다.

이건 뭐? 설마? 테스트기!

정신이 번쩍 들었다. 그녀는 석희를 밀어내다시피 하며 잽싸게 허리를 숙였으나, 어찌 된 것인지 그가 먼저 상자를 집어 들었다. 안경 너머 날카로운 눈길이 그것에 적힌 글귀들을 읽어 내리는데 얼굴이 화끈거려 견딜 수가 없었다. 현수는 콩콩 뛰어서 상자를 낚아채려고 해보았으나 석희는 더 팔을 올려 그녀의 사정권에서 여유롭게 벗어났다.

"주세요!"

절체절명의 순간, 부탁이 아닌 거의 명령조로 말이 나왔다. 의외로 순순히 석희는 그녀의 손에 그것을 쥐어주었다. 현수는 카디건 주머니에 상자를 쑤셔 넣은 후 그에게서 도망치듯 돌아섰다. 그가 제발 아무것도 못 보았기를 기대하는 건……

"임신했습니까?"

젠장, 역시 무리였다.

"설마 그래서 결혼하는 겁니까?"

제멋대로 오해하고 있는 석희에게 생각 같아서는 '임신 아니거든요?' 라고 쏘아붙여주고 싶었지만, 변명을 하게 되면 그녀에게 더더욱 불리한 상황이 만들어질 것 같았다. 하는 수 없이 '참자, 참아' 를 중얼거리며 현수는 가던 길을 재촉했다. 그래도 한때나마 자신을 짝사랑했던 남자에게 행실이 단정치 못한 여자라는 인식을 남기고. 그러나 그렇게 해서 석희가 자신을 금방 털어낸다면 그것도 괜찮겠다는 생각이 들었다.

정민은 그녀의 임신을 확신하고 있는 것이 틀림없었다. 그답지 않게 너무 점잖게 그녀를 대하고 있었다. 여기서 점잖게란 신체접촉이 없는 건전한 데이트와 전화통화 정도를 말하는 것인데, 그것이 처음엔 소중한 존재로 대접받는 것 같아 기분이 좋았으나 며칠 지나지 않아 뭔가 불만족스러워졌다. 그것은 정민 역시 마찬가지인 듯했다.

"다 자기가 판 무덤이지 뭐."

그로 인해 임신을 의심하고 석희 앞에서 망신까지 당한 것을 생각하면 더 괴롭혀주고 싶었다. 하지만 그 결심은 정윤의 결혼식 당일 오전 와르르 무너졌다.

작은 결혼식이긴 해도, 그의 부모님께 정식으로 인사를 드리는 자리이니만큼 신경이 쓰여 한참 옷을 고르고 있는데 밖에서 클랙슨이 빵빵거리는 소리가 연신 들렸다. 많은 세대가 함께 사는 아파트에서 저게 무슨 몰지각한 짓인가 생각하면서도 그녀는 하늘색 트렌치코트를 입을지, 아이보리색 재킷을 입을지에만 신경을 쏟고 있었다. 결국 그녀를 밖으로 불러낸 것은 휴대전화에 수신된 그의 메시지였다.

〈지금 즉시 주차장으로 나와 보도록.〉

그럼 혹시 소음의 주범이 이 남자였던 거야?

현수는 부랴부랴 옷을 챙겨 입고 밖으로 나갔다. A동 입구를 아이보리색과 검은색이 섞인 작은 차가 막고 있었다. 그것은 한눈에도 값 꽤나 나가 보이는 외제차인데다, 반짝반짝 광이 나는 것이 새로 막 뽑아온 듯했다. 감탄 어린 눈빛으로 차를 훑어보고 서 있던 현수는 운전석의 문을 열고 정민이 나타난 순간 이것이 무슨 상황인가 했다. 그런데 그가 그녀를 향해 차 문을 열어주며 말을 하는 것이었다.

"내가 준비한 결혼 선물이야."

놀라 말을 잊은 그녀를 정민이 운전석으로 거의 밀어 넣다시피 했다. 어쩌다 보니 핸들을 잡고 앉은 현수는 조수석에 정민이 앉자 그를 돌아보았다.

"이걸 나 주려고 샀다는 거예요?"

"비싸서 못 받는다는 말 같은 건 하지 마. 내가 어디든 태워줄 수 있으면 그렇게 하겠지만 일정상 그럴 순 없고, 기사를 매일 대동하고 다니는 건 네가 싫을 테고. 결론은 네 차가 있어야겠다 싶었어. 난 조금이라도 네가 힘들게 걸어 다니는 거 싫다. 더더구나 좀 있으면 몸도 무거워질 텐데."

그가 마지막으로 덧붙인 말에 양심의 가책이 느껴졌다. 그 순간 현수는 그에게 이제 사실을 알려주어야겠다는 마음을 먹었다.

"나 임신 아니에요."

"아니라니? 그거 안 한다면서?"

"그저 조금 불규칙한 거지. 아니라구요."

그녀의 확고함이 담긴 대답에 정민은 실망감을 감추지 못했다.

"아버지께 이미 말씀드렸는데."

"뭐, 뭐라구요? 무슨 남자가 그렇게 입이 싸요? 확실하지도 않은 걸 말해 버리면 어떻게 해요?"

"그럼 넌 왜 진작 아니라고 얘기하지 않았어? 그동안 내가 얼마나……."

미간을 찌푸린 채 언성을 높이던 정민은 갑자기 입을 다물었다. 그러나 그 뒷말이 충분히 상상이 되는 현수였다. 그녀는 시치미를 떼고 물었다.

"얼마나 뭘요?"

"진짜 몰라서 물어?"

어느새 그의 눈빛이 어두워져 있었다. 그녀는 대담하게 고개를 끄덕였다. 운전석으로 몸을 기울인 정민이 그녀의 입술을 점령함과 동시에 시트가 뒤로 젖혀졌다. 그의 혀가 그녀의 입 안으로 들어와 치열을 쓰다듬고 그녀의 혀를 휘감았다. 그들의 타액이 섞이고 거친 숨결이 섞여들었다. 그의 손이 블라우스 속을 파고들었다. 브래지어를 밀어 올리고 가슴을 움켜쥐는 그를 현수는 극한의 이성을 발휘하여 제지했다. 그가 그녀의 입술 위에서 속삭였다.

"이렇게 하고 싶은 걸 참았다는 거였어."

"알아요. 하지만 참은 김에 조금 더 참아요. 여긴…… 보는 눈이 너무 많잖아요."

그녀는 애써 그를 타일렀다. 아쉬운 듯 머뭇거리면서도 그는 그녀에게서 떨어져 앉았다. 현수는 옷매무새를 정리한 후 룸미러를 통해 얼굴을 들여다보았다. 모처럼 공들여 한 화장이 엉망이 되어 있었다. 그녀는 울상이 되어 정민을 흘겨보았다.

"내 얼굴 좀 봐. 어떻게 해요."

"가는 길에 잠깐 숍에 들르자."

"그럴 거까지야. 집에 올라가서 금방 수정하면……."

"괜히 시간, 노력 낭비 말고, 전문가한테 맡겨."

그러고는 그녀의 대답을 기다리지도 않고 먼저 차에서 내려버리는 정민을 현수는 따를 수밖에 없었다. 그녀가 밖으로 나오자마자 그가 손목을 붙잡고 이끌었다.

"어딜 가는 거예요?"

"내 차 타고 가야지. 네 운전 실력은 내가 아직 믿을 수가 없어."

"칫."

그에게 끌려가면서도 마냥 행복한 현수였다. 늘 꿈꾸던 자신의 차가 생긴 것도, 이렇게 멋진 남자가 자신을 미친 듯이 원하는 것도, 그의 부모님께 인사를 드리러 가는 이 순간까지…… 모두 꿈같이 행복한 그녀의 현실이었다.

그의 누나 정윤과 전 한얼그룹 회장의 비서 찬우의 결혼식은 국내 최대의 호텔 체인인 '현성호텔'의 소연회장에서 요즘 유행하는 '작은 결혼식'으로 거행되었다. 주례가 없는 대신 정민의 아버지인 한대웅 회장이 두 사람을 위해 덕담을 건네주었고, 손님은 신랑, 신부의 가족과 절친한 친구들로 제한되어 식장 분위기는 조용하면서도 화기애애했다.

사람들로 북새통을 이루는 결혼식에 익숙해져 있던 현수로서는 색다르고 매력적인 경험이었다. 자신도 이렇게 '작은 결혼식'을 올리고 싶다는 생각이 들 정도로. 정민의 지위로 볼 때 그렇게 하긴 힘들 것 같지만.

"왔어?"

가장 뒤쪽 테이블에 홀로 앉아 있던 그녀의 앞에 나타난 사람은 준하였다. 겨우 일주일 사이 그의 얼굴은 보기 안쓰러울 정도로 까칠해져 있었다. 현수는 그의 몰골을 보고 대답을 예상할 수 있었지만 혹시나 물었다.

"안나는 아직 연락 없어요?"

힘없이 고개를 끄덕이는 준하가 안됐다는 생각이 들었다. 그러는 와중 결혼식의 모든 식순이 끝났다. 기념사진을 찍기 위해 가족들이 모두 신랑, 신부 곁으로 모여들었다. 준하와 현수를 비롯한 뒷자리의 몇몇 이들은 그대로 자리를 지키고 있었다. 그런데 눈치 없이도 정민이 손을 까닥거리며 그녀를 부르는 것이었다. 신랑, 신부와 그들의 가족들의 시선이 모두 그녀에게로 쏠렸다. 얼굴이 화끈거려서 고개를 들 수 없을 지경이었다.

저 남자가 정말.

"언니! 어서 와요!"

어느새 그녀의 테이블까지 달려온 예지가 팔을 마구 잡아끌었다. 원래도 그런 줄 알고 있었지만, 진짜 한정민, 송예지 완전 한통속이다. 더 버티다가는 결혼식이 시끄러워질 것 같아 현수는 어쩔 수 없이 예지를 따라 앞으로 나갔다.

그녀는 자신에게 쏟아지는 눈동자들을 차마 마주 보지 못하고 그저 고개를 연신 숙여보이며 정민의 곁에 섰다. 아니 그가 자신의 곁으로 그녀를 끌어당겼다는 것이 맞겠다.

"자~ 웃으세요~."

유명사진 작가라고 TV에서 몇 번 본 적 있는 얼굴이 카메라를 들고 외쳤다. 그에 어색한 미소와 함께 이를 꾹 다문 채 현수는 그에게 소곤거렸다.

"자꾸 이러기에요? 아직 어른들께 인사도 못 드렸는데 사진은 무슨 사진이에요?"

"이제 곧 우리 가족 될 건데 뭐 어때. 누나가 결혼을 매년 하는 것도 아니고. 앞으로 수십 년 동안 남을 사진인데, 거기 네가 빠지면 되겠어?"

들어보면 틀린 말은 아니다. 하지만 그녀 입장에서 지금 이 상황이 불편한 것도 분명 맞다. 어쨌든 이왕 선 거 예쁘게 찍어보자싶어 사진작가에게 적극 협조를 한 현수는 촬영이 끝난 후 다시 뒤쪽으로 가려 했다. 어깨를 붙드는 정민만 아니었다면.

그가 그녀를 홱 돌려세우자 한 회장과 단아한 아름다움이 예사롭지 않은 중년 여인 그리고 왠지 또 낯이 익은 남자가 함께 앉은 테이블이 바로 앞에 있었다.

"앉아요."

중년 여인 아니 정민의 어머니가 우아하게 웃으며 맞은편 자리를 가리켰다. 식장에 들어선 순간 현수는 그녀가 정민의 어머니임을 알아챘다. 그만큼 모자는 닮아 있었다. 현수는 고개를 숙여 보이며 정민과 함께 앉았다.

"현수라 했나? 우리 구면이제."

한 회장의 날카로운 물음에 현수는 흠칫 놀랐다. 예지의 지갑을 들고 성북동 저택을 방문했던 것을 기억하고 계셨던 모양이다. 그녀는 노 회장의 엄청난 포스에 눌려 그만 더듬거리고 말았다.

"네, 네. 회장님."

그러자 즉각 날아든 호통은 현수를 더 당혹스럽게 했다.

"회장님이 뭐꼬! 아버님이라 해라!"

그녀가 뭐라 대답을 하기 전, 그의 어머니가 뭐라 한 회장에게 손짓을 하는 것이 보였다. 다행히 이제 남들 의식하지 않고 수화를 자유롭게 사용하시는 모양이다. 흠흠거리던 한 회장은 곧 기대치도 않았던 사과를 해왔다.

"놀라게 했다믄 미안하요. 그래도 호칭은 어쨌든 회장님이 아닌 아버님이 좋겠소."

"네…… 아버님."

그에 한 회장의 만면에 웃음이 걸렸다. 슬쩍 돌아본 정민 역시 마찬가지였다. 전혀 다른 듯하면서도 묘하게 닮은 부자였다. 고개를 설레설레 내저으며 다시 정면으로 시선을 둔 현수는 자신을 다정하게 바라보고 있는 그의 어머니를 발견하고 용기를 내어 손을 움직였다.

〈감사합니다.〉

그러자 다행히도 그녀를 향해 수화로 대답을 해주는 명 여사였다.

〈나야말로 고맙지. 내 아들한테 이렇게 참한 아가씨가 찾아와주다니.〉

"어머니, 정말 너무하신 거 아니에요? 언젠 '우리 아들 진짜 멋지다. 어떤 아가씨가 모시고 살지 정말 복 받았어'라고 하시더니. 이젠 현수한테 그러신다 이거죠?"

짐짓 삐친 척하며 그가 장난스레 한 말에 그들이 앉은 테이블 주변으로 웃음이 번져갔다. 그때 같은 테이블에서 내내 침묵을 지키고 있던 낯익은 남자가 자신의 존재를 드러냈다.

"나 기억 안 나죠? 잠깐 택배 지점에서 만났었는데."

연락 없는 정민을 찾아 한얼택배 성북지점 사무실까지 갔던 것을 어찌 있을쏘냐. 남자의 말을 듣고서야 현수는 왜 그가 낯익게 느껴졌는지 알 수 있었다. 새삼 반가우면서도 그가 왜 이곳에 있는지 궁금하기도 하였다. 그녀의 눈빛에서 그런 뜻을 읽은 듯 상대가 대답해 주었다.

"난 신랑의 형, 조찬택입니다. 한때 한정민 회장님의 상사이기도 했지요. 그때 악덕하게 굴어서 어쩌면 곧 잘릴지도 모르지만……."

"사돈, 저 그렇게 속 좁은 놈 아닙니다. 그때 배운 것이 얼마나 많은데요."

정민의 너스레에 찬택이 과장스레 맞받았다.

"아이고. 사돈, 알아주시니 고맙습니다."

왠지 미운 정이 든 듯한 두 사람을 보니 가슴이 따뜻해지는 기분이었다.

"그리고…… 행복해 보이시니 참 좋습니다."

사뭇 진지한 표정으로 찬택이 한 마디를 덧붙였다. 동시에 옆 테이블에 앉아 있던 예지가 의자를 당기며 끼어들었다.

"우리 삼촌 좀 봐. 완전 좋아죽네. 하긴 다이어리 속의 그녀이니. 쿡."

"송예지!"

정민은 진정 당황한 듯 보였다. 그러나 그의 거센 부름에도 예지는 입을 다물 의향이 없는 듯했다.

"2005년 3월 *일, 동아리방에서 처음 그녀를 만났다. 찰랑거리는 단발머리와 커다란 눈동자……."

"너, 내가 휴대폰 뒤져보지 말랬지! 그런데 본 거야?"

그가 결국 벌떡 일어서자 예지는 잽싸게 테이블 뒤로 몸을 피했다. 그들은 원형 테이블을 사이에 두고 빙글빙글 돌기 시작했다.

"2013년 2월 *일, 8년 만에 그녀를 다시 만났다. 자다 깬 모습이라 순간 알아보지 못했지만, 그녀 특유의 재채기 소리에 나는……."

"잡히면 진짜 죽었어~!"

마치 톰과 제리처럼 계속되는 그들의 싸움을 현수는 미소를 띤 채 지켜보았다. 그가 그런 내용의 다이어리를 썼다니 믿기지 않았다. 그러면서도 기분이 좋았다. 막 결혼식을 올린 신부만큼 그녀의 얼굴이 미소로 빛나고 있었다.

정윤이 신혼여행을 떠나자마자 그들은 곧장 그의 펜트하우스로 향했다.

정민이 제안한 명목상의 이유는 최고급 와인을 맛보여주겠다는 것이었다. 현수는 머뭇거리면서도 그를 거절하지 못했다. 그녀는 결국 아직 초저녁에 불과한 시간, 남자 혼자 사는 집에 발을 들여놓고 말았다. 21층 펜트하우스에서 내려다보는 탁 트인 전망도, 으리으리한 내부 인테리어와 가구 그리고 그 엄청난 넓이도 현수는 제대로 감상할 겨를을 갖지 못했다. 그가 그녀의 허리를 안고 서둘러 이끈 곳은 마치 와인전문점처럼 와인이 빼곡하게 진열된 바였다.

"보르도 와인 들어 봤지?"

그가 글라스에 따라주는 화이트 와인을 내려다보며 현수는 고개를 끄덕였다. 들어는 봤으나 솔직히 그녀는 와인에 대해 아는 것이 없었다. 그가 그녀의 손가락 사이에 잔을 쥐어주었다.

"이건 솔직히 퍼스트 레벨은 아니야. 너한테 맞는 달콤한 맛을 찾다 보니. 건배할까?"

현수는 자신의 옆에 앉는 그를 돌아보았다. 들어올린 잔 너머로 그들의 시선이 마주쳤다. 와인을 마시면서도 그들은 서로에게서 눈을 떼지 않았다. 현수는 그 매혹적인 달콤함에 끌려 생각보다 훨씬 많은 양의 와인을 마셨다. 잔을 내려놓은 그녀는 저도 모르게 입술에 묻은 액체를 혀로 핥았다. 그 모습을 보는 정민의 목울대가 흔들렸다. 그는 갈라진 목소리로 물었다.

"마음에 들어?"

"네. 아주."

그녀가 속삭였다. 그러자 그가 마치 미끄러지듯 그녀에게로 다가왔다. 현수는 정민에 의해 자신의 몸이 번쩍 들려졌지만 놀라지 않았다. 그가 침실의 문을 열고 들어가 거대한 침대 한가운데 자신을 눕혀 놓았을 때도 선생님의 처분을 기다리는 학생처럼 순종적으로 그를 기다렸다. 그는 순식간에 알몸이 되어 그녀의 위로 올라왔다. 어느새 어둠이 깔린 저녁, 창을 통해 들어온 도시의 불빛이 정민의 매끄러운 상체 위로 쏟아져 내리고 있었다. 아름다웠다. 현수는 저도 모르게 그를 향해 가느다란 팔을 뻗었다. 그에 의해 블라우스의 단추가 터져나가며 벗겨졌다.

"헉."

놀라 그것을 추스르려 해보았지만 그는 블라우스를 침대 바닥으로 던져버렸다. 그리고 현란한 손놀림으로 그녀의 치마와 스타킹까지 벗겨 내렸다. 팬티와 브래지어 차림이 되자 한기가 들어 떠는 그녀를 그가 커다란 자신의 몸으로 감싸 주었다.

"8년 전에도, 지금도…… 넌 정말 예뻐."

그녀의 입술 위에서 속삭인 그는 금방 입술을 부딪쳐 왔다. 부드럽게 입술과 혀를 빨아들이던 입맞춤은 얼마 지나지 않아 그녀의 모든 것을 빨아들일 듯 격렬해졌다. 그녀의 뒷머리를 붙잡아 자신에게로 더 밀착시키며 그는 깊숙이 키스했다. 머릿속이 비워지는 듯한, 온몸이 무기력해지는 원초적인 입맞춤이었다.

한참 동안 그녀의 입술을 놓아주지 않던 그는 입술과 입 안이 얼얼할 때쯤 고개를 내려뜨려 목과 쇄골, 가슴의 골짜기 사이에 자잘한 키스를 퍼붓기 시작했다. 브래지어 위로 드러난 가슴을 감질나게 애무하던 그는 곧 브래지어 후크를 풀었다. 그의 손에 딱 맞게 쥐어지는 아담한 가슴이 대기 중으로 드러났다. 그러자마자 흥분으로 인해 뾰족하게 솟은 정상이 그의 입속으로 사라졌다. 그의 이가 그것을 잘근잘근 깨물면 혀와 입술이 부드럽게 치유해 주었다. 마치 아이처럼 자신의 가슴을 빨아대는 남자의 머리를 현수는 끌어안았다. 묘한 느낌이 몸속 깊은 곳에서 피어올랐다.

"으음."

그녀가 신음을 흘리자 그는 더욱더 아래로 내려갔다. 그는 여성을 가리고 있는 하나 남은 천조각을 제거한 후 그녀의 다리를 넓게 벌렸다. 어찌 보면 수치스러운 자세였으나 쾌락에 들뜬 지금 그것은 그녀의 애욕을 오히려 배가시켰다. 그녀는 기다렸다. 그가 예전처럼 자신을 가득 채워주기를. 하지만 여성의 입구에 느껴지는 것은…….

"아, 안 돼!"

충격으로 다리를 오므리려 해보았으나 그는 막무가내였다. 혀가 수풀 속을 헤치고 들어와 달콤한 샘물을 빨아 들었다. 끊임없이 샘솟는 샘물을 그는 목마른 나그네처럼 연신 들이켰다.

"하악."

아랫도리에서 파고든 쾌감에 그녀는 고개를 젖히며 시트를 움켜쥐었다. 미칠 것 같았다. 채워지지 않는 갈망에 그녀는 몸부림쳤다. 그러자 그가 그녀의 위로 솟구치듯 올라왔다. 그의 애무로 더욱 부드럽고 촉촉해진 여성의 입구를 굵고 딱딱한 무엇이 두드려댔다. 그의 분신. 현수는 그것을 대담하게도 두 손으로 붙들었다. 그리고 부드럽게 그것을 매만지기 시작했다.

"윽."

놀라움에 이어 그의 얼굴에 어린 표정은 분명 고통이었다. 관자놀이에 불거진 핏줄을 보며 현수는 야릇한 만족감을 느꼈다. 그녀는 상체를 약간 들어 올려 그의 납작한 가슴을 혀로 핥았다. 그의 목구멍에서 육식동물이 포효하는 듯한 신음이 들렸다. 그녀는 그가 자신에게 했듯 이로 가슴의 정점을 희롱했다. 하지만 그것은 오래가지 못했다. 정민이 그녀를 붙잡아 침대 위로 내리눌렀기 때문이었다.

"각오해, 우현수."

그의 선언에 두렵긴커녕 기대감으로 온몸이 후들거렸다. 그리고 다음 순간 예고 없이 아직 작고 타이트한 그녀의 여성을 그의 거대한 남성이 꿰뚫고 들어왔다.

"아악!"

그녀의 비명은 그의 입술에 막혀 더 이상 터져 나오지 못했다. 그가 허리를 움직이기 시작했다. 여성 깊은 곳에서 시작된 고통이 점점 쾌감으로 바뀌어갔다. 일그러져 있던 그녀의 표정이 점점 환락에 빠진 그것으로 변해갔다. 그와 좀 더 완벽한 하나가 되기 위해 현수는 그의 날렵한 허리에 자신의 두 다리를 감았다. 그들은 마치 태초부터 한 덩이였던 것처럼 움직였다. 그가 밀면 그녀가 밀리고, 그녀가 밀면 그가 밀리고.

어느새 뜨겁게 데워진 침실의 공기 속으로 그들의 거친 숨소리와 살갗이 부딪히는 소리, 격렬한 사랑 행위로 매트리스가 짓이겨지는 소리가 연신 울려 퍼졌다. 서로를 부여잡고서 그들은 그야말로 미친 듯이 움직였다. 브레이크가 고장 난 자동차처럼 폭주하던 그들은 누가 먼저랄 것도 없이 쾌락의 정점에 올라섰다. 그것을 경험하는 순간 굳었던 온몸으로 퍼져나가는 최상의 만족감. 현수는 입술에 미소를 머금은 채 자신의 위로 쓰러지는 남자를 껴안았다.

"사랑해요."

그녀의 고백에 그는 키스로 화답했다. 여전히 자신의 안에 머물고 있는 그의 남성을 만족스레 느끼며 현수는 눈을 감았다.

그의 욕조는 조금 과장해서 그녀의 방만 한 크기였다. 넓디넓은 그곳에 물을 받아 서로를 씻겨주면서 그들은 또다시 사랑을 나누었다. 그냥 목욕만 하기엔 지나치게 욕조가 넓어서 여러 가지 자세를 취할 수 있다는 것이 문제였다.

물에서 격렬한 운동을 하고 났더니 체력이 완전 바닥이 나버린 현수는 가운을 입고 침대로 기어올라갔다. 그녀를 뒤따라온 정민이 팔베개를 해주었다. 그의 단단한 품을 기분 좋게 느끼며 현수는 눈을 감았다. 그러노라니 오후에 있었던 결혼식이 생각났고, 예지가 했던 말이 떠올랐다.

"당신, 나 처음부터 좋아했어요?"

"몰랐단 말이야?"

"물론이죠. 오늘 예지가 다이어리 얘기해 주지 않았으면 정말 몰랐을 거예요."

"젠장, 송예지. 언젠가는 내가 꼭 이 원수 갚아줄 거야."

현수는 무거운 눈꺼풀을 겨우 떠 분노하고 있는 그를 바라보았다. 그녀의 입가에 미소가 어렸다.

"예지한테 고마워하세요. 나 솔직히 오늘 감동했거든요."

"정…… 말?"

"그럼요. 난 불과 얼마 전까지만 해도 내가 오빠 더 많이 좋아한다고 생각했거든요. 그래서 그 다이어리 내용을 듣는데 엄청 기분 좋았어요."

그녀의 속삭임에 정민의 표정 역시 어느새 풀어져 있었다. 그는 그녀의 매끄러운 이마에 도장을 찍듯 입술을 내리눌렀다.

"우현수, 눈치 참 없다."

"말 안 하면 난 몰라요. 그러니까 뭐든지 항상 말해줘요."

"사랑해."

"그건 이제 알아요."

중얼거리듯 대답하는 그녀의 눈이 이제 거의 반쯤 감겼다. 그 위로 그의 따뜻한 숨결이 느껴졌다.

"고마워. 다시 내 앞에 나타나줘서."

현수는 빙그레 웃었다. 완전히 눈을 감은 그녀의 시야 속에 현관문을 사이에 두고 만난 두 남녀의 모습이 떠올랐다. 남자는 택배기사 복장에 상자를 들고 있고, 여자는 부스스한 머리에 부은 눈을 하고 있다. 여자는 남자의 존재를 알고 경악하며 면전에서 문을 닫아버린다. 그녀가 늘 상상하던 멋진 조우는 아니지만 지금 생각하면 그것도 나름 괜찮았다. 현수는 그의 품으로 더욱 파고들며 다시 만난 후 한번은 하고 싶었던 말을 중얼거렸다.

"고마워요. 내 집, 초인종을 눌러줘서."

결혼식이 끝나면 보통의 웨딩카는 공항이나 호텔로 향하기 마련이지만, 현수와 정민을 실은 하얀색 웨딩카는 서울 근교의 납골당 〈**공원〉으로 가는 중이었다. 결혼 전 그녀의 어머니께 인사를 드리지 못한 것이 마음에 걸린 그가 신혼여행을 가기 전에 잠깐이라도 들르자고 고집을 부린 것이다.

알록달록한 풍선과 리본 장식을 단 웨딩카가 납골당 안으로 들어가자, 방문객들의 눈이 휘둥그레졌다. 놀랄 만도 했다. 지금까지 웨딩카를 타고 이곳을 찾은 사람이 과연 몇이나 될까.

그러나 정민은 그에 아랑곳없이 현수의 손을 잡고 웨딩카에서 내려 납골당 안으로 들어갔다. 그녀가 그를 이끈 곳에 '故 이연자' 라고 쓰인 유골함이 있었다. 그 주변으로 생전 고인의 사진과 고등학생인 듯한 현수의 사진도 보였다.

"우리 엄마예요."

8년의 세월이 흘렀지만 사진 속 현수의 어머니는 하나도 늙지 않았다. 예전과 똑같았다. 정민은 말없이 영정 사진을 향해 고개를 숙여보였다. 유골함 앞에 국화를 내려놓은 현수에게서 약간 떨리는 음성이 흘러나왔다.

"엄마, 나 오늘 이 사람이랑 결혼했어. 비록 엄마가 말했던 그런 조건의 남자는 아닐지 모르지만, 날 누구보다 사랑해 주고 내가 사랑하는 사람이야. 기뻐해 줄 거지?"

"기뻐하실 거야."

확신에 찬 어조가 이상했던 듯 그녀가 그를 뜯어보았다. 빙그레 웃은 정민은 그녀의 손을 잡으며 8년 전의 기억을 떠올렸다.

"어머니가 날 무척 마음에 들어 하셨거든."

"우리 엄말, 만난 적 있어요?"

"벌써 잊었나 보네? 내가 술에 취한 너 업고 집까지 데려다 준 거? 그때 처음 뵈었지."

"처음? 그럼 두 번째도 있었단 거예요?"

그러고 보니 그녀에게 한 번도 이야기한 적이 없었다. 돌아가신 분과 그만이 공유한 기억이 있다는 것이 기분 좋았다. 대답을 기다리는 그녀에게 가만히 고개를 끄덕여 보인 정민의 시간이 빠르게 되감기 되고 있었다.

주량 이상 동동주를 마신데다 근 한 달 동안 준하가 부탁한 수화 강의에, 중간고사 공부에, 아버지 옆에서 회사일 돕기까지 무리를 했더니, 급격히 취기가 오르며 피곤해졌다. 당장이라도 집에 돌아가고 싶었다. 하지만 정민은 그답지 않게 미적거렸다. 그것은 이 자리가 그를 위해 마련되어서도, 동아리 회장인 친구 준하의 입장을 고려해서도 아니었다. 그의 시선은 탁자 위에 엎어져 자고 있는 단발머리 신입생에게 머물러 있었다. 옆자리의 남학생들이 그녀를 깨운답시고 어깨와 팔 등을 주물럭대는 것이 왜인지 신경이 쓰여 미칠 지경이었다.

결국 그는 자리에서 벌떡 일어났다. 그로 인해 산발적 대화가 한창이던 그곳에 갑작스런 침묵이 찾아들었다. 모두의 시선이 자신에게 쏠리는 것을 느꼈지만 정민은 현수에게로 향하는 발걸음을 멈출 수 없었다. 그가 다가서자 현수 주위의 1학년 남학생들이 썰물처럼 물러났다. 그는 머뭇거리지 않고 현수의 어깨를 붙들었다. 그리고 당당하게 좌중을 향해 물었다.

"우현수 집이 어딘지 알고 있는 사람?"

머뭇머뭇 손을 드는 낯선 여학생이 그렇게 반가울 수가 없었다. 그렇게 그녀의 집을 알아낸 정민은 현수를 등에 업었다. 놀라 입을 쩍 벌린 채 그들을 바라보는 이들을 무시하고.

동동주집을 나와 그녀를 큰길까지 업고 걸어간 정민은 자신의 차 뒷좌석에 눕혔다. 마침 그의 눈에 약국 간판이 보였다. 마시지 않던 술을 이렇게까지 마셨으니 내일 아침 어지간히 속이 쓰릴 것이라는데 생각이 미쳤다. 즉시 약국으로 들어가 숙취해소제를 산 정민은 그 후에야 그녀의 집까지 대리운전사에게 조심스럽게 차를 몰게 했다. 저러다 혹시 뒷좌석에서 굴러 떨어지는 것이 아닌가 싶어서.

기사에게 동네 어귀의 교회 앞에서 차를 세우게 했다. 그리고 현수를 다시 업고 작은 상점들이 다닥다닥 붙은 좁은 길을 걷기 시작했다. 그러노라니 체온이 급격히 상승하며 땀이 흐르는 것이 느껴졌다.

조그만 게 보기보다 무겁다.

그렇게 중얼거리며 고개를 드니 여학생이 말했던 '수 헤어숍'이라는 간판이 보였다. 헤어숍이라기 보다는 그냥 아주 작은 동네 미용실이었다. 정민은 불이 꺼진 헤어숍 옆으로 난 작은 대문의 벨을 눌렀다.

〈누구세요?〉

"저, 현수 선배입니다. 현수가 좀 취해서요…….”

그의 말이 끝나기 무섭게 탁 인터폰이 끊기는 소리가 들렸다. 곧 슬리퍼 끄는 소리가 들리고 대문이 벌컥 열렸다. 현수와 닮은, 그러나 세월의 때가 묻은 여인이 나타나 그를 노려보았다.

"어떻게 된 거야? 이게?”

"동아리 회식 중에 주는 대로 술을 너무 마셨나 봅니다. 좀 들어가도 되겠습니까?”

낯선 남자를 집 안에 들이는 것이 불안한 듯했다. 하지만 그가 진정 힘이 들어 보이고, 그대로 현수를 두고 가버리면 자신이 끌고 들어갈 자신도 없어서 그랬던 것인지 이 여사는 그를 안으로 안내했다. 기다란 마당을 지나고 아담한 단층 주택이 나타났다. 현관문을 열고 거실을 가로질러 정민은 그녀의 어머니가 문을 열어주는 방으로 들어갔다. 침대에 현수를 내려놓고서야 그는 그곳이 현수의 방임을 알았다. 정민은 방 안을 둘러보았다. 작고 별다른 가구도 없지만 여성스럽고 깔끔했다.

"흠. 흠."

어서 나오라는 듯 헛기침을 해대는 이 여사였다. 아쉬움을 뒤로 하고 그는 방을 나와야 했다. 등 뒤에서 문이 탁 닫히는 소리가 유난히 크게 들렸다. 인사를 하려고 몸을 돌린 그는 아무도 없는 것에 주위를 두리번거렸다. 곧 그녀의 어머니가 물잔을 쟁반에 받쳐 들고 부엌에서 나왔다. 행동이 진짜 빠릿빠릿한 분이다.

"물이라도 좀 마셔."

"감사합니다."

갈증이 나던 차였기에 정민은 마다하지 않고 물 한 컵을 다 마셨다. 그리고 나서야 정신이 좀 드는 것 같았다. 그는 고개를 숙여 보이며 인사를 했다.

"늦은 시간 죄송합니다. 저는 한정민이라고 합니다. 현수와 같은 학교에 다니고 있습니다."

"그래. 의식 잃은 애 업고 오느라 고생 많았어. 그런데 내가 하나 궁금한 게 있는데, 정말 우리 현수랑 선후배 사이일 뿐이야? 그런데 왜 이 시간에, 여기까지 힘들게 업고 와준 거지?"

"선후배 사이 맞습니다…… 아직은요."

그의 의미심장한 대답과 눈빛에 현수의 어머니는 잠시 표정을 굳혔으나, 다행히도 곧 희미한 미소와 함께 물어왔다.

"솔직하네. 그런데 우리 현수는 아직 남자 사귈 마음 같은 거 없을 텐데."

"그럼 현수가 좋다면 허락하실 겁니까?"

"사귀는 정도야 물론. 그리고 솔직히 말하면……."

정민은 다음 말을 신경을 곤두세우고 기다렸다. 그리고 그녀의 어머니가 말을 잇는 순간, 그의 긴장감이 와르르 무너졌다.

"학생 잘생겨서 보기 좋네. 영화배우 누구 닮았다는 말 많이 안 들어?"

"네? 네. 조금."

"그렇지? 그런데 잘생긴 남자는 얼굴값을 한단 말이지. 어딘가 모르게 귀티도 흐르는 것 같고."

"아하하. 귀티 난다는 소리는 태어나서 정말 처음 듣는데요? 감사합니다."

그렇게 대충 상황을 얼버무린 정민은 인사를 하고 집을 나가려 했다. 그 와중 주머니에 넣어두었던 숙취해소제가 떠올랐다. 그는 약봉지를 그녀의 어머니 손에 꼭 쥐어주었다.

"이거 현수 깨면 먹이십시오. 숙취해소 하는 약입니다."

"어머. 얼굴만큼 센스도 최고네. 업고 오는 것만으로도 정신없었을 텐데, 언제 샀어?"

흐뭇함이 감도는 이 여사의 얼굴을 보니 뿌듯했다.

"학교 앞에서요. 그럼 안녕히 주무십시오."

정민은 신발을 대충 꿰어 신고 얼른 밖으로 나왔다. 시원한 밤바람이 불어와 땀에 젖은 그의 얼굴을 식혀 주었다. 몸은 아까보다 한결 가벼웠지만 왜인지 허전한 기분이었다. 현수를 업었을 때 느꼈던 그 충만감을 뭐라고 설명해야 할까.

저도 모르게 멈춰 선 정민은 〈수 헤어숍〉과 그 옆으로 난 작은 대문을 뒤돌아보고 있었다.

이 여사를 두 번째이자 마지막으로 만난 것은 그가 계획적으로 현수와 소개팅을 한 그날이었다. 그녀와 영화를 보고 저녁을 먹은 그는 버스에서 내려 그녀를 집 앞까지 바래다주었다. 그리고 혼자 돌아가는 길, 정민의 입가에는 만족스런 미소가 걸려 있었다.

사귀자는 제안에 놀라는 현수는 얼마나 귀엽던지. 아직도 그녀의 볼을 꼬집은 두 손가락에 부드러운 살갗의 느낌이 남아 있었다.

그렇게 현수를 생각하며 걷다가, 작은 슈퍼 앞을 지날 때 우연히 고개를 든 정민은 그곳에서 뭔가를 사서 들고 나오는 그녀의 어머니를 발견했다. 그는 즉각 달려가 묵직한 봉지를 받아들었다. 갑작스런 그의 등장에 이 여사는 놀라 잠시 말을 잃은 듯했다. 정민은 혹시 그를 기억하지 못하는 것은 아닌가 싶어 다시 한번 자신을 소개했다.

"안녕하셨어요? 저 한정민입니다."

"알지. 그런데 여긴 웬일? 설마 우리 현수 만나러? 현수 오늘 소개팅 갔는데?"

뭐야. 소개팅하는 걸 알고 계셨단 말이야? 그럼 그렇게 예쁘게 머리를 해준 것도, 예쁜 옷을 사준 것도 모두 어머니였단 말인가?

말도 안 되는 배신감이 밀려들었다. 정민은 뿌루퉁하니 되물었다.

"현수 만나러 오면 안 됩니까?"

"그게 아니라 실망할까 봐 그러지."

현수의 어머니와 집을 향해 나란히 걸으며 정민은 사실을 털어놓았다.

"걱정 마세요. 방금 현수 데려다 주고 오는 길입니다."

"그럼 오늘 현수가 소개팅한 사람이 바로?"

"네. 저예요."

그의 대답에 이 여사가 우뚝 멈춰 섰다. 자신을 뜯어보는 눈길을 정민은 피하지 않았다. 현수의 어머니는 은근한 미소와 함께 물었다.

"우연이 아닌 거지?"

"세상에 완전한 우연이 얼마나 존재할까요."

"어머~ 정민 학생 완전 로맨틱하다."

지난번에도 느꼈지만 소녀스런 감성이 다분한 분이다. 이럴 때 감사하다고 해야 할지, 별말씀이라며 겸손을 떨어야 할지 알 수 없어 정민은 그저 침묵을 지켰다. 그들은 약속이라도 한 듯 동시에 다시 걸음을 옮겨 놓았다. 현수의 어머니에게서 진지한 한 마디가 흘러나온 것은 잠시 후였다.

"부탁이 있는데."

"네. 말씀하세요."

"혹시 우리 현수랑 사귀게 되면, 절대 책임지지 못할 일은 하지 마."

너무 앞서 간다는 생각이 들었지만, 그 눈빛이 너무 간절해서 정민은 웃어넘길 수가 없었다. 그 역시 진지하게 고개를 끄덕였다.

"네. 그럴게요."

그러자 마치 아이처럼 환하게 웃는 이 여사였다. 그러다 그가 든 봉지로 시선을 떨어뜨린 그녀는 미안한 듯 손을 뻗었다.

"무겁지? 이제 내가 들게."

"아닙니다. 집 앞까지 책임 배송해 드려야지요."

"훗. 유머 감각까지?"

그 후 이 여사는 집으로 가는 동안 현수의 어린 시절 에피소드들을 들려주었고 정민은 그것을 귀 기울여 들었다. 다른 사람 이야기였다면 지루하기 짝이 없었겠지만 현수에 관한 건 무작정 관심이 갔다. 그리고 마침내 집 앞에 이르렀을 때 봉지를 내려놓고 물러나는 정민에게 이 여사가 말했다.

"고마워, 내 딸 좋아해 줘서."

그것이 그가 기억하는 현수 어머니의 마지막 한 마디였다.

이야기를 마친 정민은 흐느끼는 소리에 현수를 돌아보았다. 언제부터 운 것일까. 그녀의 뺨을 타고 흘러내린 눈물이 신부 화장을 망쳐놓고 있었다. 정민은 품에서 손수건을 꺼내 현수의 젖은 얼굴을 꼼꼼하게 닦아주었다.

"너 울리려고 한 이야기 아닌데."

"알아요. 미안해요. 그냥 엄마가 너무 보고 싶어서. 엄마가 오빠를 조금이라도 알고 가셨다고 생각하니까 너무 기뻐요. 그러니까 기뻐서 지금 우는 거예요, 나."

정민은 횡설수설하는 그녀를 당겨서 품에 안았다. 그는 또다시 떨리고 있는 그녀의 어깨를 토닥거려 주었다. 그는 마치 혼잣말을 하듯 중얼거렸다.

"난 믿고 싶다. 어머니께서 지금 너와 날 내려다보며 기뻐하고 계실 거라고."

"그렇게 믿어요, 우리. 그리고 고마워요."

"뭐가?"

"그냥 다."

그저 그렇게 대답을 한 현수는 그의 품으로 더욱 파고들었다. 지나치게 친밀한 접촉이었다. 이러다 신성한 장소에서 불경스러운 짓을 저지를 수도 있겠다는 생각이 들 만큼. 정민은 애써 그녀를 자신에게서 떼어냈다. 순진무구한 눈빛으로 그를 올려다보는 현수에게 정민은 착 가라앉은 음성으로 속삭였다.

"좀 더 진한 건 몰디브 가서 실컷 하자고."

금세 그녀의 얼굴이 발그레하게 달아올랐다. 도대체 뭘 상상하는 것인지. 고개를 내저은 정민은 그녀의 앙증맞은 코를 살짝 잡았다 놓았다.

"앙큼하긴."

"어머. 자기가 먼저 말해 놓고선."

발끈하는 그녀를 보며 정민은 피식 웃었다. 그는 이 여자를 바라보며 쩌렁쩌렁한 목소리로 말하는 것이었다.

"장모님! 손자 만드는 건 아무래도 시간문제겠는데요. 이 여자가 이렇게 밝히니."

화들짝 놀란 현수는 주위를 둘러보며 황급히 그의 입을 막았다. 하지만 정민은 그녀의 손을 치워내며 계속 음흉한 농을 쳐댔다.

"아니 손자가 좋으세요? 손녀가 좋으세요? 아님 쌍둥이?"

"우리 엄마는 내가 낳은 애긴 다 좋아하실 거니까 걱정 말아요. 이제 가요."

도저히 안 되겠던지 현수가 입구 쪽으로 그를 마구 잡아끌었다. 정민은 못 이기는 척 그녀를 따라가며 생전 한 번도 '장모님'이라고 불러보지 못한 장모를 돌아보았다.

저한테 현수 좋아해 줘서 고맙다고 하셨지요? 저 역시 감사합니다. 힘들게 현수 낳아서 곱게 길러 저한테 보내주셔서요. 많이 사랑하고 살겠습니다. 죽는 날까지 행복하게 해주겠습니다. 나중에 장모님 다시 만났을 때 죄송하지 않게.

그의 속엣말을 들은 것일까. 사진 속 이 여사의 웃음이 더 환해진 것 같은 착각이 들었다.

정민은 한결 가벼워진 마음으로 현수의 손을 잡고 그들을 기다리고 있던 웨딩카에 올랐다. 이제 몰디브로 떠날 차례다. 코발트빛 바다 위에서 단둘만 있을 수 있는 그곳으로. 기대감으로 인해 그의 입가에 미소가 떠올랐다.

에필로그 2

5년 후.

'한얼 푸른숲 어린이 도서관 개관식' 이라는 현수막이 선선한 가을바람에 흔들렸다. 서울에서는 좀처럼 보기 힘든 숲으로 둘러싸인 도서관 앞 넓은 잔디밭은, 개관식 및 축하행사에 참여하기 위해 모여든 사람들로 북적거리고 있었다.

단상에 오르기 전 현수는 수없이 심호흡을 했다. 이렇게 많은 사람들 앞에서 연설을 하는 것이 처음이라 부담스럽기 짝이 없었다. 그때 떨고 있는 그녀의 손을 따뜻한 손이 붙잡아 주었다. 놀란 현수는 설마 하며 고개를 들었다. 아니나 다를까 정민이 그녀를 내려다보며 웃고 있었다.

"어, 언제 왔어요? 바빠서 못 온다면서?"

"그럴 수야 있나. 한얼의 제1호 어린이 도서관이 개관을 한다는데. 거기다가 여기 관장님이 누구신데."

"그럼 당신이 나 대신 인사말 좀 해주면 안 돼요? 너무 떨려서 못 하겠어요."

그녀의 애원에 정민은 매정할 정도로 단호히 고개를 내저었다.

"난 오늘 한얼그룹 회장 자격으로 참석한 게 아니야. 그저 우현수 남편으로서 온 거지."

너무해.

울상이 되어 있는데, 식을 진행하던 직원이 그녀의 이름을 호명하는 게 들렸다. 현수는 정민에 의해 떠밀리듯 단상으로 올라갔다. 뒤를 돌아보자 정민이 머리 위에서 두 손으로 하트를 만들어보였다. 그 모습에 피식 웃음이 났다. 조금 긴장이 풀리는 것도 같았다.

단상 가운데 선 현수는 잔디밭을 가득 채운 사람들을 둘러보며 인사를 했다. 박수소리가 먼 곳에서 들리는 듯했다. 현수는 애써 침착한 손길로 마이크를 들었다. 약간의 떨림을 품고 그녀는 말을 시작했다.

"안녕하세요? 저는 푸른숲 어린이 도서관 관장 우현수입니다. 처음 한얼에서 어린이 도서관 사업을 시작하면서, 도서관 부지를 여러 군데 보러 다녔었습니다. 그런데 저는 첫눈에 이곳의 숲이 마음에 들었어요. 요즘 아이들 환경오염과 조기교육으로 몸과 마음이 많이 지쳐 있잖아요? 그래서 이곳에 도서관을 짓기로 결정했고, 도서관 이름도 '푸른숲'이라고 지었어요. 주민 여러분들께 너무 감사합니다. 이렇게 아름답게 지역을 잘 가꾸어주셔서 많은 아이들과 저의 꿈이 이루어졌어요. 앞으로 우리 도서관에서 아이들의 행복한 웃음소리가 끊이지 않았으면 합니다. 제가 바라는 것은 그뿐이에요……."

시간이 갈수록 그녀는 침착함을 찾아갔다. 말을 다 마쳤을 땐 그녀의 얼굴에 환한 미소가 떠올라 있었다. 아낌없는 박수를 보내며 그녀를 바라보는 사람들 역시 같은 표정이었다. 왠지 모르게 가슴이 벅찼다. 모두를 고루 바라보며 인사를 한 현수는 단상을 내려갔다. 그녀는 본능적으로 그를 찾았고, 기다렸다는 듯 정민이 손을 잡아왔다. 그는 사람들을 피해 개관식 무대 뒤로 그녀를 이끌었다.

"감동적이었어. 역시 내 마누라야."

그가 당당히 그녀의 입술을 차지했다. 혹시나 주위를 둘러보면서도 현수는 그를 거부하지 못했다. 언제나처럼. 그녀는 그의 목에 팔을 감고 더욱 열정적으로 키스를 되돌렸다. 상대를 다 빨아들일 듯한 입맞춤이 이어졌다. 그의 손이 그녀의 타이트 스커트 속을 파고드는 것에 현수는 정신이 번쩍 들었다. 그녀는 그의 손등을 찰싹 때리며 뒤로 물러났다. 하지만 정민은 그녀의 허리를 붙잡은 손을 놓아주지 않았다.

"차로 갈까?"

그의 은근한 속삭임에 현수는 눈동자를 굴리며 현실을 일깨워 주었다.

"여긴 내 직장이구요. 오늘은 개관식이라 사람들도 엄청 많아요. 참 그리고…… 지역방송국 기자들도 와 있던데, 당신 모습 발각되는 즉시 시끄러워지는 것 잘 알죠?"

대놓고 불만인 표정이면서도 마지못한 듯 그가 그녀에게서 떨어졌다. 그와 그녀는 말없이 각자의 옷매무새를 가다듬고 따로따로 사람들의 무리 속으로 합류했다. 그 후 현수는 개관식에 참석해준 내빈들과 함께 테이프를 커팅했고, 시립 교향악단 공연 및 페이스페인팅 등 체험행사가 계속 이어졌다. 드높은 가을하늘 아래, 그녀가 한 달 넘게 준비한 중요한 행사의 날이 그렇게 순조롭게 흘러가고 있었다.

개관 식후 행사까지 모두 마무리되자 한숨을 돌린 현수는 도서관 안으로 발길을 옮겨 놓았다. 아이들이 도서관을 이용하는데 불편은 없는지 살펴볼 생각이었다. 그런데 어디서 많이 들어본 목소리가 그녀를 불러 세웠다.

"우현수 씨."

그녀를 계속 기다렸던 것일까. 출입문 옆에서 나타난 사람은 석희였다. 5년 만이지만, 그는 5년 전이나 외양적으로 변한 것이 없었기에 한눈에 알아볼 수 있었다. 현수는 반가운 웃음으로 그를 맞았다.

"관장님!"

"진짜 오랜만인데, 이럴 때 한 번쯤 안아주면 안 됩니까?"

"잊으셨어요? 저 유부녀인 거? 우리 남편이 질투가 엄청 심해서 안 돼요. 악수해요. 그냥."

그녀는 손을 내밀었다. 석희는 그것을 마주 잡았다. 그런데 문제는 단단히 붙잡고서 놓아줄 생각을 하지 않는다는 거였다.

"여긴 어쩐 일이세요?"

"겸사겸사. 한얼에서 만든 어린이 도서관이 개관을 하는 것도 흥밋거리였지만, 우현수 씨가 관장이라는 말을 듣고 가만있을 수가 없었어요."

그리고는 석희가 등 뒤에서 앙증맞은 꽃다발을 내밀었다. 그제야 자유로워진 손으로 현수는 그것을 받았다. 갖가지 톤의 노란빛, 초록빛이 어우러진 아름다운 꽃다발이었다. 꽃향기를 맡으며 그녀는 그에게 진심어린 고마움을 전했다.

"어머. 정말 예뻐요. 감사해요."

"축하해요. 우…… 관장."

"우 관장? 어색해요. 그냥 현수 씨라고 부르세요. 예전처럼."

그녀가 웃으며 한 말에도 석희는 웃지 않았다. 그는 그녀의 얼굴을 찬찬히 뜯어보더니 중얼거리듯 말했다.

"이젠 아무 데서나 울지 않을 것 같군요."

5년 전 내가 그랬었지. 생각하니 부끄러워져 현수는 그의 눈을 마주할 수가 없었다.

"무, 물론이에요."

"다행입니다. 행복해 보여서."

어쩌 그의 목소리에 씁쓸함이 어린 듯했다. 그녀는 조심스레 물었다.

"관장님은…… 결혼 안 하세요?"

"나 약혼합니다. 다음 달에."

"어머! 정말요? 축하드려요. 결혼할 때 초대해 주실 거죠?"

"우현수 씨는 초대 안 할 겁니다."

그의 단호한 거절에 서운해지는 건 어쩔 수 없었다. 현수는 애써 웃었지만 표정에 그런 감정이 드러난 모양이다. 석희가 말을 이었다.

"내가 워낙 구식이라서 그런 거니까, 이해해요."

"네. 대신 축의금은 거절하지 마세요."

그녀의 농담에 석희가 만나고 나서 처음으로 웃었다.

"웃으니까 5년은 젊어 보여요. 이젠 좀 많이 웃으세요."

그에게 예전부터 해주고 싶은 말이었다.

"진작 말해 주지 그랬어요. 우현수 씨가 잘 웃는 남자를 좋아하는 줄 알았으면 노력했을 텐데."

농담인지 진담인지 아리송한 말이었다. 그녀가 안경 너머 석희의 눈동자를 물끄러미 들여다보고 섰는데, 멀리서 세상에서 가장 듣기 좋은 부름이 들려왔다.

"엄마! 엄마!"

그 부름은 점점 더 가까워지고 있었다. 현수는 목소리의 주인공을 향해 돌아섰다. 잔디밭을 가로질러 달려오고 있는 작은 아이. 그녀와 정민의 아들 윤이었다. 현수는 몸을 숙여 아이를 안아 들었다. 부드러운 뺨에 소리 나게 뽀뽀를 한 현수는, 뺨을 내밀어 빨간 꽃잎 같은 입술이 해주는 뽀뽀를 행복하게 받았다.

"윤이, 누구랑 왔어?"

"아빠랑."

그녀에게 안긴 채 윤이 손가락으로 뒤를 가리켰다. 캐주얼 정장 차림의 정민이 그곳에 서 있었다. 바쁘다고 해서 회사로 다시 들어간 줄 알았더니, 윤이를 데리고 나타날 줄은.

"어떻게 된 거예요?"

그러나 정민은 대답하지 않았다. 그의 시선은 그녀가 아닌 곁의 석희에게 머물러 있었다. 그는 이렇다 할 표정 없이 석희에게 손을 내밀어 먼저 악수를 청했다. 석희는 그 손을 맞잡았지만 그녀와 악수할 때와는 정반대로 금세 손을 놓고 물러섰다. 정민은 현수에게서 윤을 받아 안으며 무뚝뚝한 목소리를 냈다.

"여긴 어쩐 일이십니까?"

"왜 그래요. 축하하러 와 주신 분한테."

그녀가 낮은 목소리로 질책을 해보았지만 정민은 들은 척 만 척이었다.

"우현수 씨가 남편이 질투가 심하다고 하더니, 진짜 그런 것 같군요."

대수롭잖다는 듯 어깨를 으쓱 해보인 석희가 한 말에 정민의 미간이 팍 구겨졌다.

"뭐라고요?"

"아이가 예쁘네요. 현수 씨를 닮았나 봅니다."

윤을 보며 희미한 미소를 짓는 석희는 의외로 좋은 아빠가 될 것 같았다.

"난 그만 갈게요. 동료로서 종종 만납시다."

그녀를 돌아보며 짧은 인사말을 남긴 석희는 정민에게 보일 듯 말 듯 목례를 하고 도서관 출구로 걸어갔다. 그 뒷모습을 바라보고 있던 현수에게 정민의 못마땅한 중얼거림이 들렸다.

"하여튼 끝까지 맘에 안 들어. 뭐? 동료로서 종종 만나? 아이가 현수 씨를 닮아 예뻐?"

"그럼 당신 닮아 잘생겼다고 했음 맘에 들었을 거예요?"

"아니."

딱 잘라 대답하는 그를 보며 현수는 웃었다. 이번엔 정민의 눈길이 그녀가 들고 있는 꽃다발에 머물렀다.

"그 꽃다발은 뭐야."

"축하의 의미라니까요."

"진짜 촌스러워. 갖다버려."

말도 안 되는 억지를 쓰는 정민은 이럴 때 보면 영락없는 소년 같다. 윤과 나이 차 많이 나는 형 같은 느낌? 자신이 아들 둘을 키우는 듯한 착각이 들 때가 많다.

"나 줘. 꽃 나 줘."

때마침 윤이 꽃다발로 두 팔을 뻗으며 그의 품에서 버둥거렸다. 잘 됐다 싶었다. 현수는 윤을 자신의 편으로 끌어들였다.

"윤아, 아빠가 이 꽃 버리라는데?"

"안 돼! 아빠, 싫어!"

작은 주먹으로 정민의 가슴을 쿵 때리는 윤은 정말 울 것 같은 표정을 짓고 있었다. 정민은 당황하여 아이를 달랬다.

"집에 가면서 아빠가 자동차로 변신하는 로봇 사줄게."

"싫어! 난 이 꽃 할 거야."

"그럼 더 예쁜 꽃 사줄게. 이건 못생겼어."

"아니야! 이거 예뻐!"

울음이 터지기 일보 직전이었다. 결국 그녀가 꽃다발을 안겨 줌으로써 그 위기를 극복할 수 있었다. 이제 윤의 작은 얼굴엔 생글생글 웃음이 가득했지만, 그것을 지켜보는 정민은 못 먹을 거라도 씹은 표정이었다.

"그만 기분 풀어요. 임 관장님만 보면 왜 그렇게 못 잡아먹어서 안달이에요."

"만나지 마. 저 자식."

"당신 진짜 이상한 거 알아요? 의처증 같아."

"의처증? 내가? 말 다했어?"

그녀가 농담처럼 한 말에 그가 펄쩍 뛰었다.

"그러니까 그러지 말라구요. 나한테 남자는 세상에 한정민 하나뿐인 거 알면서."

"됐어. 임석희랑 둘이 종종 만나든지 말든지 신경 끌 거야, 이제."

"정말 이러기예요?"

그녀가 원망스러움을 내비쳐 보았으나 그는 이미 돌아선 뒤였다. '엄마, 빠빠이!' 라고 인사하는 윤의 얼굴도 제대로 보여주지 않은 채. 남겨진 현수에게서 한숨이 흘러나왔다.

퇴근길, 현수는 일부러 란제리숍에 들러 레이스가 잔뜩 붙고 속이 훤히 비치는 속옷 세트를 구입했다. 오늘 밤이 가기 전에 그를 풀어주기 위해서는 이 방법이 최고였다. 가자마자 샤워를 하고 그가 제일 좋아하는 향수를 뿌린 뒤 이것을 가운 안에 입어야지. 그리고…… 그녀가 흐뭇한 표정으로 상상을 하고 있는데 조수석에 둔 백에서 벨소리가 들렸다. 현수는 운전대를 한손으로 잡은 채 그것을 뒤적여 휴대폰을 꺼냈다. 성북동 시댁이었다.

그녀는 목소리를 가다듬고 전화를 받았다.

"네."

〈윤이 에미야. 니 느그 남편이랑 싸웠나?〉

시아버지의 걱정스러운 물음에 현수는 당황스러웠다.

"무슨 말씀이세요, 아버님?"

〈윤이 데리고 집에 와가지고는 묻는 말에 대답도 안 하고, 갖고 온 꽃다발은 안 보이는데 치아뿌라 해샀고 짜증을 낸다.〉

"지금 제가 성북동으로 갈게요."

전화를 끊은 현수는 피식 웃음이 났다. 시부모님이 아이를 봐주시기에 매일 시댁에 출퇴근 도장을 찍긴 하지만, 오늘은 정민이 데리고 있다고 생각했기에 바로 집으로 가려고 했던 것이었다. 그가 윤을 데리고 시댁에 갔을 줄이야. 현수는 속옷이 든 쇼핑백을 아쉬움이 담긴 눈빛으로 바라보았다. 오늘은 아무래도 물 건너갔다, 너.

그녀가 성북동 저택 앞에 도착한 시간은 저녁 7시였다. 주차를 하고 부랴부랴 집 안으로 들어간 현수를 시어머니 명 여사가 친히 맞아 주었다.

"너무 늦었죠? 죄송해요, 어머님."

─아니야. 오늘 개관식 잘했니?

"네."

―역시 우리 며느리구나. 저녁 전이지? 어서 먹자.

명 여사와 함께 주방으로 들어가니 식탁에 모두 앉아 있었다. 한 회장이 그녀를 돌아보며 말했다.

"오늘 고생했다. 앉아라."

한 회장과 정희에게 인사를 한 현수는 윤에게 밥을 먹이고 있는 정민의 옆에 앉았다. 그의 옆구리를 슬쩍 찔러보았지만 정민은 그녀에게 시선도 두지 않았다. 하는 수 없어진 현수는 짐짓 밝은 음성으로 그에게 먼저 말을 걸었다.

"오늘 회사에 다시 안 들어갔나 봐요?"

"응."

그게 대답의 다였다. 당황하였지만 현수는 애써 표정을 감추었다.

"윤이, 밥 내가 먹일게요."

"됐어. 다 먹였어."

그리고 유아 의자에서 윤을 들어 올린 정민은 자신의 부모님을 번갈아 바라보며 말하는 것이었다.

"저 먼저 일어날게요."

의아스럽다는 듯 정희가 그들을 훑어보았다.

"어쩐 일이야? 닭살 부부께서?"

현수는 어색하게 웃었고, 정민은 그대로 주방을 나가려 했다. 하지만 한 회장의 권위 어린 음성이 그를 다시 불러들였다.

"어딜 갈라꼬. 앉아 봐라."

정민은 마지 못한 듯 다시 그녀의 옆에 앉았다. 시아버지의 표정은 심상찮았다. 현수는 침을 꿀꺽 삼키며 무슨 말이 떨어질지 조마스럽게 기다렸다.

"느거 언제까지 윤이만 기를기고? 윤이 동생 안 만들어줄 기가?"

너무 노골적인 물음에 현수의 얼굴이 화끈 달아올랐다.

이제 윤이 나이 4살. 안 그래도 벌써 2년도 넘게 정민은 '둘째, 둘째' 노래를 불러대고 있었다. 계속 미루어온 것은 그녀였다.

"아버지도. 하나만 낳아 잘 기르자. 모르세요?"

어색한 분위기 틈으로 정희가 끼어들었다. 그러자 한 회장은 오히려 더 역정을 냈다.

"니는! 지금이 무슨 70년대가! 말도 안 되는 소리 좀 하지 마라! 아를 많이 낳는 기 애국하는 길이다."

"죄송합니다, 아버님. 노력…… 할게요."

고개를 숙여 보이며 그녀가 한 대답도 한 회장의 성에는 차지 않는 모양이었다. 시아버지는 집요하게 캐물었다.

"진짜 노력을 하기는 하는 기가? 그라믄 어째 결실을 못 맺노."

"아버지, 그 말씀은 꼭 제 능력을 무시하는 것 같은데요. 저 엄청 건강합니다. 하룻밤에 몇 번도 문제없어요."

한 술 더 뜨는 정민이었다. 정희의 쿡쿡거리는 웃음소리가 귓가에 들려왔다. 현수는 도저히 부끄러워서 얼굴을 들 수가 없었다. 그런데도 그녀를 향해 부드럽게 묻는 한 회장이었다.

"그라믄 윤이 에미 니, 보약이라도 한 재 묵어 볼래?"

"네? 아, 아니에요. 아버님."

고개를 번쩍 쳐든 현수는 두 손을 내저어 보였다. 다행히 명 여사가 이제 그만 하라고 남편을 만류했다. 만약 시어머니가 아니었다면 얼마나 더 곤란해졌을지…… 생각만 해도 식은땀이 났다.

"밥 먹어."

정민이 그녀의 손에 숟가락을 쥐어주었다. 고개를 끄덕인 현수는 떨리는 손을 들어 밥을 입 안으로 떠 넣었다. 전주댁 아주머니의 음식 솜씨는 최고였지만, 오늘만큼 현수는 무슨 맛인지도 모른 채 저녁을 먹었다. 그녀의 머릿속은 오늘 산 속옷과 둘째에 대한 생각으로 가득 차 있었다.

성북동 저택에 비하여 작지만 더 아름다운 그들의 집은 지하 1층, 지상 3층으로 이루어져 있었다. 정민이 설계와 인테리어 과정에 직접 참여하여서인지 더 애착이 가는 집이다. 정민이 주차를 하는 동안 현수는 잠이 든 윤을 안고 먼저 집으로 들어와 불을 켰다. 천장이 높은 거실과 주방이 한눈에 들어왔다.

그녀는 윤의 놀이방과 그들의 침실이 있는 2층으로 올라갔다. 그들의 침대 옆에 나란히 놓인 아이 침대에 윤을 눕힌 현수는 아이의 가슴을 토닥거려 주며 잠시 내려다보고 있었다.

그놈, 누구 아들인지 참 잘생겼다.

그러다 문이 열리고 정민이 들어오는 소리에 현수는 침대에서 일어났다. 그의 손에 그녀의 가방과 쇼핑백이 들려 있는 것을 발견한 현수는 화들짝 놀라 그것을 앗아 들었다. 영문을 모르겠다는 듯 정민은 그녀를 바라보았다.

"나 좀 씻을게요. 너무 늦는다 싶음 당신은 3층 욕실을 써요."

그 말을 끝으로 그녀는 드레스룸으로 들어가 문을 닫았다. 화장대 위에 속옷을 펼쳐 놓자, 검은색 얇은 레이스가 어째 살 때보다 더 야해 보였다. 아니야, 넌 할 수 있어. 그렇게 스스로를 격려한 현수는 그것을 들고 욕실로 들어갔다.

평소보다 훨씬 더 공을 들여 샤워를 한 그녀는 계획대로 향수까지 뿌리고 레이스를 조심조심 당겨 팬티와 브래지어를 착용했다. 그리고 드레스룸의 전신거울을 마주하는 순간 그녀의 얼굴이 붉게 달아올랐다.

여성을 가린 검은 숲도, 가슴의 거무스름한 정상도 모두 레이스 밖으로 드러나 보였다. 입었으나 왠지 안 입은 것보다 더 야해 보이는 속옷이었다. 순간 다른 걸 입을까 현수는 고민했다. 하지만 이것을 사는데 든 돈이, 석희로 인해 냉랭해진 정민의 얼굴이, 둘째를 원하던 시아버지의 목소리가 떠올라 그녀의 의지에 불을 붙였다.

고개를 끄덕인 현수는 그 위로 연핑크색 실크 가운을 걸쳤다. 그것의 끈을 졸라맨 그녀는 드레스룸을 나가려다 화장대 서랍 깊은 곳에 있던 피임약을 꺼내 휴지통에 버렸다. 그리고 아직 물기가 남아 있는 머리를 한쪽 어깨로 늘어뜨린 후 그녀는 문을 열었다. 그런데 방 안이 조용했다. 그곳엔 아무것도 모른 채 쌔근쌔근 잠들어 있는 윤뿐이었다.

이 남자가 정말 단단히 삐쳤나 보네.

실망스레 중얼거리던 현수는 백에서 들려오는 벨소리에 놀라 휴대폰을 꺼냈다. 윤이 깰세라 그것을 들고 밖으로 나간 현수는 조심스레 문을 닫고서야 발신인을 확인했다. 예지였다.

야간자율학습이 끝났을 시간이다. 그런데 이 시간에 애가 웬일이지?

현수는 걱정 반, 궁금함 반으로 전화를 받았다.

"응."

〈숙모 지금 통화 가능해요? 삼촌이랑 뭐하고 있는데 내가 방해한 거 아니죠?〉

"뭐? 조그만 게 진짜 못하는 말이 없어."

〈숙모는 내가 아직 초등학교 6학년인 줄 아나 봐. 이제 1년만 있음 대학생 된다구요. 나.〉

벌써 그렇게 되었구나. 하지만 여전히 그녀의 눈에 예지는 철없는 소녀 같았다. 현수는 웃으며 예지의 근황을 물었다.

"공부는 잘되어가? 오늘은 독서실 안 갔어?"

〈휴. 안 그래도 답답해서 전화했어요. 나 요즘 공부가 잘 안 돼요.〉

"안 돼. 수능 몇 달 남았다고."

〈알아요. 그런데 계속 그 사람 얼굴만 떠오르고, 당장 달려가서 만나고 싶고…… 나 어떻게 하죠?〉

애가 설마 아직도? 아니야. 예지같이 예쁘고 어린아이가 뭐 때문에?

마치 그녀의 생각을 읽은 듯 예지가 사실을 확인시켜 주었다.

〈맞아요. 다솜도서관 공익이었던 민호 오빠. 구민호.〉

"예지야. 네가 아직 사회 경험이 부족해서 그러는 모양인데, 세상에 남자는 많아. 너보다 9살이나 많고, 눈도 나쁘고, 아직 제대로 된 직장도 못 구한 민호보다 대학 가면 훨씬 더 좋은 사람 만날 수 있어."

〈민호 오빠 이번에 꼭 임용고시 합격할 거예요. 두고 봐요. 그리고 나도 같은 대학 가서 선생님 돼서 만날 거예요.〉

"네가 교육대학교에 간다고?"

공부에는 별 관심도 없고, 노는 것만 좋아하는 줄 알았던 예지가 선생님이 되겠다고 하니 그저 놀라울 따름이었다. 이런 것이 사랑의 힘인가 싶었다.

"그래. 우선은 교육대학교에 간다는 것만 생각하고 공부 열심히 해. 몇 달만 견디면 되잖아. 응?"

〈그렇죠? 아무래도 지금은 그 방법밖에 없겠죠?〉

슬픔에 잠겨 묻던 아이의 음성은 놀라울 정도로 금방 밝아졌다.

〈그래요. 숙모 말대로 몇 달 동안 죽었다 생각하고 열심히 해 볼래요. 그리고 교육대학교 합격해서 보란 듯이 민호 오빠 찾아갈 거예요.〉

"그, 그래. 화이팅!"

우선은 수능과 대학에 대한 동기를 부여해 주는 것이 중요했다. 현수는 예지를 잔뜩 응원해 주었고, 예지는 어느 정도 속이 풀린 듯 전화를 끊었다. 독서실 가야 한다며.

뚝 끊긴 전화를 바라보며 고개를 내젓던 현수는 그것을 내려놓으려다 상태 표시줄에 뜬 메시지 표시를 발견하고 다시 눈앞으로 가져왔다. 아프리카 아이들과 함께 찍은 준하와 안나의 사진이 휴대전화 화면 가득 나타났다.

화장기 없는 안나의 얼굴은 예전보다 예쁘진 않았지만 진정한 아름다움을 내뿜고 있었다. 그런 친구를 보는 현수의 입가에도 미소가 어렸다.

"잘 지내나 보네."

중얼거리며 스크롤바를 내리자 안나다운 짧은 메시지가 눈에 들어왔다.

〈난 잘 지내. 아프리카 아이들은 참 예쁜 것 같아. 네 아들, 윤이라고 했나? 보고 싶다.〉

"기집애. 소식 좀 길게 전하면 안 돼?"

그러면서도 현수는 그 사진과 메시지를 몇 번이나 보고 또 보았다. 그런 다음 그녀는 곧장 답장을 썼다.

〈좋아 보인다. 준하 오빠랑은 잘 지내는 거지? 한국에는 아주 안 들어올 거야? 너한테 하고 싶은 말이 많은데. 언젠가는 우리, 만날 수 있겠지? 기다리고 있을게.〉

전송 버튼을 누른 현수는 휴대폰을 코너장 위에 내려놓고 곧장 3층으로 가는 계단을 올랐다. 시간이 너무 지체되어 마음이 급했다. 3층에는 그의 서재와 손님방이지만 주로 윤을 피해 그들이 사랑을 나눌 때 쓰는 방이 있었다. 현수는 서재의 문을 똑똑 두드렸다. 대답이 없었다. 혹시나 싶어 한 번 더 노크했지만 마찬

가지였다. 어쩔 수 없이 그냥 문을 열자 막 샤워를 했는지 말끔한
얼굴과 가운 차림으로 노트북을 들여다보고 있는 그가 보였다.
현수는 미끄러지듯 그의 앞으로 다가갔다.

"있으면서 대답도 안 하기예요?"

"일하는 중이야."

그녀에게 시선도 두지 않는 그가 야속해서 현수는 눈을 흘겼
다. 하지만 정민은 요지부동이었다. 하는 수 없이 현수는 책상 뒤
로 돌아 들어갔다. 그의 의자 옆까지 다가간 현수는 책상 위에 한
쪽 엉덩이를 걸치고 앉았다. 그러면 가운 자락이 벌어져 하얀 허
벅지가 다 드러난다는 것을 알고 계획적으로 벌인 행동이었다.
아니나 다를까 정민이 그녀를 흘끔거리는 것이 느껴졌다. 슬쩍
웃은 현수는 아쉬움을 담아 물었다.

"바쁜가 봐요?"

"응? 응. 조금."

책상에서 내려온 그녀는 상체를 기울여 노트북 화면을 들여다
보는 척했다. 역시 계산된 행동이었다. 헐렁한 가운깃이 벌어지
며 가슴골이 훤히 다 보일 것이라는. 그는 이제 그녀에게서 시선
을 떼지 못했다. 작전 대성공이었다. 순식간에 그가 그녀의 가느
다란 허리를 붙잡아 자신의 다리 위로 올려놓았다. 그가 그녀의
입술 바로 앞에서 속삭였다.

"못 보던 속옷인데?"

"오늘 샀어요."

현수는 그의 입술 앞에서 유혹적으로 웃었다. 벌써부터 그녀

의 여성을 압박해 오는 그의 남성이 느껴졌다. 가운 위로 솟구친
그것은 이제 모습을 드러내기 일보 직전이었다. 그의 목구멍에서
괴로움의 신음이 흘러나왔다. 현수는 모양 좋은 그의 입술에 입
을 살짝 맞추었다.

"좀 더 자세히 보고 싶지 않아요?"

그렇게 물은 현수는 그에게서 내려섰다. 그리고 대담하게 제
안했다.

"방에서 기다릴게요."

그러나 그녀의 초대는 곧 무의미해졌다. 그녀를 붙잡아 돌린
그가 책상 위에 앉힌 것이다. 그녀의 무릎 사이로 그가 단단히 자
리했다. 그는 그녀의 가운을 지탱하고 있는 끈을 풀어버렸다. 욕
망을 숨기지 않는 뜨거운 눈빛으로 그는 그녀의 전신을 훑어보았
다. 그의 목울대가 흔들렸다.

"완전 내 취향인데?"

"훗. 그럴 줄 알았어요."

"약았어, 우현수."

"그래도 사랑하죠?"

"물어보나마나지."

그의 입술이 그녀의 입술을 집어삼켰다. 깊은 키스가 이어졌다.
그의 손이 그녀의 가슴께를 더듬는 것이 느껴졌다. 그리고 그녀의
여성을 두드리는 단단한 무엇도. 곧 입술을 내려뜨린 그는 그녀의
목덜미에 낙인을 찍고 레이스 위로 도드라진 가슴의 정점에 키스
했다. 그 간질거리는 느낌에 그녀의 애가 탔다. 그녀는 그의 머리

를 끌어안으며 육체를 더욱 밀착시켰다. 곧 그에 의해 브래지어의 후크가 풀리고 그녀의 가슴이 자유로워졌다. 부드러운 둔덕을 경배하듯 매만지던 그가 갑자기 그것을 한입 베어 물었다.

"어흑."

쾌감 어린 고통이었다. 현수는 그가 자신의 가슴을 빨아대는 것을 만족스럽게 내려다보았다. 그러나 그것도 잠시 곧 그에 의해 그녀는 책상 위에 뉘어졌다. 그녀의 다리를 자신의 몸 양옆으로 들어 올린 그는 허벅지 안쪽을 쓰다듬었다. 책상의 차가운 질감에 소름이 돋았던 그녀는 몸 깊은 곳에서부터 차츰 열기가 피어올랐다. 그의 손가락이 레이스 팬티 안으로 들어와 여성의 꽃잎 사이를 헤집기 시작하자 체온이 급격히 상승했다. 야릇한 느낌을 견디지 못하고 그녀는 허리를 뒤틀어댔으나 그는 오늘따라 빌어먹게도 인내심이 강했다.

"어서요. 빨리."

그녀의 재촉을, 애원을 기다렸다는 듯 그가 자신의 가운자락을 벌리고 브리프를 벗어던졌다. 이미 커질 대로 커진 그의 남성이 그녀의 여성을 꿰뚫을 듯 거센 기세로 밀고 들어왔다. 입술을 깨물어 비명을 삼킨 현수는 두 손으로 책상 끄트머리를 붙들었다. 그가 서서히 허리운동을 시작하는 것이 느껴졌기에. 그에 의해 그녀의 몸이 책상 위로 튕겨져 올라갔다가 내려왔다가를 반복했다. 그 때문에 생긴 마찰로 등이 아픈 것도 느끼지 못한 채 현수는 그와 보조를 맞추었다. 지금 그녀에겐 그와 함께 쾌락의 끝으로 치닫는 것만이 중요했다.

그녀는 엉덩이를 높이 들어 더 깊이 그를 받아들였다. 그는 더 강하게 그녀 안으로 밀고 들어왔다. 철벅철벅. 헉헉. 그들의 격렬한 움직임이 만들어내는 소리와 그들의 거친 호흡 소리가 섞여 서재를 가득 메웠다.

내부에서부터 시작된 쾌감으로 머릿속이 점점 아득해지고 있었다. 그는 이제 숨 쉴 틈도 주지 않고 그녀를 밀어붙였다. 그 격렬한 몸동작은 그녀뿐 아니라 책상까지 흔들어놓고 있었다.

"으응. 으응."

절정이 머지않았음이 느껴지는 순간 그녀는 아이같이 흐느꼈다. 그의 목구멍에서도 억눌린 신음이 흘러나왔다. 조금만. 조금만 더. 그녀는 눈을 감은 채 마지막 사력을 다해 움직였다. 그리고 드디어 찾아든 절정. 곧 그 역시 울부짖으며 그녀의 자궁 속에 자신의 씨를 쏟아냈다. 뜨거운 느낌을 만족스레 느끼며 현수는 책상 위로 늘어졌다. 그는 그녀에게서 몸을 빼어내지 않은 채 그녀를 일으켜 안았다. 현수는 그의 어깨에 얼굴을 기댄 채 은밀하게 속삭였다.

"오늘 나, 죽였어요?"

"응. 그런데 매일 이러면 내가 죽을지도 몰라."

그의 농담에 그녀는 단단한 가슴을 때리며 쿡쿡 웃었다. 정민 역시 낮게 웃다가 갑자기 깊은 한숨을 내쉬었다.

"큰일 났군. 이제 서재만 들어오면 오늘 생각이 날 것 같은데. 어쩌지?"

"그러게 저쪽 방으로 가자니까. 붙잡긴 왜 붙잡아요?"

"당신이 그렇게 대놓고 유혹을 하는데 내가 어떻게 보내."

그의 투덜거림이 현수는 오히려 기분 좋았다. 자신의 매력이 아직도 그에게 먹힌다는 뜻이니까. 솔직히 유혹이 통하지 않으면 어쩌나 조금 걱정도 했었는데.

사랑 행위의 여흥이 어느 정도 가라앉자 현수는 우선 오후의 일에 대해 사과했다.

"아까 의처증이라고 해서 미안해요."

"내가 속 좁게 굴어서 미안해. 그런데 나는…… 그래. 당신한테만은."

"알아요. 당신이 날 너무 사랑해서 그런다는 거."

"허. 이거 너무 자만하는 것 같은데?"

그러면서도 그는 그녀의 귓불과 목덜미에 자잘한 키스를 퍼부었다. 가벼운 애무는 그녀로 하여금 아주 많이 사랑받고 있는 느낌이 들게 했다. 현수는 그의 입술을 기분 좋게 느끼며 고백했다.

"사랑해요. 우리가 처음 만났을 때보다, 다시 만났을 때보다, 지금 더 많이 사랑해요. 앞으로 더 많이 사랑할게요."

감동을 받은 것인지 몸을 떼어내고 그녀를 응시하는 그의 눈빛이 흔들리고 있었다. 현수는 약간 벌어진 그의 입술에 가볍게 입을 맞추며 제안했다.

"사랑하는 여보, 당분간 윤이 동생 만드는데 협조해 줄래요?"

"아버지 때문에 그래? 그런 거면……."

"아뇨. 그동안 내가 너무 이기적이었던 것 같아요. 당신 닮은 아이, 더 낳고 싶어요."

말이 끝나자마자 그가 와락 그녀를 끌어안았다. 어찌나 힘을 주는지 허리가 부러질 것 같은 착각이 들 정도였다. 그녀는 그와 거리를 두려고 엉덩이를 조금씩 움직여 책상 뒤로 물러났다. 하지만 그 바람에 그녀 안에서 다시 그의 분신이 커지는 것이 느껴졌다. 기대감 반 놀라움 반으로 그녀는 정민을 바라보았다. 씩 웃는 그는 아직 젊고 멋있어 보였다. 벌써 5년을 함께 살았지만 그녀는 여전히 그를 보면 가슴이 떨렸다.

"그러게 왜 움직여."

"당신이 너무 쉽게…… 흥분하는 거죠."

"다른 누구도 아닌 우현수, 너니까."

키스를 하며 그가 그 자세 그대로 그녀를 안아 들었다. 현수는 그의 허리에 다리를 감은 채 매달렸다. 손이 자유롭지 못한 그를 위해 그녀가 서재 문과 손님방의 문을 차례로 열었다. 방 한가운데 거대한 침대 위로 달빛이 쏟아져 내리고 있었다. 그것은 이 방에만 있는 천창 덕분이었다.

묘하게 신비한 분위기를 풍기는 그 천연의 조명 속으로 정민은 걸어 들어갔다. 그가 침대 위에 앉자 자연히 그녀가 그 위에 걸터앉은 자세가 되었다. 건너편 거울을 통해 한 덩이로 얽힌 그들의 보였다. 달빛을 받아 반짝이는 육체는 더욱 에로틱한 느낌이었다. 그것은 그들의 열정을 더욱 배가시켰다. 이 방에서 사랑을 나눌 때면 늘 그랬다. 그래서 더욱 이 방을 찾게 되는지도.

"이번엔 당신 차례예요."

그녀는 그를 밀어 침대 위에 눕게 했다. 그리고 고개를 숙여 그의 꺼칠한 턱과 목덜미, 납작한 가슴을 혀로 살짝살짝 핥았다. 그에게서 만족에 겨운 신음이 흘러나왔다. 그의 반응이 그녀에게 자신감을 심어주었다. 허리를 세운 그녀는 그의 위에서 움직이기 시작했다. 살짝살짝 앞뒤로만 왔다 갔다 했을 뿐인데 그와 연결된 부위에서 야릇한 느낌이 피어올랐다.

이내 참을 수 없다는 듯 일어나려는 그를 다시 눕힌 후 그녀는 리드미컬하게 허리를 움직였다. 발끝까지 저릿하게 만드는 극한의 쾌감이 그녀를 휘감아 돌았다. 그녀의 움직임이 격렬해질수록 그의 표정이 고통스러워지는 것을 현수는 만족스레 내려다보았다. 자신이 그를 그렇게 흥분시킬 수 있다는 것이 기분 좋았다. 그녀는 쓰러지지 않기 위해 팔을 뒤로 돌려 그의 허벅지에 올린 채 더욱 빠르게 몸을 흔들었다.

마지막 순간이 머지않았을 때 그가 일어났다. 그들은 서로를 껴안은 채 다시 한 번 열락에 올랐다. 한참을 숨을 고르며 그들은 그렇게 앉아 있었다. 그 기분 좋은 침묵을 깬 것은 정민이었다.

"잠깐만."

그는 그녀를 안아 침대에 눕힌 후 몸을 빼냈다. 그가 뿌린 뜨거운 열정의 흔적들이 다리를 타고 흘러내리는 것이 느껴졌다. 방에 딸린 작은 욕실로 들어갔던 정민이 금세 수건을 가지고 돌아와 그녀의 여성과 허벅지를 정성스레 닦아주었다.

"괜찮으니까 어서 이리 와요."

그녀가 자신의 옆자리를 가리키자 얼른 올라온 정민은 시트를 당겨 달빛 아래 드러난 그녀의 몸을 가려주었다.

"피곤하지?"

눈꺼풀이 묵직해 오는 것을 느끼면서도 현수는 고개를 내저었다. 그의 팔을 당겨 베며 그녀는 나지막하게 말했다.

"당분간 매일 밤 각오해요."

"갑자기 너무 적극적이니까 무섭잖아. 그래도 뭐…… 나야 좋지."

"내년 겨울 전에 둘째가 태어났음 좋겠어요. 그래야……."

깜빡 잠이 들었던 모양이다. '그래야?' 하고 그가 되묻는 소리에 현수는 눈을 번쩍 떴다. 그녀는 희미하게 웃으며 그가 궁금해하는 다음 말을 들려주었다.

"그래야 12월, 엄마 기일에 맞춰 같이 가볼 수 있을 테니까."

그녀의 얼굴을 쓰다듬는 정민의 손길이 느껴졌다. 그녀의 이마 위에 내려앉는 그의 입술도. 그것은 다정하게 '그러자'고 속삭이더니, 매일 들어도 또 듣고 싶은 한 마디를 덧붙였다. '사랑해'라는. 현수는 만족스러운 웃음을 베어 문 채 남편의 품에서 잠이 들었다.

그녀가 다시 눈을 떴을 때는 미명이 밝아오는 아침이었다. 그리고 분명 손님방에서 잠이 들었는데, 일어난 곳은 그들의 침실이었다. 누가 안아 옮겼을지는 충분히 짐작되었다. 현수는 아직도 한참 꿈나라를 헤매고 있는 정민과 윤을 차례로 바라본 후 알몸 위에 가운을 걸쳤다. 어제 너무 과하게 그를 유혹해댔던 모양이다. 걸음을 내딛는데 온몸의 근육이 아프다고 고함을 질러댔다. 아무래도 뜨거운 물로 샤워를 해야 할 듯싶었다.

현수는 곧장 욕실로 향했다. 한참을 씻고 나온 그녀는 화장대 거울을 통해 자신의 모습을 마주했다. 목에 진하게 생겨버린 키스마크에다 눈 밑에 다크서클까지. 생각보다 상태가 더 심했다. 아직 초가을이건만 목폴라 티를 입고, 눈에는 어울리지도 않는 진한 아이쉐도우를 바르게 생겼다. 아무래도 둘째 만들기는 시간을 두고 좀 더 천천히 진행해야 할 듯싶었다. 매일 이런 몰골이면 좀 곤란하니까.

다시 잠들기도 틀렸고, 출근 준비를 하기도 이른 시간이라 방으로 돌아온 현수는 침대 건너편 공간을 분할해 만든 자신의 서재로 향했다. 이곳의 장점이라면 일을 하면서도 윤을 살필 수 있다는 것이었다. 현수는 책상에 앉아 스탠드를 켰다. 그리고 습관적으로 책상 서랍 속에서 다이어리를 꺼냈다. 그녀는 어젯밤 다른 일에 몰두하느라 쓰지 못했던 일기를 그곳에 끄적거리기 시작했다.

오랫동안 나를 괴롭혔던 도서관 개관식은 성공리에 끝났다. 그런데 그동안 내가 너무 일에 빠져서 중요한 것을 잊고 있었다는 것을 오늘에서야 깨달았다. 바로 우리 윤이에게 동생을 만들어주는 것. 그이도 그렇게 원했건만. 내가 너무 이기적이었다. 가족이 없으면 나도 없는 것인데.

지금까지 숨 가쁘게 달려온 만큼 앞으로는 조금 여유를 갖고 살아야겠다. 아프리카에서 보내온 안나의 사진이 떠오른다. 모든 것을 놓고 다른 사람을 위해 사는 안나는 옛날보다 훨씬 더 아름다워 보였다. 그 애가 참 밉고 싫었던 적도 많았는데. 이제는 보고 싶다. 우리는 언제쯤 다시 만날 수 있을까?

안나에게도 다시 예쁜 아기가 찾아왔으면 좋겠다. 나에게도 물론. 윤이 동생은 여자아이였으면 한다. 윤이가 날 좀 더 많이 닮았으니, 이번엔 그이를 많이 닮은. 이름은 뭐라고 짓지? 좀 더 생각을 해봐야겠다……

여기까지 썼을 때 자신을 부르는 윤의 목소리가 들렸다.

"엄마!"

"응, 윤아. 엄마 여기 있어!"

잠이 깬 듯 침대에 일어나 앉아 울먹이는 아이에게로 현수는 급하게 달려갔다. 그녀는 자신에게 매달리는 아이를 품에 안았다. 폭 품에 안겨드는 느낌이 너무 좋았다. 현수는 윤의 등을 토닥토닥 두드리며 미처 다 쓰지 못한 일기의 마지막을 머릿속에서 완성했다.

어쨌든 아직은 이름 모를 둘째를 만들기 위해 나는 어젯밤 그이를 대놓고 유혹했다. 벌써 5년째 몸을 섞으며 함께 살았지만 그와의 사랑 나누기는 언제나 새롭다. 그를 보면 언제나 설렌다. 이렇게 사랑하는 남자와 평생을 함께할 수 있다는 건 축복인 것 같다. 질투가 좀 심하고, 억지를 잘 쓰는데다 고집도 세긴 하지만…… 그 정도 단점 없는 사람이 어디 있으랴.

그것 빼고는 거의 완벽한 한정민 씨~ 사랑해요~ 내일도 알죠? 큭큭.

그녀는 죽은 듯 잠들어 있는 정민의 너른 등을 내려다보며 은밀하게 웃었다. 그녀에게 안긴 채 다시 잠이 들려던 윤이 그 웃음소리에 꿈틀거렸다. 현수는 아이를 토닥거리며 햇살이 밝아오는 창을 바라보았다. 또 하루가 시작되려 하고 있었다.

매일을 하루같이 성실하게, 사랑하며, 행복하게.

그렇게 스스로에게 다짐을 하며 현수는 떠오르는 해를 바라보았다. 얼마 후 어깨를 감싸는 따스한 체온이 느껴졌다. 고개를 들어 보지 않아도 그 향기, 그 느낌을 통해 알 수 있었다. 정민이라는 것을. 그녀는 그에게 머리를 기댔다. 세상에서 가장 사랑하는 두 남자가 자신의 곁에 있는 지금 이 순간, 그녀는 더 바랄 것이 없었다. 그곳이 바로 천국이었다.

〈끝〉

작가 후기

  '첫사랑' 이라는 단어는 누구나에게 풋풋함, 그리움, 아름다움,
두근거림 같은 느낌을 선사할 것이라는 생각이 들어요. 그렇기에
'첫사랑'이 없는 사람은 불행하다는 생각마저 듭니다. 그토록 아
름다운 감정을 느낄 수 없기 때문이죠.
  이 소설은 그런 ''첫사랑'을 어느 날 우연히 다시 만난다면?
이라는 가정에서 시놉시스를 잡아 시작했어요. 한번쯤은 다들 상
상해 보셨을 거예요. 첫사랑을 로맨틱하게 혹은 극적으로 다시
만나는 장면을요. 하지만 전 조금 비틀어 보았습니다. 정말 엉뚱
한 곳에서 난처하게 첫사랑을 만나는 것을요. ㅎㅎ 그럼에도 불
구하고 서로를 다시 보고 싶어한다면…… 그것이 진정한 인연이
라는 나름의 논리를 펴면서, 이 소설의 여주인 현수에게 혹독한
시련을 안겼습니다. ㅎㅎ 솔직히 자다 깬 몰골로 문을 열었을 때
첫사랑이 문 앞에 있다면, 개인적으로 무지 싫을 것 같거든요. 하

지만 결국 잊지 못하던 첫사랑과 조우하고 해피엔딩까지 이뤄냈으니 굳이 그녀에게 사과하지는 않겠습니다. ^^

글을 쓴다는 건 참 행복한 일입니다. 제가 걸어보지 못한 길, 제가 경험하지 못했던 일은 주인공들을 통해 대리만족할 수 있으니 말이지요. 고백하건데 제겐 불행히도 첫사랑과 다시 만나는 일 같은 건 지금껏 일어나지 않았어요. 일어날 수가 없죠. 지금 7년째 함께 살고 있는 남자가 첫사랑이거든요. ㅠ.ㅠ 참 재미없는 인생이지요? 그런 면에서 저는 한편으로 현수가 매우 부럽기도 합니다.

이제 20번째 작품에서 딱 2개가 모자라게 출간을 했습니다. 2004년부터 로맨스 소설을 쓴지도 딱 10년째이네요. 느릿느릿 그러나 나름 꾸준히 글을 써왔어요. 그만두고 싶을 때도 많았지만 그러지 못한 건 글을 쓸 때가 가장 행복하기 때문일 겁니다.

연재 동안 부족한 사람의 글을 기다려 읽어주시고, 출간되면 꼭 챙겨봐 주시는 독자님들…… 몇 안 되는 분들이라도 저를 찾아주신다는 것에 힘을 얻어요. 감사합니다. 더불어 지금은 각자의 사정으로 문을 닫았지만 영원한 마음의 고향 '파우더룸' 식구들, 늘 그립고 애정합니다. 일 년에 한두 번 출간하는 느림보 작가를 기다려주시고 독려해주시는 조은세상 편집팀장님, 존경합니다. 마지막으로 세상에 첫사랑과의 재회를 꿈꾸는 모든 분들, 행복하세요.

후기 엔딩은 봄과 첫사랑에 딱 어울리는 곡과 함께 할게요. ^^

봄바람 휘날리며
흩날리는 벚꽃 잎이
울려 퍼질 이 거리를
둘이 걸어요.

그대여 우리 이제 손 잡아요. 이 거리에
마침 들려오는 사랑 노래 어떤가요.
사랑하는 그대와 단둘이 손잡고
알 수 없는 이 거리를 둘이 걸어요.

〈버스커 버스커 '벚꽃 엔딩' 중에서〉

- 2013. 3. 25. 벚꽃을 기다리며, 정유하 -